S. FISCHER

MICHAEL LENTZ

INNEHABEN

INNEHABEN

SCHATTENFROH
UND DIE BILDER

S. FISCHER

Der Autor las Auszüge aus *Innehaben* im Rahmen seiner Ernst-Jandl-Dozentur für Poetik 2019 in Wien.

FSC
www.fsc.org
MIX
Papier aus verantwortungsvollen Quellen
FSC® C083411

Originalausgabe
Erschienen bei S. FISCHER

Umschlaggestaltung: KOSMOS – Büro für visuelle Komunikation
Satz: Dörlemann Satz, Lemförde
Druck und Bindung: CPI books GmbH, Leck
Printed in Germany
ISBN 978-3-10-390006-4

Inhalt

I. Einleitung

»Man kann ein Leben daran wenden, das Eingebildete und das Wirkliche gegeneinanderzuhalten, und wird dennoch niemals damit zu Rande kommen.«
(Jean Améry)

Die Grunddifferenz zwischen »res« und »verba« ist ein Konstitutionsakt der Sprache, der die bloße Selbstreferenzialität von sprachlicher Materialität verhindert, indem er diese immer zugleich in ihrem Bezug voraussetzt.

Der Grunddifferenz zwischen »res« und »verba«, die der Kommunikation vorgängig ist und als komplementär vermittelt wird, damit Sprache als Kommunikationsakt operationabel ist, korrespondiert von der antiken Rhetorik bis heute die Vereinbarung, dass Sprache nicht als sie selbst »in ihrer grafischen oder klanglichen Gestalt, sondern etwas anderes, eine Figur, eine Landschaft, ein Gegenstand oder eine Handlung«[1] zum Erscheinen kommt.

Auch Bilder können in der Literatur und durch sie zum Erscheinen kommen. Denn Literatur ist ein »Imaginationsmedium«[2]. Bei diesen Bildern kann es sich um physische Bilder handeln, zum Beispiel um Gemälde, Zeichnungen, Fotografien, die beschrieben oder erzählt werden, oder um fiktionale Bilder, denen kein physisches Korrelat entspricht.

1 Christina Lechtermann: *Berührt werden. Narrative Strategien der Präsenz in der höfischen Literatur des 12. und 13. Jahrhunderts.* Berlin: Erich Schmidt 2005 (Diss. Humboldt-Universität zu Berlin, 2003), S. 46.
2 Haiko Wandhoff: *Ekphrasis: Kunstbeschreibungen und virtuelle Räume in der Literatur des Mittelalters.* Berlin, New York: De Gruyter 2003, S. 327.

Literatur öffnet dem Leser Schau- und Imaginationsräume und stimuliert seine Wahrnehmungstätigkeit. Der Autor bzw. Erzähler fungiert als Perieget, als Herumführer, der den Leser wahrnehmen und erkennen lässt. Insofern ist jede Literatur Periegese, Reiseliteratur, die ihre Legitimation aus dem imaginativen Besuch, wenn vielleicht auch nicht (mehr) real existierender, so doch zumindest imaginärer Sehenswürdigkeiten erfährt. Denn als Itinerar, als beschreibende Darstellung von Verkehrswegen und Straßen mit Ortsangaben zu Unterkünften etc. wie bei den altgriechischen Periegeten, mit der *Periegesis* des Hekataios von Milet vom Ende des 6. Jahrhunderts v. Chr. als Gründungsakte, fungiert eine solche Reiseliteratur nicht mehr.

Beiden Arten von Reiseliteratur, der faktualen wie der fiktionalen, gemeinsam ist ihre Kinetik. »Wie die reale Umwelt so ist auch die Vorstellung kinetisch.«[3] Einer der Gründe für die nachhaltige Attraktivität des Lesens liegt darin, dass der Leser phänomenologisch die imaginative Visualisierung als nicht weniger real als die Wirklichkeit und die in ihr vorfindlichen Dinge auffasst bzw. das Lesen eine solche Analogie suggeriert. Der Zusammenhang von »realer Wahrnehmung und imaginativer Visualisierung« wird neuro- und kognitionswissenschaftlich abgestützt. Bei »der visuellen Wahrnehmung und der visuellen Imagination« seien »dieselben Zentren im Gehirn aktiv« und außerdem interferiere »die visuelle Imagination mit der visuellen Wahrnehmung«. Dies bedeute nicht nur, dass eine Affinität von visueller Wahrnehmung und Imagination besteht, sondern sogar, dass die visuelle Vorstellung nach denselben Gesetzen und Regeln verläuft wie die tatsächliche Wahrnehmung. Eine wesentliche Differenz zwischen Visualisierung und visueller Wahrnehmung bestünde jedoch darin,

3 Renate Brosch: »Literarische Lektüre und imaginative Visualisierung: Kognitionsnarratologische Aspekte«, in: Claudia Benthien, Brigitte Weingart (Hg.): *Handbuch Literatur & Visuelle Kultur*. Berlin, New York: De Gruyter 2014, S. 112.

dass Visualisierungen intentional und von Willen und Aufmerksamkeit abhängig seien, fasst Renate Brosch diesbezügliche Experimente und ihre Konsequenzen zusammen.[4]

Lesen heißt Vorstellungen bilden. Vorstellungen bzw. innere Bilder begleiten den Vorgang des Lesens permanent, gehen ineinander über, lösen einander ab, überlagern sich. An manche Sätze eines Buches mögen wir uns erinnern, nachhaltiger aber verbinden wir mit Büchern und ihren Lektüren bestimmte Vorstellungen, manchmal auch ›nur‹ ein diffuses Gefühl, einen Geschmack im Mund, einen Geruch, eine Temperatur. Selbst aber diese sensorischen Reize können mit Vorstellungen verbunden sein.

Renate Brosch weist darauf hin, dass im Vergleich zur prozessualen Visualisierung »die im Nachhinein erinnerbaren Bilder wirkungsmächtiger durch ihre spezifische Kombination von kultureller Konstruiertheit und affektivem Appell« seien. »Die erinnerbaren Bilder und Bildfolgen« entstünden aus einer vom Text mit Nachdruck evozierten Visualität durch einen deutlichen Bezug zum ikonischen Teil des kulturellen Gedächtnisses«. Bedeutsam ist nun, dass »dieser Bezug auf das Bildgedächtnis einer Kultur nicht unbedingt affirmativ sein« muss. Die Revidierung von Bildinhalten des kulturellen Gedächtnisses steigert gegenüber ihrer Bestätigung die »Wirkungsmächtigkeit«. Die Quintessenz für Brosch lautet, »dass visuelle Aspekte des Textes selbst in unsere schematisierten Wissensbestände eingehen und diese verändern können«[5] – und genau das ist der ästhetische Ehrgeiz von Literatur, den Roman *Schattenfroh* nicht ausgeschlossen, um den es

4 Renate Brosch: »Literarische Lektüre«, a. a. O., S. 107.

5 Renate Brosch: »Literarische Lektüre«, a. a. O., S. 110. Es gibt aber auch gewichtige Positionen, die eine solche kognitivistische Analogie ablehnen und »die visuelle Vorstellung eher mit dem Denken als mit dem Sehen« vergleichen. Siehe S. 107.

hier im Zusammenhang mit der Ekphrasis, der Bildbeschreibung, gehen soll, denn *Schattenfroh* ist ein Roman der Bilder.

Konzentrierte, willentliche Fokussierung als Grundbedingung gerichteter Aufmerksamkeit ist im »Gegensatz zum passiven Sehen« Grundbedingung der visuellen Vorstellung. Das führe, so Brosch, dazu, dass die imaginative Visualisierung enorm angeregt werde, wenn im literarischen Text ein dekodierendes Betrachten dargestellt sei, das den leserseitigen Imaginationsprozess spiegele.[6]

Gleichwohl ist es die von der Literatur nicht restlos zu kontrollierende Freiheit des Lesers, in den gezeigten Dingen und Figuren anderes und andere zu sehen, als vom Autor bzw. Erzähler intendiert bzw. dargestellt. Das Sehen und Anders-Sehen ist abhängig von den mentalen Dispositionen des Lesers, seinem biographischen Hintergrund, seinem das Bildgedächtnis einschließenden kulturellen (Vor)Wissen und den Bedingungen seiner mentalen Partizipation.

Das Buch entsteht also erst im Leser. Erst die Lektüre aktualisiert den Text. Sind diese Feststellungen mehr als erkenntnistheoretische (oder phänomenologische) Petitessen? Lesen heißt Übertragen. Im und mit einem literarischen Text kommt also etwas in Bewegung. Der gewebte Text steht nicht still, er wird lesend belebt und dynamisiert, als unbewegtes Medium ist er fixiert und bewegt zugleich, Bewegung im Stillstand, ohne hier gleich schon von »Eigenbewegtheit« sprechen zu wollen. Gleichwohl ist gerade die Eigenbewegtheit für die Konstitution und das Selbstverständnis der Literatur von besonderem Interesse.[7] Was aber macht die Textbewegung aus? Zunächst einmal handelt es sich nicht um eine einseitige Bewegungsrichtung. Das sukzessive,

6 Vgl. Renate Brosch: »Literarische Lektüre«, a. a. O., S. 107.

7 Zur dynamischen Denkfigur der Textbewegung siehe Matthias Buschmeier, Till Dembeck (Hg.): *Textbewegungen 1800/1900*. Würzburg: Königshausen & Neumann 2007.

Zeile für Zeile vorantastende Lesen bedingt eine allmähliche, auf Referentialisierung angelegte Prozessierung von Sinn – eine Bewegung vom Text in Richtung Leser und eine Bewegung vom Leser in Richtung Text. Dies wäre allerdings nur der rezeptiv-texturale Prozess, eine Augenbewegung, die der mechanisch-texturalen Bewegung folgt, ein Surfen auf der materialen Oberfläche. Dieses Surfen selbst ist zu denken als ein beständiger Wechsel von Fixieren (Stillstand) und Bewegen (Sukzession, Iteration, Rekursion). Ihm korrespondiert, scheinbar paradox, die als solche bereits benannte Eigenbewegung des Textes, die selbst eine iterative oder zum Beispiel rekursive sein kann, und es ist das Oszillieren des Rezipienten zwischen diesen beiden entgegengesetzten, jedoch komplementären, im Text bereits programmierten Bewegungsarten, das einen Text allererst konstituiert. Bewegung des Textes konfiguriert sich demnach als eine intrinsisch entfachte Eigenbewegung des Textes und als eine Bewegung des Textes als Rezeptionseffekt. In der Anwesenheit seiner selbst überschreitet sich der Text in Richtung auf sein von ihm evoziertes und angezieltes Abwesendes, das ist der Virus, den er in der Wahrnehmung durch den Rezipienten in Umlauf setzt. Lesen heißt immer Supplementieren. Der Roman *Schattenfroh* bzw. seine Erzählinstanz weiß, dass das durch die Imagination des Lesers in seine texturale Anwesenheit eingespeiste Abwesende sukzessive Teil des Anwesenden wird und so fort – zumindest, solange der Text gelesen und somit akualisiert wird: eine Echternacher Schleifenprozession des die Linearität gewissermaßen nach links und rechts, oben und unten, vorne und hinten durchbrechenden allmählichen Entstehens von Text, das Erzählen von Fiktion, das kein Nacherzählen kennt, das verschlungen ist und auch seine eigene Löschung erzählt.

Die Rede von einer Aktualisierung des Abwesenden in und mit der Lektüre spielt demgegenüber auf die »unvollständigen ontologischen Strukturen« literarischer Texte an, aufgrund deren literarische Texte

»eine imaginäre Komplettierung« herausfordern.[8] Das gilt sowohl für Prosatexte als auch für Poesie, die je eigene Bewegungsmodelle implizieren.[9] Was aber wird komplettiert? Komplettiert kann nur werden, was der Adresse der Vervollständigung fehlt. Dieses Fehlen ist kein defizitäres, keine Mangelerscheinung, sondern der unhintergehbaren Disposition fiktionaler Texte und überhaupt ästhetischer Manifestationen geschuldet.

Renate Brosch bzw. Monika Fludernik und Rolf A. Zwaan sprechen in diesem Zusammenhang von »Eigenbestände(n) aus dem persönlichen Erleben – innere Bilder, Gefühle und Körperempfindungen aus der eigenen Welt, andererseits Wissensbestände aus unterschiedlichen Bereichen, zum Beispiel historisches oder literaturbezogenes Wissen«[10], die Lesende imaginär transferieren. Zum Abwesenden bzw. imaginär zu Transferierenden gehört auch das physische und das innere Bild. Eine Technik der Evokation des Abwesenden ist die Ekphrasis, die Bildbeschreibung. Hierbei spielt es keine Rolle, ob ein wiederum nur imaginäres Bild beschrieben wird, dem kein physisches Bild entspricht.

8 Renate Brosch: »Literarische Lektüre«, a. a. O., S. 107.

9 So gilt Erika Greber zufolge Prosa als »Progression: lat *oratio prosa* > *prōrsus, provōrsus*: vorwärts, geradeaus gerichtet, fortlaufend. Die Poesie ist vom Rekurrenzkonzept des Verses beherrscht: lat. *versus* > *vertere, versum*: gewendet, gedreht; ähnlich gr. *strophe*: Wendung«. Erika Greber: »Textbewegung/Textwebung. Texturierungsmodelle im Fadenkreuz von Prosa und Poesie, Buchstabe und Zahl«, in: Matthias Buschmeier, Till Dembeck (Hg.): *Textbewegungen 1800/1900*, a. a. O., S. 24–48, hier: S. 27.

10 Renate Brosch: »Literarische Lektüre«, a. a. O., S. 107. Dieses Wissen, so Brosch, ist im Gedächtnis »nicht als ungeordnete Einzelinformationen gespeichert, wie die Schematheorie festgestellt hat, sondern bildet zusammengefasste Informationscluster, die ein semantisches Feld abstecken und typische kulturspezifische Gegenstände und Situationen zusammenfassen«.

Bildende Kunst kann ein Erreger[11] sein. Staunend steht der Text vor dem Bild und sagt: »Ich sehe was, was du nicht siehst, und das ist unsichtbar.« Das Bild bleibt ganz gelassen und sagt: »Was du siehst, kann nicht gesagt werden.« Es wäre zu klären, ob sich Bild und Text auf dasselbe Phänomen beziehen.

Es gibt Literatur, die den Erreger Bild nicht loswerden will. Das Bild (ein Gemälde, eine Fotografie, eine Vorstellung etc.) soll den Text immer wieder befeuern in der naiven Annahme, das Bild selbst könne Text erzeugen oder das bloße Betrachten eines Bildes erzeuge den Text. Das Betrachten eines Bildes erzeugt immerhin innere Vorstellungen oder ruft diese – auch als Erinnerungen im Sinne modifizierter Reproduktionen – hervor.

Den Roman *Schattenfroh* haben nicht die Bilder und Skulpturen von Lotta Blokker, Hieronymus Bosch, Giorgio de Chirico, Matthias Grünewald, Wenzel Hollar, Michael Triegel, Werner Tübke, Jan Vermeer oder zum Beispiel Ror Wolf geschrieben – und doch hat er seine Sprache und seine Form weitenteils nur gefunden durch diese ihm zugrundeliegenden Bilder. Was wie selbstverständlich begann, der naiv zu nennende erzählerische Zugriff auf die Bilder, die Konzeption des Romans als *erzählte Bilder*, in Korrelation zum *erzählenden Bild*[12], erfuhr durch selbst wieder zur Narration werdende selbstreflexive Metafiktion eine immer komplexere Struktur.

11 Edmund Husserl spricht im Zusammenhang des Unterschieds zwischen physischer Imagination und Phantasievorstellung von einem »physischen Erreger«, an den als physischem Gegenstand die physische Imagination, nicht aber die »gewöhnliche« Phantasievorstellung geknüpft sei. Vgl. Husserl: *Phantasie und Bildbewußtsein*. Hamburg: Felix Meiner 2006, S. 23 (21): »§ 10. Wesensgemeinschaft der physischen Imagination und der gewöhnlichen Phantasievorstellung bezüglich der ›geistigen Bilder‹«.

12 Alexander Honold, Alexander Simon (Hg.): *Das erzählende und das erzählte Bild*. München: Wilhelm Fink 2010.

Es gibt Bilder. Und es gibt Schrift. Mit diesen beiden Feststellungen fangen die Fragen an. Was verstehe ich unter einem »Bild«? Und was genau ist mit »Schrift« gemeint? Der Bild-Begriff ist ein notorisch vielgestaltiger und nicht zuletzt deshalb dunkler, zumindest kann darüber, was ein Bild ist, Konsens nicht vorausgesetzt werden.[13] An ihm arbeiten sich unterschiedliche Disziplinen ab wie zum Beispiel Phänomenologie, Ikonographie, Bildsemiotik, Kognitions- und Neurowissenschaften, Medien- und Kulturtheorie.

Es ist nicht immer ausgemacht, ob diese Disziplinen über einen gemeinsamen Bild-Begriff verhandeln, für den die Bildwissenschaft »seit einiger Zeit einen disziplinenübergreifenden Theorierahmen«[14] sucht.

Auch im Rahmen dieser Selbststudie zum Roman *Schattenfroh* und seinen bildlichen Implikationen wird im Folgenden »weder der recht unscharfe Bereich literarischer Bildlichkeit behandelt noch das schillernde Phänomen ›Bild‹« theoriegeschichtlich »ausgeleuchtet«. Im Zentrum stehen neben einer Einführung in den für *Schattenfroh* wichtigen Schlüsselbegriff der Ekphrasis »die imaginativen Prozesse der Leseerfahrung und die Darstellungsverfahren, die sie auslösen«.[15]

13 Siehe hierzu Lambert Wiesing: »Bildwissenschaft und Bildbegriff« und »Die Hauptströmungen der gegenwärtigen Philosophie des Bildes«, in: ders.: *Artifizielle Präsenz. Studien zur Philosophie des Bildes.* Frankfurt am Main: Suhrkamp 2005, S. 7–14; 16–34. Gottfried Boehm (Hg.): *Was ist ein Bild?* München: Wilhelm Fink 2006; Ralf Simon: *Der poetische Text als Bildkritik.* Paderborn: Wilhelm Fink 2009. Die beiden letztgenannten Titel befassen sich auch mit der sprachlichen Verfasstheit innerer Bilder. Klaus Sachs-Hombach: *Bildtheorien. Anthropologische und kulturelle Grundlagen des Visualistic Turn.* Frankfurt am Main: Suhrkamp 2009.

14 Renate Brosch: »Literarische Lektüre«, a. a. O., S. 105.

15 Ebd.

Der Bild-Begriff im Deutschen ist, und das unterscheidet ihn vom Bild-Begriff anderer Sprachen, ambig: Er umfasst das innere Bild der Vorstellung wie das äußere Bild der Wahrnehmung. Das Englische zum Beispiel hat für diese Differenz zwei Begriffe, es unterscheidet zwischen »images« und »pictures«.

Pictures (Wahrnehmungsbilder) evozieren images (Vorstellungsbilder), die in Sprache transformiert werden. Diese sprachtransformierten Vorstellungsbilder, Reduktionsstufen von Wahrnehmungsbildern, könnten nun wieder in Wahrnehmungsbilder, zum Beispiel in Gemälde, transformiert werden. Eine unendliche Reihe käme so in Gang.

Selbstverständlich kann Wahrnehmen von Vorstellen begleitet oder auch überlagert sein. Günter Abel spricht in diesem Zusammenhang von einer interpretatorischen Genealogie während des Wahrnehmungsprozesses, in der die Wahrnehmung ein und desselben Objekts in »verschiedenen Situationen, Kontexten und Zeiten« und verschiedener anderer Objekte »derselben Art« in »verschiedenen Situationen, Kontexten und Zeiten« miteinander verknüpft werden, die aktuelle Wahrnehmung also eine Verbindung aktueller und reaktualisierter vergangener Wahrnehmungsmodalitäten und -modifikationen ist.[16]

Was die Verbindung von Sprache und Bild betrifft, konstatiert Ralf Simon ein »Paradox«: »Die Sprache stellt einerseits eine zunächst nichtikonische Materialisierungsinstanz für Bilder dar, ist andererseits aber ihrer logischen Form nach zugleich dort, von woher das Bild überhaupt erst entspringen kann.«[17]

16 Vgl. Günter Abel: *Sprache, Zeichen, Interpretation.* Frankfurt am Main: Suhrkamp 1999, S. 151.

17 Ralf Simon: *Der poetische Text*, a. a. O., S. 243.

Sind innere Bilder »in der black box der Subjektivität eingeschlossen«[18], so gewährt die Literatur Einblicke in diese Black Box. Sie, die Literatur, ist eine Mobilisierungsinstanz des Imaginären, das »kein sich selbst aktivierendes Potential« ist.[19]

Und doch ist diese von Ralf Simon apostrophierte Black Box der Subjektivität als Eingeschlossensein nicht absolut zu denken, denn so wie auch die inneren Bilder an einem Bildspeicher kulturellen Wissens partizipieren und nicht das bloße Produkt subjektiver fensterloser Monaden ohne intersubjektivierbare Rekurrenz sind, sind auch Subjektivität und die Produktion und Rezeption von Literatur keine solipsistischen Seinsmodi bzw. Tätigkeiten bloßer Selbstwahrnehmung ohne Transferleistungen. Mehr noch, Verständnis selbst ist das Ergebnis von kulturellem Wissenstransfer in den Prozess der Lektüre. »Ohne eine Übertragung kulturellen Wissens auf die Lektüre«, so Brosch, würde »kein Verständnis zustande kommen«.[20]

Literatur bzw. Fiktion lädt das Imaginäre intentional auf, ohne aber von diesem überschwemmt zu werden, denn hier lauert im Akt des Schreibens immer wieder die Gefahr der ordnungsfeindlichen *digressio*, die, im Sinne der Rhetorik als unkontrollierte Abweichung verstanden, stets die imaginäre Entfesselung zu lizenzieren droht.

Aber geht es bei inneren Bildern tatsächlich um Anschauung oder zumindest vorrangig um Anschauung? Stephanie Jordans zufolge geht es bei inneren Bildern »nicht um Anschaulichkeit, sondern um Erkenntnis und das geeignete Reflexionsmedium hierfür.«[21]

18 Ralf Simon: *Der poetische Text*, a. a. O., S. 242–243.

19 Wolfgang Iser: *Das Fiktive und das Imaginäre. Perspektiven literarischer Anthropologie.* Frankfurt am Main: Suhrkamp 2009 (1993), S. 377.

20 Renate Brosch: »Literarische Lektüre«, a. a. O., S. 104.

21 Stephanie Jordans: *Innere Bilder. Theorien, Perspektiven, Analysen.* Würzburg: Königshausen & Neumann 2018, S. 23.

Subjektivität, das Imaginäre und das Vorstellungsvermögen sind nie ›rein‹ zu haben, auch die Autonomie der *inventio* als Erfindung, in der Renaissance-Poetik als Auffindung noch an die Topik, die rhetorische Lehre von den Topoi und die meisterlichen Musterbücher (exempla) gebunden, ist kulturell restringiert; mediale Prozessualität ist eine unhintergehbare, kaum zu steuernde Dynamik, der das Imaginäre im Rahmen seiner materialisierenden Fiktionalität ausgeliefert wird. Renate Brosch weist darauf hin, dass literarische Visualität aus einer »komplexen Interaktion« entsteht, »an der die Imagination der Autorinnen und Autoren, die spezifischen literarischen Darstellungsverfahren, die mentale Partizipation der Lesenden sowie die sowohl für Autor/innen wie Leser/innen als Rahmenreferenz zur Verfügung stehende visuelle Kultur beteiligt sind«.[22]

Das Verhältnis von Imaginärem, Bild, Gedächtnis, *inventio* und Textproduktion bzw. literarischem Text basiert auf einem rekursiven osmotischen Austausch mit dem kulturellen Imaginären und den kulturellen Wissensbeständen. Letzteres fungiert als unhintergehbare Matrix und Bildspeicher, der das Bildgedächtnis als Partizipation am kulturellen Gedächtnis auffüllt und reaktualisiert, ihrerseits werden Bildfindung und Bildgedächtnis vom literarischen Text und seiner Rezeption angereichert. Text ist deshalb immer Intertext, das imaginäre Vorstellungsvermögen immer intermedial präfiguriert.[23]

Der Schrift-Begriff scheint es hier leichter zu haben. Die beiden in ihrer Erscheinungsweise divergenten Medien Schrift und Bild stehen in mannigfacher Beziehung zueinander bis hin zu einem synonymisierenden Verständnis des Ineinanderübergehens. Im *Schriftbild* erschöpfen sich ihre Konvergenzen und Analogien jedenfalls nicht.

22 Renate Brosch: »Literarische Lektüre«, a. a. O., S. 104.

23 Vgl. ebd.

Literatur und Kunst wissen aus den Fragestellungen und den Aporien der Bild- und Schrifttheorien Kapital zu schlagen. Die Spannungen zwischen Schrift und Bild können in der Tat ein generativer Motor der Produktion sein. Kunst und Literatur können die anthropologischen, zeichentheoretischen, phänomenologischen und wahrnehmungstheoretischen Verstrickungen und Paradoxa auf der formalen wie der Darstellungsebene in ihre semiotischen Prozesse wieder einspeisen und auf die Spitze treiben. Das kann spielerische Momente haben, aber auch von existenziellem Ernst zeugen. Umgekehrt können die Produkte dieser ästhetischen Einspeisungen selbst wieder Gegenstand theoretischer Auseinandersetzungen werden.

Ist Sprache »selbst schon der Ort einer ›ikonischen Poiesis‹«[24] und sind somit Sprache und Bild(lichkeit) medial aneinandergekoppelt, so operiert jede Literatur mit Bildern, beschreibt Bilder und evoziert Bilder.

Ohne den Bild-Begriff ist Literatur jedenfalls nicht zu denken – wie umgekehrt Literatur dem Bild als vorgängig gedacht werden konnte und kann: Das klassisch-idealistische Kunstkonzept, zuerst formuliert »in der italienischen Kunsttheorie des 16. Jahrhunderts«, um dann »an der französischen Akademie des 17. Jahrhunderts seine kanonische Form zu finden«, ist, Werner Busch zufolge, »verkürzt gesagt das Ergebnis einer Mischung aus platonischem bzw. neuplatonischem Idee-Begriff und aristotelischem Nachahmungsbegriff. Begrifflich ausgestaltet nach rhetorischem Vorbild, »verpflichtete es sich dem Horazischen Diktum des *ut pictura poesis*. Das Bild verstanden als Einlösung eines vorgängigen Textes, eines *concetto*, mit ihm eigenen Mitteln, die (…) einen textförmigen Nachvollzug (…) befördern sol-

24 Ulrich Gaier, Ralf Simon (Hg.): *Zwischen Bild und Begriff. Kant und Herder zum Schema*. Paderborn: Wilhelm Fink 2010, S. 9.

len. ›Liser la peinture‹, forderte Poussin und entwickelte Strategien, uns schrittweise zur Sinnerschließung durchs Bild zu führen.«[25]

Die Interdependenzen zwischen bildender Kunst und Literatur sind vielfältiger und tiefgreifender, als dies auf den ersten Blick (er)scheinen mag. So kann, zumindest bei Beschreibungen gegenständlicher Bilder, mit Haiko Wandhoff von einer »implizite(n) Repräsentationstheorie des Textes« gesprochen werden, insofern die Bildbeschreibung als »verbale Repräsentation einer visuellen Darstellung (…) immer schon eine ›Abbildung des Abgebildeten‹«, eine »Mimesis in zweiter Potenz« ist. »Liser la peinture«, die Aufforderung, das Bild zu lesen, ist dann eben gar nicht so sehr metaphorisch oder im Sinne eines medialen Transfers der Rezeptionsmodi zu verstehen, wenn »noch eine dritte Vermittlungsebene« hinzukommt, »da die im Text dargestellten Bildkunstwerke (…) ihrerseits zumeist ikonographische Übersetzungen anderer poetischer Texte sind«[26], wie sie Wandhoff für antike und mittelalterliche Bildbeschreibungen wie zum Beispiel die *Eikones* des älteren Philostratos ausmacht, auf die noch einzugehen sein wird.

In der zeitgenössischen Kunst ist wiederum eine modifizierte Bewegung zu beobachten. In den bildlichen Arbeiten von Werner Tübke und Michael Triegel, die meinem Roman *Schattenfroh* als Bildspender zugrunde liegen, finden sich zahlreiche Bild-Zitate, ikonographische Metamorphosen und Transformationen von biblischen und sonstigen literarischen Texten, denen ihrerseits vielfach bildliche Vorstellungen zugrunde liegen.

Will ich etwas beschreiben, arbeite ich mich an Vorstellungen, an inneren Bildern ab. Diese inneren Bilder können und werden sich

25 Werner Busch: »Erscheinung statt Erzählung«, in: Alexander Honold, Alexander Simon (Hg.): *Das erzählende und das erzählte Bild*, a. a. O., S. 55–83, hier S. 55.

26 Haiko Wandhoff: *Ekphrasis*, a. a. O., S. 10.

während ihres Verschriftlichungsprozesses modifizieren. Was aber ist dieses »Etwas«, und was genau sind »innere Bilder«? Und werden diese inneren Bilder verschriftlicht oder nicht vielmehr die Vorstellung hinter ihnen, für die sie nur das Durchgangsmedium sind. Der prekäre ontische Zustand innerer Bilder wird so lange ein korrigierendes Nachfassen des Beschreibens bzw. Erzählens auslösen, bis dieses innere Bild entweder ›erloschen‹ ist oder die Beschreibungspassage als hinreichend gesättigt aufgefasst wird. Die Frage nach inneren und äußeren Korrelaten von Bewusstseinsinhalten und der terminologischen Unterscheidung des Bildbewusstseins als Wahrnehmungs- oder Phantasievorstellung, nach vorstellungshaften Vergegenwärtigungsphasen, aber auch nach dem Status des Bildlichkeitsbewusstseins treibt die Frage nach der Differenz von »Wahrnehmungs- und Phantasievorstellung« an.[27] Die verschiedenen Wissenschaften differenzieren hier zwischen äußerer Wahrnehmung und innerer Vorstellung, zwischen Wahrnehmung und Phantasie als »Vergegenwärtigungsbewusstsein«[28], »Erinnerungsbild« und »Gedächtnisbild«[29], zwischen Wahrnehmungsbewusstsein und »Erinnerungsbewusstsein«[30], zwischen Wahrnehmung, Bild, Erscheinung, Vorstellungsbild, Erinnerung, Phantom, Phantasma[31], Phantasiebild als reproduzierende Modifikation (»Phantasiemodifikation«)[32] im Sinne eines »Als ob«-Gegenwärtigseins und -Erscheinens und einer modifizierenden Vergegenwärtigung etc.

27 Siehe hierzu Edmund Husserl: *Phantasie*, a. a. O.

28 Edmund Husserl: *Phantasie*, a. a. O., S. 79 (77)–80 (78), 108 (106), 131 (190).

29 Siehe Emmanuel Alloa: *Das durchscheinende Bild. Konturen einer medialen Phänomenologie*. Zürich: Diaphanes 2018.

30 Stephan Otto: *Die Wiederholung und die Bilder. Zur Philosophie des Erinnerungsbewußtseins*. Hamburg: Felix Meiner 2007, S. 10.

31 Siehe Edmund Husserl: *Phantasie*, a. a. O.

32 Edmund Husserl: *Phantasie*, a. a. O., S. 129 (188).

Für die Literatur mögen diese Differenzierungen aufgrund ihres fiktionalen Status und ihres metafiktionalen Spiels zweitrangig sein, das »Bewusstsein von Differenz«, das nach Edmund Husserl »zwischen repräsentierendem Bild und Bildsujet« vorhanden sein muss,[33] kann in der Literatur unterlaufen werden, gerade die fiktionale Aufhebung dieser Differenz kann zum literarischen Sujet gemacht werden.

Dass mir als Leser das geschriebene Bild nicht vorgeschrieben wird, dass ich es mir – ganz anders – vorstellen kann, ohne es zu sehen, dass das Vorstellen, das Imaginieren gleichwohl eine Art Sehen ist,[34] dass mit diesem Sehen Interpretieren bereits anfängt, dass das geschriebene Bild keine Beschreibung eines als Vorlage dienenden physischen Bildes, also eines Bildes der äußeren Wahrnehmung, sein muss, dass es in der Lektüre nicht einmal als ein geschriebenes Bild erkannt werden muss – das alles scheint mir, wenn auch kein Vorzug der Literatur gegenüber der bildenden Kunst, so doch eine mediale Eigenart von Literatur zu sein. Und mit diesem Versuch einer Differenzierung verstricke ich mich bereits in alte, spätestens seit der italienischen Renaissance des 15. Jahrhunderts geführte Debatten, die, wenn auch unter anderen Vorzeichen, in den Mediendiskursen der Gegenwart noch andauern. Denn kann nicht auch ein physisch äußeres Bild – ein Kunstwerk, ein Gemälde, eine Zeichnung, eine Fotografie – die Imagination entzünden? Braucht es aber stets eines »Erregers«? Hinsichtlich der »geistigen Bilder« führt Edmund Husserl in Bezug auf diesen Begriff aus: »Die Sachlage ist nun zwar komplizierter im Fall der physischen Imagination als in dem der gewöhnlichen Phantasievorstellung, aber im Wesen finden ›wir‹ Gemeinsamkeit: Dort ist ein physischer Gegenstand vorausgesetzt, der die Funktion übt, ein ›geistiges Bild‹

33 Edmund Husserl: *Phantasie*, a. a. O., S. 22 (20).

34 Siehe hierzu auch: Stephan Otto: *Die Wiederholung und die Bilder*, a. a. O.; Stephanie Jordans: *Innere Bilder*, a. a. O.

zu wecken, in der Phantasievorstellung im gewöhnlichen Sinn ist das geistige Bild da, ohne an einen solchen physischen Erreger geknüpft zu sein. Beiderseits aber ist das geistige Bild eben Bild, es repräsentiert ein Sujet.«[35]

Im Folgenden sei zunächst auf zwei Begriffe aus der Kunst- und Kulturgeschichte näher eingegangen, deren Gegenstand Grenzüberschreitungen zwischen Kunst und Literatur sind: Paragone und Ekphrasis.

35 Edmund Husserl: *Phantasie*, a. a. O., S. 23 (21).

II. Grenzüberschreitungen zwischen Kunst und Literatur

1. Der Paragone

Der Paragone, in der Antike als sportliche oder künstlerische Wettkämpfe im Rahmen eines öffentlichen Festes unter der Bezeichnung »ágon« bekannt, »in Italien (…) seit dem 15. Jh. für den Bereich der bildenden Kunst bezeugt«, kunsthistorisch aber erst im 19. Jahrhundert zu einem »festen Terminus« avanciert[36], ist ein Wettstreit zwischen Künstlern derselben und verschiedener Disziplinen, zwischen den Künsten, aber auch zwischen Kunst und Wissenschaft. So zum Beispiel zwischen bildender Kunst (Malerei, Skulptur) und Dichtung, zwischen Bild und Wort.

In diesem Wettstreit geht es um den medialen Vorrang und die Überbietung einzelner Künste hinsichtlich ihrer produktions- und rezeptionsästhetischen Differenzqualitäten sowie um die auch durch diese mitbedingte zeitgeschichtliche Angemessenheit der Darstellungsmittel und der sie motivierenden Ideale bzw. ästhetischen Kriterien.

Im Begriff »Paragone« kommen, so Michael Wetzel, »zwei etymologische Stränge« zusammen, »nämlich das Denken nach Modellen (frz. *parangon)* als Antrieb (von griech. *parakonan*: ›schärfen‹, ›wetzen‹) und der Wettstreit (griech. *agon*)«.[37]

Hinsichtlich der begrifflichen Etablierung von Kunst und der (selbstreflexiven) Ausdifferenzierung der Künste, die auch aus einer starken Abwehrbewegung gegen andere Künste resultieren kann, ist

36 Vgl. Hannah Baader: »Paragone«, in: Ulrich Pfisterer: *Metzler Lexikon der Kunstwissenschaft: Ideen, Methoden, Begriffe.* Stuttgart: J. B. Metzler 2019, S. 321–324, hier S. 321; Michael Wetzel: »Der blinde Fleck der Disziplinen: Zwischen Bild- und Textwissenschaften«, in: Claudia Benthien, Brigitte Weingart (Hg.): *Handbuch Literatur & Visuelle Kultur*, a. a. O., S. 175–192, insbes. S. 178–180.
37 Michael Wetzel: »Der blinde Fleck«, a. a. O., S. 178.

der Paragone ein zentrales Agens, für Hannah Baader »eine der zentralen Denk- und Argumentationsfiguren.«[38] Unter diesem Gesichtspunkt sind die Autonomiebestrebungen der Moderne mit ihren Maximen der medialen Reinheit der Fokussierung auf einen der Sinne zu betrachten, wie zum Beispiel in der Malerei auf das Sehen, oder die Emanzipierung des Theaters von der Literatur, wie sie Wassily Kandinsky (*Der gelbe Klang*) forderte und praktizierte.

In der Konsequenz können die historischen und Nachkriegsavantgarden mit ihren materialästhetischen und mentalen Überbietungsstrategien und Manifestkulturen unter dem Begriff des Paragone gefasst werden.

Als produktives Prinzip spielt der Paragone auch bei der Ausdifferenzierung des *zeitgenössischen Literaturbegriffs* eine nicht zu unterschätzende Rolle, befindet sich die Literatur doch in einer ihrerseits hoch ausdifferenzierten medialen Konkurrenzsituation, und das nicht zuletzt hinsichtlich faktualer Literatur und Berichterstattung. Paragonales Denken und Vergleichen kann das Schreiben begleiten und entsprechend neu konfigurieren. Es wirkt als regulierende Hintergrundmatrix.

Im denkfigürlichen und analogischen Horizont des Paragone bildeten sich auch Formen intermedialer Kombinatorik und medialer Intertextualität aus. Bei bestimmten Formen intermedialer Hybride finden sich textuell-visuelle Doppelkodierungen, so zum Beispiel bei barocken Figurengedichten und anderen Spielarten der visuellen bzw. Optischen Poesie.[39] Barocke Figurengedichte sind als Text-Bild-Hy-

38 Hannah Baader: »Paragone«, a. a. O., S. 321–324, hier S. 321.

39 Siehe diesbezüglich Klaus Peter Dencker: *Optische Poesie. Von den prähistorischen Schriftzeichen bis zu den digitalen Experimenten der Gegenwart*. Berlin, Boston: De Gruyter 2010. Ulrich Ernst (Hg.): *Visuelle Poesie. Band 1: Von der Antike bis zum Barock*. Berlin, Boston: De Gruyter 2012.

bride homolog kodifiziert: Sie zeigen, was sie bezeichnen, indem ihre graphematischen Mittel das Bezeichnete zu einem Bild konfigurieren. Gesagtes wird dargestellt. In diesem Sinne sind Figurengedichte kookurrent, indem »ihr Ausdruckskörper« Beziehungen nachbildet, »die unserem Wahrnehmungsmodell des Gegenstandes in irgendeiner Weise entsprechen«.[40] Ordnet man das Figurengedicht der Gattung des Bildgedichts zu, wäre es abzugrenzen vom ekphrastischen Gemälde- und Schildgedicht, wie es aus der nordischen Literatur bekannt ist und sich präfiguriert findet im 18. Gesang von Homers *Ilias*.[41]

Der auch implizit geführte Wettstreit zwischen Dichtung und Bildender Kunst[42] und auch die Analogisierungen von Bild und Text wie zum Beispiel die »Annahme einer Konformität von Satzstruktur und Bildstruktur«[43] erfahren mit Leonardo da Vincis Traktat über die Malerei (*Trattato della pittura*) dahingehend eine Umwertung, dass Leonardo die Malerei als Wissenschaft valorisierte und damit »die erstmalige Erhebung des Mediums Bild in die Höhe eines Wissens, einer Bildwissenschaft« vollzog. Unter diesem Signum beginnt sich »das visuelle Weltverhältnis als Weltbild zu konfigurieren«.[44]

Ausgelöst durch Charles Perraults These von der Überlegenheit der Epoche Ludwigs XIV. gegenüber der Antike, spezifizierte sich dieser Wettstreit ab 1687 historisch als ein diachroner Vergleich von Antike und Moderne beziehungsweise als eine Kontroverse um die Relevanz

40 Rolf Kloepfer: *Poetik und Linguistik*. München: Wilhelm Fink 1975, S. 103.

41 Homer: *Ilias*. Übersetzt von Kurt Steinmann. München: Manesse 2017.

42 Man denke an Horaz' notorisch berühmte und in der Rezeptionsgeschichte fast chronisch missverstandene »ut pictura poesis«-Formel, deren mittelalterliche Rezeption der Dichtung im rhetorikzentrierten wissenssystematisierenden Konzept der (septem) artes liberales eine Vorrangstellung einräumte.

43 Cornelia Logemann, Michael Thimann (Hg.): *Cesare Ripa und die Begriffsbilder der Frühen Neuzeit*. Zürich: Diaphanes 2011, S. 9–21, hier: S. 10.

44 Michael Wetzel: »Der blinde Fleck«, a. a. O., S. 175–192, hier S. 178.

und Gültigkeit antikischer Kunstmaßstäbe und -ideale für die Gegenwart. In Deutschland sehr genau verfolgt und debattiert, erfuhr dieser Streit in Friedrich Schillers Schrift *Über naive und sentimentalische Dichtung* einen nachgetragenen Höhepunkt.[45]

Die Geschichte der Beziehung von Text und Bild, Literatur und bildender Kunst ist also von Anfang an gekennzeichnet von Debatten über ihre Komplementarität, Defizienz oder Vorrangigkeit und nicht zuletzt über Ähnlichkeitsbeziehungen.

Je nach präfigurierendem Turn kehrt sich das Verhältnis von Defizienz und Vorrangigkeit um; was als besondere maßstabsbildende Qualität des ›stummen‹ Bildes apostrophiert wurde – auf den Dichter Simonides soll das Aperçu zurückgehen, ein Bild sei schweigende Dichtung, die Dichtung sprechende Bildkunst[46] –, kann nach einem Paradigmenwechsel als Mangel ausgewiesen werden, den zu kompensieren nur das Wort vermag und vice versa.

45 Friedrich Schiller stellte mit der Einführung der Begriffe des Naiven und Sentimentalischen die komplementäre Inkomparabilität beider ›Systeme‹ heraus, das jedes seine Vorzüge habe. Das Naive bringt eine auf Intuition basierende Literatur hervor, die sich eins weiß mit der Natur; das Sentimentalische bringt eine auf Reflexion basierende Literatur hervor, die sich entzweit von der Natur weiß. Schiller zufolge charakterisieren das Naive und das Sentimentalische nicht mehr bzw. nicht ausschließlich Epochen und sind also nur eingeschränkt Epochenbegriffe, sondern zwei Haltungen, zwei Verfahrensweisen von Dichtung, die zu ein und derselben Zeit koexistieren können, wobei die Antike und mit ihr das Naive eine Erfindung des Modernen bzw. der modernen, durch Schiller begründeten Literaturtheorie sind, um sich in Abgrenzung von jener selbst denken und beschreiben zu können.

46 Vgl. Fritz Graf: »Ekphrasis: Die Entstehung der Gattung in der Antike«, in: Gottfried Boehm, Helmut Pfotenhauer (Hg.): *Beschreibungskunst – Kunstbeschreibung. Ekphrasis von der Antike bis zur Gegenwart.* München: Wilhelm Fink 1995, S. 143–155, hier S. 147.

Die Beziehung zwischen Text und Bild, Literatur und bildender Kunst ist jedenfalls keine ungestörte. An der Divergenz von Metapher und Bild[47] und einem differenzierten Bild-Begriff – der Frage zum Beispiel, was überhaupt ein Bild ist und wie sich das Bild als physisch äußeres Bild (Fotografie, Gemälde etc.) von einem inneren Bild (der Vorstellung) unterscheidet – arbeiten sich die verschiedenen Bildtheorien ab.[48]

Die Verschiebung der »Funktion der Sprache von der Objektdarstellung hin zu einem interpretationsbedürftigen Code« trägt ab dem 15., spätestens 16. Jahrhundert dazu bei, »daß alle Kunst zum interpretierbaren Text wird, selbst wenn – für eine Welt, die noch auf sicheren metaphysischen Grundfesten ruhte – die Interpretation *vor*gegeben war«.[49]

Die Literatur bzw. Sprachkunst und mit ihr die Ekphrasis bzw. das ekphrastische Prinzip erleben während der Renaissance einen emanzipatorischen Höhepunkt, der sie im Selbstverständnis als ästhetisch-epistemologischer Hybrid aus Geistigem und Sinnlichem gleichsam an die Spitze der Künste setzt. Ihr emanzipatorischer Affront gegen die in der Tradition Platons stehende höhere Valorisierung der »visuellen Epistemologie«[50] – in seiner Schrift *Kratylos* unterschied Pla-

47 An dieser Stelle festzuhalten ist, dass Metaphorizität über den ontischen Bildbegriff hinausgeht, sich also nicht substantialistisch reduzieren lässt, vielmehr Prozesse gleitender Sprache (auch auf begrifflicher Ebene) einbegreift.
48 Einen konzisen Überblick geben Klaus Sachs-Hombach (Hg.): *Bildtheorien*, a. a. O., Lambert Wiesing: *Artifizielle Präsenz*, a. a. O., sowie ders.: *Sehen lassen: Praxis des Zeigens*. Berlin: Suhrkamp 2013.
49 Murray Krieger: »Das Problem der *Ekphrasis*. Wort und Bild, Raum und Zeit und das literarische Werk«, in: Gottfried Boehm, Helmut Pfotenhauer (Hg.): *Beschreibungskunst*, a. a. O., S. 51.
50 Murray Krieger: »Das Problem der *Ekphrasis*«, a. a. O., S. 54. Zu einer diffe-

ton erstmals zwischen natürlichen und arbiträren Zeichen – wird dann allerdings durch die im späten 17. Jahrhundert wieder propagierte und praktizierte Mimesis-Doktrin[51], die auch große Bedeutung für die erste Hälfte des 18. Jahrhunderts hatte, zurückgedrängt zuguns-

renzierten Sicht auf Platon als Gegner des Sinnlichen bzw. sinnlicher Erkenntnis und als vehementer Bildkritiker siehe: Benjamin Jörissen: »Die Ambivalenz des Bildes: Medienkritik bei Platon«, in: ders.: *Beobachtungen der Realität. Die Frage nach der Wirklichkeit im Zeitalter der Neuen Medien*. Bielefeld: Transcript 2015, S. 31–66. Hinsichtlich des Bildes im »Kontext des Verhältnisses von Vor- oder Urbild (paradeigma) und Abbild (eikôn)« differenziert Jorissen: »Paradeigma und eikôn bilden in der Philosophie Platons ein komplementäres Begriffspaar (Böhme 1996 a: 29 f.), was in der deutschen Übersetzung als Vorbild/Abbild nicht mehr erkennbar ist: denn ein ›Vor-Bild‹ ist bereits selbst bildhaft und bedürfte insofern, im Gegensatz zum platonischen paradeigma, nicht des Abbildes, um zur Darstellung zu kommen. Doch die platonische Idee (eidos, paradeigma) ist gerade nicht Bild (eikôn). Schon mathematische Gegenstände, etwa ein ideelles Dreieck, sind Abbilder von Ideen. Die Abstraktheit der Ideen als ideale Formbestimmungen, als reine ›Vorschriften‹, die dann bildhaft umgesetzt werden können, entbehrt vollkommen der Bildhaftigkeit.«

51 Hier sind grundsätzlich die Positionen von Platon und Aristoteles zu unterscheiden. Platons an den Wahrheitsbegriff gekoppeltes semiotisches Modell von Kunst und Dichtung, das in seiner Schrift *Der Staat* grundgelegt ist, basiert auf einem dreistufigen Mimesis-Modell. In hierarchischer Abstufung bilden die Begriffe Idee, Bild und Abbild Regulative einer Repräsentationsordnung. In dieser Abstufung der auf dem Vorrang des natürlichen Zeichens gründenden Mimesis rangierte die Malerei hinter dem Handwerk zum Beispiel des Schreiners, insofern den Malern allein ein mimetischer Vollzug zweiter Stufe möglich war, zumal der Maler (aber auch der Dichter) nichts von den nachgeahmten Dingen verstehe, sondern nur von der Nachahmung des Abbildes der Idee. Der Maler ist ein Nachahmer, er ahmt nicht die Idee nach, sondern die Werke der Handwerker, wie der Schreiner einer ist. Der Schreiner gibt das Bild einer Idee, die von und bei Gott ist. Gott allein ist »Hersteller des wirklich seienden Stuhles, nicht aber der eines beliebigen Stuhles«. (Platon: *Der Staat/Politeia*. Übers. v.

ten einer umgekehrten Hierarchisierung der Künste mit der Folge, dass nach Maßgabe der vorherrschenden (Theorie der) Ästhetik die bildenden Künste, allen voran die Bildhauerei, die Sprachkünste unter die Defensive der »ut pictura poesis« subordinierte. Als Medium hat die Literatur rezeptionsästhetisch zu verschwinden und das Gesagte als Gezeigtes transparent zu machen. Allerdings war auch diese Positionierung des nachantiken Paragone nicht unangefochten, gab es doch zum Beispiel in Edmund Burke einen großen Fürsprecher der Literatur, der mit starken Argumenten der semiotischen Unbestimmtheit des arbiträren sprachlichen Zeichens für eine Vorrangstellung des Literarischen optierte, das eben nicht »durch die physischen Grenzen ihres Nachahmungsobjekts eingeschränkt wird« und in der Prävalenz des Erhabenen vor dem nur Schönen seinen Ausdruck finden sollte.[52]

Besteht Ralf Simon zufolge ein Nachteil poetischer Texte darin, dass sie »Bilder prinzipiell nicht sichtbar machen« können und »sich deshalb in einer Defensive dem mächtigen Dispositiv gegenüber« befinden, »welches den Bildbegriff an die Sichtbarkeit bindet«,[53] so kann die relative Unbestimmtheit der durch Literatur evozierten Bildvorstellungen als ein Vorteil, zumindest als eine Kompensation gewertet werden, insofern durch sie zum einen ein bewusstes Spiel mit narrativ-visuellen Ambiguitäten getrieben und zum anderen die Imagination innerer Bilder stimuliert werden kann. Kann die Malerei das nicht auch? Sie schreibt die Bilder vor, sie macht sie eben sichtbar. In der ungegenständlichen Kunst hinwiederum kann es nicht darum gehen, den Betrachter zu fragen »Was siehst du«, in der Absicht, er möge im Ungegenständlichen Gegenständliches (wieder)erkennen.

Rudolf Rufener. Hg. v. Thomas Szlezák. Düsseldorf, Zürich: Artemis & Winkler 2000, Zehntes Buch, 597e, S. 813.)

52 Vgl. Murray Krieger: »Das Problem der *Ekphrasis*«, a. a. O., S. 52–53.

53 Ralf Simon: *Der poetische Text*, a. a. O., S. 199.

Spätestens mit Nietzsche, präfiguriert schon bei Addinson und Burke,[54] wird das visuelle Medium der bildenden Künste als dominante bzw. dominierende Bezugsgröße der Literatur ersetzt durch die Inthronisation der Musik; Visualität bzw. Visualisierung und Räumlichkeit als ästhetisch-funktionale Essenz der Kunst werden abgelöst durch die akustisch-zeitliche Dimension. Nicht nur werde, so Murray Krieger, »den Künsten des Wortes und der Zeit anstelle der Künste des Bildes und des Raumes eine Vorrangstellung eingeräumt«, je weiter wir uns der Gegenwart näherten, »das sich ausbreitende semiotische Interesse an Texten« würde alle Künste, die visuellen wie der verbalen« erfassen, und sie »alle der Zeitlichkeit« unterwerfen, »so daß sie alle in ähnlicher Weise für das entschlüsselnde Lesen« bereitstünden. Michael Thimann spricht in diesem Zusammenhang von einem »Logozentrismus gewisser Formen der älteren Kunst«.[55]

Dass die Frage einer Vorrangstellung von Bildern oder Wörtern, von Anschauung oder Begriffen auch den philosophischen Diskurs nachhaltig prägt, zeigen prominent die divergenten Positionen, die Giambatista Vico und Georg Wilhelm Friedrich Hegel einnehmen.[56] Argumentiert Vico mit seiner Auffassung eines über Anschauung konfigurierten Gedächtnisses für den Vorrang der Bilder – wir können »uns nichts anderes vorstellen (...) als das, woran wir uns erinnern, und wir erinnern uns immer nur an das, was wir durch Sinneswahr-

54 Vgl. Krieger: »Das Problem der *Ekphrasis*«, a. a. O., S. 52–53.

55 Cornelia Logemann, Michael Thimann (Hg.): *Cesare Ripa*, a. a. O., S. 9–21, hier: S. 9.

56 Siehe hierzu Stephan Otto: »Der Konflikt zwischen ›Bildern‹ und ›Wörtern‹. I. Die Option Vicos: *memoria* und *ingenium* oder vom Vorrang der Bilder. II. Die Option Hegels: *memoria* und Intelligenz oder vom Vorrang der Wörter«, in: ders.: *Die Wiederholung und die Bilder*, a. a. O., S. 23–51, sowie: Michael Lentz: »Die memoria bei Hegel«, in: ders.: *Atmen Ordnung Abgrund. Frankfurter Poetikvorlesungen*. Frankfurt am Main: S. Fischer 2013, S. 221–224.

nehmungen aufnehmen können«[57] –, so steht für Hegel mit seinem Magazinmodell der Vorrang der Wörter außer Zweifel. Der Name ist für Hegel die intelligible Objektivation der Sache. »Der *Name* ist so die *Sache*, wie sie im *Reiche der Vorstellung* vorhanden ist und Gültigkeit hat«, schreibt Hegel und kommt zu folgendem Fazit: »Das *reproduzierende* Gedächtnis hat und erkennt im Namen die Sache und mit der Sache den Namen, ohne Anschauung und Bild. (…) Es ist in Namen, daß wir denken.«[58] Stephan Otto zufolge will die *memoria* Vicos »an eine ungeschriebene Geschichte erinnern, an eine ›Geschichte vor der Geschichte‹, an eine Geschichte vor dem vertexteten Wort – an eine ›phantastische‹ Geschichte mythischer Bilder.« Deshalb dürfe Vico »die *phantasia* mit der *memoria* verknüpfen und die Darstellung der ›phantastischen Geschichte‹ des mythischen Zeitalters einem inventiven Zugriff der ›Poesie‹ zuordnen.«[59]

Diese Divergenz findet, unter anderen Voraussetzungen, in Franz Brentano und Edmund Husserl ihre Fortsetzung.[60] Während Brentano Phantasievorstellungen als »Begriffe mit anschaulichem Kern« beschreibt, spricht Husserl u.a. von der intentionalen Struktur der »Phantasie als Vergegenwärtigungsbewußtsein« mittels des Begriffs der »reproduktiven Modifikation« der Erlebnisse.[61]

57 Giambattista Vico: *Liber metaphysicus.* Aus dem Lateinischen und Italienischen von Stephan Otto und Helmut Viechtbauer. München: Wilhelm Fink 1979, S. 124–125.

58 Georg Wilhelm Friedrich Hegel: *Enzyklopädie der philosophischen Wissenschaften im Grundrisse. Dritter Teil: Die Philosophie des Geistes.* Frankfurt am Main: Suhrkamp 1981, § 462, S. 278–281, hier S. 278.

59 Stephan Otto: *Die Wiederholung und die Bilder,* a. a. O., S. 29.

60 Siehe Edmund Husserl: *Phantasie,* a. a. O.

61 Siehe Edmund Husserl: *Phantasie,* a. a. O., S. 79–80 (77–78), 108–109 (105–106), 130–131 (189–190).

Die Evokation und Revokation innerer Bilder, deren Genesis, fiktionsinduziert, unterschiedliche Disziplinen beschäftigt, von der Phänomenologie bis zur Kognitions- und Neurowissenschaft, und die, mit unsicherem ontischem Status, als Ausgliederungen des Imaginären, fiktionsgebunden und auf die Fiktion als gestaltgebende Objektivation angewiesen sind, kann als Vorgang selbst erzählt und zum Nukleus der Narration werden.

Hierbei, im Erzählen der Genesis innerer Bilder, stellt sich permanent die Frage, ob es tatsächlich diesen »Traum einer Rückkehr zur Idylle des natürlichen Zeichens« gibt, »das anhaltende semiotische Verlangen nach dem natürlichen Zeichen«, das den Dichter dränge, »im Reich des geistig Faßbaren zur sprachlichen Analogie für dieses natürliche Zeichen zu greifen«, wie Murray Krieger schreibt.[62]

Das überwiegende Interesse an gegenständlicher Malerei, das sich in verschiedener Hinsicht in meinem Roman *Schattenfroh* manifestiert, scheint dies zu bestätigen. Ganz so einfach ist es jedoch nicht, gilt es doch, die Semiotik der Malerei mit ihren Funktionen der Repräsentation, symbolischen Ordnung, Allegorisierung, Verrätselung zu beachten, so dass hier das Drängen nicht mit einem Griff nach dem sprachlichen Analogon für das Zeichenelement des Gemäldes befriedet wird, das aus seinem symbolisierenden oder allegorischen Kontext herausgelöst und als autonomes Zeichen renaturalisiert wird, indem es als bildliches Repräsentamen (Ikon), als piktural Bezeichnetes wörtlich ›gelesen‹ wird. Die Funktion der sprachlichen Analoga erschöpft sich auch nicht in einer bloßen Beschreibung der natürlichen Zeichen, vielmehr werden sie, teils mit biographischer, auch autobiographischer Grundierung, in Auswahl narrativ rekombiniert und zu neuen Zeichen-Ensembles zusammengeschlossen, die ihrerseits wieder in Bildern revisualisiert werden könnten. Diese Praxis der

62 Murray Krieger: »Das Problem der *Ekphrasis*«, a. a. O., S. 52.

Neubesetzung ist derjenigen von Hieronymus Bosch nicht unähnlich. Bosch arbeitet rhetorisch-ikonographisch mit wiedererkennbaren Teilelementen, die er zu neukontextuierenden Ensembles kombiniert.

Mit der Rede von der (simulierten) »internen Ekphrasis« der Sprache bzw. Literatur, die den Anschein erwecke, »ihr eigenes Emblem« zu sein,[63] ruft Krieger einen Begriff auf, der für den Roman *Schattenfroh* von zentraler Bedeutung ist. Die Beschäftigung mit der Begriffsgeschichte, der Theorie und Tradition der Ekphrasis und Beispielen der ekphrastischen Literatur von der Antike bis in die Gegenwart lief zur Entstehung des Romans parallel.

Was ist »Ekphrasis«?

63 Vgl. Murray Krieger: »Das Problem der *Ekphrasis*«, a. a. O., S. 52.

2. Ekphrasis

2.1 Zur (Definitions)geschichte der Ekphrasis

Die Begriffsgeschichte der Ekphrasis und ihre Pragmatik ist von ihrem antiken Anfang an so diffus wie umstritten. Dies ist nicht zuletzt in ihren heterogenen Erscheinungsformen begründet. Innerhalb der (frühen) Geschichtsschreibung, der Gerichtsrede und der Literatur[64] mit Homers Beschreibung des »Schild des Achilleus«[65] als wohl berühmtestem Beispiel der entwickelten Formen der Ekphrasis kommen ihr unterschiedliche pragmatische und ästhetische Funktionen zu. Mit dem lateinischen Begriff der descriptio[66] wurde von der Forschung

64 Vgl. Stefan Greif: »Das Sehen der Bilder. Antike Ekphrasis. Sub oculus subiecto – Rhetorische Ursprünge der Ekphrasis«, in: ders.: *Die Malerei kann ein beredtes Schweigen haben. Beschreibungskunst und Bildästhetik der Dichter.* München: Wilhelm Fink 1998, S. 81–87, hier S. 81.

65 Vgl. Philostratos: *Die Bilder*. Griechisch-deutsch. Nach Vorarbeiten von Ernst Kalinka herausgegeben, übersetzt und erläutert von Otto Schönberger. München: Ernst Heimeran 1968, S. 20–26. Zur Unterscheidung von »Schilderung« und »Erzählung« in der griechischen ekphrastischen Literatur der Antike siehe S. 22–23.

66 Zur Abgrenzung der Begriffe »Ekphrasis« und »Descriptio« merkt Fani Paraforou an, »in der Pfropfung des Begriffs vom griechischen zum römischen Kontext« sei »eine Ausdifferenzierung im Umgang mit seinem Gehalt zu sehen, die weg von Fragen der Definitionszuschreibung hin zu einer Verfeinerung und Problematisierung der Verfahrensweise selbst führt. Während im griechischen Zusammenhang der Begriff Ekphrasis vielmehr auf die Aktualisierung sprachlicher Evidenz – also auf ein Ziel – angelegt ist, wird in der Problematik der lateinischen descriptio die physische Präsenz des Redners als konstitutiver Moment der Realisierung – und somit als Träger der Rede – in Betracht gezogen.« Fani

eine Binnendifferenzierung für erdichtete Ekphrasen vorgeschlagen: Beschreibungen, »welche nicht vorhandene Kunstwerke beschreiben, sondern von dem Dichter frei konzipiert sind«.[67]

Zweifellos hat Ekphrasis in der griechischen Lyrik und Prosa die Muster möglicher ästhetischer Konstellationen der Bildaneignung (auch von Friesen, Skulpturen oder zum Beispiel Alltagsgegenständen) vorgebildet und auch zur Inkorporierung plastischer und räumlicher Formen in die Literatur bzw. in Erzählung und Roman beigetra-

Paraforou: *Ekphrasis und Geste: Ansätze zur Dekonstruktion eines komplexen Verhältnisses.* Inauguraldissertation zur Erlangung des Doktorgrades der Philosophie an der Ludwig-Maximilians-Universität München 2012, S. 8.

67 Johannes Theophanes Kakridis: »Erdichtete Ekphrasen. Ein Beitrag zur homerischen Schildbeschreibung«, in: *Zeitschrift für klassische Philologie*, 76. Band, Wien: Oskar Höfels 1963, S. 7–26, hier S. 9; Eckhard Wirbelauer: »Der Schild des Achilleus (IL. 18, 478–609. Überlegungen zur inneren Struktur und zum Aufbau der ›Stadt im Frieden‹)«, in: Hans-Joachim Gehrke, Astrid Möller (Hg.): *Vergangenheit und Lebenswelt: Soziale Kommunikation, Traditionsbildung und historisches Bewußtsein.* Tübingen: Gunter Narr 1996, S. 143–179, hier S. 144. Die u. a. diesen Befund generalisierende These der jüngeren Forschungsgeschichte, »daß es sich bei der poetischen Kunstbeschreibung in der Regel – mit einem Begriff von John Hollander – um ›notional ekphrasis‹ handelt, imaginierte (fiktive, M. L.) sprachliche Bildkunstwerke, die zwar an kunstgeschichtlich dokumentierte Bildformeln anknüpfen, ihren originären Ort aber in der Literatur haben und durch die besondere Art ihrer Darstellung gerade in Konkurrenz zur visuellen Kunst treten: »all ekphrasis is notional, and seeks to create a specific image that is to be found only in the text as its ›resident alien‹« (zit. nach Haiko Wandhoff: *Ekphrasis*, a. a. O., S. 3), gilt es nicht zuletzt in Anbetracht der Eikones von Philostratos des Älteren zu hinterfragen, die nach Otto Schönberger, der die diesbezügliche Rezeptionsgeschichte zusammenfasst, auf eine reale Bildergalerie zurückgehen. Vgl. Philostratos: *Die Bilder*, a. a. O., S. 157–176, hier S. 162–163 (»Existierten die Bilder?«).

gen.[68] In manchen Rhetoriken gilt Ekphrasis bloß als schmückendes, semantisch nicht notwendiges Beiwerk (»epitheton ornans«), andere ordnen sie innerhalb der Gerichtsrede der Narratio zu, der die Funktion einer parteiischen Tatverlaufsschilderung, eines Beispiel gebenden Exkurses oder zum Beispiel eines epideiktischen Beweismittels zukommt.[69]

2.2 Rhetorische Ekphrasis

Innerhalb der ekphrastischen Definitions- und Gattungsgeschichte[70] muss demnach grundsätzlich unterschieden werden zwischen einer rhetorischen und einer literarischen bzw. narrativen Ekphrasis. Die Rhetorik versteht unter Ekphrasis Beschreibung im allgemeinen Sinn, die *Bild*beschreibung gehört »nicht als fester Teil der Ekphrasis in die rhetorische Theorie der Antike – und schon gar nicht als eigene Gattung«[71]; die *literarische* Ekphrasis ist Bildbeschreibung, vorrangig von Artefakten der bildenden Kunst. Was als rhetorische Ekphrasis in der Antike eher randständig war, erfährt in der literarischen Ekphrasis eine Aufwertung.

Ekphrasis als rhetorische (Anfänger-)Übung im Rahmen der »Progymnasmata« und als Redebestandteil »ist ein Unterort der Text-

68 Zu Letzterem siehe auch Haiko Wandhoff: *Ekphrasis*, a.a.O., S. 6.

69 Siehe Heinrich Lausberg: *Handbuch der literarischen Rhetorik. Eine Grundlegung der Literaturwissenschaft*. Stuttgart: Franz Steiner ^{4}2008, § 1244: narratio, S. 755–756.

70 Zum Teil nicht trennscharf voneinander abgegrenzt, konkurriert mit der Ekphrasis als weiterer oder engerer Begriff eine Reihe anderer Bezeichnungen: descriptio, prosopoeia, Emblem, Epigramm sowie anschauliches Erzählen, lebendige Schilderung, Bildbeschreibung.

71 Fritz Graf: »Ekphrasis«, a.a.O., S. 143–155, hier S. 146.

gattung ›Übungstexte‹«[72] und fungiert hier als Teil »eines größeren «Textzusammenhangs«[73], nicht als Text für sich; eine spezielle Gattung »Beschreibung« oder »Bildbeschreibung« wird in der Rhetorik und den rhetorischen Übungen der »Progymnasmata«, in denen die Evokation von Affekten im Vordergrund steht, sogar ausgeschlossen. Ekphrasis als »isolierte Übung der Rhetorenschule« allerdings kann als »virtuose Etude« auch einmal »Beschreibungen als alleinigen Redeinhalt« haben.[74]

Die wohl zentrale antike Definition der Ekphrasis stammt von Aelius Theon, einem alexandrinischen Sophisten und Autor einer *Progymnasmata* genannten Sammlung rhetorischer Übungen. Sie lautet: »Ekphrasis ist ein beschreibender Text, der das Mitgeteilte anschaulich (ενέργεια) vor Augen führt.« »Ekphrasis geschieht«, so Theon, »(1) von Lebewesen, (2) von Geschehnissen, (3) von Orten, (4) von Zeiten«.[75] Ihre produktiven Kriterien lauten »Klarheit« und »Anschaulichkeit« (repraesentatio), »so daß das Dargestellte so ziemlich gesehen werden kann«.[76]

Bei Quintilian kündigt sich bereits ein intermediales Denken vergegenwärtigender Anschaulichkeit der Beschreibung (evidentia) an. Die Wirkung der evidentia besteht für ihn in einem medialen Sinnestransfer. Anschaulichkeit ist »eine in Worten so ausgeprägte Gestaltung von Vorgängen, daß man eher glaubt, sie zu sehen als zu hören.«[77]

72 Fritz Graf: »Ekphrasis«, a. a. O., S. 143–155, hier S. 144.

73 Fritz Graf: »Ekphrasis«, a. a. O., S. 143–155, hier S. 149.

74 Fritz Graf: »Ekphrasis«, a. a. O., S. 143–155, hier S. 149.

75 Theon: *Progymnasmata* 11 (S. 118,7 Stengel), zit. nach Fritz Graf: »Ekphrasis«, a. a. O., S. 143–155, hier S. 144.

76 Theon: *Progymnasmata* 119, a. a. O.

77 Marcus Fabius Quintilianus: *Ausbildung des Redners. Zwölf Bücher*. Herausgegeben und übersetzt von Helmut Rahn. Darmstadt: Wissenschaftliche Buchgesellschaft [5]2011 (Zweiter Teil: Buch VII–XII), IX 2, 40, S. 287.

Für manche Theoretiker bleibt der sprachbasierte Visualisierungseffekt der »evidentia« (Augenscheinlichkeit)[78] als wirkungsästhetische Transferleistung nicht auf Bildlichkeit beschränkt, sondern transformiert sich vom Visuellen »ins Akustische, Olfaktorische, Haptische«: »ein Blumenbild, das so intensiv wirkt, dass wir den Duft zu riechen vermeinen«.[79] Solche immersiven Synästhetisierungseffekte verleihen dem Direkt-vor-Augen-Stehenden quasi-ontologischen Status. Der Leser wird nicht nur zum Augen-, sondern auch zum akustischen, haptischen und olfaktorischen Zeugen erzählerischer Evidenz. Der Rezipient ist demnach körperlich an der ekphrastischen Einholung des Abwesenden in den präsentischen Horizont beteiligt.

Der Ekphrast fungiert als Perieget *(periegematikos)*, als Reiseführer durch innere Vorstellungen und Bilder, die er mit seiner Darstellung evoziert und in dieser Präsenzsuggestion das Medium seiner Darstellung, die Worte, scheinbar vergessen macht: »Die Erzählung der Sachverhalte und Ereignisse, in denen man ›aufgeht‹ oder in die man ›eintaucht‹, transgrediert dann in der Aisthesis die Materialität des Mediums.«[80] Der Wahrnehmende seinerseits muss die inneren Vorstellungen hinnehmen, sie sind gewissermaßen per se ›wahr‹, weil sie innerlich wahrgenommen werden.

78 »demonstratio ad oculos«, hypotyposis (Vergegenwärtigung), »sub oculos subiectio«: Quintilianus, *Ausbildung*, a. a. O., IX 2, 40.

79 Annina Schneller: https://www.designrhetorik.de/drei-fragezeichen-zur-rhetorischen-evidentia/.

80 Tobias Zier: *Literarische Präsenz- und Unmittelbarkeitseffekte: Evidenzverfahren in den Arbeiten Rolf Dieter Brinkmanns.* Inaugural-Dissertation zur Erlangung der Doktorwürde der Philosophischen Fakultät der Rheinischen Friedrich-Wilhelms-Universität zu Bonn 2012, S. 76.

2.3 Enérgeia und enárgeia

Die für die evidentia und die Ekphrasis zentralen Begriffe »Enérgeia« und »Enárgeia« werden nicht immer trennscharf voneinander unterschieden. Heinrich Lausberg zufolge ist die *evidentia* (Quint. 8,3,61; 9,2,40) »die lebhaft-« (Enérgeia) »detaillierte« (Enárgeia) »Schilderung eines rahmenmäßigen Gesamtgegenstandes (Quint. 8,3,70 *totum*; 9,2,40 *res … universa*) durch Aufzählung (wirklicher oder in der Phantasie erfundener) sinnfälliger Einzelheiten (Quint. 8,3,70 *omnia*; 9,2,40 *per partes*). Der Gesamtgegenstand hat in der *evidentia* kernhaft statischen Charakter, auch wenn er ein Vorgang (Quint. 9,2,40 *res … ut sit gesta ostenditur*) ist: es handelt sich um die Beschreibung eines wenn auch in den Einzelheiten bewegten, so doch durch den Rahmen einer (mehr oder minder lockerbaren) Gleichzeitigkeit zusammengehaltenen Bildes. Die den statischen Charakter des Gesamtgegenstandes bedingende Gleichzeitigkeit der Einzelheiten ist das Gleichzeitigkeitserlebnis des Augenzeugen; der Redner versetzt sich und sein Publikum in die Lage des Augenzeugen«[81], und dies mittels der Intensivierung von Klarheit und Wahrscheinlichkeit.

Für Heinrich Plett ist mit »Enérgeia« »eher die Dynamisierung des Stils durch pathetisch-anschauliche Verlebendigung der Darstellung« und mit »Enárgeia hingegen eher die sinnliche Evidenz einer detaillierten Beschreibung« bezeichnet. Erstere umfasse besonders die affektischen, Letztere besonders die ekphrastischen Figuren, darüber hinaus auch alle anderen Mittel der amplificatio.[82] Allerdings kann die lebendige Veranschaulichung der Enérgeia dem Erkenntnisgewinn förderlich sein und gerade auch der Detailreichtum (Enárgeia)

81 Heinrich Lausberg: *Handbuch*, a. a. O., § 810, S. 399 – 400.

82 Heinrich Plett: *Rhetorik der Affekte. Englische Wirkungsästhetik im Zeitalter der Renaissance.* Tübingen: Niemeyer 1975, S. 135 – 136.

der Schilderung (evidentia, descriptio) kann affektsteigernd wirken und zu diesem Zwecke fungieren: »Die Detaillierung des Gesamtgegenstandes ist ein Produkt des Phantasieerlebnisses im Autor und hat dementsprechend auf das Publikum eine ›realistische‹ (Quint. 4,2,123 *credibilis rerum imago*) und affekterregende (Quit. 8,3,67 *in affectus … penetrat*; 6,2,32 *affectus*) Wirkung.«[83]

Die »Suggestion von Präsenz und Unmittelbarkeit«[84], das »Aufscheinen der Präsenz im Augenblick«[85] zeitigt Realitätseffekte mittels differenzierter Strategien der unter den Begriff der »enérgeia«[86] gefassten (visuellen) Verlebendigung und Vergegenwärtigung von Abwesendem und des enárgeia[87] genannten, Anschaulichkeit vermittelnden detaillierten Beschreibens. Evidentia als rhetorische Technik der Darstellung, die zum Beispiel in der Gerichtsrede zur Dynamisierung und Affektsteigerung bis hin zur Pathetisierung der Darstellung bzw. des Dargestellten und somit zu einer rationaler Argumentation gleichwertigen oder diese sogar subordinierenden Emotionalisierung der Zuhörer führen soll, ist nicht allein eine rezeptionstheoretische Kategorie[88], vielmehr soll der Redner zunächst vor ein Forum internum treten und sich in die Doppelrolle des Redners und Zuhörers spalten,

83 Heinrich Lausberg: *Handbuch*, a. a. O., § 813, S. 402.

84 Tobias Zier: *Literarische Präsenz- und Unmittelbarkeitseffekte*, a. a. O., S. 78.

85 Tobias Zier: *Literarische Präsenz- und Unmittelbarkeitseffekte*, a. a. O., S. 33.

86 Der Begriff stammt von Aristoteles.

87 »ausmalende Beschreibung, plastische Ausprägung und Modellierung; Beispiele hierfür sind weitere rhetorische Verfahren, die teilweise einen ähnlichen semantischen Status haben wie hypotyposis, diatyposis, illustratio, demonstratio mit den Unterformen effictio, conformatio, descriptio, topographia«. Tobias Zier: *Literarische Präsenz- und Unmittelbarkeitseffekte*, a. a. O., S. 55. Verfahren der enárgeia lassen sich auf das römisch-hellenistische Sprachkonzept beziehen.

88 Vgl. Tobias Zier: *Literarische Präsenz- und Unmittelbarkeitseffekte*, a. a. O., S. 77, 294.

indem er an sich selbst die Wirkung der demonstratio ad oculos erfährt. Nur was er an sich selbst als zuhörender Augenzeuge erfahren hat, kann er »so deutlich, lebendig oder detailliert (...) schildern, daß alle sich als Augenzeugen fühlen«[89], was Quintilian als Phantasieerlebnisse im Autor bezeichnet.

Präsenz- und Unmittelbarkeitseffekte realisieren sich als innere Bilder. Innere Bilder haben einen »prekären ontologischen Status«[90], sie sind als solche nicht intersubjektivierbar, sondern, so Ralf Simon, »in der black box der Subjektivität eingeschlossen«,[91] aber auch derjenige, dem allein sie gegeben sind, hat aufgrund ihres phantomhaften, ephemeren Status keinen gesicherten Zugriff auf sie. Um kommuniziert oder erzählt zu werden, bedürfen sie einer Übersetzung in ein anderes Medium, in Worte bzw. Texte, Musik oder äußere Bilder: Wenn von inneren Bildern gesprochen wird, so Stephanie Jordans, »wurden sie bereits vom Medium ›Bild‹ ins Medium ›Sprache‹ übersetzt«.[92]

2.4 Narrative Ekphrasis

Antike und mittelalterliche Kunst bezieht sich vielfach auf mythologische, christliche und literarische Stoffe, insofern hier überhaupt unterschieden werden kann: »Bild, Sprache und Schrift« haben »in den alteuropäischen Kulturen eine gemeinsame Stoffgrundlage, die es zu tradieren gilt und aus der die verschiedenen Kunstformen ihre Gegenstände beziehen.«[93]

89 Tobias Zier: *Literarische Präsenz- und Unmittelbarkeitseffekte*, a.a.O., S. 77, S. 294.

90 Stephanie Jordans: *Innere Bilder*, a.a.O., S. 12.

91 Ralf Simon: *Der poetische Text*, a.a.O., S. 242–243.

92 Stephanie Jordans: *Innere Bilder*, a.a.O., S. 11.

93 Haiko Wandhoff: *Ekphrasis*, a.a.O., S. 7.

Zeitgenössische Maler wie Werner Tübke und Michael Triegel knüpfen an diese Tradition wieder an.

Intermediale Konzeptualisierungen der Ekphrasis, die partiell an antike Theoreme eines Medientransfers anknüpfen, in deren Horizont bereits Vorstellungen wechselseitiger Durchlässigkeit visueller und akustischer (verbaler) Medien artikuliert worden sind – prominent Horaz: »ut pictura poesis« und Simonides von Keos' Theorem von der Literatur als redende Malerei und der Malerei als stumme Dichtung –, stellen »das Moment der Visualisierung und Verräumlichung von und durch Sprache«, aber auch den »paragonale(n) Charakter von visueller und verbaler Repräsentation«[94] ins Zentrum.

Demgegenüber sieht die narratologische Konzeptualisierung in der Ekphrasis weniger das »konkurrierende Andere der Wortkunst«. Vor dem Hintergrund einer selbst schon narrativen Organisation der »sprachlich generierten Bildkunstwerke« werden Ekphrasen, analog zum Bild im Bild, als eingebettete Erzählungen oder »Hypoerzählungen«[95] verstanden: »Erzählung in der Erzählung« bzw »micro-narratives« oder »paranarratives«, »die von der Rahmenerzählung sowohl getrennt sind, wie sie sich ihr auch einfügen, um sie mit zusätzlichen Registern und Bedeutungsdimensionen anzureichern«. Die Ekphrasis ist demnach ein Fragment, »das paradoxerweise das Ganze des Werkes enthalten kann, von dem es doch zugleich eingeschlossen und begrenzt wird«[96].

94 Haiko Wandhoff: *Ekphrasis*, a.a.O., S. 17.

95 »Haferland und Mecklenburg fassen derartig in die Rahmenhandlung eingebettete Erzählungen in der Erzählung schließlich als ›Hypoerzählungen‹, die sich unter der Hand in übergreifende ›Metaerzählungen‹ verwandeln können und die in dem Maße, wie ihre Selbständigkeit anwächst, auch einer ›Selbstthematisierung des Erzählens‹ Vorschub leisten.« Haiko Wandhoff: *Ekphrasis*, a.a.O., S. 9.

96 Haiko Wandhoff: *Ekphrasis*, a.a.O., S. 10.

Als »micro-narratives« fungieren die Ekphrasen nicht nur als Visualisierungsstrategie, sondern nach dem Prinzip der mise en abyme[97] auch als – nicht selten allegorischer – »inter- wie intratextueller Spiegel« der Haupthandlungen oder werden als Synekdochen beschrieben.[98] Die Erzählungen der Bilder zum Beispiel von Hieronymus Bosch, Jan Vermeer, Michael Triegel und Ror Wolf im Roman *Schattenfroh* nehmen diese mittelalterliche Tradition ekphrastischen Erzählens, wie sie einen prägnanten Ausdruck im sogenannten *Prosalancelot*[99] findet, wieder auf und finden für die Appropriation je eigene Lösungen. In *Schattenfroh* findet vielfach eine Verlebendigung metadiegetischer Figuren »aus in der Diegese vorhandenen Gemälden und Fotografien« statt.[100]

Die Aneignung der Bilder von Hieronymus Bosch löst sich von ihrer allegorischen Textur, ihrer Moraldidaxe und ihrer anagogischen Sinnebene.[101] An ihrer Stelle erfolgt eine Aufpfropfung auch fiktiona-

97 Linda Clemente benutzt in ihrer Studie über »Literary objets d'art in der französischen Epik zwischen 1150 und 1210« den Term der mise en abyme und versteht darunter »a structure maintaining a relationship of similitude with the work in which it is found«. Vgl. Haiko Wandhoff: *Ekphrasis*, a. a. O., S. 9.

98 Haiko Wandhoff: *Ekphrasis*, a. a. O., S. 7. Die in »verschiedensten Literaturen« immer wieder »in Form von Bildwerken inszenierte Binnenhandlungen« stünden »zu der Rahmenhandlung der sie umschließenden Erzählung in einem Verhältnis der Analogie oder auch des Kontrasts«, so daß sich »die eigentliche Erzählung über das spiegelnde Verhältnis zur Binnenerzählung gleichsam selbst« reflektiere. Haiko Wandhoff: *Ekphrasis*, a. a. O., S. 9.

99 *Prosalancelot* I–V. Übersetzt und kommentiert von Hans-Hugo Steinhoff. Frankfurt am Main: Deutscher Klassiker Verlag 1995–2004.

100 Sonja Klimek: »Metalepse«, in: Martin Huber, Wolf Schmid (Hg.): *Grundthemen der Literaturwissenschaft: Erzählen*. Berlin, New York: De Gruyter 2017, S. 334–352, hier S. 336.

101 Siehe diesbezüglich Stefan Fischer: *Hieronymus Bosch: Malerei als Vision, Lehrbild und Kunstwerk*. Köln, Weimar, Wien: Böhlau 2009, S. 215–273; 324–345.

ler (auto)biographischer Bezüge bis hin zur realistisch erzählten phantasmagorischen Groteske. Der stimulativen Wirkung der Bilder ist es zuzuschreiben, dass sich in *Schattenfroh* das ekphrastische Performativitätskonzept Claire Barbettis realisiert, die Ekphrasis als eine Handlung verstanden wissen will: »Ekphrasis needs to be thought of as a verb, not a noun«[102]. Hinsichtlich des autofiktionalen Erzählens haben Bilder in *Schattenfroh* katalysatorische Funktion, in ihrem Wahrnehmungsangebot entbinden sie imaginäre Vorstellungen, indem sie mögliche Figuren-, Situations- und Handlungs-Konfigurationen und Schemata bereitstellen.

In der fiktionalen (auto)biographischen Überschreibung der Bilder Boschs, Tübkes, Triegels oder Ror Wolfs vollzieht sich eine Überschreitung des Sichtbaren, die Wahrnehmung des Bildes als Hyperphänomen. Das Bild fungiert als hyperbolischer Erfahrungsraum, als sei seiner instabilen Präsenz etwas entzogen, das ihr deutend-umdeutend in der Erzählung des Bildes wieder hinzugefügt würde. Die präsentische Instabilität zeigt sich in der jeweiligen Neuentdeckung von Details und den sich ändernden Assoziationsketten der Wahrnehmung. Das Bild-Erzählen erprobt sich als eine »Zugänglichkeit des original Unzugänglichen«[103], als die Edmund Husserl die (Fremd)wahrnehmung des »seienden ›Fremden‹« bzw. des »fremden Leibs« als »Analogon von Eigenheitlichem« beschreibt.[104] Dieser appräsentische Akt des Bild-Erzählens gibt »das originaliter Unzugängliche des Anderen«, als welcher in *Schattenfroh* nicht mehr nur der fremde Leib, sondern das

102 Claire Barbetti: *Ekphrastic Medieval Visions: A New Discussion in Interarts Theory (The New Middle Ages).* Basingstoke: Palgrave Macmillan 2011, S. 5.

103 Edmund Husserl: *Cartesianische Meditationen.* Hamburg: Felix Meiner 2012, S. 114.

104 Zu diesem Themenkomplex siehe auch Bernhard Waldenfels: *Hyperphänomene. Modi hyperbolischer Erfahrung.* Berlin: Suhrkamp 2012, S. 296–314.

Bild mit den auf ihm dargestellten Figuren, Geschehnissen und Situationen figuriert, und ist verflochten mit einer »originalen Präsentation ›seines‹ Körpers als Stück meiner eigenheitlich gegebenen Natur«.

»Es ist also nur denkbar als Analogon von Eigenheitlichem. Notwendig tritt es vermöge seiner Sinneskonstitution als ›intentionale Modifikation‹ meines erst objektivierten Ich, meiner primordialen Welt auf: der Andere phänomenologisch als ›Modifikation‹ meines Selbst (das diesen Charakter ›mein‹ seinerseits durch die nun notwendig eintretende und kontrastierende Paarung erhält). Es ist klar, daß damit in der analogisierenden Modifikation all das appräsentiert ist, was zur Konkretion dieses Ich zunächst als seine primordiale Welt und dann als das voll konkrete Ego gehört. Mit anderen Worten, es konstituiert sich appräsentativ in meiner Monade eine andere.«[105]

Husserl zufolge liefert »eine solche Fremdappräsentation im beständigen Fortgang der wirksamen Assoziationen immer neue appräsentative Gehalte«.[106]

Mit den jede Bildwahrnehmung begleitenden Appräsentationen, wie Husserl sie versteht, ein »›Mit-da‹«, das »doch nicht selbst da ist, nie ein Selbst-da werden kann«, »eine Art des Mitgegenwärtig-Machens«[107], ist eine Rückbindung an Lessings in seinem *Laokoon*-Essay entwickeltes relational-quasiintermediales Verständnis der Anwesenheit des Abwesenden (Virtualität; »actu« – »virtute«) und des »fruchtbaren Augenblicks erlaubt. Das Bild-Erzählen macht die Appräsentationen explizit und überführt das »virtute« in ein »actu«.

Vielleicht jedoch führt das Bild-Erzählen als Überschreiben des Bildes nur aus, was »virtute« bereits im Bild bzw. »Gemälde« liegt, wie Lessing im *Laokoon* schreibt – und also gar nicht erst im Blick des

105 Edmund Husserl: *Cartesianische Meditationen,* a. a. O., S. 113 – 114.

106 Edmund Husserl: *Cartesianische Meditationen,* a. a. O., S. 119.

107 Edmund Husserl: *Cartesianische Meditationen,* a. a. O., S. 108.

Betrachters: »Doch was (...) nicht actu in dem Gemälde enthalten war, das lag virtute darin, und die einzige wahre Art, ein materielles Gemälde mit Worten nachzuschildern ist die, daß man das Letztere mit dem wirklich Sichtbaren verbindet, und sich nicht in den Schranken der Kunst hält, innerhalb welchen der Dichter zwar die Data zu einem Gemälde herzählen, aber nimmermehr ein Gemälde selbst hervorbringen kann.«[108] Lessing kontert mit seiner Theorie der in das Bild implementierten Beweglichkeit des »fruchtbaren Augenblicks«, die, als Sekundäreffekt, im Wahrnehmungsakt Zeitlichkeit und somit Narration evoziert, die These Jean Boivin des Jüngeren in dessen *Apologie d'Homère, et Bouclier d'Achille*, es handele sich bei einer – von Lessing zitierten – Passage aus Homers *Ilias* aufgrund der verschiedenen in ihr wahrzunehmenden Zeitpunkte nicht um die Beschreibung eines einzigen Gemäldes, sondern mehrerer verschiedener Gemälde. Zwar gibt Lessing zu, es sei wahr, »es konnte nicht wohl alles, was Homer sagt, in einem einzigen Gemälde verbunden sein, die Beschuldigungen und Ableugnung, die Darstellung der Zeugen und der Zuruf des geteilten Volkes, das Bestreben der Herolde den Tumult zu stillen und die Äußerungen der Schiedesrichter(!) sind Dinge die aufeinander folgen, und nicht neben einander bestehen können«[109]. Die Ekphrasis ihrerseits macht in ihrem beschreibenden Erzählen und erzählenden Beschreiben explizit, was sich Lessing zufolge im »fruchtbaren Augenblick« eben nicht statuarisch, sondern als »transitorisch denken«[110] lässt: Initiiert vom Darstellungsmoment des »fruchtbaren Augenblicks«, supplementiert der Blick des Betrachters die Wahrnehmung

108 Gotthold Ephraim Lessing: *Laokoon. Briefe, antiquarischen Inhalts.* Hg. von Winfried Barner. Frankfurt am Main: Deutscher Klassiker Verlag 2007, XIX, S. 140.

109 Gotthold Ephraim Lessing: *Laokoon*, a. a. O.

110 Gotthold Ephraim Lessing: *Laokoon*, a. a. O., S. 32–33.

des Bildes mit einem Sehen des Sehens, das ein Effekt des Transitorischen ist.

Lessings Wahrnehmungs- und Ekphrasis-Modell liegt die Annahme bzw. das Argument einer doppelten Struktur zugrunde: ein doppeltes, gleichzeitiges Sehen von Sichtbarem und Nichtsichtbarem, von Anwesenheit und Abwesenheit, indem das ideale Bild nach Lessings Vorstellungen das Zeitlichkeit perspektivierende Transitorische nicht nur denken lässt, sondern auch zeigt:[111]

»Wenn Laokoon also seufzet, so kann ihn die Einbildungskraft schreien hören; wenn er aber schreiet, so kann sie von dieser Vorstellung weder eine Stufe höher, noch eine Stufe tiefer steigen, ohne ihn in einem leidlichern, folglich uninteressantern Zustande zu erblicken. Sie hört ihn erst ächzen, oder sie sieht ihn schon tot.

Ferner. Erhält dieser einzige Augenblick durch die Kunst eine unveränderliche Dauer: so muß er nichts ausdrücken, was sich nicht anders als transitorisch denken läßt. Alle Erscheinungen, zu deren Wesen wir es nach unsern Begriffen rechnen, daß sie plötzlich ausbrechen und plötzlich verschwinden, daß sie das, was sie sind, nur einen Augenblick sein können; alle solche Erscheinungen, sie mögen angenehm oder schrecklich sein, erhalten durch die Verlängerung der

111 Siehe hierzu Carolin Bohn: *Dichtung als Bildtheorie. Sieben Studien zu Lessings »Laokoon«*. Berlin: Kulturverlag Kadmos 2016, S. 71–79, insbes. S. 72–73. Rezeptionsgeschichte mit ihren Stereotypen muss anhand einer Neulektüre der Quellentexte immer wieder auf den Prüfstand gestellt werden, was nicht selten zur Revidierung tradierter Missverständnisse oder Fehlurteile führt, deren fortgesetzte Kolportage auf einen zitatisolierenden Stillstand der Lektüre, wenn nicht überhaupt auf Nichtlektüre schließen lässt. Bohn leistet eine solche Revision im Falle von Lessings *Laokoon*, den sie einer grundlegenden Neulektüre unterzieht. Jörissen unterzieht Platon unter dem Paradigma der Wahrnehmung und sinnlichen Erkenntnis einer Neulektüre. Vgl. Benjamin Jörissen: »Die Ambivalenz des Bildes«, a. a. O.

Kunst ein so widernatürliches Ansehen, daß mit jeder wiederholten Erblickung der Eindruck schwächer wird, und uns endlich vor dem ganzen Gegenstande ekelt oder grauet.«[112]

Aus den Beschreibungen der Ajax und Medea darstellenden Bilder des Malers Timomachus »erhellt, daß er jenen Punkt, in welchem der Betrachter das Äußerste nicht sowohl erblickt, als hinzu denkt, jene Erscheinung, mit der wir den Begriff des Transitorischen nicht so notwendig verbinden, daß uns die Verlängerung derselben in der Kunst mißfallen sollte, vortrefflich verstanden und mit einander zu verbinden gewußt hat. Die Medea hatte er nicht in dem Augenblicke genommen, in welchem sie ihre Kinder wirklich ermordet; sondern einige Augenblicke zuvor, da die mütterliche Liebe noch mit der Eifersucht kämpfet. Wir sehen das Ende dieses Kampfes voraus. Wir zittern voraus, nun bald bloß die grausame Medea zu erblicken, und unsere Einbildungskraft gehet weit über alles hinweg, was uns der Maler in diesem schrecklichen Augenblicke zeigen könnte. Aber eben darum beleidiget uns die in der Kunst fortdauernde Unentschlossenheit der Medea so wenig, daß wir vielmehr wünschen, es wäre in der Natur selbst dabei geblieben (...)«.[113]

Lessings Modell ist nicht dadurch zu entkräften, dass in bzw. mit jeder (neuen) Vorstellung etwas anderes »virtute« (der Möglichkeit nach, virtuell) im Bild oder Gemälde liege, mit Husserl also »im beständigen Fortgang der wirksamen Assoziationen immer neue appräsentative Gehalte« geliefert würden und so jeder Bildbetrachter seine eigene, in sich kontinuierlich variierende Erzählung habe, da nicht nur die Meinungen darüber auseinandergehen können, was »actu« (tatsächlich) in dem Bild oder Gemälde enthalten ist, aus dem »das

112 Gotthold Ephraim Lessing: *Laokoon*, a. a. O., S. 32–33.
113 Ebd.

Vergangene« und »das Folgende«[114] entwickelt wird. Wichtig ist, dass das Bild anschlussfähig ist für kinetische Ergänzungen der Imagination.[115]

Lessing hatte bestimmte antike und frühneuzeitliche allegorische Gemälde vor Augen, die er entweder gesehen oder von denen er Beschreibungen gelesen hat und auf die er in seinem Essay ausführlich eingeht – die titelgebende *Laokoon*-Gruppe (Skulptur) selbst hat er »wahrscheinlich nie gesehen«.[116]

Ein Blick auf die Bilder von Hieronymus Bosch hätte genügt, um den im 18. Jahrhundert gängigen Topos des *einen* »fruchtbaren« bzw. »prägnanten« Augenblicks, der Lessing zufolge ein Gemälde nicht im Moment der äußersten Krisis, sondern desjenigen Affekts zeigen soll, der dem Betrachter eine größtmögliche Beweglichkeit der Verzeitlichung ermöglicht, in eine Simultaneität oder zumindest einen gleitenden Wechsel mehrerer »fruchtbarer Augenblicke« zu überführen, repräsentieren Boschs Bilder wie zum Beispiel *Der Garten der Lüste, Das Jüngste Gericht, Heiliger Johannes der Evangelist auf Patmos* oder *Der Heuwagen* mit ihrem vielfigurigen »Grundprinzip Amplificatio«[117] doch eine panoramatische Gleichzeitigkeit verschiedener Situationen und Vorgänge. Die »tableauartige(r) Vielfigurigkeit« und »zentrumslose«, dabei »flächige, parataktische Anordnung« der Bilder »mit hohem Horizont« diskreditiert Fluchtpunktperspektivität. Werner Tübke nannte dieses von ihm bei seinem Panoramabild *Frühbürgerliche Revolution in Deutschland* angewendete perspektivische Prinzip »hochgeklappter Horizont« (siehe S. 134, Fußnote 321). Dieses Anordnungs-

114 Gotthold Ephraim Lessing: *Laokoon*, a. a. O., S. 139.

115 »Description en mouvement«, in: Rafael Koskimies: *Theorie des Romans.* Darmstadt: Wissenschaftliche Buchgesellschaft 1966, S. 188.

116 Carolin Bohn: *Dichtung als Bildtheorie*, a. a. O., S. 9.

117 Stefan Fischer: *Hieronymus Bosch*, a. a. O., S. 175–178.

konzept ist dem rhetorischen Prinzip der accumulatio geschuldet, das regelrechte »Wimmelbilder«[118] erzeugt. Allein schon die Kontiguität der von Bosch in die Bildkomposition integrierten episodischen Inseln, deren Figuren und Situativität Bosch von Bild zu Bild auch neu konfigurierte und kombinierte, erzeugt einen Kausalnexus zwischen ihnen, der Handlung im Blick des Betrachters entstehen lässt – und das auch, wenn ihm die dargestellten Vorgänge rätselhaft erscheinen. Auch wenn die einzelnen »episodischen Inseln« bloß als allegorische Varianzen einer monothematisch-motivischen Konstanz gesehen werden, so ist es doch gerade die Differenz zwischen ihnen, die jeden Blick des Betrachters neu konfiguriert und selbst an den Bildrand gedrängte Figuren- und Vorgangskonstellationen so ins Zentrum des Interesses rücken lassen kann, als müssten sie, entgegen ihrer Positionierung auf dem »Wimmelbild«, in der Wahrnehmungshierarchie ganz oben stehen. Oft sind es nur mehr oder weniger unwesentliche Details, die in der Wahrnehmung, im Verbund mit assoziativ nicht zu steuernden appräsentativen Momenten, eine Aufwertung erfahren.

Mit einem gewissen Recht lässt sich darüber hinaus sagen, dass der Betrachter selbst im Bild enthalten ist, neigt er doch zuweilen dazu, sich das Vorher und Nachher »des einzigen Augenblicks in dem Kunstwerke«[119] autobiographisch oder autofiktional zu eigen zu machen, stimuliert durch den »leidenschaftlichen Affekt« des prägnanten Moments. Das ist ja die schöne Lust des Betrachters, überall in Bildern sich selbst zu erkennen. Auch ein »Ding an sich« des Bildes ist nicht in die Wahrnehmung einholbar, vielmehr sind Bild und Beobachtung, Objekt und Subjekt zwei nicht unabhängig voneinander zu denkende Größen, der subjektive Blick ist unhintergehbar. Die Betrachtung eines Bildes aktiviert das Bildgedächtnis, den subjektiven

118 Stefan Fischer: *Hieronymus Bosch*, a. a. O., S. 187.

119 Gotthold Ephraim Lessing: *Laokoon*, a. a. O., S. 139.

Vorstellungsbestand innerer Bilder. Der Betrachter erkennt demzufolge nur, was er bereits gesehen hat. Hierin manifestiert sich ein enger Zusammenhang von Sehen und Erinnern.

Inka Müller-Bach bringt den Konnex zwischen dem Sichtbaren und dem Unsichtbaren, dieses »Wechselspiel von Auge und Einbildungskraft« auf die Formel »Sehen« und »hinzudenken«, das darauf ziele, »den Gegensatz von Kunst und Leben in einem Augenblick der täuschenden Metamorphose der Kunst in ihr Gegenteil zu überwinden«.[120]

Für Lessing ist es »der Einbildungskraft freies Spiel«[121], das die im Bild markierte Spur aufnimmt und über das Sichtbare hinaus ergänzt.

Kunst muss für Lessing eine Handlung vermuten lassende Andeutungskunst sein, die Einbildungskraft muss durch den im Bild dargestellten fruchtbaren Augenblick »auf die Spur« gebracht werden, auf die ins Bild eingezeichnete »Bewegungsspur«[122].

So kann die »supplementierende Tätigkeit der Einbildungskraft«[123] ihr »freies Spiel entfalten, der Kunst als Raumkunst supplementiert sich die Zeit und das Nichtsichtbare.[124]

Der fruchtbare Augenblick allerdings »interessiert (...) nicht mehr als der in eine narrative Sequenz geschaltete Moment, der eine Story und Narration nachvollziehbar mache bzw. nur auf dieser Grundlage und in Abhängigkeit von ihr getroffen werden könne«. Vielmehr gehe die Interpretation des prägnanten Moments als in einer zeitlichen Ver-

120 Inka Mülder-Bach: *Im Zeichen Pygmalions. Das Modell der Statue und die Entdeckung der »Darstellung« im 18. Jahrhundert.* München: Wilhelm Fink 1998, S. 74.

121 Gotthold Ephraim Lessing: *Laokoon*, a. a. O., S. 32.

122 Inka Mülder-Bach: *Im Zeichen Pygmalions*, a. a. O., S. 37.

123 Ebd.

124 Zur Wahrnehmung von Abwesendem vgl. schon Aristoteles: *De memoria et reminiscentia I*, 450 b 19 f.

kettung eines Erzählstoffes stehend im Grunde an dem vorbei, was Lessing schreibe, so Carolin Bohn. Denn die Wahl des richtigen, darzustellenden Augenblicks richte sich nicht »nach einem chronologisch geordneten Narrativ, sondern nach dem jeweiligen Grad des leidenschaftlichen, leidenden ›Affects‹.« Allerdings solle der »Affect« nicht »in seinem Äußersten« gezeigt werden, dies würde »die Effektbildung beim Betrachter« hemmen, das Spiel der Einbildungskraft wäre nicht mehr frei.

Insofern sei es konsequent, so Bohn, »den fruchtbaren Augenblick jenseits einer Zeitlichkeit und (…) nur in Bezug auf seine ›Beweglichkeit‹ hin zu lesen«. Dennoch impliziere diese Dynamik Zeitlichkeit, der ein Begriff von Zeitlichkeit »jenseits (historisierender) Chronologie« zugrunde liegt.[125]

125 Carolin Bohn: *Dichtung als Bildtheorie*, a.a.O., S. 57–58. Zur Paradigmen bildenden Lessing-Rezeption vgl. auch Honold/Simon: »Narrationen geben Ausfaltungen eines Handlungsgeschehens in der Zeit, Bilder dagegen stellen präsentische, simultane Verdichtungen einer Situation vor Augen: So schematisiert ein traditioneller, gemeinhin durch den Verweis auf Lessings Laokoon charakterisierter Diskurs die Beziehung von Bild und Erzählung als klare, medienästhetische Opposition. Erzeugt aber diese deiktische oder auch expositorische Dimension des Ikonischen wirklich eine virtuelle Ganzheit, die vor allem räumlich gedacht werden muss? Steckt nicht im Bild selbst die gestaute Zeit als energetisches Bündel, welches die räumlich versammelte Konstellation in die verschiedenen Bewegungsvektoren auseinanderdriften lassen will? Wird also ikonische Intensität nicht gerade auch durch die Dimension des Zeitlichen miterzeugt? Vielleicht kann man sogar sagen, dass die Rede von der Räumlichkeit des Bildes, von seiner Logik des Nebeneinanders eine problematische, die Sachlage eher verstellende Rede ist. Nicht nur die Blickbewegung des Auges anlässlich eines Bildes, sondern vielmehr die energetische Konstellation der Dinge im Bild scheint eine Sprengung des Nebeneinanders in die Dynamik der Zeit zu erfordern.« Alexander Honold, Alexander Simon (Hg.): *Das erzählende und das erzählte Bild*, a.a.O., S. 8.

Auch in ekphrastischen Erzählungen zum Beispiel im Rahmen eines Romans ist der analeptische und prospektiv auch proleptische Sequenzierungen auslösende Moment des »fruchtbaren Augenblicks« ein Sekundäreffekt des Bewegung überhaupt erst stimulierenden Affekts. Die Auslösung von Bewegung bzw. Beweglichkeit als Primäreffekt initiiert bei jedem Betrachten des Bildes immer wieder neu das beschreibende, bildanimierende Erzählen. Steht schon das Bild nicht still, ist auch der Konnex zwischen Bild und Text nicht durch ein stilllebenhaftes Einfrieren des Textes motiviert.

Für Lessing geschieht »Beweglichkeit« mittels »Ausdruck«, »Stellung« und »Stand«.[126] Das sind deiktische Begriffe, denen die Begriffe der Geste und Gebärde inhärent sind. Dies wären die bildintrinsischen intramedialen Komponenten, die allerdings nicht selbstgenügsam sein können, will man über Affekt, Täuschung oder Imagination sprechen. Vielmehr muss das (mehr oder weniger ›lesbare‹) Bild – wie auch (s)ein Text –, soll es überhaupt ein (inter)subjektives Bewusstsein von ihm geben, in Diskurse eingebunden sein und in diesen rekursiv zirkulieren, und das tut es schon im Leser selbst, dessen Blick und Verständnis, wie auch immer, bereits diskursiv situiert sind. Als Idealfall der Rezeption mag demgegenüber der ›naive‹ Leser bzw. Betrachter apostrophiert werden, der sich voraussetzungslos dem Bild bzw. Text als singulärem Modus des geschichtslosen Selbstgegebenseins widmet, ohne Rücksicht auf seine Anschlussfähigkeit an vorgängige Diskurse und ihre Schemata der Wahrnehmung und des Verstehens.

Beschreiben und Deuten eines Bildes sind keine trennscharfen Modalitäten seiner Rezeption. Beschreiben deutet auch. Hinzu kommt, dass das transitorische Moment der Bewegung ein Beschreiben be-

126 Vgl. Gotthold Ephraim Lessing: *Laokoon*, a. a. O., Erster Teil, Vorrede; XI; XV; XVIII.

dingt, das hinsichtlich Sichtbarkeit, Wahrscheinlichkeit, kulturellem Kontext etc. von der historischen ›Sachlage‹, den symbolischen Konfigurationen und auch von den allegorischen Strukturen des Bildes schnell schon abweichen kann, zumal wenn es sich um eine ekphrastische Erzählung im Roman handelt, die bzw. der als ihre Rahmenerzählung fungiert und somit das Sujet und die Figuren konditioniert.

»Ausdruck«, »Stellung« und »Stand« als gestische und gebärdliche, das heißt körperliche Differenzialität sind immer deutender Interpretation und mithin einer Routinisierung des Beobachtens ausgesetzt.

Die ekphrastische Narration überschreitet die Grenzen des Sichtbaren, die in die bildliche Darstellung nicht eingeholt sind, zum Teil aber in den Bildern durch Gesten des Zeigens, der figürlichen Haltung oder zum Beispiel des Gesichtsausdrucks in einem Jenseits des Bildraumes lokalisiert zu denken sind, wodurch dessen Verzeitlichung und ein Bewegungsmoment gleich mitgedacht werden.

Eine Geste ist eine Überschreitung: des Verbalen oder des Nonverbalen. Eine Geste kann willkürlich oder unwillkürlich erfolgen, spontan oder bewusst intentional; sie kann kodiert oder spontan sein oder – als Gestikulation – redebegleitend und redesteuernd, auch als paralinguistisches Merkmal der Stimme, sie repräsentiert, symbolisiert (zum Beispiel als symbolische Geste in der mittelalterlichen Ikonographie) oder imitiert als mimetische Geste visuelle Ereignisse, die sie ikonisch abbildet (Greimas). Als ritualisierte Geste ist sie in ihrer semiotischen Bedeutung zum Teil von ihrem kulturellen Kontext abhängig.

Das Wort als deiktische Zeigegeste zum Beispiel in Form eines indexikalischen Ausdrucks überschreitet sich hin zum Bild der inneren Vorstellung des deiktisch Gezeigten (etwas oder jemand ist »hier« oder »dort« oder bewegt sich von »hier« nach »dort«), die Immanenz des Bildes wird gestisch überschritten in Richtung auf das Nichtsichtbare und den Begriff. Die Ekphrase siedelt im Dazwischen: »Gerade durch die Geste wird (...) ein flüchtiger Ort zwischen Sprache und Bild disponibel, in dem die für den Begriff der Ekphrasis konstitutive Ambivalenz aufrecht erhalten bleibt.«[127] Redebegleitende und textuelle Gesten (nicht nur deiktische Gesten) und objektale, personale, temporale oder lokale Deixis stehen also in einem unmittelbaren Zusammenhang der auch symbolischen Referenzierung, auch über das Sichtbare hinaus.

»Deixis« meint laut Hadumod Bußmann den »Vorgang des Zeigens, Verweisens mittels Gesten oder sprachlicher Ausdrücke auf Situationselemente«, darüber hinaus als »deiktischer Ausdruck« die »Eigenschaft bzw. Funktion sprachlicher Ausdrücke, die sich auf die Person-, Raum- und Zeitstruktur von Äußerungen in Abhängigkeit von der jeweiligen Äußerungssituation bezieht«. »Deiktische Zeichen können aber auch auf andere sprachliche Zeichen innerhalb eines gegebenen Textes Bezug nehmen.«[128]

Die Deixis der Literatur als »Verfahren und Ereignis zugleich«[129] ist neben der Deskription »zentral für die Vorstellungsbildung«, Deixis und Deskription bilden die »Grundlage von Personen- und Ereignisvorstellungen« und »konstituieren die fiktionale Welt als räumlichen, zeitlichen und sozialen Entwurf«. Für die Visualisierung sind sie wesentlich, »weil sie die Orientierung in der fiktionalen Welt schaffen, indem sie für die Lesenden wie ein ›Zeigfeld‹ (...) im imaginären Raum wirken«.[130]

Den Figuren in den Bildern von Matthias Grünewald, Werner Tübke, Michael Triegel und Ror Wolf eignet ein zum Teil hochkom-

127 Fani Paraforou: *Ekphrasis*, a. a. O., S. 16.

128 Hadumod Bußmann: *Lexikon der Sprachwissenschaft*. Stuttgart: Alfred Kröner 2008, S. 117.

129 Christina Lechtermann: *Berührt werden*, a. a. O., S. 46.

130 Renate Brosch: »Literarische Lektüre«, a. a. O., S. 111.

plexes, typologisch, zeit- und kulturgeschichtlich kodiertes Ausdrucksspektrum des Zeigens.

Karl Bühler zufolge gibt es nicht nur ein Zeigen im Wahrnehmungsraum, sondern auch ein (anaphorisches) »Zeigen auf Plätze im Aufbau der Rede«[131]. Anaphorische Zeigewörter fungieren als »Wegweiser des Blickes«[132] analog zur Zeigegeste des ausgestreckten Fingers.

Bühler unterscheidet zwischen der »demonstratio ad oculus«, den Anaphora und der »Deixis am Phantasma«. Die Anaphora, der zweite Modus, wäre unverständlich, so Bühler, »wenn es neben dem Zeigfeld nicht noch ein zweites, nämlich ein Symbolfeld der Sprache, d. h. eine Syntax gäbe.« Genau in diesem Sinne erscheine die Anaphora »in eminentem Maße gerade dazu berufen (...), das Zeigen mit dem eigentlichen Darstellen zu verknüpfen.«[133]

Die »demonstratio ad oculus«, das Vor-Augen-Führen, ist gebunden an die personale, lokale und temporale Deixis. Im deiktischen Zentrum steht nach Karl Bühler die »Ich-Jetzt-Hier-Origo«. Diese wird in fiktionalen Texten auf die Figuren übertragen.

Das Lesebewusstsein wird zu einem Bildbewusstsein modifiziert, wenn das Buch bzw. der literarische Text Bildprozesse aktiviert.[134]

Wie das Bewusstsein den äußeren Raum der Wahrnehmung und die in ihm befindlichen Lebewesen und Dinge kartographiert und als »Zeigfeld«[135] mittels Sprache oder Gesten deiktisch kommuniziert, so kann das Lese- als Bildbewusstsein einen Textraum konstituieren, der gleichfalls mit deiktischen Verortungen operiert. Im Sinne des Zei-

131 Karl Bühler: *Sprachtheorie*. Stuttgart: Lucius und Lucius 1999, S. 121.

132 Karl Bühler: *Sprachtheorie*, a. a. O., S. 122.

133 Karl Bühler: *Sprachtheorie*, a. a. O., S. 123.

134 Siehe Ralf Simon: *Der poetische Text*, a. a. O., S. 20–22.

135 Karl Bühler: *Sprachtheorie*, a. a. O., S. 79 ff.

gens auf Nichtpräsentes, auf Abwesendes wird die Deixis in Karl Bühlers spachtheoretischem Modell dann zur »Deixis am Phantasma«.[136]

Mit der »Deixis am Phantasma« als »Phantasiesteuerung«[137] führe »ein Erzähler den Hörer ins Reich des abwesend Erinnerbaren oder gar ins Reich der konstruktiven Phantasie« und traktiere ihn »dort mit denselben Zeigwörtern (...), damit er sehe und höre, was es dort zu sehen und zu hören (und zu tasten, versteht sich, und vielleicht auch einmal zu riechen und zu schmecken) gibt«.[138] Bühler ist erkenntnistheoretisch und phänomenologisch der Frage nachgegangen, wie dieses »Zeigen am Abwesenden«[139] im »Phantasieraum« funktioniert, und zwar auch und insbesondere vor dem Hintergrund, dass das »anschauliche Hier (...) im Körpertastbild nicht immer an derselben Stelle«[140] liegt, sondern im Raumbewusstsein bzw. der »anschaulichen Raumorientierung«[141] wandert. Das »Hier« im Körpertastbild kann von seiner optischen Positionierung – dem Sehfeld der Augen – wandern zum Kopf (»das System der Kopfkoordinaten«[142]), zum Oberkörper und an eine beliebige andere Stelle des Körpers.[143]

Der Leser wird durch die Lektüre bzw. die ihr jeweils eignende »Deixis am Phantasma« in einen begrenzten Vorstellungsraum versetzt, sein »eigenes präsentes Körpertastbild wird mit einer korres-

136 Siehe Karl Bühler: »Das Zeigfeld der Sprache und die Zeigwörter«: § 7 »Die Origo des Zeigfeldes und ihre Markierung«, § 8 »Die Deixis am Phantasma und ihre Markierung«, in: ders.: *Sprachtheorie*, a. a. O., S. 102–140.

137 Karl Bühler: *Sprachtheorie*, a. a. O., S. 136.

138 Karl Bühler: *Sprachtheorie*, a. a. O., S. 124–125.

139 Karl Bühler: *Sprachtheorie*, a. a. O., S. 125.

140 Karl Bühler: *Sprachtheorie*, a. a. O., S. 129.

141 Karl Bühler: *Sprachtheorie*, a. a. O., S. 131.

142 Ebd.

143 Vgl. ebd.

pondierenden optischen Phantasieszene verknüpft«.[144] Das heißt also, der Leser nimmt, insofern Versetzungen stattfinden, das präsente Körpertastbild mit, was Bühler als einen »zweiten Hauptfall« kategorisiert, den er gleichnishaft analogisiert mit der Vorstellung, Mohammed komme sich »zum Berge ›versetzt‹« vor.[145] Bühler zufolge behält demgegenüber im »ersten Hauptfall« der Hörer als sich selbst oder anderen etwas Erzählendem, wenn er »in Erinnerungen ›versinkt‹ oder Phantasiereisen unternimmt und Phantasiekonstruktionen ausführt«[146], sein eigenes präsentes Körpertastbild »samt seiner optischen Wahrnehmungsorientierung und ordnet das Phantasierte ein«[147], sein momentanes präsentes Körpertastbild wandert also nicht, der Hörer bleibt bei sich, wenn er sich und anderen etwas – Dinge, Menschen und Situationen – auf dem »Wahrnehmungstisch«[148] präsentiert, der Berg kommt zu ihm.[149]

Zu hinterfragen bleibt allerdings, ob die Rückkopplungsschleife des Wahrnehmens des Erzählten durch den Erzählenden diesen nicht in eine doppelte Position des Bei-sich-Seins und Versetzt-Seins zugleich manövriert und sein Körpertastbild als Hybrid sowohl statisch als auch wandernd erfahren lässt. Mit dem »dritten Hauptfall« hat Bühler einen Hybrid als ein zumeist »labiles und unbeständiges Eingangserlebnis« konzipiert »zwischen Hierbleiben und Hingehen« des Lesers bzw. Hörers, der dieser doppelten Position nahekommt: »Berg und Mohammed bleiben jeder an seinem Ort, aber Mohammed sieht

144 Karl Bühler: *Sprachtheorie*, a. a. O., S. 137.
145 Vgl. ebd.
146 Karl Bühler: *Sprachtheorie*, a. a. O., S. 133.
147 Karl Bühler: *Sprachtheorie*, a. a. O., S. 137.
148 Karl Bühler: *Sprachtheorie*, a. a. O., S. 134.
149 Vgl. ebd.

den Berg von seinem Wahrnehmungsplatz aus.«[150] »Letzten Endes ist es aber«, so Bühler, »gleichviel welcher Hauptfall vorliegen mag, immer so, daß das Abwesende an die für den geordneten Sprechverkehr unentbehrliche Orientierung der Partner in ihrer Wahrnehmungssituation angeschlossen oder in sie aufgenommen wird. Es ist ein ungemein feines (...) Spiel von *Versetzungen* im Gange, wo immer wir sprachlich am Phantasma demonstrieren.«[151]

Die »Deixis am Phantasma«, das Demonstrieren am Phantasma kann selbst erzählt werden. Im Roman *Schattenfroh* mit seinem multiplen Zeigen und Verweisen und seiner Narration des Eingebundenseins des Körpers des Ich-Erzählers bzw. der Figuren-Körper in reale und symbolische Kontexte wird dies als paradoxes Erzählen erprobt.

Kann das »medial Geschilderte (...) eine eigene, quasi ontologische Realität erringen« und scheint es »in der Wahrnehmung direkt vor Augen zu stehen«[152], so weiß der Leser allerdings für gewöhnlich zwischen dem ontischen Status der Wirklichkeit und dem einer imaginären Vorstellung zu unterscheiden. Der ontische Status der imaginären Vorstellung ist prekär. Insofern kann eine in der Literatur eventuell selbst schon präfigurierte bzw. narrativisierte immersive Grenzüberschreitung wiederum reale mentale Probleme zeitigen, wenn nämlich die »Deixis des fiktionalen Textes (...) Lesende so in die Welt des Textes« hineinzieht, dass die Konfiguration von Umwelt bzw. Welt nicht nur von ein oder mehreren »simultan parat« gehaltenen »innertextlichen deiktischen Zentren« aus erfolgt, sondern diese drohen, die Funktion außertextlicher Deixis und ihrer je wechselnden Zentren zu übernehmen. Die »innertextlichen deiktischen Zentren«, von denen

150 Karl Bühler: *Sprachtheorie*, a. a. O., S. 135.

151 Karl Bühler: *Sprachtheorie*, a. a. O., S. 138.

152 Tobias Zier: *Literarische Präsenz- und Unmittelbarkeitseffekte*, a. a. O., S. 77.

aus »die vorgestellten Gegenstände (…) imaginiert werden«[153], könnten also – nicht nur in der Imagination – zu außertextlichen Zentren werden: ein vielleicht zum Glück selten wahr werdender Traum jeder Literatur, wie sie von den Instanzen der Macht zu fürchten wäre. Die narrative Metalepse würde zu einer existenziellen Metalepse.

Nur summarisch und mit konkretem Bezug zu den ekphrastischen Strategien im Roman *Schattenfroh* soll hier noch auf neuere Forschungsansätze zur Ekphrasis eingegangen werden.

2.5 Ekphrasis als Geste

Bezogen auf die literarische Ekphrasis der Bildbeschreibung, hat in jüngerer Zeit eine interne mediale und wahrnehmungstheoretische Differenzierung des Begriffs bzw. der Gattung stattgefunden, weg von einer paragonalen Oppositionierung von Bild und Schrift bzw. Kunst und Literatur und hin zu übergeordneten anthropologischen, kulturtheoretischen und medialen Modellen, in denen Ekphrasis als Geste, Denkfigur und Prinzip stilisiert wird.

Ekphrasis als Geste der »Überschreitung«, als Transgression von Bild zur Sprache, wird »zum Schlüsseltopos einer paradoxen Intervention zwischen Bild und Sprache, Figur und Diskurs, Medialität und Performanz«.[154]

153 Vgl. Renate Brosch: »Literarische Lektüre«, a. a. O., S. 113.

154 Fani Paraforou: *Ekphrasis*, a. a. O., S. 48.

2.6 Ekphrasis als Schauplatz der Otherness

William John Thomas Mitchell konzeptualisiert Bild und Ekphrasis nicht als ontologisch verschiedene Medien bzw. Künste, sondern auf der Folie der Alterität: Ekphrasis ist »Schauplatz eines unter ideologischen Vorzeichen stehenden Aufeinandertreffens des verbalen Textes mit seinem ›Anderen‹, nämlich ›those rival, alien modes of representation called the visual, graphic, plastic, or ›spatial‹ arts‹«. Ekphrasis ist für ihn ein Ort, »der verbal inszenierten Begegnung des ›Selbst‹ mit seinem ›Anderen‹, der als Raum für die Einschreibung kultureller Antithesen genutzt wird: ›The ›otherness‹ of visual representation from the standpoint of textuality may be anything from a professional competition (the paragone of poet and painter) to a relation of political, disciplinary, or cultural domination in which the ›self‹ is understood to be an active, speaking, seeing subject, while the ›other‹ is projected as a passive, seen, and (usually) silent object.‹«[155]

2.7 Ekphrasis als Repräsentationstheorie

Kurz und bündig definiert James A. W. Heffernan in *Ekhrasis and Representation* Ekphrasis wie folgt: »ekphrasis is the verbal representation of graphic representation«.[156] Und kürzer: Ekphrasis »represents representation itself«[157].

155 Haiko Wandhoff: *Ekphrasis*, a. a. O., S. 7.

156 James A. W. Heffernan: »Ekphrasis and Representation«, in: *New Literary History, Vol. 22, No. 2, Probings: Art, Criticism, Genre.* Baltimore: The Johns Hopkins University Press, 1991, S. 297–316, hier S. 299.

157 James A. W. Heffernan: *Museum of Words: The Poetics of Ekphrasis from Homer to Ashbery.* Chicago, London: University of Chicago Press 1993, S. 4.

Demzufolge heißt es konsequenterweise: »What ekphrasis represents in words, therefore, must itself be representational.«[158]

William John Thomas Mitchell präzisiert den intermedialen Aspekt dieser Definition, wenn er von Ekphrasis als einer »verbal representation of visual representation«[159] spricht.[160] Ekphrasis wird somit als Abbildung zweiter Ordnung konzeptualisiert, als »Abbildung des Abgebildeten« oder »Mimesis in zweiter Potenz«. Bildbeschreibung ist demzufolge eine Synthesis der Repräsentation: eine »Kunst doppelter Vermittlung des Realen«.[161]

Fraglich bleibt, inwiefern auch bei inneren Bildern von einer »Repräsentation der Repräsentation« gesprochen werden kann, setzt man voraus, dass innere Bilder etwas repräsentieren, also ein physischer Gegenstand vorhanden ist, der als Erreger der Imagination bzw. des geistigen Bildes fungiert, oder das innere Bild Stellvertreter eines anderen (inneren) Bildes ist, dessen direkte Re-Präsentation es zum Beispiel psychologisch zu vermeiden gilt oder das sich als *Bild* nicht einstellt. In *Schattenfroh* fungieren auch Bildwerke der Kunstgeschichte

158 James A. W. Heffernan: »Ekphrasis«, a. a. O., S. 300.

159 William John Thomas Mitchell: »Ekphrasis and the Other«, in: *Picture Theory. Essays on Verbal and Visual Representation*. Chicago: University of Chicago Press 1994, S. 151–181, hier S. 152.

160 Weiterführend zu Heffernan und Mitchell siehe Fani Paraforou: *Ekphrasis*, a. a. O., S. 10–18. Paraforou kritisiert Mitchells Position, dass »alle Bilder ›von der Sprache infiziert‹ seien«, und geht im Anschluss der Frage nach, ob die Sprache »erst ins Spiel (kommt), wenn wir anfangen, ein Bild zu beschreiben«, oder ob sie »schon notwendig (ist), um ein Bild als Bild überhaupt wahrzunehmen, also um erkennen zu können, dass etwas ein Bild ist«.

161 Gerhard Neumann: »›Eine Maske, ... eine durchdachte Maske‹. Ekphrasis als Medium realistischer Schreibart in Conrad Ferdinand Meyers Novelle ›Die Versuchung des Pescara‹«, in: Gottfried Boehm, Helmut Pfotenhauer (Hg.): *Beschreibungskunst*, a. a. O., S. 445–491, hier: S. 445–446.

als innere Bilder – auch dann, wenn ihr Status als physisches/externes Bild markiert ist wie bei dem in seiner Komposition fiktiven Altartriptychon des Muttergotteshäuschens.

Sind ekphrastisch dargestellte Bildkunstwerke ihrerseits ikonographische »Übersetzungen anderer poetischer Texte«, kommt mit dieser ›Übersetzung‹ »noch eine dritte Vermittlungsebene«[162] zu der durch die Ekphrasis repräsentierten Repräsentation hinzu, wie mit Haiko Wandhoff einleitend bereits festgestellt wurde. Eine solche Ekphrasis würde also nicht nur Repräsentation, sondern repräsentierende Repräsentation repräsentieren.

Mit der ekphrastischen Narrativisierung der Bilder von Werner Tübke oder zum Beispiel Michael Triegel, die ihrerseits Bilder zum Beispiel von Albrecht Dürer oder Lucas Cranach dem Älteren sowie u. a. Einblattdrucke (Tübke) oder Texte zum Beispiel von Augustinus (Triegel) zitieren, nimmt der Roman *Schattenfroh* diese Tradition wieder auf. Das in *Schattenfroh* in die Eifel versetzte, 1989 in Bad Frankenhausen offiziell eröffnete Panoramamuseum beherbergt u. a. Werner Tübkes panoramatisches Monumentalbild *Frühbürgerliche Revolution in Deutschland*[163], zu dessen Entstehung es allererst erbaut worden ist.

Ein klassisches Beispiel für die Repräsentation bzw. Mimesis in dritter Potenz sind die *Eikones* des älteren Philostratos, die eine ganze Galerie von mythologischen, also in verbalen Traditionen gründenden Bildern beschreiben und dabei auch explizit die Dichter benennen, deren Texte sie umsetzen. Philostratos der Ältere beschreibt dem zehnjährigen Sohn seines neapolitanischen Gastfreundes in einer »Prunkvorführung der Redekunst« die »Bilder auf eingelassenen Tafeln« in der mehrgeschossigen Säulenhalle des Hauses in Anwesenheit

162 Fani Paraforou: *Ekphrasis*, a. a. O., S. 110.

163 Entstehungszeit mit allen Vorarbeiten: 1976–87, davon vor Ort 1983–87.

von »jungen Leuten«, die ihn, der öffentliche Vorträge scheut, wissbegierig aufsuchen.[164] Gerade der didaktische Aspekt seiner Bildbeschreibungen scheint Philostratos zu einer zum Teil dramatisierten Anschaulichkeit motiviert zu haben.

Das Medium Bild erscheint hier als ein produktiver Umweg, den Kausalnexus von Mythologemen in freier Form und unter Auslassung einiger Aspekte zum Gegenstand anschaulicher Reflexion zu machen, anschaulicher vielleicht als der überlieferte Mythos selbst. Es wäre sicherlich reizvoll, aus der Konstellation Mythos – Bild – Ekphrasis – Bild ein synoptisches Polyptychon sich wechselseitig spiegelnder Repräsentation zu konstruieren.

Das erste Gemälde, das Philostratos ekphrastisch beschreibt, »Skamandros«, hat unter anderem den Fluss Scamander aus der homerischen *Ilias* zum Gegenstand. Bei aller Virtuosität der Ausführung und artifiziellen Raffinesse versteht Philostratos seine Bildbeschreibungen von Anfang an didaktisch, als eine mit Wissen angereicherte Lehre der Deixis: »Hast du erkannt, liebes Kind, daß dies nach Homer gemalt ist?«, fragt er weniger im Sinne einer bloß rhetorischen Frage, sondern auch, um direkt eine Distanz zwischen sich als Ekphrast und seinen Zuhörern zu schaffen, die sich in der Wissensvermittlung dann nach und nach abbaut. Es geht Philostratos also um den wissenden Blick. »Oder hast du es noch nicht bemerkt«, fährt er fort, »weil du dich offenbar staunend fragst, wie nur das Feuer nicht im Wasser erlosch.«[165] Wandhoff zufolge beschreibt Philostratos' Text »nicht, wie ein anderes, visuelles Kunstwerk Realität darstellt, sondern wie dieses die Art und Weise darstellt, wie ein drittes, wiederum poetisches Kunstwerk Realität abbildet. In Anlehnung an Neumann kann man hier also von einer dreifachen Vermittlung des Realen durch die Ekphrasis spre-

164 Philostratos: *Die Bilder*, a. a. O., S. 87.

165 Philostratos: *Die Bilder*, a. a. O., S. 89.

chen. Diese Potenz »to incorporate the space of reference within the space of representation« mache »die Kunstbeschreibung nun zu einem zentralen Paradigma für die Selbstreflexion ästhetischer Darstellungspraxis, und zwar nicht nur im Hinblick auf die Konkurrenz verbaler und visueller Medien und ihrer Repräsentationsformen, sondern auch bezüglich der Differenz von Kunst und Natur«. Ist Kunst repräsentativ, so Natur eben nicht. Als »hyper-conscious creation of art within art« hebe die Ekphrasis einerseits also die Gemachtheit ihrer Gegenstände, des beschriebenen Bildkunstwerks wie des beschreibenden Textes, ins Bewußtsein der Leser und lotet andererseits dabei die konkreten Grenzen zwischen Wort und Bild aus. Dadurch wird sie nicht nur als eine implizite Repräsentationstheorie des sie umgebenden Texts lesbar, sondern auch »as a quasi-archeological site preserving general representational concepts of the period.«[166]

Philostratos thematisierte über philologische Aspekte und solche der Text-Bild-Interrelationen hinaus auch wahrnehmungsästhetische Aspekte der Faktur.

In seiner Bildbeschreibung von »Komos«[167], der Personifikation jugendlichen Schwärmens und einer dionysischen Festivität mit Musik und Tanz, rühmt Philostratos eine spezifische Gestalt- und Konturqualität der Faktur des Gemäldes. »Der Kranz von Rosen«, der auf dem Bild zu sehen ist und den Jüngling schmückt, »sei zwar gelobt, doch nicht wegen seines Aussehens; denn etwa mit rotgelber oder dunkelblauer Farbe die Gestalt der Blumen wiederzugeben, das ist keine große Kunst«, so Philostratos. Rühmen aber müsse man »das Lockere und Zarte an dem Kranz«, und er lobe auch »die tauige Frische der Rosen«, und »kühnlich« sagt er, »sie seien samt ihrem Dufte gemalt«.

166 Haiko Wandhoff: *Ekphrasis*, a. a. O., S. 10 – 11.

167 Philostratos: *Die Bilder*, a. a. O., S. 91.

Diese synästhetische Qualitätszumessung der Visualisierung von Duft ist bemerkenswert, überträgt sie doch eine ephemere Geruchseigenschaft, die dem realen Objekt »Rose« zukommt und die durch den ekphrastischen Synergie- bzw. Emergenzeffekt in die sinnliche Wahrnehmung zurückgerufen werden soll, auf die Gemachtheit des Bildes, so dass der Bildbetrachter aufgrund der hypernaturalistischen Darstellungsweise der Rose, wie sie in der Formulierung der bzw. ihrer »tauigen Frische« zum Ausdruck kommt, in Verwechslung von Objekt und Abbild vermeint, sie riechen zu können.

Über die Trauben auf einem »Gastgeschenke« betitelten Bild heißt es, sie seien »eßbar und voll Wein«.[168]

Ein gemaltes Bild vermag mit einem Detail die Augen zu täuschen. Es fragt sich nur, wessen Augen hier gemeint sind: »Weil aber das Bild nach Wirklichkeit strebt, läßt es auch ein wenig Tau von den Blumen triefen, auf die sich sogar eine Biene setzt – ich weiß nicht, ob irregeführt von der Malerei oder ob wir getäuscht sein sollen und sie für echt halten.«[169] Abgesehen von der grammatischen Frage, wie eine (gemalte oder wirkliche) Biene es schaffen soll, sich gleichzeitig auf verschiedene Blumen zu setzen – ein besonderes Kunststück ontischer Zerstreuung –, steht der Zuhörer bzw. Leser hier vor der paradoxen Situation der Aufspaltung der Biene in zwei Bienen mit unterschiedlicher Referenz und verschiedenem ontischem Status: Der Argumentation des Satzes folgend, erscheint die von der Malerei als Trompe-l'œil getäuschte Biene zunächst als physisches Objekt der Wirklichkeit, das sich, angelockt von den gemalten Blumen, auf das Bild setzt: Gehört die Biene also nicht zum Bild und der Bild-Betrachter nimmt sie dennoch als zum Bild gehörend wahr; oder gehört die Biene zum Bild, der Bild-Betrachter nimmt sie jedoch als nicht zum Bild gehörend,

168 Philostratos: *Die Bilder*, a. a. O., S. 169–171, hier: S. 171.

169 Philostratos: *Die Bilder*, a. a. O., S. 147 (I 23).

sondern von diesem getäuscht wahr. Denkbar wäre auch, der Bild-Betrachter wird von einer gemalten Biene getäuscht, die er (zunächst) als ein lebendes Objekt identifiziert und die ihrerseits von den Blumen des Bildes getäuscht worden ist. In diesem Falle wären sowohl die Blumen als auch die Biene Trompe-l'œils.

Ist also die Biene getäuscht, die als Lebewesen der Natur ein Objekt der Kunst anfliegt, oder sind wir als Betrachter des Bildes die Getäuschten, die die gemalte Biene, die solches tut, für echt und somit Kunst für Natur halten, oder gelten beide paradoxen Sachverhalte gleichzeitig?

Die Eingangszeilen der Ekphrasis geben – auch in ihrer grammatikalischen Polyreferenz – ein programmatisch-paradoxes Bild des Spiegelverhältnisses von Bild und Abbild, Wirklichkeit und Artefakt: »Die Quelle malt Narkissos, das Gemälde die Quelle und das ganze Schicksal des Narkissos«.[170]

Von der verlebendigenden Ekphrasis und ihrer Präsenz ist es nicht weit zum Theater. Philostratos' Darstellung der Gyräischen Felsen[171] erinnert Otto Schönberger an den 5. Akt des Automatentheaters des Heron. Ein griechischer Maler, so Schönberger, habe »einen Trompeter hinter dem Bild eines anstürmenden Hopliten Signale blasen« lassen.[172]

Ganz in der rhetorischen Tradition der *evidentia*, des Zusammenspiels der ekphrastischen »Detaillierung des Gesamtgegenstandes oder Sachverhaltes«[173] *(enárgeia)*, und der affektiven Emphatisierung und dynamisierenden Verlebendigung *(enérgeia)* soll der Leser von *Schattenfroh* beim Lesen der erzählten Bilder ein »Gleichzeitigkeits-

170 Philostratos: *Die Bilder*, a. a. O., S. 145 (I 23).

171 Philostratos: *Die Bilder*, a. a. O., S. 209 (II 13).

172 Philostratos: *Die Bilder*, a. a. O., S. 157–176, hier: S. 169.

173 Tobias Zier: *Literarische Präsenz- und Unmittelbarkeitseffekte*, a. a. O., S. 9.

erlebnis des Augenzeugen«[174] haben; er soll den Höllenbrand riechen und die Schmerzen selbst empfinden, er soll im Raum der Bilder sein: »Die Weite und die Entfernung werden durch die Evidenzverfahren nah gemacht.« Dazu bedarf es bestimmter raumsemantischer Verfahren.

Die von Philostratos in seinen Ekphrasen oder von den beschriebenen Bildern inszenierten paradoxalen Subjekt-Objekt-Relationen finden ihre Entsprechungen in einigen *Schattenfroh*-Bildern, auch wenn sie Effekte des Trompe-l'œil nicht als solche anzielen.

Vom gemeinsamen Rückbezug der Literatur wie der bildenden Kunst auf die »Bedeutungswelten des tradierten Sprachhumanismus«[175], wie sie die antike Mythologie und die christliche Religion bzw. die Bibel darstellen, hat sich seit dem späten 19. Jahrhundert die moderne Kunst bzw. die Kunst der Moderne mit ihrer selbstreflexiven und selbstreferentiellen Ästhetik und ihrer Besinnung auf eine ›reine‹ Materialität gelöst. »Beschreibungen solcher Bilder«, so Gottfried Boehm, »haben es nicht länger mit Stoffen zu tun, die sich erzählen oder doch wenigstens nachvollziehen lassen, sie treffen auf zunehmend uneinlösbare Imagination und selbstreflexive Gestaltungsverfahren.«[176] Gerade das aber macht ihren Reiz aus, ekphrastisch überschrieben zu werden.

174 Heinrich Lausberg: *Handbuch*, a. a. O., § 810, S. 400.

175 Gottfried Boehm, Helmut Pfotenhauer (Hg.): *Beschreibungskunst*, a. a. O., S. 24.

176 Gottfried Boehm, Helmut Pfotenhauer (Hg.): *Beschreibungskunst*, a. a. O., S. 9.

III. Ekphrastische Psychogeographie. Über die Bilder im Roman *Schattenfroh*

1. Einleitung

»Das Bild durchquert die Texte und verändert sie; durchquert durch es, verwandeln es die Texte.«[177]
(Louis Marin)

Der Roman *Schattenfroh* ist ein ästhetischer Hybrid erzählender und erzählter Bilder,[178] eine Mise en abyme in Romanform, ein autopoietisch-kybernetischer Roman.

Im Anschluss an Roland Barthes kann *Schattenfroh* als ein *schreibbarer* Text begriffen werden, dessen Eigenbewegung in der Sichtbarmachung von Bedeutungsgenerierung besteht und dessen Lektüre ihn immer wieder neu schreibt.[179]

Schattenfroh ist eine auf das Schreiben gewendete *Lust am Text*, von der Roland Barthes sagt, sie lasse nichts aus, sie sei schwerfällig, sie klebe am Text, sie lese mit Akribie und Besessenheit, erfasse an jedem Punkt des Textes das Asyndeton, das die Sprachen zerschneide – und nicht die Anekdote: nicht die (logische) Ausdehnung fessele sie, »die Entblätterung der Wahrheiten, sondern das Blattwerk der Signifikanz«.[180]

177 Louis Marin: *Von den Mächten des Bildes*. Zürich, Berlin: Diaphanes 2007, S. 12.

178 Die Formulierung ist Alexander Honold, Alexander Simon (Hg.): *Das erzählende und das erzählte Bild*, a. a. O., entlehnt.

179 Vgl. Matthias Buschmeier, Till Dembeck (Hg.): *Textbewegungen 1800/1900*, a. a. O., S. 65–66; Roland Barthes: *S/Z*. Frankfurt am Main: Suhrkamp 1987, S. 7–12.

180 Vgl. Roland Barthes: *Die Lust am Text*. Frankfurt am Main: Suhrkamp 1996, S. 19.

Schattenfroh weiß vom Leser, wie er liest, unter anderem indem der Roman schreibt, wie der Ich-Erzähler sich selbst liest[181] – und gewissermaßen weiß der Roman auch, wie er sich den Leser vom Leib hält, indem er ihn durch seine Schreib- als Lektüreweise (selbst)hermeneutisch auf Distanz hält. Doch der Leser kann sich nicht auf dieses Wissen verlassen, *Schattenfroh* ist immer nur bis zu einem gewissen Moment der Reiseführer seiner Lektüre, der ihn auf jede Einzelheit des Textes hinweist als gleich wichtig; denn plötzlich, als wäre er in Sicherheit gewogen worden, und auch von dieser falschen Sicherheit weiß *Schattenfroh*, ist es doch die von Barthes so genannte »Anekdote«, die einzelne Begebenheit, die Geschichte, das Geschehen, das die Lust am *Text* beiseitewischt und sich unhintergehbar in den Vordergrund drängt: Das *factum brutum* des Todes ist in der Selbstwahrnehmungshierarchie des Textes an oberster Stelle, das existenzielle Momentum hat sich des Blattwerks der Signifikanz nur als Präliminarien bedient, um noch dringlicher in Erscheinung zu treten.

Ob nun bei opaker, unhintergehbar vorgängiger Rahmung, die bei wechselnden Vorstellungsangeboten identisch und stabil bleibt, oder immer neu zu initiierender Auslösung: Innere Bilder (Vorstellungen)

181 In der metafiktionalen Rekursivität, die den Ich-Erzähler Niemand in *Schattenfroh* den Schreibakt erzählen lässt und den Leser lesen lässt, dass und wie Niemand das Buch *Schattenfroh* liest, gibt es gewisse Parallelen zu Claude Simons Roman *Georgica*, über den Armen Avanessian und Anke Hennig schreiben: »Der Erzähler erzählt die Geschichte nicht, er liest sie (als seine eigene) aus historischen Dokumenten und Bildern, und er zeigt uns die Hand, die sie beim Lesen hält, immer mit. Die Bitte an den Leser besteht nicht darin, ihm oder der Erzählung zu lauschen, sondern sich das Lesen des Autors so wie das eigene vorzustellen. Also nach dem Motto: ›Stell dir vor, ich lese, wie du liest‹ oder ›Stell dir vor, ich lese mit.‹« Armen Avanessian, Anke Hennig: »Der Präsensroman. Die Evolution des Präsens als Romantempus«, in: dies. (Hg.): *Der Präsensroman* (Narratologia, Band 36). Berlin, Boston: De Gruyter 2013, S. 139–182, hier: S. 165.

können peinigen. Bilder sehen, die nicht da sind, die augenscheinlich aber sehr wohl da sind. Was genau aber ist nicht da? Das Bild, das Objekt, die Referenz, die Repräsentation? Stimmen hören, die nicht da sind, und ich höre sie doch. Auch Phantome fordern in mir einen ontisch beglaubigten Status. Wenn nun jemand über meine inneren Vorstellungen verfügen will und es kümmert ihn nicht, ob ich halluziniere, seherische Fähigkeiten habe oder einfach nur das wahrnehme, was gemeinhin alle wahrnehmen, obgleich niemand weiß, was der andere wahrnimmt. Und dieser Jemand fragt nicht. Er zaudert auch nicht. Er hat inwendigen Zugriff auf meine inneren Bilder und Vorstellungen. Mehr noch, er sieht meine Wahrnehmungen, und es scheint ihn nicht zu interessieren, ob ich physische oder mentale Bilder wahrnehme, er will einzig und allein über den Bewusstseinsapparat der anderen verfügen. Würde dieser jemand, den ich Schattenfroh nenne, auch auf die Bewusstseinsinhalte, das Denken und die Imaginationen der Figuren auf der intra- und metadiegetischen Ebene Zugriff haben können? Ist das ein Wahnsystem? Wie steht es um den Wahrheitsgehalt der Vorstellungen? Genügt auch hier ihr bloßer, wenn auch instabiler ontischer Status des Gegebenseins und die Aussicht auf ihre Manipulierbarkeit, Austauschbarkeit, Gleichschaltung? Es war Karneades von Kyrene, der ein von den Stoikern behandeltes Problem mit der Feststellung löste, dass der Wahrnehmende prinzipiell keinen Zugriff auf den tatsächlichen Wahrheitsgehalt der Vorstellungen habe: »Er gab ganz einfach den Wahrheitsanspruch evidentieller Erkenntnisse auf (…). Einzig die Glaubwürdigkeit der Vorstellungen könne man beurteilen.«[182]

Es könnte immerhin das Ziel eines totalitären Systems sein, durch einen Zugriff auf die Bewusstseinsinhalte aller nicht nur sicherstellen

182 Tobias Zier: *Literarische Präsenz- und Unmittebarkeitseffekte*, a. a. O., S. 60.

zu können, dass es bestimmte Vorstellungen nicht mehr gibt, sondern dass alle dieselben Vorstellungen und inneren Bilder haben.

Innere Bilder zu sehen und sich erzählend von ihnen leiten zu lassen, ist ein unverzichtbarer, wenn auch sich unwillkürlich einstellender Stimulus der Textgenese. Niemand kann den Autor bzw. Erzähler allerdings zwingen, das innerlich Gesehene zum imaginären Gegenstand des Erzählten zu machen. Genau dies aber könnte zur ästhetischen Maxime erhoben werden: Schreibe nur das, was du vor deinem geistigen Auge siehst. Dies ließe sicherlich tief blicken.

Wie aber verhält es sich mit der sprachlichen Repräsentation von Vorstellungen und visuellen Wahrnehmungen? Ein störungsfreier und übergangsloser Eins-zu-Eins-Transfer ist wohl nur im Traum zu haben. Eher schon wäre hier von Verwandlung zu sprechen, in die sich das metamorphorisierende Medium, die Sprache, selbst einschreibt. Nicht zu vergessen die De- und Rekodierungsleistung des Autors, der seinerseits mittels Appropriation von Fremdtexten eine Repräsentation der Repräsentation leistet, die selbst wieder auf Transformation beruht, und die abgleichenden hermeneutischen und kognitiven Leistungen des Rezipienten. Renate Brosch merkt diesbzüglich an: »Trotz ihrer scheinbaren Mühelosigkeit erfordert literarische Visualisierung, anders als die visuelle Wahrnehmung, ständige Aufmerksamkeit, um die kulturell und individuell geprägten Vorstellungen, wie etwas aussieht (auszusehen hat), mit den oft kompliziert dargestellten visuellen Ereignissen des Textes zu synthetisieren«.[183]

Allein der Erzähler in *Schattenfroh* weiß von diesen Mühen nichts, sein kognitiv den Vorstellungen Ausgeliefertsein entbindet ihn von der »ständige(n) Aufmerksamkeit«. Das hindert ihn und andere Figuren wie zum Beispiel Mateo, den Sekretär Schattenfrohs bzw. des Vaters von Niemand, dem Ich-Erzähler, in *Schattenfroh* nicht,

183 Renate Brosch: »Literarische Lektüre«, a. a. O., S. 104–120, hier: S. 106.

Wahrnehmungsmodi und ihre Irritationen bis hin zur Störung anhand von bestimmten Bildern zu thematisieren oder ganz konkret eine leere Seite zu präsentieren, auf der ein Bild zu sehen sei.[184] Es verhindert auch nicht, dass der Ich-Erzähler am eigenen Leib die Löschung von Buchseiten, ja des ganzen Buches *Schattenfroh* erfährt, für die symbolisch das Deleatur-Zeichen steht,[185] das laut Philipp in *Schattenfroh* bzw. für seine Löschung eigens erfunden worden sei.[186] So wird der Roman zu einem Ausstellungsmedium. Auch überwiegend handgeschriebene kryptische[187] und lautsymbolische[188] Schriften, einzelne Buchstaben wie das kreuzartige Tau[189] und Handschriften,[190] schwarze Seiten,[191] zu einem Kreuz angeordnete Wörter,[192] auf dem Kopf stehende, verschlüsselte Spiegelschrift,[193] das Schild der Dreifaltigkeit,[194] Auszüge aus Johann Sebastian Bachs *Johannespassion*,[195] ein halbierter Agamben,[196] durchgestrichene Passagen,[197] die ein Schriftbewusstsein und gutes Gedächtnis des Ich-Erzählers zeigen, verblassende Schrift, die an die Verheerungen von Bombeneinschlägen

184 Michael Lentz: *Schattenfroh. Ein Requiem.* Roman. Frankfurt am Main: S. Fischer 2018, S. 848.
185 Michael Lentz: *Schattenfroh*, a. a. O., S. 837.
186 Michael Lentz: *Schattenfroh*, a. a. O., S. 837. Vgl. S. 832–850.
187 Michael Lentz: *Schattenfroh*, a. a. O., S. 162–165, 399, 562, 831, 835, 994.
188 Michael Lentz: *Schattenfroh*, a. a. O., S. 254.
189 Michael Lentz: *Schattenfroh*, a. a. O., S. 329, 399.
190 Michael Lentz: *Schattenfroh*, a. a. O., S. 61–136, 206–207.
191 Michael Lentz: *Schattenfroh*, a. a. O., S. 187, 189.
192 Michael Lentz: *Schattenfroh*, a. a. O., S. 483.
193 Michael Lentz: *Schattenfroh*, a. a. O., S. 500, 504.
194 Michael Lentz: *Schattenfroh*, a. a. O., S. 538.
195 Michael Lentz: *Schattenfroh*, a. a. O., S. 545.
196 Michael Lentz: *Schattenfroh*, a. a. O., S. 587–589.
197 Michael Lentz: *Schattenfroh*, a. a. O., S. 665.

gemahnt[198] oder das Ausschleichen der Schrift markiert,[199] verzogene Kopien, die direkt aus dem Kopf bzw. Gedächtnis entnommen sein sollen,[200] unterschiedliche Gradationen von Schrift, die das körperliche Schrumpfen einer Figur und somit diminuierende Entfernungseindrücke symbolisieren,[201] überdruckter Text, der die Gleichzeitigkeit von Rede zeigt, die Zerlegung von Namen in ihre alphabetisch angeordnete Buchstaben als Anagrammpool[202] – in *Schattenfroh* wimmelt es geradezu von Anagrammen[203] – und Abbildungen aus älteren Büchern wie zum Beispiel Miguel de Cervantes' *Don Quijote*[204] und dem 1787 erschienenen Erstdruck von Sophie von La Roches *Tagebuch einer Reise durch die Schweiz*[205] werden als Bilder ausgestellt.

Innere Bilder können vom Auge nicht wahrgenommen werden. Die eigenen inneren Bilder können (auch) von anderen nicht gesehen werden, sind also visuell nicht intersubjektivierbar. Werden sie in die beschreibende Narration überführt, entziehen sie sich als solche zwar genauso der Überprüfbarkeit; indem sie auf ein anderes Medium übergehen, das der Sprache, rematerialisieren sie sich jedoch und werden im Konnex des Imaginären und des Fiktiven transformiert sichtbar.

Eine poetologische Quintessenz könnte lauten: Was überhaupt gesehen werden kann, kann in Worte übertragen und erzählt werden, auch wenn die Quelle des Gesehenen dem sichernden Zugriff ver-

198 Michael Lentz: *Schattenfroh*, a. a. O., S. 698–699.

199 Michael Lentz: *Schattenfroh*, a. a. O., S. 1008.

200 Michael Lentz: *Schattenfroh*, a. a. O., S. 706.

201 Michael Lentz: *Schattenfroh*, a. a. O., S. 719–723.

202 Michael Lentz: *Schattenfroh*, a. a. O., S. 851–852.

203 Michael Lentz: *Schattenfroh*, a. a. O., siehe z. B. S. 992–1008.

204 Michael Lentz: *Schattenfroh*, a. a. O., S. 822.

205 Michael Lentz: *Schattenfroh*, a. a. O., S. 631–633.

borgen bleibt und das Gesehene ephemer und instabil ist. Der beschreibenden Narration und ihren visuellen, aber auch akustischen Evokationen könnte der Versuch des Lesers folgen, die evozierten inneren Bilder wieder der Wahrnehmung mittels Bildern zugänglich zu machen, also eine »Umkehrung der Ekphrasis«[206] zu vollziehen.

Die »kognitiven Prozesse der Partizipation im ›Akt des Lesens‹ (Iser 1984 [1976]) stellen Renate Brosch zufolge »eine neue Herausforderung an die Forschung dar«. Teil dieser Partizipation ist »der textuell evozierte, imaginative Vorstellungsprozess«, den Brosch mit ›Visualisierung‹ bezeichnet.[207] Im Roman *Schattenfroh* versucht der Ich-Erzähler Visualisierungseffekte und Reflexionen über mediale Prozesse des Denkens, der Wahrnehmung, des Sprechens und Schreibens kognitiv gleichzeitig zu verarbeiten und zu erzählen, ohne dass der ekphrastische Akt auch affektgesteuerter Evokation innerer Bilder durch metafiktionales oder medienreflexives Erzählen gestört oder sogar hintertrieben würde. Im Gegenteil gehören diese Aspekte zum ästhetischen Programm des Romans *Schattenfroh*, der zugleich Erzählen des Erzählens und Roman des Romans ist. Das steht im paradoxalen Gegensatz nicht nur zur Gleichzeitigkeitsaporie von Erleben und Erzählen als einem Theorem der (klassischen) Erzähltheorie, das erst von der Erzähl- und Fiktionstheorie des altermodernen Präsensromans mit seinem Fiktionserzählen und seiner Vergangenheitsfunktion des Präsens abgelöst bzw. modifiziert wird: »›Gleichzeitigkeitsaporie‹ wird grundsätzlich nicht aufgelöst, sondern ist zu einem exklusiven Fiktionssignal avanciert. Aus ihr folgt nämlich, dass Texte, in denen zugleich erlebt und erzählt wird, Fabel- und Sujet-

206 Andreas Bässler: *Die Umkehrung der Ekphrasis. Zur Entstehung von Alciatos »Emblematum liber« (1531)*. Würzburg: Königshausen & Neumann 2012.
207 Vgl. Renate Brosch: »Literarische Lektüre«, a. a. O., S. 105.

gegenwart also synchron sind, eindeutig als fiktional zu identifizieren sind.«[208]

Das Präsens in *Schattenfroh* konstituiert sich als Hybrid aus fiktionalem und metafiktionalem Erzählen.

Schattenfroh ist ein ekphrastischer Roman, eine Reise nach Innen, in die Psyche, voller imaginärer Vorstellungsbilder und äußerer, physischer Bilder der Wahrnehmung. Ereignisse, Handlungen und Reflexionen vollziehen sich oft in Referenz zu Bildern und Filmen oder immersiv *in* den Bilderwelten und ihren Vorstellungsräumen, die eine vom Ich-Erzähler zu durchquerende Psychogeographie des Autobiographischen und Imaginären konstituieren.

Schattenfroh knüpft an mittelalterliche Identitäts-Konzeptionen und Versuchsanordnungen der Selbstreflexivität und Selbstbegegnung an, wie sie im anonym verfassten *Prosalancelot* (1215–1230) ihren prägnanten Ausdruck finden.[209] Im Gefängnis malt Lancelot einen Zyklus von Memorialbildern an die Zellenwände, der ihm seine Geliebte, die Königin Ginevra, re-präsentieren soll. Lancelot »lebt fortan in der Gefängniszelle wie in einem virtuellen Raum seiner Geschichte und kommuniziert mit den gemalten Figuren der Ginevra, als seien sie lebendig.«[210]

Bei den Kunstwerken in *Schattenfroh* handelt es sich um Bilder, Collagen und Plastiken von Lotta Blokker, Hieronymus Bosch, Theo Champion, Giorgio de Chirico, Caspar David Friedrich, (dem) Meister der Georgslegende (Umkreis), Cornelis Gijsbrecht, Matthias

208 Armen Avanessian, Anke Hennig: *Der Präsensroman*, a.a.O., S. 158.

209 *Prosalancelot* I–II, a.a.O.

210 Haiko Wandhoff: *Ekphrasis*, a.a.O., S. 288. Wandhoff behandelt den Prosalancelot im Abschnitt »Im Gefängnis der Imagination: Lancelots selbstgemalte Wandbilder und das Vor-Bild des Aeneas profugis« (S. 284–300) des Kapitels »Selbst-Bilder: Die Spiegelung des Helden im Kunstwerk und die medialen Funktionen von Bildnis und Inschrift« (S. 271–324).

Grünewald, Wenzel Hollar, Matthias Huß, Jörg Schan, Luca Signorelli, Michael Triegel, Werner Tübke, Jan Vermeer und Ror Wolf. Auch Fotografien vom Vater und von der Mutter des Autors und die Filme *Un Chien Andalou* von Luis Buñuel und Salvador Dalí und *Inception* von Christopher Nolan werden in *Schattenfroh* zu psychogeographischen Schauplätzen.

Als Autor des Buches *Schattenfroh* fungiert eine opake Instanz, die wechselweise Niemand, Vater, Schattenfroh, Gott oder Golem heißt.

Schattenfroh handelt von Macht, Gewalt, Imagination, Familie, Stadtgeschichte, von der unabdingbaren Kunst der Bücher und des Schreibens, von Theologie, Passion und Tod. All diese Dispositive und Motive personalisieren sich in der Kompositfigur Schattenfroh, in der sich unterschiedliche historische Figuren, Eigenschaften und Topoi überlagern. Schattenfroh ist mal Gott und mal Teufel, dann Vater, dann eine anonyme Macht, dann wieder ein Polizist der Gestapo, der den Opa väterlicherseits in der Trierer Haftanstalt an der Windstraße verhört, Schattenfroh nimmt Züge von Freisler an. Vielleicht aber ist Schattenfroh nur eine innere Stimme bzw. das Selbst.

So ist der metamorphotische Hybrid Schattenfroh die treibende Kraft des Romans, auch wenn Niemand sich diese Figur als generische Entelechie vielleicht nur ausgedacht hat. Schattenfroh ist die poetologische Lizenz des ganzen Unternehmens *Schattenfroh*: »das ist der große andere, der stets seine Gestalt wechselt, das sind die sich selbst aufschreibenden Vorgänge«.

Der Ich-Erzähler dieses Ikon-Romans heißt Niemand: »Ich heiße nicht Johannes und nicht Emmeram, ich heiße Niemand. Das hat Schattenfroh gesagt. Ich solle sein und werden ein wolredent niemant, hat er gesagt. Mein Auftrag laute: ›Niemand erkennt sich selbst.‹«[211] Niemand ist besessen von Zeichen (Tags, Zahlen, insbesondere der

211 Michael Lentz: *Schattenfroh*, a. a. O., S. 12, 8.

Zahl 6), die er überall im Stadtbild entdeckt hat, und der Vorstellung, Wahrgenommenes nur in eine bestimmte Reihenfolge setzen zu müssen, um einem Geheimnis auf der Spur zu sein oder eine Botschaft zu erhalten, zum Beispiel, indem die Zahl 6 zur Zahl 666 zusammengesetzt wird. Diese Obsession der Suche nach verborgenen Botschaften und einem imaginären Geheimwissen und der innige Wunsch, verhört zu werden, führt ihn zur »Furchtbringenden Gesellschaft« und ihrem Spiritus Rector Schattenfroh.

Aus der selbst initiierten Verhörsituation wird es für Niemand jedoch kein Entkommen geben. Er macht eine (innere) Reise durch 6 Jahrhunderte (1400–2018), erlebt Gewalt und Hinrichtungen, er wird gleich dreimal hingerichtet: als Jan Hus (1370–1415), Thomas Müntzer (1489–1525) und als er selbst. Die Ausweglosigkeit ihrer Geschichte und ihr Tod lässt Jan Hus und Thomas Müntzer als typologische Präfigurationen des Niemand und seines Vaterkonflikts erscheinen.

Niemand besucht Hölle und Himmel – und begegnet überall der Wandelgestalt Schattenfroh.

Das Buch ist teilweise autobiographisch, einen harten Schnitt stellt der Tod des Vaters dar, der den Ich-Erzähler jäh in die Gegenwart katapultiert.

Die Figur des Niemand[212] ist Jörg Schans Einblattdruck *Der wohlredendt Niemant* von 1533 entsprungen. Bei diesem Flugblatt, einer Antwort auf den *Nemo Evangelicus* des Johannes Atrocianus von 1528, handelt es sich Hannes Fricke zufolge »um die erste Abbildung eines *Niemand*, auf der er als wiederidentifizierbare Figur zu sehen ist«[213]. Die bildliche Darstellung weise ihn »als sozial tiefstehend aus: Seine Kleider sind zerschlissen, seine nackten Füße stecken in schlechten

212 Zur Geschichte des Niemand siehe Hannes Fricke: *Niemand wird lesen, was ich hier schreibe – Über den Niemand in der Literatur.* Göttingen: Wallstein 1998.
213 Hannes Fricke: *Niemand wird lesen*, a. a. O., S. 80.

Schuhen, sein umgehängter Beutel hat ein Loch, die Trinkflasche ist zerbrochen und die Scheide seines Schwertes in Fetzen.« Zu allem Überfluss müsse er sich auf einen Stock stützen. Das Schloss vor dem Mund zeige an, dass »er sich nicht verteidigen kann, sondern zum Schweigen verurteilt ist«. Die Verhinderung des Sprechens durch ein Schloss sei dabei ein alter Topos: »Bereits Plutarch«, so Fricke, »hatte empfohlen, daß zur Bewahrung von Geheimnissen der Mund eines Menschen wie mit einem Schloß versiegelt sein solle.«[214] Der Niemand in *Schattenfroh* hat kein Schloss vor dem Mund. Das ist insofern auch unnötig, als er keine Zunge hat und demzufolge nicht sprechen kann: »Ich habe keine Zunge. Ich kann sie zumindest nicht bewegen.«[215] An anderer Stelle heißt es: »Vielleicht ist mir die Zunge aus dem Mund gefallen, etwas hatte sich mit Widerhaken in ihrem Grund verbissen und saugte beständig aus der Zungenarterie, liegt nun anstelle der Zunge auf ihrem Grund, plappert und würde gern mitfressen, was ihm oder ihr serviert wird, es gibt aber nichts, ich habe seit Tagen nichts gegessen.«[216]

Im Gegensatz zu Schans Niemand scheint der gleichnamige Ich-Erzähler sehr gebildet zu sein, über seine körperliche Beschaffenheit und seine Kleidung allerdings erfährt man nichts, außer dass er ein Kästchen vor der Stirn trägt, dessen Bewandtnis er nicht kennt. Bei diesem Kästchen handelt es sich um eine Art Tefillin: »Sollte ich das merkwürdige Kästchen, das über meinen Augen angebracht ist, berühren, sei ich auf der Stelle tot, hat Schattenfroh gesagt. Dann nämlich würden sich die Bänder, mit denen es auf dem Kopf gehalten wird, zusammenziehen und meinen Schädel sprengen. Beim Wort ›sprengen‹ sagte der äußere Schattenfroh, ›sprengen, genau, das Kästchen

214 Hannes Fricke: *Niemand wird lesen*, a. a. O., S. 80–82.

215 Michael Lentz: *Schattenfroh*, a. a. O., S. 8.

216 Ebd.

wird dich in die Luft sprengen‹. In der Tat verspüre ich einen Zwang, das Kästchen zu berühren, und muss alle Energie aufbringen, diesem Zwang zu widerstehen. Bewege ich den Kopf, erhalte ich einen Stromstoß, der jedes Mal stärker wird. Auch wieder so eine schlimme Versuchung. Die Kopfbewegungen lassen mich vermuten, dass sich in dem Kästchen Papier befindet, vielleicht ineinander gerollte Streifen, die, ein Röllchen in je einer Kammer, gegen die Wände des Kästchens geschleudert werden, auch macht das Kästchen permanent Geräusche, die darauf schließen lassen, dass Schrift vor sich geht.«[217]

Dass weder Atrocianos noch Schan oder Fricke in *Schattenfroh* genannt werden bzw. in der Bibliothek des Ich-Erzählers vorhanden sind, hat seinen einfachen Grund darin, dass Niemand sich seines Ursprungs nicht bewusst ist und er sich ja durchaus nicht als literarische Figur begreift, sondern als ein von Schattenfroh gelenktes Medium der Schrift und als fremdbestimmte Figur des Begehrens.

Die sinnverfestigende Auseinandersetzung mit dem eigenen Ich, die er sich von den Verhören als Selbstausgelieferter verspricht, gestaltet sich allerdings schonungsloser, als Niemand sich das vorgestellt hatte, zumal er von Anfang an die Kontrolle über das Geschehen verliert und einer permanenten Autopsie, dem »Mich der Wahrnehmung«[218] ausgesetzt ist. Eingesperrt in wechselnde Räume der Imagination, die alle an das Bentham'sche Panopticon erinnern, erhält der Ich-Erzähler von Schattenfroh, dem Oberhaupt der Gesellschaft, die Aufgabe, ein Buch zu schreiben über Seele, Gewalt und Tod. Dieses Buch soll der »Furchtbringenden Gesellschaft«, deren Gründungsmanifest der Ich-Erzähler nach Diktat ebenfalls schreiben muss, als existenzbeglaubigendes Gesellschaftsbuch dienen.

217 Michael Lentz: *Schattenfroh*, a. a. O., S. 13–14.

218 Lambert Wiesing: *Das Mich der Wahrnehmung: Eine Autopsie.* Frankfurt am Main: Suhrkamp 2009.

Schattenfroh ist nicht zuletzt das zum Verständnis Gottes und der Welt fehlende Buch. Konsequenterweise führt die mittels Buch unternommene innere Reise Niemands zurück zu Gott.

Unter Androhung schlimmster Strafen wird Niemand gezwungen, ununterbrochen zu schreiben, wobei der Verhörer korrigierend in das Geschriebene eingreifen kann. Das Medium des Ich-Erzählers ist eine Art psychogeographische Gehirnschrift, die es ihm erlaubt, zwischen den Kontexten zu gleiten, gleichzeitig zu erleben und zu erzählen: »Man nennt es schreiben. Ich habe kein Papier, keinen Stift, keine Schreibmaschine, keinen Computer. Ich schreibe in mein Gehirnwasser. Ich soll schreiben, dass ich freiwillig hier bin. Also schreibe ich: Ich bin freiwillig hier.«[219] Unweigerlich beginnt Niemand, in seine Beobachtungen autobiographische Erinnerungen und Momentaufnahmen einzuflechten. Er switcht mühelos zwischen seinem Wahrnehmungsort und dem jeweiligen Phantasieort hin und her, eine Differenz zwischen diesen beiden Orten scheint nivelliert zu sein. Ungesichert bleibt von Anfang an, ob nicht auch die Eingangsszene, die Niemand in einer »Dunkelkammer« mit besagtem Kästchen vor Augen zeigt – in welcher Körperhaltung, ob sitzend, stehend oder liegend, bleibt ungeklärt –, von einem seinerseits nicht mehr einsehbaren und somit auch nicht zu zeigenden Wahrnehmungsort aus erzählt wird. An die jeweiligen metadiegetischen Phantasie- als Realorte nimmt Niemand sein Körpertastbild ALS KÖRPER mit. Niemand ist also ein Ich-Erzähler mit instabiler Verortung, sein Wahrnehmungsort schwebt gewissermaßen; es kann nicht entschieden werden, ob sein Inneres von einer invarianten, das heißt immobilen Hier-Jetzt-Ich-Origo aus als eine Art Schrift-Film nach außen projiziert wird, und dieses Innere ist ein Hallraum des Erinnerten, des Imaginären, oder ob er, zu jeder metadiegetischen Erzählstufe medial erneut ›in-

219 Michael Lentz: *Schattenfroh*, a. a. O., S. 7.

fiziert‹ durch immer andere »Erreger«[220] wie zum Beispiel den palimpsestartig bekritzelten Tisch in seiner Zelle oder den Wandteppich im Büro seines Vaters als »Wahrnehmungstisch« und (sprichwörtlichen) »Erinnerungstisch«[221], autobiographische, fremdbiographische, historische oder literarische und künstlerische Quellen und Data als Erscheinendes, als »Komplexion der Phantasmen«[222] wahrnehmend miteinander in Beziehung setzt. So oder so ist *Schattenfroh* ein metafiktionaler Roman des Romans, der seine eigene Entstehung schreibt. Es wird eine innere – als die einzig reale – Reise erzählt, und zugleich wird Fiktion erzählt, die Entstehung des Buches *Schattenfroh*.

Im Verlauf des Romans erfährt das Panopticon, in das der Erzähler sich eingesperrt wähnt, vielfache Metamorphosen. So ist die Zelle einmal das Kinderzimmer des Ich-Erzählers, der Schrank im Kinderzimmer, eine Kammer auf dem Dachboden seines Elternhauses, der Käfig von Jan Hus, eine Zelle in einem Trierer Gestapogefängnis, eine Zelle im Stasi-Gefängnis in Hohenschönhausen, die Gefängniszelle von Ai Weiwei.

220 Edmund Husserl: *Phantasie*, a. a. O., S. 21.

221 Edmund Husserl: *Erfahrung und Urteil: Untersuchungen zur Genealogie der Logik*. Hg. v. Ludwig Landgrebe. Hamburg: Felix Meiner 1999. »§ 37. Die Einheit der Erinnerung und ihre Trennung von der Wahrnehmung«, S. 184: »Als Beispiel diene folgendes: Ich sehe wahrnehmungsmäßig einen Tisch vor mir und erinnere mich gleichzeitig anschaulich an einen anderen Tisch, der früher an diesem Platze stand. Wenn ich auch den Erinnerungstisch gleichsam neben den Wahrnehmungstisch ›versetzen‹ kann, so steht er doch nicht in der Einheit einer wirklichen Dauer neben ihm; er ist in gewisser Weise von ihm getrennt. Welt der Wahrnehmung und Welt der Erinnerung sind getrennte Weiten. Andererseits besteht aber doch, und wie sich zeigen wird in mehrfachem Sinne, eine Einheit, sofern ich beide Tische in einer Präsenz anschaulich vor Augen stehen habe. In welchem Sinne ist hier von Trennung und in welchem von Einheit die Rede?«

222 Husserl: *Phantasie*, a. a. O., S. 22.

Optische Medien wie Fotografie, Gemälde und Film dienen dem Roman als Narrative und werden zu immersiven achronischen Räumen, die der Ich-Erzähler übergangslos betreten und wieder verlassen kann. Ohne als Medien markiert zu sein, gehören sie zu seiner Umwelt.

Im Roman wird Niemand zum Zuschauer seiner selbst, der sich beim Wahrnehmen seiner Umwelt selbst beobachtet, bis er sich schließlich in ein Selbst und ein Alter Ego (Golem) aufspaltet. An diesem Punkt wird spätestens ersichtlich, dass er das das Verhör begleitende und über dieses hinausgehende allgegenwärtige Ausgesetztsein des Beobachtetwerdens internalisiert hat. Parallel vollzieht sich eine »Betrachtung von Betrachtern«[223]: Der Ich-Erzähler Niemand sieht sich permanenter Beobachtung ausgesetzt, insbesondere durch Schattenfroh und seinen Sekretär Mateo. Mateo und all die anderen Figuren treten nur über die interne bzw. autodiegetische Fokalisierung Niemands in Erscheinung, was eine Indirektheit der Figurenpräsentation bewirkt. Was wir über Niemand, Schattenfroh, Mateo, den Vater, die Mutter, den Opa und alle anderen ›Figuren‹ erfahren, erfahren wird ausschließlich über Niemand, auch wenn dieser sich auf Dokumente anderer wie zum Beispiel der Figur Ahndemir beruft. Ebenso wie die Frage nach dem Ort des Ich-Erzählers und die Frage nach dem Innen und Außen bleibt bis zum Schluss offen, ob sie nicht die Folge der *splendid isolation* Niemands sind; schließlich wird ihre Existenz von ihm immer nur behauptet, auch seine innere Reise erfährt keine Beglaubigung durch von der Erzählerstimme unabhängige Instanzen. Insofern ist jeder Existenzschluss auf eine Welt außerhalb der autodiegetischen Referenzierung unzulässig bzw. zumindest ungesichert. Gleichwohl gilt es mit Wolfgang Iser festzuhalten, dass die

223 Vgl. Mario Baumann: *Bilder schreiben: Virtuose Ekphrasis in Philostrats ›Eikones‹*. Berlin: De Gruyter 2011, S. 2.

»Zweistelligkeit von Fiktion und Wirklichkeit durch eine dreistellige Beziehung zu ersetzen« ist: »Enthält der fiktionale Text Reales«, und das enthält *Schattenfroh* zweifellos, »ohne sich in dessen Beschreibung zu erschöpfen« – Reales ist in *Schattenfroh* Auslöser von assoziativen Ableitungen –, »so hat seine fiktive Komponente wiederum keinen Selbstzweckcharakter, sondern ist als fingierte die Zurüstung eines Imaginären«, und genau auf diese »Zurüstung« kommt es in *Schattenfroh* an. Im »Fingieren«[224] bringt sich »ein Imaginäres zur Geltung, das mit der im Text wiedererkennbaren Realität zusammengeschlossen wird«. In der »Wiederkehr lebensweltlicher Realität im Text« durch den »Akt des Fingierens« zieht dieser »das Imaginäre in eine Gestalt«, »wodurch sich die wiederkehrende Realität zum Zeichen und das Imaginäre zur Vorstellbarkeit des dadurch Bezeichneten aufheben.«[225]

Niemand kann den Prozess des unausgesetzten Beobachtens und Beobachtetwerdens nur durch die Aufhebung der Schrift beenden, indem er die Schrift langsam ausschleicht. Sich entziehen, Verschwinden kann sich nur im Medium des Textes selbst realisieren. Niemand entwickelt Strategien eines Paralleltextes, der ihm ein nicht kontrollierbares Denken ermöglichen soll. Dieser Paralleltext ist die weiße Schrift des Spatiums, sind die Leerstellen, die die Buchstaben umgeben. Mit dem allmählichen Verschwinden des (schwarzen) Textes, des Romans *Schattenfroh*, dessen Gewebe gewissermaßen einem textualen Mottenfraß ausgesetzt wird, kommt figurbildend die weiße Schrift in den Vordergrund, die nur Niemand lesen kann, wie er glaubt. Damit knüpft *Schattenfroh* an kabbalistische Vorstellungen einer schwarzen und einer weißen Schrift bzw. eines schwarzen Feuers auf weißem Feuer an, bei der die mündliche Tora (= Auslegung) dem

224 Der Begriff mag hier etwas unglücklich gewählt sein, impliziert Täuschung doch auch Lüge, was den Begriff des »Fingierens« an die Wahrheit rückbindet.
225 Wolfgang Iser: *Das Fiktive und das Imaginäre*, a. a. O., S. 18–19.

schwarzen Feuer und die schriftliche (= überlieferter heiliger Text) dem weißen Feuer entspricht.[226] Gershom Scholem ordnet eines der bemerkenswertesten kabbalistischen Fragmente Isaak dem Blinden zu, der bemerkt, die schriftliche Tora könne »keine körperliche Form annehmen, es sei denn durch die Kraft der mündlichen Tora«. Zu dieser mystischen schriftlichen Tora, so Scholem, »die in unsichtbarer Form des weißen Lichtes eigentlich noch verborgen ist«, sei bislang nur Moses vorgedrungen. Das Fragment lasse den Schluss zu, dass es »überhaupt keine schriftliche Tora« gebe, was wir schriftliche Tora nennen, sei »selber schon duch das Medium der mündlichen gegangen« und »nicht mehr im weißen Licht verborgene Form, sondern aus dem schwarzen Licht, das determiniert und begrenzt und damit schon die Eigenschaften der göttlichen Strenge und des Gerichts bezeichnet, hervorgetreten.« Alles, was wir in der Tora in fester Form wahrnähmen, mit Tinte auf Pergament geschrieben, seien »letzten Endes schon Deutungen, (…) nähere Bestimmungen des Verborgenen«. Demzufolge gebe es »nur mündliche Tora, das ist der esoterische Sinn dieser Worte, und schriftliche Tora ist nur ein mystischer Begriff.«[227] Die betreffenden Passagen in *Schattenfroh* im Wortlaut:

»Und so ist alles, was du schreibst, sagt Mutter, bereits vorgeschrieben, vorgedacht und vorgegangen, dein Buch macht nur ein Vor-Buch sichtbar, dessen weiße Schrift du schwarz machst, das du überschreibst, du bewegst dich auf einem wohlbestellten Untergrund, deine Wege, die du gehst, sind bereits geschrieben.«[228]

226 Siehe hierzu: Gershom Scholem: *Zur Kabbala und ihrer Symbolik.* Frankfurt am Main: Suhrkamp [15]1973, S. 64 ff., Monika Schmitz-Emans: *Zwischen weißer und schwarzer Schrift. Edmond Jabès' Poetik des Schreibens.* München: Wilhelm Fink 1994, S. 37 ff., 67 ff.

227 Gershom Scholem: *Zur Kabbala*, a. a. O., S. 71.

228 Michael Lentz: *Schattenfroh*, a. a. O., S. 481.

»Und so wollen wir dir nun auf deine Brust brennen, was deine Schuld ist. Kaum hatte die Mutter das gesagt, fühlt der Sohn wieder die Schrift, schwarzes Feuer auf seiner weißen Haut, das sich selbst auf seine Brust schreibt. Dieses Mal scheint sie vollständig zu sein, der Sohn lobt die Kunst seiner Mutter, die bescheiden nur von Gottes Schrift spricht, dem schwarzen Feuer auf weißem Feuer, das der Mensch aber nicht lesen könne und das selbst Gott bloß vorgefunden habe, dem allein es möglich sei, die weiße Schrift zu lesen, aus der alles entstanden sei, die selber aber nicht entstanden sei, vielmehr sei sie der Urtext alles Existierenden, der Urtext der Welt. Deine Haut ist das Pergament, auf dem die Schrift erscheint, die schwarzen Flammen, die nur sichtbar machen, was im weißen Feuer bereits geschrieben steht, das ist das Recht, das schon Gnade ist, dass es nämlich auf dir geschrieben steht, wie es auf Gottes Arm geschrieben stand. Deine Haut wird im Wind trocknen, die schwarzen Flammen werden erlöschen, dein Leben wird Schrift geworden sein, und es kommen die Menschen von überallher, die Schrift zu lesen, die Gott hat erscheinen lassen auf dem Grund des weißen Feuers, das von Anbeginn ist und das nur Gott lesen kann, der es nicht erschaffen hat, denn es ist nicht erschaffen worden, vielmehr ist es von Anfang an da gewesen, wie gesagt, und so steht es geschrieben, denn Gott hat den Urtext auf seinem Arm vorgefunden, der nun auf deiner Brust sein wird, und die Urschrift hat Gott gar nicht nötig, sie ist das Einzige, das ohne Gott existieren kann, weil sie bereits vor Gott da war.«[229]

Bleibt es beim schriftlichen Selbstverhör; ist der Verhörte die bzw. seine eigene Furchtbringende Gesellschaft? Offen bleibt, ob der Ich-Erzähler Stimmen hört und aus einem halluzinatorischen Furor heraus handelt und schreibt, oder ob er realen Mächten ausgesetzt ist. Ist Niemand Schattenfroh? Hat er selbst das Stadtbild überall mit der

229 Michael Lentz: *Schattenfroh*, a. a. O., S. 502.

Zahl 6 versehen? Ist er wirklich der Einzige, der die weiße Schrift zu lesen vermag? Und ist Niemand bloß ein Kopist, wie auch Gott bloß Kopist ist?

Schattenfroh mit seinen Spiegelungen von der Makro- bis zur Mikrostruktur (Geist – Leib; Seele – Körper; oben – unten, innen – außen) lässt sich selbst als Verfahren sichtbar werden, indem der Roman in der Fiktionalisierung von Schreib- und Schriftprozessen Fiktion erzählt und so Repräsentation repräsentiert.

Schattenfroh ist nicht in Kapitel unterteilt. Ein solche Ordnungsmarkierung inhaltlicher Gliederung wäre mit der fiktionalen medialen Verfasstheit des Buches als eines, das mit dem Lesen erst entsteht und das sich der Aporie der Gleichzeitigkeit von erzählter Zeit und Erzählzeit bzw. Plot und Sujet (der Plot entsteht mit dem Sujet) aussetzt, nicht vereinbar gewesen. Ich-Erzähler und Leser erleben das Entstehen des sich immer wieder selbst zitierenden und auf sich verweisenden, sich selbst nachschlagenden und dabei auch die konkrete Seitenzahl angebenden Buches mit, das Buch *ist* seine Entstehung, und auch der Erzähler *ist* sein Leser. Der Erzählakt selbst ist, wie die in der Erzählung erzählten Ereignisse, auf metaleptisch verschlungene Weise intra- und extradiegetisches Thema von hoher Rekurrenz.

Erzählen wird erzählt und mit ihm die medialen Bedingungen des Erzählens bzw. Schreibens. Hierbei werden die erzählten medialen Formen der Materialisation von Schreiben, Erzählen und Lesen durch alle diegetischen Ebenen, von der extradiegetischen bis zur potenzierten metadiegetischen Ebene, *als identische* durchgereicht. Es ist immer das eine Buch *Schattenfroh*, das auf seine spezifische Art und Weise geschrieben wird, extradiegetisch ohne Papier, Stift, Computer direkt ins »Gehirnwasser«[230], intra- und metadiegetisch als Buch, das durch

230 Michael Lentz: *Schattenfroh*, a. a. O., S. 7.

sechs Jahrhunderte hindurch dasselbe bleibt. Alles Wahrgenommene und Imaginierte wird zu gleicher Zeit (auf)geschrieben. Offen bleibt deshalb, ob eine Unterscheidung zwischen extra-, intra- und metadiegetischen Ebenen überhaupt zulässig ist. Der paradoxale Eindruck der Mise en abyme als Sonderfall der Metalepse, der hier entsteht, resultiert daraus, dass in der erzählten Welt des Romans seine bzw. ihre Genesis enthalten ist, der Roman bzw. seine erzählte Welt enthält sich selbst.

Für die Entstehung des Buches zeichnet nach dem Dafürhalten des Ich-Erzählers ein Autorenkollektiv verantwortlich, dem neben ihm auch Schattenfroh und andere opake Instanzen angehören, wobei er immer wieder über die mögliche Identität von Schattenfroh, Vater und Luzifer spekuliert. Bis zum Schluss bleibt offen, ob der Ich-Erzähler halluziniert und Stimmen hört. Die Zelle, in der er sitzt, ist seine Rahmenerzählung, in der er – Scheherazade lässt grüßen – 1001 Seite gefangen bleibt; ob er danach ›frei‹ ist, bleibt den Spekulationen des Lesers überlassen. Ob nur in der Vorstellung, von der Dunkelkammer aus, in der er, möglicherweise an einen Stuhl oder Sessel fixiert, gefangen ist, oder vor Ort, das skripturale Palimpsest auf der Platte eines Tisches dient ihm als Initiations- und Assoziationsmedium, das verschiedene intradiegetische Erzählungen generiert. Diese intradiegetischen Erzählungen werden ihrerseits zu Rahmenerzählungen metadiegetischer Erzählungen und so fort. Der Ich-Erzähler wird vom extradiegetisch-homodiegetischen Erzähler der Rahmenerzählung (Diegese) zum intradiegetisch- und metadiegetisch-autodiegetischen Erzähler der Intra- und Metadiegese.

Der Roman durchläuft folgende Räume und Stationen:

Helle Dunkelkammer – Büro Vater – Keller Rathaus – Hölle im Keller – Büro Vater – durch Wandteppich in Vaters Büro: Düren im Mittelalter (15. – 17. Jhd.) / als Jan Hus in (Konstanzer) Zelle / Hinrichtung als Jan Hus – als Asche durch Wandteppich zurück in Büro des

Vaters – Bibliothek des Vaters – ICE Mutter – Pflegeheim Vater – Die 23 Häuser (Mitte des Buches) – (Vaters Koffer/Hörgerät) – Mit Vater vom Pflegeheim aus nach Prüm (Panoramamuseum) – Im Panoramamuseum – In Tübkes *Frühbürgerliche Revolution in Deutschland* (Ich-Erzähler als Thomas Müntzer, Vater als Schattenfroh / Georg der Bärtige von Sachsen (1471–1539) / Ernst II. von Mansfeld-Vorderort (1479–1531) – In der Druckerei (Tübke) – Burg Heldrungen – Hinrichtung als Thomas Müntzer – Intensivstation Vater – Vater liegt im Sterben – Mit dem Bruder im Ort – die Molls – Die Schlucht – Blick durch das Gerät »Hegel« – Zurück in der Zelle des Anfangs (Mateo, der Ich-Erzähler und sein Golem; die Auflösung Schattenfrohs (987–1008))

In der Zelle der Furchtbringenden Gesellschaft: 7–40 (Rückblende: 40–44) (7–1008)

Büro des Vaters: Bild, das den Heiligen Ludwig von Toulouse darstellt: 44–46. Ich-Erzähler stiehlt das Buch (Bibel/Schattenfroh) aus dem Bild; vom Büro in den

Keller im Verwaltungsgebäude (Rathaus) des Vaters: 46–181

Charakterisierungen des Vaters

Zelle in der Zelle: Im Keller wird eine Zelle gebaut (59): Strafe: die Totenliste Dürens vom 16. November 1944 mit der Hand abschreiben: 58–136

Charakterisierung der Stadt Düren (136–142)

Charakterisierungen des Vaters (142–155)

Mateo charakterisiert den Vater (mittelalterliche Essensordnung) (156–181)

Hölle (im Keller): 181–278

(im Keller: Hieronymus Bosch: *Das Jüngste Gericht*: Kröte, Chimäre, Ruprecht, Ich-Erzähler: Gerichtsverhandlung (schwarze Seite Tristram Shandy: 187 (Hogarth), 189); Hieronymus Bosch: *Der heilige*

Johannes der Evangelist auf Patmos: 247–260; Hieronymus Bosch: *Das Jüngste Gericht*: 261–267; Hekhalot, Metatron (die 70 Namen Gottes: 267–270); die Damen der 7 Vorzimmer: 270–274; Vater auf dem blauen Sessel/Thron (Merkava): 274–277; Rückkehr in die neue Zelle, die umgebaut wird zu)

Büro des Vaters: 278–289:

Wandteppich (278), Ich-Erzähler geht in den Wandteppich (289):

Wandteppich: 289–432

(Wenzel Hollar: Stadtplan Düren, Gesamtansicht aus der Vogelschau, mittelalterliche Stadt Düren, Stadtmauer: 289–431

der Flügelaltar des Muttergotteshäuschens: 293–313 (mit Bildern von Hieronymus Bosch: *Der Garten der Lüste* (298–302, 303–304), Matthias Grünewald: *Isenheimer Altar* (295–298, 302–303, 304–305), Luca Signorelli: *Heiliger Ludwig von Toulouse* (305–307), Michael Triegel: *Altarbild in der Stadtpfarrkirche St. Augustinus in Dettelbach a. M.* (307–309))

Wenzel Hollar: *Selbstbildnis nach Art Johannes Meyssens* (317–318)

Jan Vermeer: *Briefleserin am offenen Fenster* (353–370)

Ich-Erzähler kommt in Düren in eine Zelle (Jan Hus) (384)

Vor Gericht (in Düren um 1634): (420–432; Hinrichtung als Jan Hus: verbrannt auf dem Scheiterhaufen: 428–432), (426: Ich-Erzähler soll »Steffi Rapid« umgebracht haben: Reminiszenz an Jan Vermeer-Bild)

Zurück in Büro des Vaters (als Asche durch den Wandteppich): 432–441

In Bibliothek des Vaters: 441–460; aus der Bibliothek unter Vaters Büro in den

ICE (Mutter): 460–493; (See-Episode, Ballon: 479–480; Opa 481–482)

Vater im Pflegeheim (Ausblick): 485–492; Vaters Koffer/Hörgerät: 493; Mutter (und Schwiegertochter): 493–504

Buchmitte: Die 23 Häuser: 504 – 601 (Theo Champion: *Ebene/ Sonntagsspaziergang* (532 – 535); die Passion Christi (537 – 545); die Bibliothek (573 – 580); die Molls / Caspar David Friedrich: *Das Eismeer* (582 – 586); Vaters Koffer/Hörgerät/Parkbank/Kind/Kindheitserinnerungen: 599 – 608); der Schlüssel ist das ganze Haus (Michael Triegel: *Deus absconditus*): 608 – 622

Fortsetzung Vaters Hörgerät aus dem Koffer und seine Geschichten: 622 – 649; das Schwarze Bildchen: 625 – 636; Technik: Handy/Dokumentation/Aufzeichnungsgeräte: 638 – 644

Mit Vater nach Prüm ins Panorama-Museum (»Ich begleite Vater, wir sind schon unterwegs«): 649 – 728 (Opa: 651 – 668; Wanderung auf den Traunstein: 668 – 680; Hieronymus Bosch: *Das Steinschneiden*: 684 – 687; Werner Tübke: *Frühbürgerliche Revolution in Deutschland*: 685 – 695; das Panorama-Museum: 695 – 728 (Werner Tübke: *Frühbürgerliche Revolution in Deutschland* (699 – 701: Christus, Pilatus); Lotta Blocker: *Atlas* (710 – 711); Giorgio de Chirico: *Piazza, Geheimnis und Melancholie einer Straße*) (723 – 728); Meister der Georgslegende (Umkreis): *Heiliger Ludwig von Toulouse* (728))

Im Panoramamuseum/Werner Tübke: *Frühbürgerliche Revolution in Deutschland*: 728 – 857

In der Druckerei (aus Werner Tübke: *Frühbürgerliche Revolution in Deutschland*): 811 – 857 (Matthias Huß: Holzschnitt aus dem *Danse macabre* (846 – 847); Cornelis Gijsbrecht: *Rückseite eines Gemäldes* (Rugzijde van een schilderij (849 – 850))

Als Thomas Müntzer: 857 – 926 (der Weg nach Heldrungen (857 – 868), auf Burg Heldrungen (868 – 926): Ich-Erzähler als Thomas Müntzer in der Zelle von Ai Weiwei (872 – 926): Verhöre, Ich-Erzähler teilt sich in Alter und Ego (896 – 926), Schuldbekenntnis: »Du sollst nicht töten. Ruminationen« (908 – 925), Hinrichtung als Thomas Müntzer (= Alter) (925 – 926))

Vater liegt im Sterben (926 – 948)

Mit dem Bruder im Ort (948–956)

Die Molls, die Schlucht, Vater als Wiedergänger (*Collagen* von Ror Wolf), Fotos mit Mutter, das merkwürdige Sichtgerät (Camera obscura, Laterna magica?) (956–991)

Blick durch das Gerät »Hegel« (986–987): Zurück in der Zelle des Anfangs: Mateo, der Ich-Erzähler und sein Golem; die Auflösung Schattenfrohs (987–1008)

2. Zur Ekphrasis in *Schattenfroh*

Lesen evoziert Bilder. Bilder evozieren Sprache.[231] Lesen kann den Wunsch zu schreiben erzeugen. Der Kreislauf schließt sich, wenn die evozierten Bilder der inneren Vorstellung für den lesenden Schreiber und schreibenden Leser mit physischen Bildern der Wahrnehmung korrespondieren, nicht zuletzt denen der bildenden Kunst, oder wenn zum Beispiel Bilder der bildenden Kunst einen Teilbestand innerer Vorstellungen ausmachen.

Lesen ist also eine Rückkopplungsschleife, eine sich aus dem Imaginären versorgende, so opake wie transparente Form von Selbstverbundenheit.

Der Schreibende hinwiederum ist ein durchlässiges Medium. Das habe ich noch nie so stark beobachten können wie beim Schreiben des Romans *Schattenfroh*. Dort führte dem lesenden Autor ein Verbund aus innerer Vorstellung, Lektüre und Kunstbetrachtung die Feder. Die Selbstbeobachtung erzeugte eine Art Parallelbewusstsein, das zwischen mir und der autodiegetischen Figur des Ich-Erzählers als Dritter fungierte, der sowohl Teil des Romans als auch des Autoren-Ichs bzw. seiner Umwelt war.

Das Wort »Bild« kommt in *Schattenfroh* 336-mal vor. Wie soll man mit den Bildern, die das Lesen weckt oder die es hervorbringt, umgehen? Literatur ist sicherlich eine Form des Umgangs mit ihnen, wenngleich eine paradoxe: Sind ihre Strategien der Veranschaulichung gemäß den Prinzipien der Enérgeia (lebhafte Dynamisierung) und Enargéia (detaillierte Schilderung) dynamisch, so transformiert sie

231 Vgl. Stephanie Jordans: *Innere Bilder*, a. a. O., S. 22: »Bilder evozieren Sprache, und Sprache evoziert Bilder.«

diese Dynamik in die Statik des Satzes bzw. des Textes, bis das Lesen diese Statik wieder dynamisiert.

Bereits die antiken Ekphrasen zum Beispiel von Lukian oder Philostratos hatten »starke narrative Strukturen«[232], Narration als bestimmendes Textmerkmal schwächte sich bei den Ekphrasen von Giorgio Vasari, der als Begründer der Kunstgeschichte angesehen werden kann und den Epochenbegriff »Renaissance« einführte, zwar ab, dennoch *erzählte* er in seinem 1550 erschienenen Hauptwerk *Le Vite* seine Bildbeschreibungen. »Ekphrasen sind aber niemals nur Erzählungen«[233], so Gottfried Boehm. Zu solchen werden sie hingegen in *Schattenfroh*, wobei Anschaulichkeit eine phänomenologische Maxime ist, die zuweilen von reflexiven Passagen unterminiert werden kann, Wahrnehmungs-, Vorstellungs- und Reflexionsbewusstsein sich also gegenseitig durchdringen können und zwischen Wahrnehmung, Imagination und Begriff oszillieren.

Schattenfroh ist eine Bildergalerie und eine bildererzählende Reiseliteratur.

Ich beschreibe in dem Roman die Bilder weniger – was allerdings auch vorkommt, wie zum Beispiel bei Matthias Grünewalds *Isenheimer Altar* –, als dass ich sie erzähle, sie animiere, in Bewegung versetze. Es geht nicht um Erklären oder Verständlichmachen von Bildern bzw. Bildinhalten, nicht um die Suggestion, es gäbe in Bildern etwas Dunkles, das erhellt werden möchte, wozu eben nur Sprache imstande sei.

Die Appropriation eines Bildes erfolgte in zwei Dependenz-Richtungen: Entweder gab das Bild dem Text eine Handlungsmotivation

232 Gottfried Boehm: »Bildbeschreibung. Über die Grenzen von Bild und Sprache«, in: Gottfried Boehm, Helmut Pfotenhauer (Hg.): *Beschreibungskunst*, a. a. O., S. 23–40, hier S. 33.
233 Ebd.

vor, die er mit Worten zu realisieren hatte, oder der Text präfigurierte eine Handlungs- und Figuren-Konstellation, in die das Bild – erzählend, nacherzählend – transponiert wurde. In jedem Fall herrschte das merkwürdige Denken vor, die Bilder verstünden mich, ich bräuchte sie bloß abzuschreiben. Bei diesem Abschreiben entwickelte sich die Vorstellung gleitender Signifikanten, die zumindest dem Autor suggerierte, dass auch die Signifikate gleiten könnten bzw. dass die gleitenden Signifikanten ein Gleiten der Signifikate bewirken.

Mit Eco lässt sich festhalten, dass »einige der verbalen Einheiten« der ekphrastischen Passage auf ein bzw. das Bild referieren, während »andere auf keinen Fall die Art von Inhalt vermitteln, die man vermittelt bekäme, wenn man« – anstatt den Text bzw. die Bilderzählung zu lesen – »das Bild betrachtet«.[234]

Neben real existierende äußere Bilder der Wahrnehmung als Vor-Bilder treten in *Schattenfroh* »imaginierte sprachliche Bildkunstwerke«[235]. Diese können ihrerseits entweder auf ›freier‹ (Phantasie) Vorstellung[236] basieren – wobei die Möglichkeit (zu) einer solchen Freiheit allererst zu diskutieren wäre –, aus ihrem unmittelbaren oder weiteren Roman-Umfeld generiert worden sein, Überlagerungen aus Erinnerungsbildern, aktuellen Wahrnehmungen und Assoziationen sein, in Analogie zu existierenden Bildkunstwerken entstanden oder von bestimmten Bildern bzw. Bildtechniken initiiert worden sein wie zum Beispiel Fotografie(n) oder Anamorphose(n).

Präzision der Beschreibung und Detailvielfalt sind zwei Merkmale dafür, dass eine Bildbeschreibung vorliegen könnte, auch imaginierter Bilder. Formale und inhaltliche Korrespondenzen bestehen zwischen

234 Vgl. Umberto Eco: *Einführung in die Semiotik*. München: Wilhelm Fink 1972, S. 231 und 251.

235 Haiko Wandhoff: *Ekphrasis*, a. a. O., S. 3.

236 Siehe Edmund Husserl: *Phantasie*, a. a. O., S. 27 (25) – S. 29 (27).

der Detailvielfalt der Bilder und der komplexen Hypotaxe in *Schattenfroh*. »Inwendig voller Figur« sind die figuralen und typologischen Denkformen in den Bildern auch des Romans.[237]

Die ekphrastische Ästhetik in *Schattenfroh* legt Wert auf eine den erzählten Bildern analoge Präzision der Beschreibung des Gestischen, des Bewegungsmoments und des figuralen Umfelds. Andererseits nimmt das Erzählen raumkompositorische bzw. architektonische Gegebenheiten, die konstitutiv für die Bildkomposition sind, als Angebot einer kinetischen Belebung auf, die aus ihrer situativen Momentaneität bloß fortgeführt werden muss.

Der ganze Roman als Ekphrasis: Die bilderinduzierte Imagination in *Schattenfroh* fängt schon beim Blick durch das Kästchen an, der für das Bilderdenken des Romans initiatorisch ist. Es gibt gute Gründe davon auszugehen, dass der Ich-Erzähler von der ersten bis zur letzten Seite durch dieses Kästchen schaut, das ihm das historisch und autobiografisch mit Bildern und Schrift gesättigte Imaginäre eröffnet, und eine frühe Stelle in *Schattenfroh* belegt die Version, dass es sich bei dem auch »Brille« genannte Kästchen, das der Ich-Erzähler auf seiner Stirn hat, um ein Tefillin, eine Gebetskapsel handelt. Während sich im Tefillin folgende auf Pergament geschriebene Passagen aus der Tora, dem Pentateuch, finden – darunter, an verschiedenen Stellen, auch Gottes Anweisung für den Gebrauch von Tefillin: »Und du sollst sie als Zeichen auf deine Hand binden, und sie sollen als Merkzeichen zwischen

237 Vgl. Hans Holländer: »› … inwendig voller Figur‹. Figurale und typologische Denkformen in der Malerei«, in: Volker Bohn (Hg.): *Typologie. Internationale Beiträge zur Poetik*. Frankfurt am Main: Suhrkamp 1988, S. 166–206. Typologie meint »Denken in anschaulichen Figuren und als kombinatorisch assoziative Methode, die zu einem ausgedehnten Geflecht von Beziehungen und damit zu neuen Erfindungen führt«. Ebd., S. 171.

deinen Augen sein«: *Schma Israel* (5. B.M. 6, 4–8),[238] *Wehaja im Schamoa* (5. B.M. 11, 13–21)[239], *Kadesch li kol Bechor* (2. B.M. 12, 1–10),[240]

238 »4 Höre, Israel: Der HERR ist unser Gott, der HERR allein! 5 Und du sollst den HERRN, deinen Gott, lieben mit deinem ganzen Herzen und mit deiner ganzen Seele und mit deiner ganzen Kraft. 6 Und diese Worte, die ich dir heute gebiete, sollen in deinem Herzen sein. 7 Und du sollst sie deinen Kindern einschärfen, und du sollst davon reden, wenn du in deinem Hause sitzt und wenn du auf dem Weg gehst, wenn du dich hinlegst und wenn du aufstehst. 8 Und du sollst sie als Zeichen auf deine Hand binden, und sie sollen als Merkzeichen zwischen deinen Augen sein.«

239 »13 Und es wird geschehen, wenn ihr genau auf meine Gebote hört, die ich euch heute gebiete, den HERRN, euren Gott, zu lieben und ihm zu dienen mit eurem ganzen Herzen und mit eurer ganzen Seele, 14 dann gebe ich den Regen eures Landes zu seiner Zeit, den Frühregen und den Spätregen, damit du dein Getreide und deinen Most und dein Öl einsammelst. 15 Und ich werde für dein Vieh Kraut auf dem Feld geben, und du wirst essen und satt werden. 16 Hütet euch, dass euer Herz sich ja nicht betören lässt und ihr abweicht und andern Göttern dient und euch vor ihnen niederwerft 17 und der Zorn des HERRN gegen euch entbrennt und er den Himmel verschließt, dass es keinen Regen gibt und der Erdboden seinen Ertrag nicht bringt und ihr bald aus dem guten Land weggerafft werdet, das der HERR euch gibt. 18 Und ihr sollt diese meine Worte auf euer Herz und auf eure Seele legen und sie als Zeichen auf eure Hand binden, und sie sollen als Merkzeichen zwischen euren Augen sein. 19 Und ihr sollt sie eure Kinder lehren, indem ihr davon redet, wenn du in deinem Haus sitzt und wenn du auf dem Weg gehst, wenn du dich niederlegst und wenn du aufstehst. 20 Und du sollst sie auf die Pfosten deines Hauses und an deine Tore schreiben, 21 damit eure Tage und die Tage eurer Kinder zahlreich werden in dem Land, von dem der HERR euren Vätern geschworen hat, es ihnen zu geben, wie die Tage des Himmels über der Erde.«

240 »1 Und der HERR sprach zu Mose und Aaron im Land Ägypten: 2 Dieser Monat soll für euch der Anfangsmonat sein, er sei euch der erste von den Monaten des Jahres! 3 Redet zur ganzen Gemeinde Israel und sagt: Am Zehnten dieses Monats, da nehmt euch ein jeder ein Lamm für ein Vaterhaus, je ein Lamm für

Wehaja ki jewiacha (2. B. M. 12, 11–16),[241] werden in *Schattenfroh* Of-

das Haus! 4 Wenn aber das Haus für ein Lamm nicht zahlreich genug ist, dann nehme er es mit seinem Nachbarn, der seinem Haus am nächsten wohnt, nach der Zahl der Seelen; nach dem Maß dessen, was jeder isst, sollt ihr ihn auf das Lamm anrechnen. 5 Ein Lamm ohne Fehler, ein männliches, einjähriges, soll es für euch sein; von den Schafen oder von den Ziegen sollt ihr es nehmen. 6 Und ihr sollt es bis zum vierzehnten Tag dieses Monats aufbewahren. Dann soll es die ganze Versammlung der Gemeinde Israel zwischen den zwei Abendenschlachten. 7 Und sie sollen von dem Blut nehmen und es an die beiden Türpfosten und die Oberschwelle streichen an den Häusern, in denen sie es essen. 8 Das Fleisch aber sollen sie noch in derselben Nacht essen, am Feuer gebraten, und dazu ungesäuertes Brot; mit bitteren Kräutern sollen sie es essen. 9 Ihr dürft nichts davon roh oder etwa im Wasser gekocht essen, sondern am Feuer gebraten sollt ihr es essen: seinen Kopf samt seinen Unterschenkeln und Eingeweiden. 10 Und ihr dürft nichts davon bis zum Morgen übrig lassen! Was aber davon bis zum Morgen übrig bleibt, sollt ihr mit Feuer verbrennen.«

241 »11 So aber sollt ihr es essen: eure Lenden gegürtet, eure Schuhe an euren Füßen und euren Stab in eurer Hand; und ihr sollt es essen in Hast. Ein Passah für den HERRN ist es. 12 Und ich werde in dieser Nacht durch das Land Ägypten gehen und alle Erstgeburt im Land Ägypten erschlagen vom Menschen bis zum Vieh. Auch an allen Göttern Ägyptens werde ich ein Strafgericht vollstrecken, ich, der HERR. 13 Aber das Blut soll für euch zum Zeichen an den Häusern werden, in denen ihr seid. Und wenn ich das Blut sehe, dann werde ich an euch vorübergehen: So wird keine Plage, die Verderben bringt, unter euch sein, wenn ich das Land Ägypten schlage. 14 Und dieser Tag soll euch eine Erinnerung sein, und ihr sollt ihn feiern als Fest für den HERRN. Als ewige Ordnung für all eure Generationen sollt ihr ihn feiern. 15 Sieben Tage sollt ihr ungesäuertes Brot essen; ja, gleich am ersten Tag sollt ihr den Sauerteig aus euren Häusern wegtun; denn jeder, der Gesäuertes isst, diese Seele soll aus Israel ausgerottet werden – das gilt vom ersten Tag bis zum siebten Tag. 16 Und am ersten Tag sollt ihr eine heilige Versammlung halten und ebenso am siebten Tag eine heilige Versammlung. An diesen Tagen darf keinerlei Arbeit getan werden; nur was von jeder Seele gegessen wird, das allein darf von euch zubereitet werden.«

fenbarung 22, 18–20[242] sowie das 2. Buch Mose 13,1–16[243] variiert. Der

242 »18 Ich bezeuge jedem, der die Worte der Weissagung dieses Buches hört: Wenn jemand etwas hinzufügt, so wird Gott ihm die Plagen zufügen, von denen in diesem Buche geschrieben ist; 19 und wenn jemand etwas hinwegnimmt von den Worten des Buches dieser Weissagung, so wird Gott wegnehmen seinen Anteil am Baume des Lebens und an der heiligen Stadt, von denen in diesem Buche geschrieben steht. 20 Es spricht, der dieses bezeugt: Ja, ich komme bald! Amen, komm, Herr Jesus!«

243 »13,1 Danach redete der HERR zu Mose und sprach: 13,2 Heilige mir alle Erstgeburt! Alles bei den Söhnen Israel, was zuerst den Mutterschoß durchbricht unter den Menschen und unter dem Vieh, mir gehört es. 13,3 Und Mose sagte zum Volk: Gedenkt dieses Tages, an dem ihr aus Ägypten gezogen seid, aus dem Sklavenhaus! Denn mit starker Hand hat euch der HERR von dort herausgeführt. Darum soll kein gesäuertes [Brot] gegessen werden. 13,4 Heute zieht ihr aus im Monat Abib. 13,5 Und es soll geschehen, wenn der HERR dich in das Land der Kanaaniter, Hetiter, Amoriter, Hewiter und Jebusiter bringt, das dir zu geben er deinen Vätern geschworen hat, ein Land, das von Milch und Honig überfließt, dann sollst du diesen Dienst in diesem Monat ausüben. 13,6 Sieben Tage sollst du ungesäuertes Brot essen, und am siebten Tag ist ein Fest für den HERRN. 13,7 Während der sieben Tage soll man ungesäuertes Brot essen, und kein gesäuertes [Brot] soll bei dir gesehen werden, noch soll Sauerteig in all deinen Grenzen bei dir gesehen werden. 13,8 Und du sollst [dies] deinem Sohn an jenem Tag so erklären: Es geschieht um deswillen, was der HERR für mich getan hat, als ich aus Ägypten zog. 13,9 Und es sei dir ein Zeichen auf deiner Hand und ein Gedenkzeichen zwischen deinen Augen, damit das Gesetz des HERRN in deinem Mund sei; denn mit starker Hand hat dich der HERR aus Ägypten herausgeführt. 13,10 So sollst du denn diese Ordnung zu ihrer bestimmten Zeit von Jahr zu Jahr halten. 13,11 Und es soll geschehen, wenn dich der HERR in das Land der Kanaaniter bringt, wie er dir und deinen Vätern geschworen hat, und es dir gibt, 13,12 dann sollst du dem HERRN alles darbringen, was zuerst den Mutterschoß durchbricht. Auch jeder erste Wurf des Viehs, der dir zuteil wird, gehört, soweit er männlich ist, dem HERRN. 13,13 Jede Erstgeburt vom Esel aber sollst du mit einem Lamm auslösen! Wenn du sie jedoch nicht auslösen willst,

Ich-Erzähler gibt vor, in der Nacht geträumt zu haben und jetzt, mit dem Aufwachen, folgende Passagen im allgegenwärtigen Buch *Schattenfroh* vorzufinden:[244]

»Und ich bezeuge allen: Gedenkt mit mir diesen Tages, an dem ich aus der Welt gezogen bin, aus dem Sklavenhaus in mir selbst! So sollt auch ihr tun. Denn mit starker Hand hat mich *Schattenfroh* von dort herausgeführt. Darum soll kein getrübter Blick mehr nach außen, sondern ungetrübt aller Blick nach innen getan werden. Heute ziehe ich aus im Monat Mai. Und es soll geschehen, wenn Schattenfroh mich in das Land meines Inneren führt, das zu geben er mir, NIEMAND, geschworen hat, ein Land, das von Bildern und Vorstellungen überfließt, dann soll ich diesen Dienst ab diesem Monat ausführen. Sieben Jahre soll ich *Schattenfroh* schreiben und im siebten Jahr ist ein Fest für Schattenfroh. Während der sieben Jahre soll ich nur ungetrübt schauen und empfangen, und kein getrübter Blick soll bei mir gesehen werden, noch soll Getrübtes in all meinen Grenzen bei mir gesehen werden. Und ihr sollt euch das gegenseitig am Ende der sieben Jahre so erklären: Es geschieht um deswillen, was Schattenfroh für mich getan hat, als er mich aus der Welt zog, dem Sklavenhaus. Und es sei mir

dann brich ihr das Genick! Auch alle menschliche Erstgeburt unter deinen Söhnen sollst du auslösen. 13,14 Und es soll geschehen, wenn dich künftig dein Sohn fragt: Was [bedeutet] das?, dann sollst du zu ihm sagen: Mit starker Hand hat uns der HERR aus Ägypten herausgeführt, aus dem Sklavenhaus. 13,15 Denn es geschah, als der Pharao sich hartnäckig weigerte, uns ziehen zu lassen, da brachte der HERR alle Erstgeburt im Land Ägypten um, vom Erstgeborenen des Menschen bis zum Erstgeborenen des Viehs. Darum opfere ich dem HERRN alles, was zuerst den Mutterschoß durchbricht, soweit es männlich ist; aber jeden Erstgeborenen meiner Söhne löse ich aus. 13,16 Das sei dir ein Zeichen auf deiner Hand und ein Merkzeichen zwischen deinen Augen, denn mit starker Hand hat uns der HERR aus Ägypten herausgeführt.«

244 Vgl. Michael Lentz: *Schattenfroh*, a. a. O., S. 23.

wie euch das Zeichen 666 auf die Hand und die 666 in einem Kästchen als Zeichen der Erinnerung auf meinen Augen, damit Schattenfrohs Gesetz in meinem wie in eurem Mund sei; denn mit starker Hand hat mich Schattenfroh aus der Welt, dem Sklavenhaus, herausgeführt.

Und ich sage mir und euch: Es soll geschehen, wenn dich *Schattenfroh* in dein Inneres bringt, wie er dir und deinen Kindern geschworen hat, und es dir gibt, dann sollst du Schattenfroh alles darbringen, was dir in die Sinne kommt, was du im Inneren hörst, siehst und denkst.

Und es soll geschehen, wenn dich künftig deine Tochter fragt: Was bedeutet das?, dann sollst du zu ihr sagen: Mit starker Hand hat mich Schattenfroh aus dem Sklavenhaus in mir selbst herausgeführt. Denn es geschah, als ich mich hartnäckig weigerte, mich auszuliefern, da griff Schattenfroh in mein Gehirn und verhörte mich. Darum opfere ich Schattenfroh alles, was die Schranke meiner Innenoffenbarung durchbricht, soweit es ungetrübt ist. Das ist mir und euch ein Zeichen auf meiner und eurer Hand und ein Merkzeichen auf meinen und euren Augen, denn mit starker Hand hat mich Schattenfroh aus mir selbst herausgeführt.

Und Schattenfroh spricht: Und es wird geschehen, wenn du genau auf meine Gebote hörst, die ich dir heute gebiete, mich, deinen Herrn, zu lieben und mir zu dienen mit deinem ganzen Herzen und mit deiner ganzen Seele, dann gebe ich die Bilder deines Inneren zu ihrer Zeit, die Frühbilder und die Spätbilder, damit du das Getreide und den Most und das Öl deiner Bilder und Vorstellungen einsammelst. Und ich werde für den Leib deiner Seele sorgen, und du wirst schreiben und leer werden. Nimm dich in Acht, dass dein Herz sich nicht betören lässt und du abweichst und anderen dienst und dich vor ihnen niederwirfst und der Zorn des *Schattenfroh* gegen dich entbrennt und er den Himmel verschließt, dass es keine Bilder deines Inneren gibt und dein Schreiben seinen Ertrag nicht bringt und du bald aus dem Raum weggerafft wirst, den Schattenfroh dir gibt.

Und du sollst diese meine Worte auf dein Herz und auf deine Seele legen und sie als Zeichen auf deine Hand binden, und sie sollen als Merkzeichen zwischen deinen Augen sein. Und du sollst sie deine Tochter lehren, indem du davon redest, wenn du in deinem Haus sitzt und wenn du auf dem Weg gehst, wenn du dich niederlegst und wenn du aufstehst. Und du sollst sie auf die Pfosten deines Hauses und an deine Tore schreiben, damit eure Tage und die Tage eurer Kinder zahlreich werden in dem Inneren, von dem Schattenfroh dir geschworen hat, es dir und euch zu geben, wie die Tage des Himmels über der Erde.«[245]

Beim Blick durch das Kästchen, dem Niemand permanent ausgesetzt ist, bebildern sich die Schriftrollen, ohne dass der Ich-Erzähler sie eigentlich liest, ihre Schrift wird zum Bild: *Schattenfroh* ist der ekphrastische Roman dieser Bilder, eine Schrift-Bild-Schrift – Ekphrase.

Wie verhält es mit der produktionsästhetischen Seite des Romans, vom Autor aus gedacht? Die »perspektivische Staffelung von Schärfe- bzw. Aufmerksamkeitszonen, sei es in der minimalen, aber doch spürbaren Ungleichzeitigkeit, die zwischen den Gegenständen oder Figuren eines komplexeren Bildsujets herrscht, sei es in der latenten Hierarchiebildung, die als rezeptionsästhetische Lenkung des sukzessiven Wahrnehmungsaktes schon auf der Bildfläche eine Art von potentieller Leseordnung vorschreibt«[246], unterwandernd, ermächtigt sich die Literatur, den Blick lustvoll schweifen zu lassen auf der Suche nach etwas Verwertbarem, einem kleinen Detail, das medienwechselnden Eingang in einen literalen Kontext findet, während der große Rest in den Hintergrund gerückt wird und aus dem Blick entschwindet. Aus dem ganzen Bild wird ein herausgetrenntes Stillleben, eine Nature morte auch als Allegorie des Todes.

245 Michael Lentz: *Schattenfroh*, a. a. O., S. 24 – 25.

246 Alexander Honold, Alexander Simon (Hg.): *Das erzählende und das erzählte Bild*, a. a. O., S. 8 – 9.

Die Willkür des Lesens von Bildern hat Methode. Sie fühlt sich auf der sicheren Seite einer Narration, die vorgeblich nur noch ausgeführt zu werden braucht, ist sie doch bereits ganz da. Hier genügt dem Schreiben die Selbstermächtigung, das Bild nicht als autonome Realisation eines Sujets bzw. *als Sujet*, sondern als vorgegebene Fabel zu begreifen und diese somit greifbar zu machen, und die noch amorphe Ahnung, aus dem Bild als vorgegebener Fabel allererst ein Sujet zu formen. Dieses aus dem Bild als Fabel geformte Sujet vollzieht mit dem Medienwechsel vom Bild zum Text zugleich eine Neubesetzung der bildlichen Figurationen im Hinblick auf ihre Interrelationen und ihre hermeneutische Referenzierung. Bildbeschreibung ist in diesem Zusammenhang zugleich imaginär gespeiste Wahrnehmungsbeschreibung, sie beschreibt das, was ich im Bild sehe, was aber offensichtlich gar nicht zu sehen ist. Eine solche Ekphrasis ist ein Hybrid aus Beschreiben und Erzählen innerhalb eines fiktionalen Kontexts: Sie phantasiert über die Bilder und dramatisiert sie, wie Philostratos dies in seinen Eikones getan hat, und implementiert in diese Phantasien zum Teil hyperexakte Detail-Beschreibungen.

Bilder betrachten heißt Räume betreten. Ekphrasis kann beschrieben werden als Raum transzendierende Textoperation. In *Schattenfroh* werden unterschiedliche imaginierte oder von physischen Bildern ausgelöste Schauräume aufgemacht, in die sich der Leser mit dem Ich-Erzähler hineinbegibt und dort gewissermaßen neue Abenteuer erlebt. Diese bildinduzierten Abenteuer in durchwanderten virtuellen Räumen sind Spiegelungen der großen Ordnung, wie sie sich in *Schattenfroh* in den Konstellationen Gott – Mensch, Herrscher – Untertan, Vater – Sohn, Wächter – Gefangener manifestiert und im Zwiebelprinzip seiner Textordnung ausfaltet.[247] Für die Psyche ist immer jetzt.

247 Die Begriffe der Virtualität bzw. des Virtuellen und des Immersiven / der Immersion werden in der Forschung bzw. in der Bildtheorie kontrovers disku-

So wie es für die Psyche keine Vergangenheit gibt, ihr vielmehr alles gleich gegenwärtig ist, sind in *Schattenfroh* alle Räume gleich gegenwärtig, ob es sich nun um reale oder imaginierte, vergangene, gegenwärtige oder zukünftige Räume handelt. Schattenfroh ist ein Buch der imaginierten Krisen- oder Abweichungsheterotopien[248], der Zwangs- und Angsträume bzw. von der Imagination neu besetzten Realräume, in die anschauungsreich und der Betrachtung freigegeben Ängste, Sehnsüchte und Projektionen ausgelagert werden. Zeit erscheint in *Schattenfroh* »nur noch als eine der möglichen Verteilungen der über den Raum verteilten Elemente«[249], die Niemand, den Ich-Erzähler, imaginativ, auch als permanente Bedrohung, umgeben und denen er,

tiert. Haiko Wandhoff zufolge ist Virtualität als eine »Kategorie von Wahrnehmung und Kommunikation (…) nicht auf den Bereich der elektronischen Datenverarbeitung zu reduzieren«. Vielmehr fungieren zum Beispiel »mittelalterliche(n) Kunst- und Architekturbeschreibungen« nach dem Prinzip der mise en abyme als »Binnenspiegelung einer ›großen Erzählung‹« (der erzählten Welt bzw. des Romans) und eröffnen virtuelle Räume, in die sich der Leser – mit dem Protagonisten des Romans – imaginativ hineinbewegen soll. Mit dem »Konzept der Spiegelung« ist für Wandhoff per se »der Begriff des *virtuellen Raums*« verbunden. Vgl. Haiko Wandhoff: *Ekphrasis*, a.a.O., S. 33–34. Lambert Wiesing argumentiert gegen die in der Bildtheorie verbreitete Auffassung der Gleichsetzung von virtueller Realität »mit dem Phänomen der sogenannten ›immersiven Bilder‹« (S. 107) unter dem Gesichtspunkt eines inflationären Gebrauchs der Bezeichnung »virtuell« und »virtuelle Realität«. Immersive virtuelle Realität entstehe durch »eine Angleichung der Wahrnehmung des Bildobjektes an die Wahrnehmung einer realen Sache«, »nicht-immersive virtuelle Realität durch eine Angleichung des Bildobjektes an die Imagination« (S. 108). Siehe Lambert Wiesing: *Artifizielle Präsenz*, a.a.O., S. 107–124.

248 Vgl. Michel Foucault: »Von anderen Räumen«, in: Jörg Dümme, Stephan Günzel (Hg.): *Raumtheorie. Grundlagentexte aus Philosophie und Kulturwissenschaften*. Frankfurt am Main: Suhrkamp 2006, S. 317–329, hier S. 321–322.

249 Michel Foucault: »Von anderen Räumen«, a.a.O., S. 317–329, hier S. 319.

dem das Imaginäre zum einzig Realen wird, ausgesetzt wird. Niemand kann sein Beobachten aller durch das tefillinartige Kästchen wahrgenommenen Vorgänge allem Anschein nach selbst nicht beobachten, zumindest scheint ihm ein Rekurs auf die autodiegetisch-primordiale Situation der ›Rahmenerzählung‹ nach ihrer *Schattenfroh* eröffnenden Exposition[250] verwehrt zu sein, möglicherweise ist seine ganze Aufmerksamkeit auch von der Überwachung des Fremdbeobachtetwerdens absorbiert. Die zum Teil grotesken, stets aber auf die materialen und kognitiven Aspekte des Schreibens und Denkens zielenden intra- und metadiegetischen Metalepsen ließen eine solche rekursive Selbstbeobachtung jedenfalls erwarten. Der Ich-Erzäher befindet sich in einer Spaltung, insofern man davon ausgeht, dass er sich, in der Dunkelkammer auf einem Stuhl oder Sessel sitzend, als autodiegetische Instanz wahrnimmt, die mit Einsatz der intra- und hypodiegetischen Ebenen die Kontrolle über sich als auch selbstreflexiv Wahrnehmenden verliert und zur »ich« sagenden Figur wird, also in eine Spaltung eintritt, wobei die Figur zum Selbsterzähler wird, die ihren ›Erzeuger‹ ausblendet oder gar löscht. Dies unter der bereits thematisierten Voraussetzung, dass Niemand an seine Ich-Origo gebunden bleibt und nur wahrnimmt, was er als Figur erlebt, ohne dies gewissermaßen am eigenen Leib zu erfahren. Nimmt Niemand das Erzählte nicht nur wahr im Sinne eines durch das tefillinähnliche Gerät induzierten halluzinatorischen Effektes, sondern erlebt es gleichzeitig als er selbst am eigenen Leib, mit seinem eigenen hier und jetzt präsenten Körpertastbild, den bzw. das er in den Wahrnehmungsraum mitnimmt, kann nicht von einer Spaltung gesprochen werden.

Erst mit der hypodiegetischen Spaltung in ein Ich und einen Alter Ego genannten Golem und der hierdurch erst möglichen Ausschleichung des Systems Schattenfroh auf texturaler, denkfigürlicher und

250 Michael Lentz: *Schattenfroh*, a. a. O., S. 7–25.

kognitiver Ebene, die Schattenfroh mit der Schrift identifiziert, gelingt Niemand die Rückkehr zu sich selbst – eine Rückkehr, die vielleicht auch seinen eigenen Tod bedeutet, da er selbst nicht außerhalb dieses Systems ›lebt‹.

Niemand erlebt sich imaginativ bzw. physisch und psychisch »in einer Menge von Relationen, die Orte definieren, welche sich nicht aufeinander reduzieren und einander absolut nicht überlagern lassen«[251], die aber diachron komplementär sind.

Im Sinne von Nelson Goodmans begrifflicher Konzeption des Fiktiven löst sich in *Schattenfroh* und mit Schattenfroh die Entgegensetzung von real und fiktiv auf. Das Fiktive löst sich »aus der Zuordnung zum Realen und gerät in eine Beziehung zum Möglichen, das sich allerdings nicht mehr als Abschattung einer Realität begreifen läßt«, mit der Folge, dass die »jeweils hergestellte Version von Welt (…) sowohl wirklich als auch aktuell« ist.[252] Fiktion ist für Iser demzufolge »Signatur von Grenzüberschreitung, die zwischen den Weltversionen erfolgt«[253].

Es gibt in der Eingangspassage von *Schattenfroh* den bereits erwähnten Tisch, an dem der Ich-Erzähler entweder sitzt oder den er durch das tefillinartige Kästchen vor seinen Augen als Vorstellung wahrnimmt. Die Tischplatte konfrontiert ihn mit einem Palimpsest von einander überlagernden, in den Hintergrund drängenden oder auslöschenden Einritzungen und Schriftzügen, deren Verschlingungen er auf ihren Ursprung zurückführen möchte. Die Betrachtung dieses irrlichternden Palimpsests wird schnell schon zu einer ausdeutenden Bildbeschreibung, der Blick des Betrachters synthetisiert die heterogenen Spuren verschiedener Subjekte und Zeiten zu einem

251 Michel Foucault: »Von anderen Räumen«, a. a. O., S. 317–329, hier S. 320.

252 Wolfgang Iser: *Das Fiktive und das Imaginäre*, a. a. O., S. 263–264.

253 Wolfgang Iser: *Das Fiktive und das Imaginäre*, a. a. O., S. 280.

symbolisch aufgeladenen Bildganzen, in dem er proleptisch Dinge, Ereignisse und Vorgänge der Zukunft sieht.

Hier, auf bzw. in der Tischplatte, geht dem Ich-Erzähler immersiv seine eigene Geschichte voraus. In diesem Sinne erzählt das Präsens des Romans vollendete Vergangenheit. Die schriftübersäte, sprichwörtlich überschriebene Tischplatte, ob nun mittels tefillinartiger Brille oder vor Ort wahrgenommen, ist als intradiegetische Materialisation Auslöser jedweder Immersionen auf metadiegetischer Ebene bzw. metadiegetischer und metametadiegetischer etc. Immersionen.

Der Roman ist die Sühne für den Vatertod. Im skripturalen Palimpsest der Tischplatte erkennt der Ich-Erzähler Dinge, die für einzelne Stationen seiner inneren Reise von zentraler Bedeutung sein werden. Der Schild des Aeneis und die Schale in Heinrichs von dem Türlin Artusroman *Diu Crône* haben sich mit der Tischplatte in eine so profane wie aufnahmefähige Projektionsfläche verwandelt.[254]

Zur Veranschaulichung sei der ekphrastische Bildeingang des Romans in gekürzter Version wiedergegeben:

»Und mit diesen Worten sitze ich am Tisch. Auf dem Tisch liegt ein Griffel, der durch eine längere Kette, die auch größte Anstrengung nicht zerreißen kann, mit ihm verbunden ist. (...) Die Weichheit der Platte haben schon andere, die hier saßen, bemerkt, was sie dazu bewog, nicht nur den Griffel, sondern auch die Fingernägel als Schreibwerkzeuge zu benutzen, und so ist die Oberfläche der Platte mit der Zeit zu einem einzigen Palimpsest geworden. Schreiben und Löschen

254 Vgl. Haiko Wandhoff: »Die Positionierung der Ekphrasis als Eingangsbild« – »ein Gemälde, ein textiles Bildkunstwerk oder ein architektonisches Gebäude« – »dient (...) dazu, den Hörern und Lesern vorab eine mentale pictura zu installieren, ein räumlich-visuelles Kompositionsbild, mit dessen Hilfe er« durch den komplexen Text »navigieren kann.« Haiko Wandhoff: *Ekphrasis,* a.a.O., S. 230 und 237.

vollzieht sich an diesem Tisch in Tateinheit. (…) Während nun einige bemüht sein werden, alle vorfindlichen Spuren gänzlich von der Platte zu entfernen, (…) werden andere versuchen, ihnen verhasste Einträge grundtief zu entfernen, um sich an ihrer statt »zu verewigen«, (…). Allein die beflissenen Entferner werden feststellen müssen, dass die Tischplatte ein Wunderblock ist, den man ganz zerstören müsste, wollte man die Dauerspur des Geschriebenen auf seiner Wachstafel vernichten, die genauso erhalten bleibt und bei geeigneter Beleuchtung lesbar ist wie jede Gravur in der Platte, selbst die, die vermeintlich entfernt worden ist, (…). Die Tischplatte ist eine immer von neuem verwendbare Aufnahmefläche, herabsinkende Schreibspuren dringen in die tiefsten Schichten bereits herabgesunkener und nun dem Auge verborgener Spuren ein und verändern sie, und es obliegt dem Schreibenden, denn nichts anderes ist Erinnern, in den stets nur als veränderte wahrzunehmenden Spuren, die es nicht unabhängig von dieser Materie des Hirnholzes gibt, in dem sie schweben und auftauchen und absinken, sich selbst zu erkennen durch alle Jahresringe hindurch. Und arbeitet nicht so unsere Seele? Netzhaut und Trommelfell wären alsbald vollgeschrieben, bildeten sich auf ihnen Dauerspuren, das Ganze, was die Erinnerung ausmacht, rutscht systemisch tiefer in uns hinein, das hatte bereits Privatdozent Freud vermutet.

All das überdeckt aber nicht die Sinnenfreude, die mir der Tisch bereitet, als könne er mich aus der Situation, in der ich mich befinde, entlassen, und ich spazierte durch ihn hindurch in eine Landschaft, in der ich selbst nur Schrift bin.

Das Palimpsest macht auf die Dauer die Augen müde, ich kann keine Einzelheiten mehr erfassen, ohne sogleich abzudriften, da entdecke ich zwischen all den Zeugnissen der Willensstärke, des Mutwillens und der Angst Einschreibungen von besonderer Dringlichkeit, als stünde die Flut der Bilder für Momente still, bevor das Brechen der

Wellen die klaren Konturen wieder verwischt und die Bilder löscht. Ich sitze vor dem Holzbuch des Lebens und des Todes. Ein großes Gebäude ist zu erkennen, ein Büro, ein Vater, eine Zelle, ein mittelalterliches Essen, ein Verhör, eine schwarze Seite, eine Hölle, eine Kröte, eine Chimäre, ein aufgeschlagenes Buch, Ruprecht, Rilke, eine Himmelsreise, die Damen der sieben Vorzimmer, ein Thron Gottes, ein Wandteppich, ein Stadtplan, ein Muttergotteshäuschen, eine Stadtmauer, eine Holzpuppe, ein Fratzenstuhl, eine Frau im Fenster, ein Teppich, ein Vorhang, eine Zelle, ein Schwert, ein Verhör, eine Hinrichtung, das Büro, eine Bibliothek, Mutter in einem großen Zug, ein Pflegeheim, ein Koffer und ein Mädchen, 23 Häuser, eine zweite Bibliothek, ein Schlüssel, ein ganzes Haus, das Jüngste Gericht, ein Hörgerät, eine Parkbank, Opa, die Eifel, Prüm, ein Treffen, ein Brunnen, eine Schlacht, eine Verhaftung, eine Druckerei, ein Pakt mit dem Drucker, ein Pressbengel, ein Schloss, eine Zelle, ein Verhör, eine Schrift gegen Luther, eine Hinrichtung, eine Intensivstation, Leib und Seele, ein Sterben, ein Tod, ein Hürtgenwald, eine Kneipe, eine Schlucht, ein Urteil, ein Richtschwert, ein Foto, eine Truhe, ein Fluss.

Und dann ist da noch dieses Gestöber, pulsierende Oberfläche, das Rieseln der Buchstaben wie Schneeflocken, die man sofort mit den Händen erhaschen will, und die Hände sind die wahren Schriftkundigen, denen das Auge nichts vormacht, was sie nicht längst schon begriffen hätten. Verdeckt von den jüngsten Einritzungen, aber doch nicht so, dass ihre Spuren hätten ganz unsichtbar gemacht werden können, scheinen hier und da Geisterbilder durch, Bluff der Oberfläche, verblasste Reste von Löschungsversuchen, Phantome zwischen Tod und Leben, deren Versehrtheit ein Eigenleben entwickelt hat.«[255]

255 Michael Lentz: *Schattenfroh*, a. a. O., S. 25–32.

Ästhetisch ist *Schattenfroh* nach dem Motto gearbeitet: Durch dieses Bild muss der Text kommen. Die Ekphrasis dient hier zum einen als Portal des Textes bzw. seiner einzelnen Passagen, wodurch zum Beispiel in der mittelalterlichen Dichtung bzw. Prosa eine Verlangsamung des Erzählens bzw. des Ganges des Lesers durch den Text[256] erzielt wurde und »Ruhezonen«[257] eingerichtet wurden, darüber hinaus liefert sie einen »topographischen Schauraum«[258], der zuallererst Ordnung vorgibt, Informationen liefert und mit Figuren und Dingen bestückt werden kann.

Das ekphrastische Prinzip hat sich in *Schattenfroh* aber auch zur Fiktion einer Ekphrasis entwickelt und vermag »in dem Bestreben, die illusionsschaffenden Kräfte der Sprache ungehinderter auszuloten, ohne die eigentliche *Ekphrasis* auszukommen«.[259] Dieses Moment einer funktionalen, ästhetischen und ontischen Verschiebung der Ekphrasis weg von der Beschreibung eines präexistenten, der äußeren Wahrnehmung zugänglichen Kunstwerkes o. ä. hin zu einer ekphrastischen Bildevokation, deren Prinzip der »enárgia« allererst das zu beschreibende Objekt generiert, womit eine Gleichzeitigkeit von Wahrnehmen und Beschreiben erzielt wird, ist bereits in der Antike präfiguriert.

Das berühmteste antike Beispiel, im definitionsgeschichtlichen Diskurs der Ekphrasis-Forschung notorisch zitiert und zumeist an erster Stelle genannt, ist Homers Schildbeschreibung des Achilles. Homer lässt den Leser am Produktionsprozess des Schildes und an seiner Bemalung teilhaben; die Entstehung der den Schild schmückenden Bilder vollzieht sich in statu nascendi des Text- als Beschreibungs-

256 Vgl. Haiko Wandhoff: *Ekphrasis*, a. a. O., S. 230.

257 Ebd.

258 Ebd.

259 Murray Krieger: »Das Problem der *Ekphrasis*«, a. a. O., S. 41–57, hier S. 49.

prozesses, die zwei basalen Kulturtechniken Malen und Schreiben als Be-Zeichnungsmodi eines Trägermediums (Schild bzw. Papier) vollziehen sich simultan:

> »Und er machte zuerst den Rundschild, den großen und festen,
> rings ihn verzierend, und legte darum einen schimmernden
> Schildrand,
> einen dreifachen, blanken, und dran ein silbernes Tragband.
> Schichten hatte es fünf am Schild selbst, und oben auf diesem
> schuf er viele kunstvolle Bilder mit Geist und Erfahrung.
> (…)«[260]

»Am Ende der 130 Hexameter«, so Erika Simon, »steht der Schild fertig vor uns.«[261]

Schließlich ist *Schattenfroh* auch ein Roman-Emblem, das zu seiner eigenen Ekphrasis geworden ist und mit intrinsischer Ironie sogleich an ihrer Aufhebung arbeitet: Die Ironie macht die Illusion kenntlich, »das Ekphrastische sei zugleich die Darstellung eines Objekts und das Objekt selbst«[262], und sie zeichnet die Illusion der Darstellbarkeit des Nicht-Darstellbaren tief in die erzählten Episoden ein:

»hier jedoch, in dieser Kammer, sind die Wände plötzlich hellbraun mit Übergängen ins Rötliche, auch haben einzelne Blätter Runzelschorf und Blattnekrosen, Teerflecken machen sich überall breit, ich bin schon mit einem großen Radiergummi an diese Veränderungen gegangen, überall liegt jetzt der Abrieb herum, aus ihm lese ich das

260 Homer: *Ilias*, a. a. O., S. 358–359.

261 Erika Simon: »Der Schild des Achilleus«, in: Gottfried Boehm, Helmut Pfotenhauer (Hg.): *Beschreibungskunst*, a. a. O., S. 123–141, hier: S. 124.

262 Murray Krieger: »Das Problem der *Ekphrasis*«, a. a. O., S. 41–57, hier S. 57.

Wort ›Emendation‹. Das Emendieren: verbessern, berichtigen; einen falsch oder unvollständig überlieferten Text berichtigen. Der falsch oder unvollständig überlieferte Text ist allerdings das Leben.«[263] Das Bild der Wirklichkeit wird in ein Bild der Kunst bzw. der inneren Vorstellung überführt, das sich wieder zur Wirklichkeit hin öffnet, dann aber wandelt es sich über das Scharnierwort »Wand« zum eigenwilligen ekphrastischen Zitat aus Samuel Becketts Film *Ghost Trio* (Geistertrio), das so abgewandelt wird, dass der im Film erscheinende Junge, anstatt bloß gestisch stumm den Kopf zu schütteln,[264] dem Ich-Erzähler Niemand in *Schattenfroh* die *Teplitzer Fragmente* von Novalis überreicht, von denen er das Fragment 15 liest bzw. abschreibt.[265]

Für den Leser, der nicht weiß, welche Bilder hier erzählt werden, geschieht die Ekphrasis des Romans im Verborgenen. Ihm geht jedoch hierdurch nichts verloren, er gewinnt vielmehr die Freiheit der Imagination, die durch kein physisches Bild und seine endliche Rahmung zensiert wird. Wie in den (älteren) *Eikones* des Philostratos geht es in *Schattenfroh* jedoch nicht um Bilder, sondern um Worte bzw. Erzählen.

Und wie verhält es sich mit dem Ich-Erzähler? Weder scheint er ein Bewusstsein dafür zu haben, dass er – wie im Falle der Bilder von Hieronymus Bosch – Teil der bildlichen Konfigurationen von rhetorisch und typologisch ikonisierten Höllen-Darstellungen, von Tübkes Bauernkriegspanorama oder von Ror Wolfs Collagen ist, noch werden seine Wahrnehmungen von heraufbeschwörender Intentionalität

263 Michael Lentz: *Schattenfroh*, a. a. O., S. 955.

264 Samuel Beckett: *Geister-Trio*, in: ders.: *Hey Joe, Quadrat I und II, Nacht und Träume, Geister-Trio* … Frankfurt am Main: Suhrkamp (Filmedition Suhrkamp) 2008, Passage mit Junge/Mädchen: 23:34–24:31, Kopfschütteln: 23:39–23:51.

265 Vgl. Michael Lentz: *Schattenfroh*, S. 955.

begleitet, auch wenn er darauf hinweist, willentlich halluzinieren zu können.[266] Ekphrasis als Immersion bedingt ein Vergessen ihrer medialen Vermittlung.

Lancelot im sogenannten *Prosalancelot* hat demgegenüber aufgrund der Lebensechtheit der von ihm im Anschluss an Vergils *Aeneas* selbst an die Wand gemalten Bilder, die seine ferne Geliebte Ginevra und die Erinnerungen an sie konservieren, überhaupt nicht den »Wunsch, seinen Bilderraum zu verlassen«, den er schließlich selbst geschaffen hat, im Gegenteil überzeugt er sich »sogar noch davon (...), daß die Türen verschlossen sind, damit niemand Zugang zu ihm hat«.[267]

Insofern reiht sich das ekphrastische Prinzip in *Schattenfroh* bzw. *Schattenfroh* als ekphrastisches Prinzip in die von Monika Schmitz-Emans beschriebenen Modalitäten literarisch-poetischer Bildinterpretation und ihrer »neuen Freiheiten« ein, »Bilder als verfügbare Substrate der Phantasie, als Projektionsflächen der Einbildungskraft zu behandeln – und gerade bei der Erörterung dessen, was zu sehen ist, frei und willkürlich zu verfahren. Besonders reizvolle Spannungen ergeben sich aus der Tatsache, daß die Bilder in der Regel eine bekannte Eigen-Bedeutung besitzen, daß sie an mythologische, literarische oder historische Wissenshorizonte appellieren oder religiöse Basistexte in Erinnerung rufen. Diesen vorgegebenen Bedeutungen absichtsvoll und zielstrebig zu widersprechen, also Konflikte zwischen dem eigenen Text und dem jeweiligen Prätext des Bildes zu inszenieren, ist eine reizvolle Herausforderung.«[268]

266 Vgl. Michael Lentz: *Schattenfroh*, S. 40.

267 Haiko Wandhoff: *Ekphrasis*, a. a. O., S. 289.

268 Vgl. Monika Schmitz-Emans: *Die Literatur, die Bilder und das Unsichtbare. Spielformen literarischer Bildinterpretation vom 18. bis zum 20. Jahrhundert.* Würzburg: Königshausen & Neumann 1999, S. 36–37.

Der ekphrastische Roman *Schattenfroh* ist eine sprachlich transformierte Synthesis innerer und äußerer Bilder, die selbst wieder das Resultat innerer und äußerer Bilder sind.[269] So ist der Roman auf einer liminalen Schwelle angesiedelt, die trennend verbindet und verbindend trennt.

Das Virus Bild ist seelenbildend. Es ist das zunächst Nursichtbare. Mit der Zeit aber wird es das Reale. Es löst unsere Ängste aus und bannt sie gleichzeitig. Wir haben Angst vor dem Bild und wissen doch, dass wir ohne dieses Bild nicht sein können. Das Bild ist unsere Angst, die wir sind.

269 Der sprachliche Anteil an der Genesis von Bildern und das Verhältnis zwischen Bild und Sprache ist in der Bildtheorie umstritten. Spricht Gottfried Boehm von einer fundamentalen Alterität von Bildern, einer ikonischen Differenz (vgl. Gottfried Boehm: »Ikonische Differenz«, in: *Rheinsprung 11. Zeitschrift für Bildkritik*, 1. Basel 2011, S. 170–176. Zur Begriffsgeschichte »ikonische Differenz« bei Boehm siehe http://www.gib.uni-tuebingen.de/netzwerk/glossar/index.php?title=Ikonische_Differenz), so stellt Petra Löffler fest, dass es »längst nicht mehr nur darum« gehe, »was ein Bild ist, sondern welches Wissen Bilder generieren (…) und welche Handlungsmacht ihnen zugeschrieben werden kann«. Insofern seien Bilder »immer auch historisch bestimmt, auf Diskurse und Aussageformationen bezogen«. Petra Löffler: »›Ergographie‹ oder die Kunst der Bildbeschreibung«, in: Claudia Benthien, Brigitte Weingart (Hg.): *Handbuch Literatur & Visuelle Kultur*, a. a. O., S. 121–138, hier S. 121.

3. Bilder der Angst: *Schattenfroh*

3.1 Einleitung

In diesem Kapitel werden nicht alle Bildbezüge in *Schattenfroh* aufgearbeitet werden können. Anstatt hier Vollständigkeit anzustreben, soll exemplarisch die Vielfalt der Bild-Erzählungen thematisiert werden.

Bildbetrachtung ist auch eine Allegorie des Sehens mit chiastischer Struktur: Im Betrachten immer schon das Andere sehen, nämlich die Erzählung, die man gerade schreibt, und den Prozess des Schreibens und seiner Realisationsmedien gleichzeitig in das Bild einschreiben, so in der Appropriation der Bilder von Hieronymus Bosch, Werner Tübke und Michael Triegel, in der Schrift und der Akt des Schreibens parallel zum Bilderzählen poet*heol*ogischer Gegenstand des Romans werden: »Ein Buch in der Hand Gottes oder eines Engels kann auf den Zusammenhang zwischen Schöpfung, Wort und Schrift verweisen.«[270]

Eine Allegorese auf der Folie einer mythologischen, theologisch-typologischen oder historischen Topik vermag die zunächst ungeordnet erscheinende bzw. in ihrer (An-)Ordnung nicht fassbare Detailfülle mancher Bilder lesbar zu machen, so zum Beispiel die Bilder von Bosch, Tübke oder Triegel. Jenseits ihrer Faktur und ästhetischen Differenzqualitäten werden die Bilder dann auf ihren Logos fokalisiert, Details werden als motivische Repräsentamene gelesen, als Ikon oder Symbol.

270 Christian Kiening: *Literarische Schöpfung im Mittelalter.* Göttingen: Wallstein 2015, S. 13.

Cesare Ripa dachte die Begriffsbilder der *Iconologia* (1593; 1603 erste bebilderte Ausgabe)[271] als »sprachäquivalente Bilder, ja sogar als Bildbegriffe *(definitioni)*«, gleichzeitig aber sollten sie »Teil der visuellen Kultur und ihrer langen Tradition sein«.[272] Über 250 Jahre hinweg wurde Ripas Handbuch von Künstlern, Kunstgelehrten und Laien als »Musterbuch«, »Wissensspeicher« und »Erinnerungshilfe«[273] rezipiert.[274] Als Musterbuch diente es aber nicht als schiere Kopiervorlage, sondern als Anregung zur variierenden Ausgestaltung. Von den Begriffsbildern Cesare Ripas[275], die »als Erscheinungen gedacht« werden, »die einen Sinngehalt wie in einem Behälter aufbewahren«[276], zu den Bildern von Hieronymus Bosch, Werner Tübke und Michael Triegel gibt es jenseits ihrer spezifisch historisch-epochalen Horizonte eine Verbindung über ihre rhetorische, allegorische und symbolische Faktur, denen mit Renaissance und Humanismus ein gemeinsames geistesgeschichtliches Fundament zugrunde liegt.

Werner Tübke hat für seine *Frühbürgerliche Revolution in Deutschland* nachweislich auf bildliche Vorlagen von Dürer und allegorische Einblattdrucke des 15. und 16. Jahrhunderts zurückgegriffen und sie selbst wieder mikroallegorisch als Details der Kompositallegorie des

271 Cesare Ripa: *Iconologia*. Rom: Lepido Facius 1603. Zum vollständigen Titel siehe Alice Thaler-Battistini: *Die Signatur der Iconologia des Cesare Ripa. Fragmentierung, Sampling und Ambivalenz.* Basel: Schwabe 2018, S. 13–14.

272 Elisabeth Oy-Marra: »Medialität des Sinns und die Materialität der Bilder«, in: Cornelia Logemann, Michael Thimann (Hg.): *Cesare Ripa*, a. a. O., S. 199–219, hier: S. 206.

273 Siehe hierzu Alice Thaler-Battistini: *Die Signatur*, a. a. O., S. 31–34.

274 Vgl. Alice Thaler-Battistini: *Die Signatur*, a. a. O., S. 13–14.

275 Siehe auch: Alice Thaler-Battistini: *Die Signatur*, a. a. O.

276 Elisabeth Oy-Marra: »Medialität«, a. a. O., S. 199–219, hier: S. 206–207.

Panoramagemäldes adaptiert. Michael Triegel hat die allegorischen Personifikationen in Ripas *Iconologia* schon früh studiert.[277]

Setzte Ripa auf die unmittelbare Wiedererkennbarkeit und transparente Dechiffrierung seiner Begriffsbilder, so operieren die in *Schattenfroh* narrativisierten Bilder zum Teil mit einer kodierten Bildsprache und arkanen Rhetorizität. Soll für Ripa das Bild »weniger einen Sinngehalt« transzendieren, »als dass es diesen zu präzisieren versteht, indem es durch die Signifikanz der Attribute das Wesen der Personifikation im Bild allererst offenlegt«, so gewährleistet erst »die schriftliche Erläuterung der Bilder durch den jeweiligen Namen (...) schließlich den vollen Erkenntniswert seiner Personifikationen, die ansonsten, so räumt Ripa ein, rätselhaft bleiben.« Um also verstanden zu werden, benötigt das Begriffsbild »offenbar eine schriftliche Bezeichnung«[278]. Ripas Begriffsbilder sind also auf die nicht aufzulösende Interdependenz von Bild und Bezeichnung (Sprache/Text) angewiesen. In ihrer allegorischen Makrostruktur verstehe ich die Bilder von Werner Tübke und Michael Triegel als kombinatorische Begriffsbilder, die je nach mikrokombinatorischer Detailauswahl neue Sinn- und Begriffskonfigurationen ermöglichen.

In Abwandlung von Gérard Genettes Intertextualitätsdefinition: »die effektive Präsenz eines Textes in einem anderen Text«[279] könnte man von Ekphrasis als der effektiven Präsenz eines Bildes in einem Text sprechen.

Zu den Bedingungen, die ein Bild erfüllen muss, um Objekt einer Ekphrasis zu sein, gehört gemeinhin Repräsentationalität.[280] Inwie-

277 Auskunft in einem Gespräch mit dem Verfasser am 02. Juni 2019.

278 Elisabeth Oy-Marra: »Medialität«, a. a. O., S. 199–219, hier: S. 208–209.

279 Gérard Genette: *Palimpseste. Die Literatur auf zweiter Stufe.* Frankfurt am Main: Suhrkamp 1993, S. 10.

280 Vgl. Fani Paraforou: *Ekphrasis*, a. a. O., S. 14.

weit diese nur an figürliche Malerei bzw. einen repräsentationalen Realismus in der Kunst gebunden ist, wäre gesondert zu diskutieren. Zu bedenken ist, dass es figurative nicht repräsentationale Kunst ebenso gibt wie repräsentationale ›abstrakte‹ Kunst.[281] Zu betrachten wäre das spezifische Ereignis des Bildes.

Abstrakte Kunst bietet Umberto Eco zufolge »offene Signaltexturen« an.[282] Für die ästhetische Konzeption von *Schattenfroh* offenbar zu offene Signaltexturen, habe ich als Imaginationsanreize doch ausschließlich komplexe und überkodierte Kunst verwendet, die Wiedererkennbarkeit zur Voraussetzung hat, figurativ ist, deren dargestelltes Sujet sich mit dem »Universum des Erzählten bzw. Erzählbaren« verbinden lässt und die Kontakt hält zur »geistigen Welt des Sprachhumanismus« mit seinen »eminenten Mythen, religiösen Offenbarungen und historischen Ereignissen.[283]

Partiell sind diese Bilder in einem religiösen Kontext situiert wie zum Beispiel bei Hieronymus Bosch, Matthias Grünewald oder Michael Triegel. Ihre Bilder reizen zur ikonographischen Analyse ebenso wie zur bewussten ›Fehllektüre‹, indem das Nichtsichtbare erzählt wird.

Wiedererkennbarkeit des Dargestellten korrespondiert mit dem »semiotischen Bedürfnis nach einem natürlichen Zeichen«, das Murray Krieger einmal als den Ursprung der Ekphrasis gedeutet hat.[284] Als »natürliches« Zeichen verstehe ich auch die dämonischen, betrügerischen oder sonstwie bedrohlich wirkenden Kompositfiguren

281 Siehe diesbezüglich Christian J. Meier: *Die Dichotomie Figuration versus Abstraktion in der deutschen Kunst von 1945 bis 1985*. Berlin: epubli 2012.

282 Umberto Eco: *Semiotik*, a. a. O., S. 324.

283 Gottfried Boehm: »Bildbeschreibung«, a. a. O., S. 24–40, hier S. 27.

284 Murray Krieger: »Das Problem der *Ekphrasis*«, a. a. O., S. 41–57, hier S. 44.

Hieronymus Boschs, da sie entweder als Figuren des Alltagslebens wiedererkennbar oder dem typologischen Denken verpflichtet sind.

Umberto Eco zufolge wären die Bilder von Bosch oder Tübke überkodierte Kunstwerke.[285] Gerade ihre Überkodierung lädt zu Abschweifungen, Fehldeutungen, Umkehrungen von Figur und Grundverhältnissen ein, der Betrachter schält Bilder aus dem Bild aus, um seine Überkomplexheit semiotisch handhabbar zu machen. In *Schattenfroh* hat sich der ekphrastische Zugriff in der sicheren Annahme, das Bild weder in seiner Gänze noch in seiner auch symbolischen Tiefe beschreiben zu können, an solchen zum eigenen Bild gewordenen Bildausschnitt fokussiert. Es sei nicht verhehlt, dass das jeweilige Bild für den Erzählvorgang oftmals auch nicht zur Gänze interessierte.

Die in *Schattenfroh* erzählten Bilder sind bis auf Cornelis Gijsbrechts Trompe-l'œil *Rückseite eines Gemäldes* also allesamt figurativ, ihre Gegenständlichkeit ist von hoher Komplexität; im Aufgreifen mythologischer, religiöser, historischer und literarischer Themen repräsentieren sie ihrerseits Repräsentation. Diese Bilder sind gewissermaßen ›nach hinten abgesichert‹, ihre Quellcodizes sind Mythos, Typologie[286], Rhetorik, Geschichte (Konzil von Konstanz, Bauernkrieg, Zweiter Weltkrieg) und nicht zuletzt Kunst und Literatur. Innerhalb der ekphrastischen Tradition eröffnet sich eine semiotische Transformationsreihe vom Text zum Bild und wieder zurück zum (anderen) Text.

Die Bilder von Hieronymus Bosch, Werner Tübke und Michael Triegel sind gewissermaßen in ihren Prätext hineingemalt. Dieser Prätext, ein Palimpsest mythologischer, religiöser, typologischer, sym-

285 Umberto Eco: *Semiotik*, a. a. O.

286 Typologie fungiert als »Präfiguration« und »Postfiguration«. Vgl. Paul J. Korshin: »Typologie als System«, in: Volker Bohn (Hg.): *Typologie*, a. a. O., S. 277–308, hier: S. 277.

bolischer und anderweitig kultureller Ikonographie, lädt den Maler zur hybriden allegorischen Neukonfiguration und den Betrachter zur dechiffrierenden Allegorese ein.

Auto-exegetische Signale,[287] zumindest bei Hieronymus Bosch auch der bewussten Irreführung/Täuschung, gehören hierbei zum semiotischen Inventar.

3.2 Re-Präsentation der Repräsentation

Der verbale Zugriff auf das Bild geschieht in *Schattenfroh* mit Respekt, die Bilderzählung ist eine Würdigung, sie ist das Ergebnis einer geistigen und emotionalen Nähe zum Bild, teilweise auch zum Künstler.

Bild-Beschreibung hat in *Schattenfroh* nicht die Aufgabe der Re-Präsentation des von einem Bild Repräsentierten, hier hat es der Roman gewissermaßen leichter, als Foucault dies als Vergeblichkeit einer jeden Ekphrasis betont, wenn er sagt: »Sprache und Malerei verhalten sich zueinander irreduzibel: vergeblich spricht man das aus, was man sieht: das, was man sieht, liegt nie in dem, was man sagt: und vergeblich zeigt man durch Bilder (...) das, was man zu sagen im Begriff ist.«[288]

Dem Leser soll der Eindruck vermittelt werden, dass »die (...) Verdeutlichung (...) nicht mehr in erster Linie zu reden, sondern vielmehr das Geschehen anschaulich vorzuführen scheint«,[289] so wie die Figuren des Romans sich selbst immersiv in den Bildern bewegen,

287 Vgl. Jean Pépin: »Allegorie und Auto-Hermeneutik«, in: Volker Bohn (Hg.): *Typologie*, a. a. O., S. 126–141.

288 Michel Foucault: *Die Ordnung des Diskurses. Eine Archäologie der Humanwissenschaften*: Übers. v. U. Köppen, Frankfurt am Main: Suhrkamp 1974, S. 38.

289 Quintilianus: *Ausbildung*, a. a. O., S. 710 (VI, 2, 32).

als seien es übergangslos zur Wirklichkeit frei zugängliche Räume und eben keine (heterotopen) Bilder. Dies bedingt eine spezifische Raumsemantik, um die Vorstellungsbestände in *Schattenfroh* zu koordinieren.

Mit Tobias Zier ist festzuhalten, dass die rhetorische evidentia »nicht nur eine rezeptionstheoretische Kategorie« ist. Der Redner/Autor muss »erst einmal in eigener Vorstellung durchleben (…), was er hernach vor Augen führen will. Denn nur wer selbst der Sache wie ein Augenzeuge gegenübersteht, vermag sie so deutlich, lebendig oder detailliert zu schildern, daß alle sich als Augenzeugen fühlen.«[290]

Gleichzeitigkeit und Übergangslosigkeit der Ereignisse und Handlungen in *Schattenfroh* sind ausgelöst durch die Simultaneität in den Bildern von Hieronymus Bosch, Werner Tübke, Michael Triegel und Ror Wolf: Die Gleichzeitigkeit diachroner Erinnerungsräume, ihre – übergangslose – narrative Verknüpfung gibt dem Erzähler bzw. dem Autor die Lizenz zur übergangslosen Durchdringung heterogener Chronotopoi, ohne liminale Schwellen zu markieren.

Durch die Vergessenheit der medialen Vermittlung[291] werden Präsenzeffekte angezielt. Das Zusammenspiel von enérgeia und enárgeia soll so vor Augen führen, dass der Leser als Zuschauer den Eindruck gewinnt, einen mit den Figuren gemeinsamen Raum zu betreten. Diese präsentischen als Immersionseffekte erfahren dann genauso gezielte Störungen durch die Lenkung der Aufmerksamkeit auf die medialen Vermittlungsebenen (Hand-)Schrift, Geheimschrift (Kryptographie) und Buch sowie die Benennung der Störungsstrategien.

290 Tobias Zier: *Literarische Präsenz- und Unmittebarkeitseffekte*, a. a. O., S. 77.

291 Vgl. ebd.

»Ekphrasis« von »ek-phrazein« (aus-sprechen) kann als ein Zeigen bestimmt werden, das »völlige Deutlichkeit erzielt«[292]. Diese Deutlichkeit aber, in der Rhetorik bekannt als perspicuitas, ilustratio oder evidentia, ist zugleich Bedingung für die eigentümliche Emergenz, die »energetische Resultante«[293] der im Roman strukturell unkenntlich gemachten Ekphrasen, jene Eigenschaft nämlich, ein anderes Bild entstehen zu lassen und in der inneren Vorstellung des Lesers zu evozieren als das der narrativen Beschreibung zugrundeliegende; die ekphrastische Transformation von Bildern fördert also durch ihre Kontextuierung andere Bilder zutage, die im Roman selbst wieder beschrieben werden. Es entstehen somit Metaekphrasen und Metametaekphrasen und so fort, die sich vom Hypotext[294] bzw. Prätext der ursprünglichen Ekphrasis und des ihr zugrundeliegenden Bildes zu-nehmend emanzipierende und autonomisierende Ableitungen sind.

Bilder vermittelten mir eine »geistige Vorgestalt«[295] des zu schreibenden Textes, an der sich dieser, als seine Anmutung, ausrichtete. Das Bild fungierte auch als Korrektiv, das einen Neuansatz nötig machen konnte, einen nochmaligen, sich vergewissernden Blick auf Details, Umfeld und Konstellationen. Hierbei mussten zügige Entscheidungen getroffen werden: Inwieweit sind Detailtreue und Genauigkeit Prämissen, die befolgt werden müssen? Soll es bei der Ekphrasis eines Bildausschnitts bleiben, oder soll ein weiterer Bildausschnitt in das Bild-Erzählen einbegriffen werden? Welche Erzählzusammenhänge

292 Gottfried Boehm: »Bildbeschreibung«, a. a. O., S. 23–40, hier: S. 35. Vgl. auch Fritz Graf: »Ekphrasis«, a. a. O., S. 143–155, hier: S. 143.

293 Gottfried Boehm: »Bildbeschreibung«, a. a. O., S. 23–40, hier: S. 37.

294 Siehe hierzu Gérard Genette: *Palimpseste*, a. a. O.

295 Hans Holländer: »› … inwendig voller Figur‹«, a. a. O., S. 166–205, hier: S. 166.

ergeben sich aus der Bildkombination? Inwieweit ist der historische Kontext der Bilddarstellung u. a. auch in der Frage der Differenz von Bild-Ding und Bild-Objekt[296] zu berücksichtigen?

In *Schattenfroh* habe ich der Versuchung widerstanden, Bilder bzw. »Bildlichkeit auf externe Prätexte zu reduzieren«[297], auch bin ich nicht davon ausgegangen, »in Worten ein stabiles Äquivalent, eine Art sprachliches Abbild zu schaffen«.[298] Die Bilder dienten vielmehr als Aufgabe und Stimulus auch im Sinne des Ansporns, anschauungsreich zu schreiben und ein gewisses sprachliches Niveau zu halten. Hierbei ging es weniger um Entschlüsselung bildlicher Codizes, denen mit einer komplexen literarischen Chiffrierung bzw. Kodierung begegnet werden sollte. Die Freude am Labyrinthischen der Darstellungsweise, das im historischen und ästhetischen Palimpsest der Motive und Themen ebenso seinen Ausdruck findet wie in der kunstfertigen, zum Teil altmeisterlichen Malweise, im Wie genauso wie im Was, begleitete auch das Schreiben, das vergleichbare Modi anzielte. Sehen ist bereits Interpretieren, diese Synthesis aus Wahrnehmung, Kognition und Imagination kommt der Vielgestaltigkeit und Vieldeutigkeit, dem Zirkulären, Paradoxalen und Unabgeschlossenen der ekphrastisch verarbeiteten Bilder entgegen, sie liefert die Lizenz für eine hochassoziative Appropriation. Andererseits ist es sicher nicht falsch zu behaupten, in *Schattenfroh* würden die Bilder nicht als be- und gemalte *Bilder*, sondern als Erzählungen wahrgenommen, das Schreiben überspringt die Kluft zwischen Bild und Wort, indem es

296 Siehe hierzu Edmund Husserl: *Phantasie*, a. a. O., S. 191–195.

297 Gottfried Boehm: »Die Hintergründigkeit des Zeigens. Deiktische Wurzeln des Bildes«, in: Heike Gfrereis und Marcel Lepper: *deixis – Vom Denken mit dem Zeigefinger* (marbacher schriften neue folge, Band 1). Göttingen: Wallstein 2007, S. 144–155, hier S. 144.

298 Gottfried Boehm: »Bildbeschreibung«, a. a. O., S. 24–40, hier S. 27.

die »prinzipielle Andersheit des Bildes«[299] gegenüber dem Wort bzw. der Literatur negiert und das im Betrachten erzählte / sich erzählende Bild nacherzählt, als wäre das Bild retroaktiv aus dieser Nacherzählung allererst hervorgegangen – eine merkwürdige Verkehrung der Zeitverhältnisse. Noch merkwürdiger ist aber die Anmutung, dass die Bilder bei intensiver Nacherzählung sich dem betrachtenden Blick so vertraut machen, dass der Autor den Eindruck gewinnt, sie selbst gemalt zu haben.

In *Schattenfroh* wird das Vorher und das Nachher der Bilder erzählt. Die Ekphrasis ist gestisch gewissermaßen die Analepse und die Prolepse des Bildes, sie zeigt in die Vergangenheit und die Zukunft des Bildes, dessen Kausalnexus bzw. den seiner motivischen und thematischen Konstellation(en) sie zu rekonstruieren/etablieren versucht. Das Bild selbst, seine Ereigniszeit, ist der blinde Fleck, um den die Erzählung kreist. Allerdings ging es mir entgegen Konrad Fiedlers Theorie des Bildnerischen hierbei nicht um die »Abscheidung des Sehens von allem interferierenden Wissen, Fühlen und Erinnern«[300], im Gegenteil, Fühlen und Erinnern sollten gerade Quellen der Einspeisung auch fremd- und autobiographischer Referenzen sowie zeithistorischer Ereignisse sein.

Die »Kontrastierung von kollektiv-historischer und individuell-lebensgeschichtlicher Erinnerung«[301] in *Schattenfroh*, wie sie zum Beispiel durch die Überblendung von Grünewalds Altarszene der »Unbefleckten Empfängnis« Marias und der Lebensgeschichte der Mutter des Ich-Erzählers oder im Roman in Prüm angesiedelten Bad Frankenhausener Bauernkrieg erfolgt, hat identitätsstiftende Funk-

299 Gottfried Boehm: »Bildbeschreibung«, a. a. O., S. 30.

300 Gottfried Boehm: »Bildbeschreibung«, a. a. O., S. 28.

301 Haiko Wandhoff: *Ekphrasis*, a. a. O., S. 284.

tion[302] und ist in Form von ikonischen Selbstbegegnungen bereits in antiken Epen und Dichtungen (Homers *Odyssee* und Vergils *Aeneis*) und in auf diese sich beziehenden Romanen des Mittelalters[303] präfiguriert. Wie der gleichnamige Held im *Prosa-Lancelot* ist auch Niemand, der Ich-Erzähler in *Schattenfroh*, »im Gefängnis der Imagination«.[304] Autobiographisch fungiert hier das »Prinzip der Ekphrasis als Selbst-Bild«.[305] Bilder als imaginärer Gedächtnisraum, der im erzählenden Ausfüllen Gegenwart erzeugen soll. Die Überblendung von typologischen Schemata und Motiven, Historischem und (Auto-) Biographischem lässt »Erinnerung, Vergangenheit und Gegenwart, Abbild, Traumbild oder Wunschbild«[306] ineinander übergehen. »Der Anblick einer zum Bild geronnenen Historie« verschafft nicht wie die »Selbst-Bilder« in den antiken und mittelalterlichen ekphrastischen Romanen und Versepen den Protagonisten, sondern dem Autor, der allein von den zugrundeliegenden Bildern weiß, »erst die Möglichkeit, seine eigene Geschichte« und die des Vaters und der Mutter auch in der Verzerrung, Verzeichnung, Entstellung und historischen Verfremdung »wiederzufinden, sie zu erzählen und somit selbstbewusst über sie zu verfügen«.[307]

Die Aneignung der Bilder in *Schattenfroh* besteht vorrangig in der Adaption ihrer topographischen und figürlichen Gegebenheiten, die bereits während des Schreibens als narrative Konstellationen wahrgenommen wurden und sich wie Exzerpte unter Auslassung von Details und über Entfernungen im Bild hinweg auch jenseits der dargestellten

302 Vgl. Haiko Wandhoff: *Ekphrasis*, a. a. O., S. 288.
303 Siehe hierzu Haiko Wandhoff: *Ekphrasis*, a. a. O.
304 Haiko Wandhoff: *Ekphrasis*, a. a. O., S. 284.
305 Haiko Wandhoff: *Ekphrasis*, a. a. O., S. 275.
306 Haiko Wandhoff: *Ekphrasis*, a. a. O., S. 286.
307 Ebd.

Narrationen bzw. über sie hinaus ergeben konnten. Hierbei habe ich weniger auf die konstruktive Seite ihrer »facutal facts« geachtet als vielmehr auf ihre »actual facts«[308]. Diese »energetische(n) Resultante(n)«[309], die sich im Wechselspiel mit den konstruktiven und materialen Gegebenheiten während der Bildbetrachtung einstellen, sind es, die den narrativen Prozess des Romans auch in seiner dynamisch-kinetischen Dimension vorantreiben. Die topographisch-figürliche Ordnung der Bilder als eine narrative Vorgeordnetheit wird im Roman unterwandert und hinsichtlich seiner historischen Aspekte, kulturellen Kodizes und allegorischen Sinnfügungen neu belegt. Gestischen Momenten der Darstellung, der Expression der Figuren und der Wechselbeziehung zwischen den »facutal facts« und den »actual facts« kommt hierbei eine besondere Bedeutung zu. Das in der Ferne Gezeigte ist lesend ganz nah, zum Greifen nah, beängstigend nah, zu nah, und kann seinerseits, analog dem Prozess der Roman-Anverwandlung der Bilder, lesend retransformiert werden, so dass jeder Leser einen anderen Roman gesehen hat. Der Roman *Schattenfroh* zeigt darüber hinaus das Zeigen, er narrativisiert Deixis, indem er Zeigegesten thematisiert, Anamorphosen als Handlungsaufforderung, Verborgenes zu entbergen.

Der Schreibakt ist eine Reaktion auf die energetische Resultante der Bilder im Prozess ihrer wahrnehmenden Aneignung. Als wahrgenommene sind sie sofort und umstandslos Teil des Lebens, und als solcher finden sie unwillkürlich einen autobiographisch gefärbten Eingang in den Roman. Die Bilder werden, könnte zugespitzt formuliert werden, erst dann wahrgenommen und als wahrgenommene reflektiert, *wenn* sie von autobiographischer Relevanz sind. Allein im Akt des Wahr-

308 Siehe Josef Albers: *Interaction of Color – Grundlegung einer Didaktik des Sehens*. Köln: DuMont 1970, S. 117 f.

309 Gottfried Boehm: »Bildbeschreibung«, a. a. O., S. 37.

nehmens und Beobachtens von Umwelt außerhalb des Romans ist der Roman bereits autobiographisch, insofern die Visualität bzw. die Bildlichkeit der unmittelbaren Außenwelt das topographische Verständnis und die topographische Ordnung des Romans grundieren.

Einen Link zwischen Bild und Sprache bzw. Bild und Text bildet die Rhetorik. Stefan Fischer hat an den Bildern von Hieronymus Bosch, die für *Schattenfroh* von zentraler Bedeutung sind, ihr rhetorisches Fundament aufgezeigt.[310] Die auf den in *Schattenfroh* erzählten Bildern dargestellten Figuren sind allesamt in zum Teil paradoxalen Situationen gefangen und in Redesituationen und Zeigemomenten erfasst, die im religiös-typologischen wie im säkularen Sinne eine allegorische oder gleichnishafte Ausdeutung nicht nur zulassen, sondern geradezu herausfordern. Für die Situation des Ich-Erzählers in *Schattenfroh* sind sie hochgradig anschlussfähig gerade in ihrer Überzeichnung bzw. allegorischen Überformung. Hierzu trägt auch die narrative Organisation der Bilder mit ihren räumlichen Vorstellungseinheiten bzw. ihrem räumlichen Orientierungssystem bei. Jedes Detail-Erzählen eines Bildes verwies während des Vorgangs oder danach zurück auf das Bild und somit wieder auf ein anderes Bilddetail, Erzählen bildete so rekursive Schleifen. Die intelligibel-emotionale Attraktivität der Bilder wirkte hochgradig suggestiv.

Suggestion des physischen Bildes schlug um in die Autosuggestion innerer Vorstellung, das äußere Bild als ursprünglich eigenes innezuhaben.

Die wahrnehmungs- und erkenntnisleitende Funktion, die für »Ekphrasen und andere(n) Bilder(n) in mittelalterlicher Literatur«[311] geltend gemacht wird, ist auch für *Schattenfroh* zu reklamieren. In

310 Stefan Fischer: *Hieronymus Bosch*, a. a. O.

311 Haiko Wandhoff: *Ekphrasis*, a. a. O., S. 14.

Schattenfroh werden die kontextuierten Bilder überschrieben: Ekphrasis ist ein Palimpsest des Bildes.

Auf epochenspezifische Fragen und Problemstellungen[312] der erzählten Bilder, ihre historische Genesis und ästhetische Faktur wird im Roman aufgrund ihrer weitgehenden medialen Opakisierung und unmarkierten Inklusion in den erzählerischen Kontext, die zwischen Darstellung und Dargestelltem auf der Ebene der Fiktion semiotisch nicht weiter unterscheidet, von wenigen Ausnahmen abgesehen nicht näher eingegangen – und damit ebensowenig auf die Rhetorisierung der Bilder[313] von Hieronymus Bosch und ihre theologische und bibelhermeneutische Typologie[314], wie auf die recycleästhetische Appropriation bildlicher Vorlagen des 15. und 16. Jahrhunderts u. a. von Albrecht Dürer oder Lucas Cranach dem Älteren sowie von überwiegend altdeutschen Holzschnitten und Kupferstichen zum Beispiel auf Einblattdrucken, Titel- und Flugblättern, wie sie u. a. auf Flugschriften der Reformation zu finden sind, und eigene Zeichnungen und Gemälde als Vorarbeiten[315] in Werner Tübkes monumentalem Panoramagemälde *Frühbürgerliche Revolution in Deutschland.* Auch Tübkes eigenwillige ikonische Transformation des staatlichen Auftrags einer huldigenden Abbildung des sozialistischen Geschichtsverständnisses, der staatlichen Selbstrepräsentation und der DDR-Ikonisierung Thomas Müntzers wird nicht eigens thematisiert.[316] In beiden Fällen,

312 Vgl. Stefan Greif: *Die Malerei*, a. a. O., S. 9.

313 Siehe hierzu Stefan Fischer: *Hieronymus Bosch*, a. a. O.

314 Siehe hierzu Volker Bohn (Hg.): *Typologie*, a. a. O.

315 Siehe Harald Behrendt: *Werner Tübkes Panoramabild in Bad Frankenhausen*. Kiel: Steve-Holger Ludwig ^{2}2010, S. 146–155.

316 Siehe hierzu Harald Behrendt: *Werner Tübkes Panoramabild*, a. a. O. So schreibt Behrendt in Auswertung der Ergebnisse des Kataloges *Auftragskunst der DDR 1945–1990* des Deutschen Historischen Museums Berlin (1995) über die Verkehrung des »Abhängigkeitsverhältnisses Werner Tübkes vom MfK«

Boschs wie Tübkes[317], sollte das Bild als Medium des Dargestellten verschleiert werden, um eine störungsfreie fiktionale Immersion in den Raum der Bilder als unvermittelten narrativen Raum zu gewährleisten, ohne dass der mit den Bildern aufgerufene kunstgeschichtliche Kontext voranlaufende Interpretamente lieferte. Eingegangen wird in *Schattenfroh* andererseits auf Tübkes ästhetische Funktionalisierung der vier Jahreszeiten und zum Beispiel das über dem Schlachtfeld aufgespannte riesige Kreuz als vertikale und horizontale bildkompositorische Anordnungsmatrizen. Dies aber so, dass die Kreuzsymbolik vom autodiegetisch beteiligten Ich-Erzähler als perspektivische Konstellation von Dingen und Figuren in der Landschaft, dem Schlachtfeld in Bad Frankenhausen bzw. Prüm, und nicht als kunstwissenschaftliche Expertise wahrgenommen wird.[318] Die achsenbildende Vertikale des Kreuzes bildet sich aus dem Lutherbrunnen mit seinem Granatapfel, dem bereits resignierten Thomas Müntzer und dem Sonnen-Halo mit dem stürzenden Ikarus; als Horizontale des Kreuzes fungieren der als Trompe-l'œil vor der Flagge des Fürstenheeres schwebende Raubvogel und die Freiheitsfahne mit dem Parolenwort »Frÿheit«, auf beide Endpunkte der Horizontalen läuft der das Kreuz überdachende noachitische Regenbogen zu. Thomas Müntzer erscheint bei Tübke in mehrfacher Kodierung: zum einen als ikonologische Imitatio Christi

u. a.: »Der ehemalige Auftragskünstler wird auf allen Ebenen zu einem Kunstautokraten, dessen Wünschen sich Minister und Parteiorgane unterordnen und dessen ästhetischer Wahrnehmungsanspruch den historischen marxistischen Zeugnischarakter des Panoramas zurückdrängt.« Ebd., S. 20. In eigenen Kapiteln beleuchtet Behrendt die Position Werner Tübkes »im Rahmen totalitärer Auftragskunst der DDR« (S. 92–96) und »Das Verhältnis des Staatsapparates zum ausführenden Auftragskünstler« (S. 97–113).

317 Eine Ausnahme bilden die Seiten 700–701 in *Schattenfroh*.

318 Vgl. Michael Lentz: *Schattenfroh*, a. a. O., S. 770.

und zum anderen, besonders deutlich in der Physiognomie des Kopfes und den Gesichtszügen, als Selbstporträt – und dies in Überblendung: Vermittelt durch das Umfeld der Figur scheint in Tübkes Selbstporträt Thomas Müntzer auf, der in seiner ganzen Haltung Züge einer Christusfigur auch im Sinne einer Imitatio Christi hat.

Die Linearität erzählender Bilderfolgen, wie sie sich zum Beispiel in den mittelalterlichen »typologischen Bilderreihen christlicher Kirchen« manifestiert, die rituell abgeschritten werden müssen[319] und allein in der Sukzession sich ›offenbaren‹, wird von Hieronymus Bosch und Werner Tübke in die Simultaneität der Schauplätze und Arbitrarität der Reihenfolge überführt. Ordnungsmuster ergeben sich allerdings aus der Abfolge der vier Jahreszeiten und der virtuellen Kreuzsymbolik (Tübke) oder der lektüreanalogen Betrachtung der Bilder von oben links nach unten rechts (Bosch).

Den Bildern von Hieronymus Bosch und Werner Tübkes Panoramagemälde mit ihrem kontinuierenden Stil[320], ihrem mehrphasigen Simultanstil ohne Anfang und Ende, wohl aber mit mehreren Zentren – Werner Tübke arbeitete mit einer Kombination aus hochgeklappter Parallelperspektive und einer Zentralperspektive im oberen Bereich des Panoramabildes[321] – eignet eine kinetische Dynamisierung und

319 Haiko Wandhoff: *Ekphrasis*, a. a. O., S. 16–17.

320 Zum Begriff des »continuierenden Stils« vgl. Philastratos, *Die Bilder*, a. a. O., S. 157–176, hier S. 163.

321 Vgl. Werner Tübke: »Die Bildbühne bis etwa zwei Drittel von unten hochgeklappt und eine gedreifachte (alles ungefähr gesagt) Parallelperspektive, in der oberen Zone Zentralperspektive, dazu Bedeutungsperspektive und teilweise umgekehrte Farbperspektive.« In: Werner Tübke: »Zur Arbeit am Panoramabild in Bad Frankenhausen (DDR)«, in: *Zeitschrift für schweizerische Archäologie und Kunstgeschichte* (= Revue suisse d'art et d'archéologie = Rivista svizzera d'arte e d'archeologia = Journal of Swiss archeology and art history). Band 42 (1985): Das Panorama, S. 303–306, hier S. 304–305.

Energetisierung, die von einer »Sprengung des Nebeneinander in die Dynamik der Zeit« sprechen lässt, welche »die räumlich versammelte Konstellation in die verschiedenen Bewegungsvektoren auseinanderdriften lassen will«. Ikonische Intensität wird hier »gerade auch durch die Dimension des Zeitlichen miterzeugt«.

Im Bild selbst steckt also »die gestaute Zeit als energetisches Bündel«.[322]

Das betrifft bei Tübke sowohl biblische Motive[323] als auch Szenen aus dem Bauernkrieg, die jeweils in ihrer Prozessualität dargestellt werden.

Der Betrachter, zunächst also der Autor des Romans *Schattenfroh*, drängt die ästhetische Erfahrung bewusst zurück, die er vor einem Bild *als Bild* macht, bzw. blendet sie aus, um seinen Ich-Erzähler die dargestellte Wirklichkeit/Welt des ästhetischen/medialen Raumes immersiv erfahrbar werden zu lassen, das heißt, der Erzähler wird nur in wenigen, ausdrücklich markierten und thematisierten Zusammenhängen mit Bildern als ästhetischem Medium konfrontiert.

So wird in *Schattenfroh* auf Bilder, die den Heiligen Ludwig von Toulouse zeigen, den Plan der Stadt Düren von Wenzel Hollar (in *Schattenfroh*: Zellen Warhol), einen Wandteppich, der in panoramatischen Silhouetten die Stadt Düren von 748 bis 1944 und davor sitzend den Maler und Kupferstecher Wenzel Hollar zeigt, Bilder von Matthias Grünewald und Cornelis Gijsbrecht, auf Bilder eines unbekann-

322 Alexander Honold, Alexander Simon (Hg.): *Das erzählende und das erzählte Bild*, a. a. O., S. 8–9.

323 Der Turmbau zu Babel (1. Mose 11, 1–9), Das Buch des Propheten Jeremia; Das Gleichnis vom Sämann (Markus 4, 1–29), Jesu Kreuzigung (Johannes 19, Lukas 23, Matthäus 27) u. a.

ten Künstlers[324], von Theo Champion, Werner Tübke[325] und Ror Wolf *als Bilder* explizit hingewiesen, wie auszuführen sein wird. Die Bilder, die den Heiligen von Toulouse darstellen, werden nicht nur explizit benannt, sondern auch - in schwarzweißer Reproduktion - gezeigt. Die Bilder in *Schattenfroh* sollen im Folgenden in der Reihenfolge ihrer Erzählung angeführt und kommentiert werden.

3.3 Zu einzelnen Bildern in *Schattenfroh*

Antonio Vivarini: *Der Heilige Ludwig von Toulouse*

Niemand, der Ich-Erzähler, soll aus einem Bild im Büro des Vaters, das den Heiligen Ludwig von Toulouse darstellt, das Buch gestohlen haben, das Ludwig in Händen hält und das sich später als das Buch *Schattenfroh* herausstellt. Um das Buch von seinem Sohn zurückzuerhalten, lässt der Vater ihn in eine Zelle im Keller des Verwaltungsgebäudes einsperren und von Mateo bewachen, der mit ihm ein langes Gespräch führt, unter anderem über den Vater und seine verwaltungstechnischen Gewohnheiten.

Die Geschichte des Heiligen Ludwig von Toulouse und seines Vaters Karl II. ist eine sehr besondere. In *Schattenfroh* wird sie als positive Kontrastbeziehung zum psychisch und physisch gewaltvollen Ver-

324 Unbekannt: Engel holt die Seele eines Sterbenden / Die Seele entweicht (Holzschnitt, 15./frühes 16. Jahrhundert), siehe Michael Lentz: *Schattenfroh*, a. a. O., S. 856 - 857.

325 Vgl. Michael Lentz: *Schattenfroh*, a. a. O., S. 700 - 701: »in der mittleren Bildzone, die ihren allegorischen Horizont nicht verleugnen könne, tauche Pilatus in schwarzem Gewand und mit schwarzem Hut seine Hände in ein von Fischdämonen umspieltes Metallbecken (...).«

hältnis des Ich-Erzählers zu seinem Vater gesetzt, auch im Sinne einer überhöhenden Wunschprojektion. Der Ich-Erzähler schildert, wie er eines Tages die Stimme seines Vaters in dessen Büro hört, ohne dass dieser anwesend ist. Offen bleibt, ob die Sätze, die er wahrnimmt, tatsächlich wie beschrieben aus den beiden Lautsprecherboxen ertönen, die links und rechts über dem blauen Stuhl angebracht sind, auf dem der Sohn Platz nimmt, wenn er den Vater in seinem Büro besucht, oder ob es sich hier um auditive Halluzinationen handelt. Der Sohn hört Sätze wie: »Mutter befiehlt dir, mit dem Lesen aufzuhören«, »Lesen zerstört die Welt«, »Vater befiehlt dir, ununterbrochen zu lesen«, »Du hast Mutter umgebracht«, »Du wirst Mutter umbringen«, »Im Jahre 2014 wirst du zum Elefantenklo fahren«, »Und dort zur Sühne für immer in ein Bild eingehen«, »Das Bild hat keinen Anfang und kein Ende«, »Das Bild ist mit jedem Blick im Entstehen begriffen«. Gemeint ist das Panoramabild *Frühbürgerliche Revolution in Deutschland* von Werner Tübke, das in *Schattenfroh* von großer Bedeutung ist. Ich habe es 2014 im Panoramamuseum in Bad Frankenhausen, dem »Elefantenklo«, tatsächlich gesehen. Das einzige Bild, das der Ich-Erzähler im Büro des Vaters sieht, ist die Darstellung des Heiligen Ludwig von Toulouse: »Das Bild in seinem Büro konnte er nicht meinen, das war ganz deutlich und endlich.« »Hier ist es«, denkt, sagt bzw. schreibt der Ich-Erzähler, es folgt die Abbildung des Gemäldes, auf das dann im Einzelnen historisch und in Wechselprojektion des eigenen Konflikts Niemands mit seinem Vater bis hin zur tatsächlichen oder autosuggestiven Verwandlung Niemands in Ludwig eingegangen wird:

»Es stammt aus dem 15. Jahrhundert und zeigt den Heiligen Ludwig von Toulouse, der für seinen Vater Karl den Lahmen von 1288 bis 1295 als Geisel in Kriegsgefangenschaft war, nachdem dieser am 5. Juni 1284 die Seeschlacht bei Neapel verloren hatte. Aus welchem Hintergrund tritt er hervor? Zeigt sein Umhang den bestirnten Himmel? Ludwig schaut ein bisschen verschämt zur Seite, als wisse er, dass Blicke auf ihm ruhen, denen er aber nicht begegnen will. Hat sich sein Umhang versehentlich geöffnet und zeigt nun ein verschnürtes Buch, das er gestohlen hat und das besser im Verborgenen bleiben sollte? Schaut ihn deswegen sein Vater streng an und fordert die Herausgabe des Buches? Ludwig hält das Buch verkrampft unter dem linken Arm. Was steht in dem Buch? Ich weiß es. Es wird gerade geschrieben und es wird geschrieben werden. Karl II., sein Vater, bemühte sich um die Heiligsprechung seines zweitältesten Sohnes, nachdem dieser mit nur dreiundzwanzig Jahren gestorben war. Er hatte sein Leben in schwerer Krankheit Gott verschrieben und wurde knapp acht Monate vor seinem Tod Bischof von Toulouse. Ich habe, so Gott will, das dreiundzwanzigste Jahr noch vor mir, habe mein Leben Gott wahrscheinlich nicht verschrieben und bin bislang kein Bischof geworden. Das Buch aber, das sehe ich genau, ist mein Buch, Ludwig von Toulouse hat es mir gestohlen. Vater, fern davon, mich heiligsprechen zu lassen, kommt in sein Büro zurück. Zieh doch bitte diesen unsinnigen Umhang aus, du läufst ja rum wie im Karneval, sagt er. Ich tue, was er sagt. Und setz die Narrenkappe ab, seit du Psychoanalyse machst, hast du immer diesen Heiligenschein. Und dass du hier mit diesen Sandalen rumläufst, man könnte meinen, du seist von armen Eltern, die ihren Sohn zum Betteln schicken. Ich schaue auf meine Füße, die mit einem Mal tatsächlich in Ledersandalen stecken, von der Machart her solide, wenn auch völlig altmodisch, mit einem Zehensteg aus drei Riemen, von denen die äußeren zu einem am Mittelfuß ansetzenden Querriemen laufen, der den Fuß mit der Sohle verbindet, der mittlere Riemen geht über den Querriemen zum Fußknöchel, an dem die Sohle mit einem diesen umlaufenden Knöchelriemen Halt findet, von den Enden des Querriemens gehen zwei Riemen ebenfalls zum Knöchelriemen, so dass die Riemenrautenkonstruktion der Sandale ein Kreuz einfasst aus mittlerem Zehenriemen und dem Querriemen des Mittelfußes. Ich versuche, das Kreuz mit dem Fuß zu verschieben, die Riemen geben aber nicht nach. Der Bischofsstab auf dem Bild zeigt nach außen. Eine Peitsche. Ludwig von Toulouse ist also auf eigenem Gebiet.«[326]

Der Vater lässt Niemand scheinbar entkommen, tatsächlich aber wird sich der Sohn in einer Zelle wiederfinden:

»Vater nimmt den Stab, zeigt mit ihm auf mein blaues Gewand und lässt mich durch eine Seitentür entkommen, die in einem für die täglichen Besucher geheimen Rundgang in den Keller des Gebäudes und von dort unbemerkt auf die Straße führt. Dieses Mal führt mich der Rundgang zwar in den Keller, nicht aber aus diesem heraus, vielmehr bin ich in eine Art Verlies gelangt, dessen Wände ganz glatt und weiß sind, kein Muster ist in ihnen zu erkennen, kein Riss. Der runde Raum bildet eine fenster- und türlose Enklave, die sich als Zellteilung des Kellerganges gebildet hat.«[327]

Die wörtliche Wiederaufnahme des früheren Halluzinations-Motivs[328] lässt auch hier die Frage offen, ob es sich bei seiner Inhaftierung um eine Halluzination des Sohnes handelt:

»Ich gehe ganz nah an die Wände heran, ob nicht eine Botschaft oder wenigstens irgendwelche Zeichen auf ihnen zu erkennen sind. Es kostet schon einige Anstrengung, in ihnen etwas mehr zu sehen als reines Weiß. Die Wände bieten von sich aus nichts an. Im Raum wächst jetzt eine Pritsche, über die an einem langen Kabel eine Glühbirne pendelt. Aus Boden und Wand wächst ein metallener Abort. Ich will die Glühlampe greifen, da verschwindet sie, aus der gegenüberliegenden Wand bildet sich eine Eisentür, durch deren Sichtfenster Licht in die Zelle dringt.«[329]

326 Michael Lentz: *Schattenfroh*, a. a. O., S. 45.

327 Michael Lentz: *Schattenfroh*, a. a. O., S. 46.

328 Vgl. Michael Lentz: *Schattenfroh*, a. a. O., S. 40.

329 Michael Lentz: *Schattenfroh*, a. a. O., S. 46.

Die Zellteilung des Kellerganges kann durchaus als eine Poetik in nuce verstanden werden, als autopoetische Rekursion im doppelten Sinne der Autofiktion und der Autogenese des narrativen Systems, das analogisierende und assoziative »Zellteilungen« vornimmt.

Nach seiner Rückkehr aus dem Düren des 16. Jahrhunderts durch den Wandteppich ins Büro seines Vaters kommt es zum Gespräch zwischen Vater und Sohn über das Bild des Heiligen von Toulouse, auf das man sich jedoch nicht einigen kann: Beide beziehen sich auf eine andere Darstellung. Während der Sohn angibt, vor dem von ihm gesehenen Bild eine Stimme gehört zu haben, die ihm aufgetragen habe, der dargestellten Figur das Buch aus der Hand zu nehmen – es handelt sich um Passagen aus der *Offenbarung* des Johannes –, gibt der Vater an, immer nur dieses eine Bild mit Ludwig von Toulouse in seinem Büro hängen gehabt zu haben, und auf dieser Darstellung fehle dem Heiligen gar kein Buch, wie man sehen könne.

Beide Bilder werden während der Unterredung im Roman gezeigt, so dass sie vom Leser verglichen werden können, der sogenannte Buchbeutel auf dem Bild des Vaters wird mit all seinen Vorteilen ausführlich beschrieben, Niemand sieht auch in Ludwig von Toulouse seinen Vater.

Der Sohn bezichtigt sich also überraschenderweise doch des Diebstahls und beruft sich hierbei auf göttliche Eingabe, während der Vater nunmehr von keinem Diebstahl mehr weiß.[330] Historisch gesehen ist das Bild, von dem der Vater spricht und das jahrelang im Büro meines Vaters hing, bevor es ans Dürener Leopold-Hoesch-Museum ging, gestohlen worden, und zwar pikanterweise von einem ehemaligen Mitarbeiter des Museums. Es war Teil eines Altarflügels der Dürener Franziskanerkirche. Dieses Retabel war die Anregung zur Erfindung des Flügelaltars im Muttergotteshäuschen.

330 Vgl. Michael Lentz: *Schattenfroh*, a. a. O., S. 432–436.

Hieronymus Bosch: *Das Jüngste Gericht*[331] *(I)*

Während der Unterredung von Niemand und Mateo wird nach mittelalterlichem Ritus ein Festessen vorbereitet, zu dem der Vater als Chef des Verwaltungsgebäudes seine Angestellten geladen hat. Der sogenannte Plan, nach dem sich »die schier unüberschaubare Schar der Diener bewegen muss«, ist das in Schwarzweiß abgebildete Dürener Stadtwappen, in das allerdings gravierend eingegriffen wurde: Ein Turm der Stadtmauer, die Mauerkrone, ist mit der »666« verziert, der Adler wird mit hängenden Fittichen und der Löwe mit hängendem, aufgedunsenem und zahnlosem Kopf gezeigt.[332] Eigentlicher Anlass dieses Empfangs ist der Prozess gegen den eigenen Sohn. Unklar bleibt, ob sich das hierarchisch geordnete Essenszeremoniell nur in der Imagination des Ich-Erzählers vollzieht, also seinerseits ekphrastisch evoziert wird, oder ob sich Niemands Zelle allmählich in einen großen Festsaal verwandelt: »Türen öffnen sich, wo vormals keine waren.«[333]

Mateo berichtet, angesichts der allgemeinen gesellschaftlichen Lage wolle der Vater insgesamt wieder eine mittelalterliche Ordnung einführen. Die Vorbereitungen zum Festmahl sind mittlerweile abgeschlossen. Die Gesellschaft betritt den Saal, mit dem Erscheinen des Vaters erhebt man sich, nimmt wieder Platz. Die halluzinatorischen Effekte und anamorphotischen Wahrnehmungsverzerrungen verstärkend, aber auch die Ängste des Ich-Erzählers in Szene setzend, folgt nun, die Akribie der Schilderung des Hofzeremoniells, speziell des Decorums der Tafel und Essensordnung zuvor ablösend, die Erzählung des Bildes *Das Jüngste Gericht. Weltgerichtstriptychon*

331 Michael Lentz: *Schattenfroh*, a. a. O., S. 192–267.

332 Vgl. Michael Lentz: *Schattenfroh*, a. a. O., S. 169.

333 Michael Lentz: *Schattenfroh*, a. a. O., S. 168.

(1485–1505) von Hieronymus Bosch als Protokoll des Prozesses gegen den Sohn.

Die Prozesszeremonie wird insgesamt dreimal wiederholt, bis die Ratte alias Luzifer mit ihrer Entwicklung – der Ekphrasis – zufrieden ist:

»Durch einen krötenbesetzten Torbogen schreitet eine unansehnliche Gestalt, eine Ratte, mit rotglühenden Augen und einem vergitterten Hochofen mit glühenden Kohlen als Bauch, den ihr mit einem Reißverschluss versehenes schwarzes Gewand als dreieckiges Auge Gottes erscheinen lässt. Auf seinem Kopf trägt sie einen grünen Turban, von dem nach links und rechts grüne, im oberen Drittel mit Perlen verzierte Tücher wallen. Der Höllenbrand im Bauch schlägt durch ihr Haupt. Ihr Maul hat sie weit aufgerissen, es zeigt vier spitze Eckzähne vor dem feuerflammenden Schlund. Als Zeremonienmeister trägt sie eine vierfache Sense, die unschwer als der vierfache Schriftsinn zu erkennen ist, der uns das ganze Leben verleidet, der Kriege verursacht und im Tod eine Erlösung sehen lässt, der also, mit einem Wort, für alles Unrecht verantwortlich ist. Die Ratte klopft mit der Sense laut auf den Boden.«[334]

Am Geschehen sind anscheinend Schattenfrohs Gefolgsleute beteiligt, die der Ich-Erzähler zu identifizieren glaubt. Allerdings wird nicht ganz klar, wo er sie kennengelernt haben soll und wen er anderes als Mateo wiedererkennen will:

»Das Klopfen ruft einige Herren in die Anwesenheit, die ich als Mitglieder der Furchtbringenden Gesellschaft wiedererkenne. Die Gestalt kündigt etwas an, die Gesellschaft erhebt sich. Zur Linken der Ratte,

334 Michael Lentz: *Schattenfroh*, a. a. O., S. 192. Die Beschreibung der »unansehnlichen Gestalt« wiederholt sich auf S. 729–730 als Selbstporträt des Ich-Erzählers, wenn er mit seinem Vater den Eingangsbereich des als solches nicht bezeichneten Panoramamuseums in Prüm (= Bad Frankenhausen) durchschreitet.

es ist übrigens Luzifer in Rattengestalt, überfliegt der Protokollchef, angetan mit einem roten Blechtopf auf dem Kopf und einem weiß umrandeten Zwicker, sogleich das Programm, das er, dem die Sachverhalte alltäglicher Umgang sind, in so rasender Geschwindigkeit herunterbetet, dass mir, obwohl mir die Worte ja nicht so neu sind, zur Wiedergabe nur die Form der Paraphrase und der Diaskeuase bleibt, wie mir überhaupt mein ganzes Tun als ein unentwegtes Diaskeuasieren erscheint, aber hierüber ein anderes Mal mehr.«[335]

Die paraphrasierend oder kritisch ergänzend wiedergegebene Rede markiert einen Wechsel des Erzähl- bzw. Redemodus in einen nüchternen Protokollstil, zunächst im Indikativ, dann im Konjunktiv. Unklar bleibt, ob auch die Redeinstanz vom Protokollchef zu Luzifer wechselt oder dieser von Anfang an spricht:

»Das Programm sieht, gerahmt von einem Festessen, einen kurzen Prozess vor, dessen Durchführung strengen Regeln folgt und dessen Ergebnis von vornherein feststeht. Die Schuld des Delinquenten ist erwiesen durch den Umstand, dass der Prozess stattfindet. Eine Anhörung des Delinquenten ist nicht vorgesehen. Die Honoratioren und der Dienstherr haben einen Anspruch darauf, bestens unterhalten zu werden. Nicht also der Tod des Delinquenten, der zweifelsfrei feststeht, wäre bedauernswert, sondern allein die Inszenierung selbst könnte den Unmut der Anwesenden auf sich ziehen. Um dieser Unannehmlichkeit vorzubeugen, seien die einzelnen Schritte wiederholt geprobt worden, was insofern dem Umstand, dass die Prozessordnung ein Spiegelbild der göttlichen Ordnung ist, widerspreche, als Gott auch nicht geprobt, sondern sich selbst nur ein wenig zurückgenommen habe. Gott habe Zimzum gemacht, und schon sei die Welt entstanden, eine Leere in der Leere, der Gott sein Wort gegeben habe.«[336]

335 Michael Lentz: *Schattenfroh*, a. a. O., S. 192–193.

336 Michael Lentz: *Schattenfroh*, a. a. O., S. 193.

Der Protokollchef entpuppt sich als Mateo, Luzifer hat das Konterfei des Vaters, der hier als Schattenfroh sprichwörtlich über ein Schattenreich herrscht:

»Da hält Luzifer inne, er scheint sich selbst darüber zu wundern, die göttliche Weltentstehung zu kommentieren, als sei er Gottes erwählter Exeget. Verwunderlich ist das eigentlich nicht, spricht er doch aus dem Gesicht meines Vaters heraus, der in göttlichen Dingen einfach beschlagen ist. Vater ist Luzifer. Ich nehme das Wort ›Ratte‹ zurück, sage ich Antonio Atome, den ich jetzt als die Figur mit dem roten Blechtopf auf dem Kopf erkenne. Ich nehme das ins Protokoll auf, sagt er, allerdings ist eine Rücknahme der Wiederholung nicht vorgesehen.«[337]

Der Fortgang der Handlung nimmt wieder konkrete Details aus dem Bild von Hieronymus Bosch auf, indem sie in ihrer Prozessualität beschrieben werden, so wie das der konkrete Bildausschnitt im windmühlenartigen Drehmoment der Anordnung der nackten Figuren und ihren gestisch signifikanten Körperhaltungen animiert:

»Mir wird eine Augenbinde angelegt, ich werde abgeführt, ausgezogen und mit einem Schwert durchbohrt. Das Schwert dringt auf Höhe der Milz ein und tritt auf Höhe von Magen und Leber aus dem Körper wieder aus. Es geht durch bis zur Parierstange. Die Klinge des Schwertes ragt in die Luft, es ist kein Blut auf ihr zu sehen. Die Wucht des Hiebs hat mich vom Boden gehoben, den ich auch jetzt nicht berühren kann, zwei Gestalten, ein krötenartiges Geschöpf mit brachliegendem Gehirn zu meiner Rechten, ein auf dem rechten Bein kniender Albinolurch zu meiner Linken halten mich in der Höhe und präsentieren mich so dem Zeremonienmeister, während die besagte Figur mit dem roten Nachttopf auf dem Kopf das Todesurteil verliest. Hierzu hat sie eigens einen Zwicker auf die Nase gesetzt. Ich kann zu-

337 Michael Lentz: *Schattenfroh*, a. a. O., S. 193–194.

hören und meinen Mund bewegen, es versagt mir jedoch die Stimme. Insbesondere hätte ich gerne gewusst, weshalb das Todesurteil bereits vor der Verlesung seiner Begründung vollstreckt worden ist.«[338]

Diese ekphrastische Sequenz stellt Luzifer alias Vater alias Schattenfroh alias Zeremonienmeister weniger aus Gründen der Inszenierung als der technischen Realisation der Tötung nicht zufrieden, sie muss in der Wiederholung perfektioniert werden. Der Ich-Erzähler hält sich währenddessen mit Fragen zoologischer Identifikation auf, die zu klären zum Programm einer exakten Beschreibung ebenso gehören wie die Reflexion paradoxaler Konstellationen auch der identifikatorischen Fremd- als Selbstwahrnehmung, die von Boschs Simultanstil provoziert wurden, der die Vielheit der nackten Figuren als ontische Zerstreutheit einer einzigen, identischen Figur anbietet:

»Der Zeremonienmeister ist mit der Szene nicht einverstanden und lässt sie wiederholen. Insbesondere meine Haltung missfällt ihm, was er mit der Position des Schwertes begründet. Er lobt allerdings, dass kein Blut auf ihm zu sehen ist. Der Hieb des Schwertes müsse durchs Herz gehen, sagt er. Außerdem müsse meine Augenbinde weiß sein, nicht schwarz, eine weiße Augenbinde symbolisiere die Unschuld, die nun weiß Gott wiederhergestellt sei. Weiß Gott, hat er gesagt, sagt der Lurch zu meiner Linken. Jetzt erst sehe ich die Insektenbeine auf seinem Affenkopf. Ihre Tibien und Tarsen scheinen mit Luzifer Botenstoffe auszutauschen. Vielleicht hat der Lurch ein Huhn im Kopf, dessen Beine ihm aus der Stirn ragen. Ein schwerttragender weißer Querzahnmolch mit zwei Beinen und Schwanz. Zoologische Feinsinnigkeiten, die auf die Nichtexistenz einer solchen Gestalt schließen lassen, können nicht verhindern, dass die Szene wiederholt wird, und zwar mit den von der Ratte geforderten Änderungen. Hinter meinem Rücken, in etwa drei Metern Höhe, schwebt nun ein nackter Mensch,

338 Michael Lentz: *Schattenfroh*, a. a. O., S. 194.

auf dessen Achillessehnen die Schwertspitze zielt. Gehalten wird dieser Mensch von einer scharfkralligen Chimäre, die kaum von der Nacht zu unterscheiden ist. Die Chimäre trägt Züge der Ratte. Die Unsichtbarkeit ihrer Diener macht sie zahllos, die Nacht ist ihr immerwährender Diener. Eine weitere Unwahrscheinlichkeit: Wie soll ich den anderen sehen können, mit verbundenen Augen, hinter meinem Rücken? Es bin ich selbst. Ich spüre mich, in meinem Rücken.«[339]

Als guter Theaterregisseur regiert Luzifer nach dem Prinzip Wiederholung, was dem Autor bzw. dem Ich-Erzähler die Möglichkeit eröffnet, das Augenmerk auf andere Details der Bosch'schen Hölle zu richten und so Motive der Simultaneität in die narrative Linearität zu überführen. Mit dem das Bild als Wirklichkeit betrachtenden und in/auf ihm *wandernden* Blick vergrößert sich auch der Einzugsbereich identifikatorischer Metamorphosen bis hin zu Gestalten, die an groteske Drolerien erinnern:

»Auch die momentane Konstellation reicht der Ratte nicht, (...). Auf Geheiß der Ratte soll die Chimäre mich ins Feuer werfen, in das die Menschen von oben durch eine trichterförmige Öffnung hinabgleiten. Die Öffnung ist als Kuppel einem roten Zirkuszelt aufgesetzt, in dessen Innerem das Feuer bis durch die Kuppel hindurchlodert. Und nun bin ich auch der Nackte, der kopfüber in der Kuppel steckt, aus meinem Hintern ragt eine silberne Fanfare, an der ein schwarzer Gonfanon mit drei Hängeln befestigt ist. Das ist nicht die Osterfahne als Triumphzeichen über den Tod, das ist die Fahne des Todes. Die Fanfare soll wohl meinen schlechten Ruf hinausposaunen, dass alle Welt hören kann, wie recht mir geschieht. Ich halte sie mit meinen Händen, die sie nicht hinten rausziehen können. Meine Hände finden sich an meinen Beinen, als wären die Beine die Arme und mein Hinterteil mein Gesicht, von dem die Beine als Arme hals- und schulterlos

339 Michael Lentz: *Schattenfroh*, a. a. O., S. 194–195.

abgehen. Ich möchte an dieser Stelle festhalten, dass ich die Fanfare nicht freiwillig blase, ich verstehe mich überhaupt nicht auf diese Kunst, es ist mehr ein Bellen oder Husten, das ich ihr entringe, ich habe es weit gebracht, ich bin der Fanfare hustende Herold Luzifers, der den Tod bringt.«[340]

Innerhalb der langen, detailreichen Bilderzählung des Bosch'schen Höllenszenarios bilden sich stilllebenhafte Inseln heraus, die als autonome Kurzprosa auch ohne ihr ekphrastisches Umfeld sequenziert werden könnten. Sie fungieren als narratives Analogon zu den mosaikartigen Intarsien mit ihren eigenständigen Geschehenseinheiten in Boschs Bild:

»Die vorne beiseitegezogene Zirkusplane gibt den Blick frei auf die Manege, in der sich keine Artisten und Tiere dem Publikum präsentieren, sondern glühende, kochende Leiber, die ihr eigenes, sich ewig selbst wahrnehmendes Publikum sind, und wäre nicht der Schmerz, keine größere Abstumpfung wäre denkbar als dieser Leichenbrand mit seiner unaufhörlichen Verwesung, die Leiber werden mit nicht zu löschendem Feuer gesalzen, das kluge Feuer tötet, vernichtet aber nicht. Das geöffnete Zelt mit seiner als Trichter dienenden Kuppel sieht aus wie der Helm eines römischen Centurios, aus dessen Knauf oder Tülle anstelle der Crista das olympische Feuer Luzifers lodert.«[341]

Auch der Tod erweist sich, angestiftet durch die kreisförmige Anordnung der gemarterten Menschenleiber um den möglicherweise zu einer Stadtmauer gehörenden Rundbau bzw. das Tor mit aufgesetzter Kuppel, als Wiederkehr des Immergleichen, als eine Kreisform mit zyklisch zu absolvierenden Stationen, zu denen auch die von Instrumenten begleitete Verlesung bzw. Besingung des Sündenregisters gehört:

340 Michael Lentz: *Schattenfroh*, a. a. O., S. 195–196.

341 Michael Lentz: *Schattenfroh*, a. a. O., S. 196.

»Ich bin immer noch nicht zufrieden, sagt die Ratte. Wenn der Leib mit einem Schwert durchbohrt, dann in die Luft emporgehoben und kopfüber durchs Feuer gegangen ist, soll er von meinem Diener aus dem Feuer herausgezogen und über den Balkon oberhalb des Torbogens zur erneuten Verlesung seiner Sünden abgeführt werden. Rechts von mir soll ein Trio, bestehend aus Schalmei, Sackpfeife und Harfe, das von einer Chimäre zu singende Sündenregister begleiten, die Schalmei wird von einer anderen Chimäre mit seinem Hinterteil, das aussieht wie die Facettenaugen einer Fliege, geblasen, die Sackpfeife ist ein Rochen, der sich selber spielt, er hat einen menschlichen Arm, der die in den Sack strömende Luft in die von seiner Hand gehaltene Spielpfeife presst, die auf seinen Schwanz aufgesetzt ist, das Anblasrohr bleibe unsichtbar, die Bordunpfeife ertöne im Verborgenen. Der Mensch liege an die das Sündenregister singende Chimäre geschmiegt, so dass er in das aufgeschlagene Buch seiner Sünden schauen kann. Das ist der Kreislauf, der sich niemals endend wiederholen soll, das heißt es, wenn vom ewig brennenden Feuer die Rede ist. Die Ausführung dieser Anordnung sei farbenfroher und bezwingender, als meine dürftigen Worte es zu beschreiben vermögen, sagt die Ratte und stellt sich wieder in den mit Kröten besetzten Torbogen.

So geschieht es. Die Chimäre zerrt mich aus dem Feuer, das mir äußerlich nichts angetan hat, meine Haut ist rosig, ich fühle mich erfrischt wie nach einem Saunagang, wie eine Puppe hänge ich am ausgestreckten Arm der Kreatur, die pechschwarz ist wie die Ratte, im Gegensatz zu den Rattenbeinen Luzifers sind auch ihre kräftigen Beine schwarz, sie hat aber keine Freude an ihrem Püppchen, sondern möchte es so schnell wie möglich loswerden, sie zieht mich hinter sich her, ganz leicht bin ich, nimmt Schwung und schleudert mich über die Brüstung, von der ich als Frau in den Armen einer anderen Chimäre lande, die mit weitaufgerissenem Maul sogleich beginnt, aus dem aufgeschlagenen Sündenregister vorzulesen, wobei sie mit ihren langen spitzen Fingern die Zeilen entlangfährt. Auch sie hat einen roten Helm auf dem Kopf, von dem ein roter Schleier hinunterwallt und den Boden bedeckt. Auf dem Schleier haben, wie von der Ratte geheißen, die Musiker Platz genommen, die das Verlesen der Sünden begleiten. Das tun sie auf eine so eintönige wie beunruhigende Weise, von der sie nur eine einzige kennen, so dass ich mich nach wenigen Minuten nach einem Finale sehne, von dem ich weiß, dass es nichts Besseres als denselben Durchlauf bringen wird. (…) Da sitze ich also auf dem Boden, von der Chimäre umarmt, die mir mit wachsendem Eifer das Singen beibringen möchte. Ich soll meine eigenen Sünden singen, denn wer singt, merke sich besser.«[342]

Es folgt ein langes Gespräch zwischen dem Ich-Erzähler und Ruprecht über ästhetische Fragen der Passionsminne, über die Darstellbarkeit von Folter, Schmerz und Tod in der Literatur und die Compassio anhand von Gedichten von Angelus Silesius, Daniel Casper von Lohenstein, Catharina Regina von Greiffenberg und Rainer Maria Rilke.

Ex negativo sind in die Bilderzählung Motive der Höllendarstellung in Dantes *Göttlicher Komödie* eingeblendet, die selbst schon ekphrastische Qualität besitzt und auch verschiedentlich bildlich illustriert worden ist:

»Luzifer hat allem Anschein nach dieses System des Passionsmythos übernommen und für sein Reich adaptiert. (…) Luzifer ist nicht mehr der berühmteste Insasse der Hölle, er bewirtet sie selbst mit seiner Heerschar von Angestellten. Der Teufel ist der Gott der Hölle, er ist seelenlos und hat deshalb keine Verbindung mehr zu dem Gott da droben. Luzifer ist verdichtete Luft, seine Inkarnation kann er sich frei wählen wie Kleider aus dem Schrank. Er ist jetzt eine Ratte, deren Bauch voller Feuer ist – kein Gigant mehr, größer als alle Gi-

342 Michael Lentz: *Schattenfroh*, a. a. O., S. 196–198.

ganten, der bis über die Hüfte im Eis steckt. Auch hat er nicht mehr drei Köpfe, aus denen die Leiber von B, C und J hängen, die er immer wieder und ewig verspeist für ihren Verrat, und die sechs Augen seiner drei Gesichter weinen dabei (»wagt er zu weinen/mitten in uns«), er begnügt sich mit dem geifernden Gesicht der Ratte, mit glühenden Knopfaugen und vier spitzen Eckzähnen im feuerentflammten Maul, die den Verdacht erwecken, der Rest seines Gebisses sei verfault. Man will eine solche Gestalt ja nicht in seiner Nähe haben und sehnt sich doch nach ihr.«[343]

Ruprecht gegenüber entwickelt der Ich-Erzähler einen medientheoretischen und affektästhetischen Paragone-Diskurs über die Differenz von Wort und Bild in der Darstellung von Gewalt und Schmerz:

»Das Bild ist ein Virus, es wird ins Bewusstsein derer gespült, die noch nicht in der Hölle sind. Das Virus Bild ist seelenbildend. Es ist das zunächst Nursichtbare. Mit der Zeit aber wird es das Reale. Es löst unsere Ängste aus und bannt sie gleichzeitig. Wir haben Angst vor dem Bild und wissen doch, dass wir ohne dieses Bild nicht sein können. Das Bild ist unsere Angst, die wir sind. Jedem dürstet es nach einem Bild, das er mit ins Grab nehmen kann. Mit diesem Bild auf den Lippen sterben wir, wir lösen uns auf, das Bild bleibt alleine zurück, die Seele. Die Seele, das Bild, ist ein Phantom. Sie ist und ist nicht. Dieses Bild, darin die Seele sich selbst sieht, ist Konfrontation, nicht Repräsentation, es ist ein Gebilde bloßer Sichtbarkeit. Es gibt, aus dem Leben heraus, zu diesem Bild keine Brücke. Der Betrachter aber kann nicht anders, als sich mit dem Bild konfrontiert zu sehen. Er ist gezwungen, das Bild anzuschauen. Dies zu durchschauen ist noch keine Medizin, keine Schutzimpfung, die immun machen würde. Ich bin bereits infiziert. Was hilft es dem unheilbar Kranken, wenn ihm gesagt wird, Medizin und Forschung hätten Fortschritte gemacht?

343 Michael Lentz: *Schattenfroh*, a. a. O., S. 209.

Dürfen die Wörter mehr als die Bilder? Weil jeder mit den Wörtern anderes sehen kann, andere Bilder oder gar keine, während die gezeigten Bilder für alle dieselben sind, auch wenn bei Wörtern und Bildern gleichermaßen ihr allegorischer Sinn dem einen mehr, dem anderen weniger verborgen bleiben kann? Geht ein Überlesen leichter als ein Übersehen? Wir beziehen uns auf zwei verschiedene Medien, nicht auf das Phantom, den von ihnen repräsentierten Gegenstand. Durch Wörter und Bilder ist nicht gewährleistet, dass dieser Gegenstand auch aufscheint: Es sei denn, es handelt sich um Christus? Es besteht eher die Gefahr, dass in den Dingen zu viel Christus gesehen wird. Hier genügt schon die Nennung des Wortes »Nagel«. Nicht mehr sehen, dass man ein Wort liest oder ein Bild sieht, die sich vor den Augen auflösen, indem das Dargestellte unmittelbar erscheint – das vermag hingegen nur der ekstatische Taumel der Jesu-Minne und Passionsdarstellung. Christus als Phantom ist die unter allen Umständen wiedererkennbare ›Nichtigkeit eigenen Typus‹.

Sagen ist also besser als zeigen? Ehtik oder Zensur? Sieht so eine Kritik der visuellen Ethik aus: Sagen ist erlaubt, zeigen ist verboten? Hören ist nicht Verstehen. Die Ethik der Zensur? Wem hilft Zensur, wie knechtet Schauzwang? Ist das Bild dem Menschen näher als das Wort? Das Wort lässt sich wiederholen, mit stummer oder lauter Stimme, ein Wort hundertmal sagen, und der aufgerufene Gegenstand nimmt die Gestalt des Wortes an. Am Anfang war die Stimmritze. Ein Bild. ›Wer seinen Körperschmerz mit-teilen wollte, wäre darauf gestellt, ihn zuzufügen und damit selbst zum Folterknecht zu werden‹, schreibt jemand, der gefoltert wurde. Wörtern und Bildern ist die körperliche Übermittlung des Schmerzes nicht möglich. Sprich nur ein Wort, und mein Körper schmerzt. Gesetzt den Fall, dies wäre möglich, würde Folter unter dem Sternzeichen Kunst sanktioniert sein, Kunst würde zur bloßen Sensation verkommen, die ihren Sinn allein in der Schmerzübertragung und ihrer unterschiedlichen Bewerkstelligung fände. Kunst wäre Mittel, Durchgangssyndrom, egal. Wenn sie es denn nur könnte. Nicht einmal das kann sie.

Lesen. Nicht von der Stelle kommen. Den Zusammenhang verlieren. Die Wörter von sich entfremden, von den Wörtern und von sich als Lesendem. Etwas ganz anderes imaginieren, als zu lesen vorgegeben ist. Die Imagination ist ab einer gewissen Grenze der Kontrolle entzogen, der eigenen wie der fremden. Bis zu der Grenze, wo ich nicht mehr ich sagen kann, mag die Kontrolle noch funktionieren. Im Schmerz hört die Kontrolle dann auf, irgendwann, zum Glück. Zu wessen Glück? Des Betrachters. Der Nachwelt. Und die Nachwelt kann vom Schreiber einen Auftrag bekommen, wenn er im Anblick der Höllenstadt nicht mehr fähig und willens ist, seiner Sprachlosigkeit Sprache anzutun: ›Frage nicht, Leser, wie ich da zu Eis erstarrte und verstummte, darüber schreibe ich nichts, denn jedes Reden wäre zu wenig. Ich starb nicht und blieb auch nicht am Leben: Denk es dir selber aus, wenn du ein bißchen Verstand hast, wie es mir ging – ohne das eine und ohne das andere.‹ «[344]

Das Zitat »Wer seinen Körperschmerz mit-teilen wollte, wäre darauf gestellt, ihn zuzufügen und damit selbst zum Folterknecht zu werden« stammt von Jean Amery. Das Zitat mit der Aufforderung an den Leser, sich einen Zustand zwischen Leben und Tod auszumalen, die aus dem Umstand sprachlicher Beschreibungs-Insuffizienz resultiert, ist Dantes *Göttlicher Komödie* entnommen.

Wahrnehmungs- bzw. Wirklichkeitsbewusstsein, Bildbewusstsein, Phantasiebewusstsein und Illusionsbewusstsein des Ich-Erzählers in *Schattenfroh* sind zuweilen nicht trennscharf voneinander abzugrenzen, da Niemand hierüber nicht durchgängig ein differenziertes Bewusstsein hat. Wenn Niemand im folgenden Abschnitt zum ersten Mal im Kontext des Bosch'schen Höllenszenarios auf ein Bild referiert,

344 Michael Lentz: *Schattenfroh*, a. a. O., S. 210 – 212.

das er sich »noch einmal ganz genau« anschauen wolle – »Ich schaue mir das Bild noch einmal ganz genau an« –, sind zwei Möglichkeiten des Anschauens denkbar: Er betrachtet eine »physisch-bildliche Erscheinung« oder eine »Phantasievorstellung«.[345] Niemand laboriert hier eventuell am ontischen Status einer Verdopplung: Die Wirklichkeit, *seine* momentane Wirklichkeit ist zugleich in ein Bild gefasst, das einen wechselseitigen Abgleich seiner Konstituenten ermöglicht. Der Satz »Ich schaue mir das Bild noch einmal ganz genau an« ist jedenfalls dann keine immersive Metalepse, wenn Niemand die geschilderte Situation am eigenen Körper erfährt – und die sensorische Reizverarbeitung von Kälte und Taktilität deutet ja darauf hin, wenn sie nicht als einfühlende Autosuggestion gewertet wird – und das erwähnte Bild währenddessen zur Hand hat:

»Ruprecht hat einen kalten Arm. Sein Rattenschwanz hält mich umfangen. Unterarm und Hand bestehen nur aus Knochen. War das schon immer so? Ich schaue mir das Bild noch einmal ganz genau an. Seine Hand hat drei Finger. Sie ist es, die meine Zeilen schreibt, während Ruprecht mit der Linken die geschriebene Seite liest. Ist das schön, ein Denken als Ruprecht zu haben, der mit einem in der Hölle sitzt? Er schreibt, was ich denke. Wenn es mich nicht mehr gibt, gibt es ihn dann auch nicht mehr? Ich habe Angst, bei Berührung bricht ein Stück von ihm ab, so kalt und starr ist er.«

Wenn Niemand sich allerdings fragt, ob Ruprechts Unterarm und Hand schon immer nur aus Knochen bestanden haben und er, um diese Frage zu beantworten, ein bzw. das Bild zu Rate zieht, so muss das Bild einen invarianten ontischen Status zeitigen – was selbstredend zu sein scheint, allerdings nicht im fiktionalen Kontext –, der der unmittelbaren Gegenwart also vorausgeht und für diese noch

345 Zum Unterschied der Begriffe siehe Edmund Husserl: *Phantasie*, a. a. O.

Gültigkeit besitzt. Ist Niemand hingegen körperlich (mit seiner Ich-jetzt-hier-Origo) nicht in der geschilderten Szene versetzt, dann gibt es wiederum zwei Möglichkeiten: Er betrachtet möglicherweise keine physisch-bildlichen Erscheinungen, zu denen er selbst gehört, sondern hat Phantasievorstellungen, und zu diesen gehören sowohl die geschilderte Situation als auch das Bild, es würde sich also um ein Bild im Bild handeln, in das sein »präsentes Körpertastbild« (Bühler) versetzt wird. Einschränkend sei hierzu angemerkt, dass es sich bei den Phantasievorstellungen um »schwankende, flüchtig bald auftauchende, bald verschwindende, dabei sich inhaltlich so vielfältig ändernde, so matte«[346] Erscheinungen handelt, so dass die von Niemand anvisierte Überprüfung kaum auf ein Bild als bloße Phantasievorstellung zählen könnte. Die andere Möglichkeit wäre, Niemand betrachtet ein physisches Bild, sein Wahrnehmungs- als Bildbewusstsein suggeriert ihm die körperliche Anwesenheit in der geschilderten Szene, das zur Überprüfung heranzuziehende zweite Bild ist ihm gerade nicht zur Hand oder sein Anschauen vollzieht sich im Anschluss an die autosuggestiven Schilderungen, sind jedenfalls nicht Teil derselben.

Vorstellbar ist auch, dass Niemand sein reichbebildertes Inneres sieht und sich das besagte Überprüfungsbild auf einer anderen diegetischen Ebene befindet.

Über eine Figur des Volksglaubens, wie sie unter anderem in der Eifel verbreitet ist, den sein Leichentuch verspeisenden Nachzehrer, vollzieht sich in der anschließenden Passage eine gewissermaßen proleptische Metamorphose von Ruprecht zum Vater des Ich-Erzählers und dadurch implizit zu Schattenfroh, der sich auch als Luzifer entpuppt. Liefert man sich der Reise nach Innen aus, die Uwe Dick zu-

346 Edmund Husserl: *Phantasie*, a. a. O., S. 28 (26).

folge eine solche in die Hölle ist,[347] schließt man leicht einen Pakt mit dem Teufel, der, wie oben zitiert, in Gestalt von Ruprecht der eigentliche Autor des Buches ist:

»Eine Feder tanzt vor Ruprechts Nase. Ich blase sie an, sie taumelt, dreht ab, kommt zurück. Jetzt steht sie in der Luft, scheint mich anzuschauen. Ruprecht hockt da wie gestorben. Ich weiß, dass er meine Gedanken lesen kann. Die Feder ist eine Spinne. Ist eine Feder. Wenn ich die Feder nun aus der Luft griffe und meine Hand berührte den Kopf der Chimäre. Ich spüre deutlich, dass Ruprecht mich mit seinem Rattenschwanz aussaugt, der langsam die Schlinge fester um mich legt. Ruprecht ist ein Nachzehrer, mein toter Vater, der noch lebt, und Ruprecht selbst hat das Gedicht geschrieben, der rote Mantel, der von seinem Kopf auf den Boden wallt, ist sein Leichentuch, das er verzehrt, und er hat vor geraumer Zeit wohl begonnen, Teile seines eigenen Körpers zu verzehren, er ist geschmeidig geblieben, Augen, Mund und Zunge kann er bewegen wie die Lebenden auch, es sind seine Augen, die vorhin ins Kissen sanken, er verzehrt sein Leichentuch, das sich um die doppelte Menge des Verzehrten verlängert, bis das Leichentuch den Erdball umlaufen hat und Ruprecht am Hinterkopf berührt. Ich habe verstanden, sage ich ihm, ›Komm du, du letzter, den ich anerkenne‹, das ist das Alphabet, ich verspreche, das Alphabet zu ordnen, denn gerade, wenn es zu Wörtern und Sätzen geordnet scheint, kann es in größter Unordnung sein. Wenn ich es dann geordnet haben werde, denke ich, wird es möglicherweise wieder in Unordnung sein. Ordnung ist demnach ein unwahrscheinlicher, vorübergehender Spezialfall von Unordnung; Unordnung ist überwiegend, Ordnung ein Zufall. Im besten Falle kann man sagen: Ich habe das Alphabet zur Unordnung geordnet. So müssen Wörter

347 Uwe Dick: *Pochwasser – Eine Biographie ohne Ich*. München: Knesebeck 1992, S. 187.

und Sätze permanent umgeordnet werden. Diesen Gedanken nachhängend, Ruprechts Leichentuch hat mittlerweile den krötenbesetzten Torbogen verhüllt, aus dem Luzifer herausgetreten ist und den Blick ins Innere der Hölle freigegeben hat, und schickt sich an, den Balkon zu erklimmen, blättere ich die Seite um und lese (…).«[348]

Niemand wird selbst zu Ruprecht, der ganz in ihm aufgeht; mit seinen Augen kann Niemand in den Seiten des Buches blättern, das *Schattenfroh* heißt und von Ruprecht geschrieben wird. Die Bewegung der Augen ist die einzige, die Niemand während dieser Metamorphose verbleibt, und es ist durchaus denkbar, dass er auch nach vollzogener Verwandlung nur seine Augen bewegen kann, die gezwungen sind, *Schattenfroh* zu lesen. So wäre Niemand, diese Konstellation zu Ende gedacht, eine autoreferenzielle Lesemaschine, ein Echo der Schrift:

»Die Chimäre wächst in mich hinein. Ich kann das Buch nicht mehr erreichen. Als würde sie auf diese Weise sicherstellen, dass ich keine andere Seite mehr aufschlagen kann. Ihr Dornenschwanz ist in meinen Rücken eingedrungen und wandert nun das rechte Bein entlang, aus dem es in der Höhe des Sprunggelenks wieder austritt. Langsam kriecht er Richtung Buch, gräbt sich parallel zu dessen Zeilen in den Boden unter das Gestell, auf dem es aufgebahrt liegt, und schaut auf der anderen Seite aus der Erde wieder heraus, ein Sprössling, der als Rute aufgeht vom Geschenk Gottes, das Buch als seine Frucht, auf welchem wird ruhen der Geist der Weisheit und des Verstandes, der Geist des Rates und der Stärke, der Geist der Erkenntnis und der Furcht. Ach, wäre ich doch ein Engel, und der Schwanz des Drachen wischte mich vom Himmel. Die Seiten folgen meinen Augen, die über ihre Zeilen gleiten, und mit dem letzten Wort der letzten Zeile der rechten Seite wirft sich diese auf und gibt den Blick auf die beiden darunterliegenden Seiten frei. Ich lese schneller, dünne Zweige von Ruprechts

348 Michael Lentz: *Schattenfroh*, a. a. O., S. 233–234.

Schwanz breiten sich langsam über das Buch aus und werden es bald arretiert haben. Hin und her fliegen meine Augen.«[349]

Nach einer Passage eingeschobener, autofiktionaler Kindheits-Erinnerungen wird das höllische Szenarium des windmühlenhaften Kreuzwegs mit seinen fünf Stationen von der Ratte endlich abgenommen:

»Jetzt deutet die Figur auf den Torbogen, aus dem in diesem Moment die Ratte heraustritt, alles ringsum in Augenschein nimmt und sich gemächlichen Schrittes der Chimäre nähert. Es ist alles gut so, flüstert sie ihr ins Ohr, so lassen wir es jetzt. Fünf Stationen hat sein Kreuzweg, sagt Luzifer, von nun an geht er im Kreis. Ich bin die fünf Flügel der Windmühle. Meiner Auferstehung steht nichts im Weg, außer es kommt nicht genug Wind auf. Jeder starke Wind, ob Wut oder Sorgenwind, ist ein Satanswind. Im Angesicht Luzifers ist die Figur niedergekniet. Sie ist glühend heiß geworden und hat sich in meinen Oberschenkel eingebrannt. Mich ekelt vor ihr, ich möchte sie loswerden, sie ist aber Luzifers Zecke und hat sich mit Blut vollgesaugt, würde ich sie aus dem Fleisch reißen, bliebe der Kopf stecken und es setzte eine teuflische Gehirnwäsche ein. Hat sie sich vollgesogen, wird sie von alleine abfallen. Ihr Saugen aber nimmt kein Ende, und so wird sie größer und größer, ich nenne sie jetzt Luzifers Jesuszyste, sie entwickelt ein Doppelkinn, saugend schaut sie mich unentwegt an, bis ihr die unkontrollierte Zunahme zu viel zu werden scheint, ihr Körper ist jetzt ganz starr und dehnt sich in seiner Starrheit weiter aus, während ihre flinken, von der Ausdehnung ausgenommenen Augen Mitleid erheischen. Das gelänge ihnen auch tatsächlich, würden sie nicht mit demselben Lidschlag signalisieren, über die kolossale Ausdehnung belustigt zu sein. Jetzt ist die Zystenzecke abgefallen, und ich frage nicht, mein Jesus, mein Jesus, warum hast du mich verlassen. Jesus ist ja

349 Michael Lentz: *Schattenfroh*, a. a. O., S. 234–235.

nur von meinem Oberschenkel abgefallen, ich habe ihn ja noch. (...) Die Chimäre ist mittlerweile ganz kalt, ich kann ihre Finger brechen, dünne vertrocknete Zweige, ihr rechter Daumen fällt bei der kleinsten Berührung ab, jetzt habe ich ihre ganze Hand in der Hand, fünfzehn Minuten sind vergangen, zeigt die Domuhr an, (...) Ruprecht, die Alraune, der Nachzehrer, ist erloschen, er hat mich ausgezehrt, bis er Platz fand in mir, die Dornenzweige seines Schwanzes haben sich fest um das Buch gezogen, das nun unlesbar geworden ist.«[350]

In einer der Früchte, die er essen muss, findet der Ich-Erzähler den kleinen mit der Fräse bearbeiteten »Milchzahnjesus«[351] der Mutter, der zu Luzifers »Zystenzecke« wird, in seinen Oberschenkel eindringt, sich vollsaugt und als »Jesuszyste«[352] von ihm abfällt. Diese Figur, mit der autobiographische Kindheitserinnerungen verbunden sind, thematisiert in einem Gespräch mit dem Ich-Erzähler die »weiße Kammer« der Kindheit vom Anfang des Romans, während Ruprecht langsam in den Ich-Erzähler hineingewachsen ist, ihn von innen ganz ausfüllt:

»... du bliebst in deiner weißen Kammer mit ihren ganz glatten weißen Wänden, auf die du mit deinen Augen jedwede Vorstellung projizieren konntest, indem du so lange auf sie gestarrt hast, bis die Bilder kamen.«[353]

Diese selbstreferentielle Wiederaufnahme des Halluzinationsmotivs könnte ein Hinweis darauf sein, dass der Ich-Erzähler diese metonymisch für Projektion stehende Kammer nie verlassen hat und dass auch die lange narrative Ekphrasis von Hieronymus Boschs *Das Jüngste Gericht* eine bloße Projektion ist.

350 Michael Lentz: *Schattenfroh*, a. a. O., S. 242–243.

351 Michael Lentz: *Schattenfroh*, a. a. O., S. 241.

352 Michael Lentz: *Schattenfroh*, a. a. O., S. 242.

353 Michael Lentz: *Schattenfroh*, a. a. O., S. 246.

»Du wirst jetzt alle Früchte auf einmal essen, sagt Ruprecht. Und ich esse alle Früchte auf einmal. Da höre ich hinter mir eine laute Stimme wie von einer donnernden Kartaun, und die Stimme spricht: ›Was du siehst, schreibe in ein Buch und gib mir das Buch.‹ Und ich wandte mich um, die Stimme zu sehen, die mit mir redete, und als ich mich umwandte, sah ich eine Gestalt aus Mensch und Tier, vom Menschen allein der Kopf, Rumpf und Glieder eine Mixtur kriechender und fliegender Wesen.«[354]

Mit dieser Beschreibung einer hybriden Gestalt hat ein Bildwechsel hin zu Boschs *Johannes auf Patmos* stattgefunden. Nicht aber Johannes ist zunächst Gegenstand der Ekphrasis, erzählt wird die Offenbarung dieses merkwürdigen Wesens, das allem Anschein nach darauf aus ist, ein mit der Bibel konkurrierendes Buch zu schreiben mit dem Titel *Schattenfroh*, darin er, offensichtlich unter dem Einfluss von Drogen, herbeizitierte Worte der Bibel auf sich selbst bezieht:

»Wenn das menschliche Haupt auf dem Rumpf einer Kakerlake säße, bleich und mit einer Brille versehen, von den verhangenen Schultern gingen nach oben possierliche Händchen und nach unten viel zu große Insektenflügel ab, und garstig geschwärzt unten zum Gekko liefe das Kapuzenmännlein aus, könnte man sich da das Lachen verbeißen? Ja, die Beschreibung erzeugt bloß ein Phantom, das sich von Angesicht zu Angesicht aber zu seiner wahren Gestalt erhebt. ›Was in Kürze geschehen muss‹, plappert die Gestalt. Mein Schweigen spornt sie zu weiterem Reden an. ›Würdig bin ich, der geschlachtet und aus vielem wieder zusammengesetzt worden ist, zu empfangen die Macht und Reichtum und Weisheit und Stärke und Ehre und Herrlichkeit und Lobpreis.‹ Ganz mechanisch klingt die Stimme, sie gehört nicht der Kakerlake und nicht dem Menschenkopf, dem der Kehlkopf fehlt. ›Was in Kürze geschehen muss‹, wiederholt die Stimme. Ob ich mit

354 Michael Lentz: *Schattenfroh*, a. a. O., S. 246 f.

ihr rede oder nicht, was macht es für einen Unterschied? ›Ich bin dein Mitknecht, und derer, welche die Worte dieses Buches bewahren. Versiegle nicht die Worte der Weissagung dieses Buches! Denn die Zeit ist nahe.‹ Während sie spricht, krabbelt sie einige Zentimeter nach vorne und wieder zurück. Als bilde sich ein Nervensystem in ihr aus, das Signale an die Extremitäten schickt, deren Reaktion das Funktionieren des Systems überprüfbar macht. Auch die Stimme und das Atmen sind Effekte des Nervensystems. Bei dem, was sie sagt, ist die Gestalt ganz unbeteiligt. ›Mein treuer Zeuge, der getötet wurde bei euch, wo der Satan wohnt‹, sagt sie. Der Satan wohnt hinter mir. Und wer ist getötet worden? Wie ein Sprachautomat spuckt die Stimme in der Gestalt einzelne Sätze aus: ›Ich weiß, wo der Thron des Satans ist.‹ Und jetzt ist der Sprachautomat kaputt: ›ho on kai o än kai ho er cho me nos.‹ Das schreibe ich so auf, wie ich es höre. Und weiter redet der Apparat: ›mio sono, aachen kao, eh ohr kino ohne ohr, omi so kino, aachen kao, kimono on rio, hohes aachen kao, o kairo, hohes kino, aachen mono, orion, hohes aachen, omo kokain.‹«[355]

Hieronymus Bosch: *Heiliger Johannes der Evangelist auf Patmos*

Niemand, der Ich-Erzähler, sieht sich nun als Johannes, wie ihn Hieronymus Bosch gemalt hat:

»Ich sitze auf einem Stein in einem wallenden rosafarbenen Gewand, das seine Falten in sieben akkuraten Stufen wirft. Kein Recht kann ich sprechen, also steht mir die Richtergebärde nicht zu, und ich setze Bein wieder neben Bein, anstatt sie übereinandergeschlagen zu lassen, auf dem rechten Bein belasse ich den Ellenbogen, Kinn und

355 Michael Lentz: *Schattenfroh*, a. a. O., S. 247–248.

Wange sollen sich jedoch nicht in meine Hand schmiegen. Was du hörst, schreibe in ein Buch, sagt eine laute Stimme wie von einem Schofar.«[356]

Und auch die Visionen, die Anlass sind für die Offenbarungen des Johannes, erlebt der Ich-Erzähler, der, möglicherweise drogeninduziert, über Reinkarnations- bzw. metempsychotische Fähigkeiten zu verfügen scheint:

»Und da erscheint am Himmel eine Frau mit Kind, mit der Sonne bekleidet, und der Mond unter ihren Füßen und auf ihrem Haupt eine Krone mit zwölf goldenen Sternen. Wer-ist-wie-Gott hat Luzifer, den Drachen mit den sieben Häuptern, auf die Erde geworfen und dabei diese zwölf Sterne gerettet, die Luzifer vom Himmel abräumen wollte wie all die anderen Sterne. Es ist ein Drittel finsterer seitdem. Die Frau wurde mit ihrem Kind schließlich an den Himmel versetzt, und so hat der Drache das Kind der Frau nicht verschlingen können, nachdem er ihr bis in die Wüste nachgesetzt hat. Vom Himmel zur Erde, da ist Luzifer verbrannt, und nun ist er ganz eingeschwärzt. Er schämt sich seiner Größe und seines Aussehens, auf seine sieben Kronen, die mit ihm auf die Erde fielen, hat er schweren Herzens verzichten müssen, wie sollte er sie auch tragen, er würde in einer ganz verschwinden, dass man ihn nicht mehr von einem Staubkorn würde unterscheiden können, aus eigener Kraft könnte er nicht mehr aus ihr herauskrabbeln, denn fliegen ist ihm trotz seiner Flügel nicht gegeben. Wer nun aber glaubt, es ginge keine Gefahr mehr aus von Luzifer, der wird sich getäuscht sehen. Der Streit darüber, ob es ihn gab und gibt, und wenn es ihn gibt, ob er nicht eine lächerliche Erscheinung ist, die Gott in Schach halten werde, damit sie ihm nicht ins Schriftwerk pfuscht, wird die Erde in Flammen setzen, denn Gottes Wächter werden ununterbrochen Gottes Wort überprüfen, ob sich nicht schon Abwei-

356 Michael Lentz: *Schattenfroh*, a. a. O., S. 248.

chungen eingeschlichen haben, die Teufelswerk sind, und auch die Auslegung der anderen Wächter ist jedem Wächter Teufelswerk. Wer aber ist das Knäblein, auf das der Drache es abgesehen hatte und das die Frau schützend bei sich hat?«[357]

Niemand kann sich nicht sicher sein, dass die Stimme als Schrift, die er aus dem Schofar als aus dem Munde eines Engels hört, der nur als Medium für die Frau mit dem Kind fungiert, und die er in sein Buch aufzeichnet, nicht die Luzifers ist, der sich der Frau mit dem Kind bemächtigt hat. Und durchaus wohnt der Stimme, solchermaßen »zweischneidig« empfunden, ein Distanzmoment inne. Das Geschriebene, so die Stimme des vermeintlichen Engels, müsse zurück in das dem Vater aus dem Bild entwendete Buch, um den Vater aus der schwarzen Seite zu befreien. Schreiben sei allein Eingebung, die auf Hören basiere; das Hören lasse sehen, auch im Sinne des Erkennens. Der Ich-Erzähler hört also die Bilder in *Schattenfroh*:

»Das Schofar ist ein Engel, und aus dem Mund des Engels geht ein zweischneidiges, scharfes Schwert hervor. Mit diesem Schwert vermittelt der Engel die Worte der Frau mit dem Kind. Und das Schwert bedeutet Herrschaft, göttliche Gerechtigkeit und Gewalt. Es gilt das Schwertwort. Ich denke sehr ernsthaft darüber nach, dass mir nun diese Frau mit Kind die Feder führt, von einem Engel vermittelt, der ihre und meine Sprache spricht. Und ich schreibe, was sie durch den Engel spricht, mit der Feder in mein bereits geschriebenes Buch, dessen unsichtbare Schrift ich lesend schreibend sichtbar mache. Ich frage den Engel, ob ich nicht auch schreiben solle, was ich sehe, und wem ich das Geschriebene schicken solle. Da antwortet der Engel, ich solle schreiben, was ich höre, denn mir werde eingegeben, was ich sehe, nichts sähe ich, als was ich nicht hörte. Das Geschriebene aber solle ich zurück in das Bild meines Vaters schicken, von wo ich es

357 Michael Lentz: *Schattenfroh*, a. a. O., S. 248–249.

entwendet hätte. Dann würde mein Vater aus der schwarzen Seite wiederauferstehen und gerecht zu mir sein. Ich glaube dem Engel nicht, dem Offenbarungs- und Deuteengel. Wie denn kann ich sicher sein, dass der Engel richtig übersetzt und nicht eigenmächtig handelt?«[358]

Der Niemand als Johannes erscheinende Engel weiß zwar um die Gefahr Luzifers, der in metamorphotisch wechselnder Gestalt erscheint. Eine »gute Beschreibung banne das Beschriebene«, also solle Niemand ihn »noch einmal, dieses Mal jedoch wahrhaft und präzise beschreiben, denn gut beschrieben müsse das Beschriebene nicht noch einmal angesehen werden«.[359] Und so unternimmt Niemand eine wahrhafte und präzise Beschreibung Luzifers – die ihn jedoch allererst ins Leben ruft, indem sie ihn nach dem Prinzip Enárgeia ekphrastisch verlebendigt:

»Einen guten Meter entfernt zu meiner Linken, im Halbschatten gegen eine Bruchmulde des Felsens lehnt eine kümmerliche Gestalt, nicht Tier, nicht Mensch. Das ist Luzifer. Das Unsichtbare zu sehen, sind ihm stîgę und wege verwehrt, untriuwę lauert im Hinterhalt, fridę und reht sind todwund. Aus Luzifer dem Zanner ist ein blasses, wahrlich nicht besinnlich dreinschauendes Kapuzenmännlein geworden, eine an den Rand gedrängte Drolerie mit dem Schwanz eines kleinen schwarzen Schuppenkriechtiers, das am Tage unsichtbar bleibt, und den Hinterbeinen einer Heuschrecke oder Echse. Der Oberkörper ist der eines Insekts, anstelle von Schlüsselbein und Schultern hat die possierliche Figur ein für die Gesamterscheinung viel zu großes Flügelpaar. Damit nicht genug, sitzt oben auf der menschliche Kopf zwischen zwei handbekrönten Höckern, die Hände so in die Höhe gereckt, als würde die Figur mit einer Schusswaffe bedroht. Die Höcker sind mit dunklem Pelz besetzt und haben die Form von Ameisenhügeln.

358 Michael Lentz: *Schattenfroh*, a. a. O., S. 249.

359 Michael Lentz: *Schattenfroh*, a. a. O., S. 250.

Die possierlichen pechschwarzen Händchen sind die eines Geckos, der bei Licht in Mauerritzen oder hinter die Gardine verschwindet. Auf dem Kopf sitzt ein Flammentopf, das kärglich glosende Höllenfeuer, das den Kopf so ausgemergelt macht vor Selbstverzehr, so spitznasenmündig dreinblickend, als wäre der arme Teufel aus der Hölle ins Exil mit Aussicht auf Himmel verbannt worden und habe nur den Topf noch als Wahrzeichen seiner Abkunft. Der Blick zum Himmel ist ihm allerdings verstellt, und so hat er sich wohl alsbald entschieden, seine das Gesicht so fahl machende Gier auf Dinge am Boden zu richten. Die Brille zeigt es an, die Gestalt will ein Ovid sein, will Johannes spielen, allein es fehlt ihm am Kritzekratze und dem für die Schrift nötigen Blut. Sind die Erscheinungen des Himmels unerreichbar, sitzend bin ich noch mehr als doppelt so groß wie er, ist ihm mein Gewand Horizont und Himmel, und er sieht immer rosa Wolken, Hügel und Täler, was ihn schnell schon kindlich ermüdet haben dürfte. Ich habe ihm einen Crauwel an den Fuß des Felsbrockens gestellt, eine riesige, dreizackige Küchengabel, wie sie zum Zubereiten von Fleisch Verwendung findet, aber auch als Folterwerkzeug seine Dienste tut. Der Umgang mit diesem Werkzeug ist dem kleinen Luzifer vertraut, mit ihr trat die Ratte in den Torbogen, als hielte sie die Ferula. Kein Kreuz und keine Krümme trägt die Ferula Luzifers, ihre drei gekrümmten Zinken sind die erdzugewandte Version des dreibalkigen Kreuzes. Mit der Gabel fing Luzifer die Sünder, die ja nichts sind als Fleisch, und warf sie in die Glut. Das Crauwel hat die Gestalt fest im Blick, um mit ihr mein Schreibwerkzeug zu angeln, das scheinbar achtlos vor mir auf dem Boden liegt, mit ihren auf den Ameisenhügelstümpfen aufgesteckten Händchen wird sie es allerdings kaum zu greifen wissen, müsste sie sich zu diesem Zwecke doch stark nach vorne beugen und blindlings nach der Gabel tasten, die fehlenden Arme verbieten es den Händchen, anderes zu tun, als sich zu ergeben oder ergeben zu winken. Ihre Schmach scheint doppelt, jede Imposanz hat Luzifer eingebüßt, die Insignien seiner Macht kann er nicht bedienen. Und doch macht ihn sein Bodenblick nicht ungefährlich. Der Himmel hat mir einen Adler geschickt, der ihn stets im Auge behält. Der Adler sagt der Kreatur, dass Jesus auferstanden ist. Die Kreatur schenkt dem Tier keine Beachtung. Täte sie es, müsste sie das Kreuz anerkennen, das die Päpste an die Stelle des Adlers setzten, der Jupiters Zepter krönte. Wer will dem Adler schon die Luft reichen? Er ist überwachen Auges und bemerkt die kleinste Regung. Ich habe der Gestalt den Rücken zugekehrt und vertraue auf den Adler, dass er im entscheidenden Moment das Tintenfässchen und den Nachfüllkolben vor dem Zugriff des Hybriden zu sichern weiß. Dauernd will er etwas aufschreiben, der Teufel, er ist zum Stubenhocker verkommen, und die Stube hat ihn so blass gemacht. Er ist beständig auf der Suche nach hitzebeständigem Material, das seine Schrift konserviert und unempfindlich gegen das Höllenfeuer macht. Seinen alternativen Schöpfungsplan hat er noch nicht zu Papier gebracht, da er noch kein Papier erfunden hat, das allen Bränden der Welt widersteht. Er ist auch kein Erfinder. Er ist eher der Kuckuck unter den Engeln, der Parasit, Unterwanderer, Aneigner, Fremdbestimmer.«[360]

Selbstredend spricht Luzifer mit falscher Zunge, wenn er eine von Moshe Idel als »nomisch« bezeichnete Technik der Herabrufung bzw. des Herabziehens Gottes proklamiert, die nach kabbalistischer Vorstellung zur mystischen Vereinigung mit Gott dient,[361] das Herabziehen Gottes mittels Konsonanten nun aber dazu instrumentalisiert, ihn zu »zermalmen«. So heißt es in einer von Idel zitierten Sammlung von

360 Michael Lentz: *Schattenfroh*, a. a. O., S. 251–253.

361 Moshe Idel: »Die laut gelesene Tora. Stimmengemeinschaft in der jüdischen Mystik«, in: Friedrich Kittler, Thomas Macho, Sigrid Weigel (Hg.): *Zwischen Rauschen und Offenbarung. Zur Kultur- und Mediengeschichte der Stimme*. Berlin: Akademie Verlag 2002, S. 19–55.

Spruchweisheiten aus dem Kreis des *Großen Maggid* mit dem Titel ›*Or ha-‹ Emmet*, »Gott hat sich gleichsam in der Tora zusammengezogen. Wenn jemand einen anderen beim Namen ruft, so legt dieser seine Arbeit beiseite und antwortet dem, der ihn gerufen hat, denn so zu handeln zwingt ihn sein Name. So hat sich Gott gleichsam in der Tora zusammengezogen (Zimzum gemacht, M. L.), und die Tora ist sein Name und wenn jemand die Tora ruft, dann zieht man den Heiligen, gelobt sei er, zu uns herab, denn Er und Sein Name bilden mit uns eine gesamte Einheit.«[362] Vielleicht dienen die skribentischen und kryptographischen Zeichen des Buches *Schattenfroh* Luzifer dazu, Gott in seinem Sinne herabzurufen, und in *Schattenfroh* sind sie nur vordergründig narrativ verlinkte Schriftbilder, deren Opazität den Leser im Unklaren über ihre wirkliche Bestimmung lassen soll. Analog zum Verhältnis von Gott und Tora wäre denkbar, dass Luzifer alias Schattenfroh sich im Buch *Schattenfroh* zusammengezogen hat:

»Das Alphabet ist also die Materie, die Luzifer am meisten beschäftigt, es müsse ein Alphabet erfunden werden, das am besten geeignet sei, Gott herabzurufen, in dessen Gewalt es nicht stehe, nicht herabzukommen. Bevorzugt an den Konsonanten bleibe Gott hängen, die alles zwischen sich zermalmten, Konsonanten erklingen nicht, sagt die Gestalt, sie zermalmen. Vokale seien nur am Ende ihres kurzen Lebens brauchbar, kurz vor ihrem Verhauchen, wenn der Atem ausginge, dann knattern und knatterten sie, und ihr widerhakendes Geräuschband schleppe Gott mit.«[363]

Verglichen mit ihrem großartigen Projekt, ist Luzifer in der Gestalt, in der er sich dem Ich-Erzähler präsentiert, geradezu jämmerlich:

»Luzifer ist eine zu groß gewordene Schabe, eine verunglückte Kakerlake, die sich für ihren Unterkörper ein Ersatzteil besorgt hat. Ein

362 Zitiert nach Moshe Idel: »Die laut gelesene Tora«, a. a. O., S. 19–55, hier S. 37.
363 Michael Lentz: *Schattenfroh*, a. a. O., S. 254.

riesiger Knopf hält ihre Kapuzenjacke zusammen, mit ihren für den Körper viel zu großen Flügeln wird sie sich keinen Millimeter über den Boden erheben können.«[364]

Die Aufmerksamkeit verlagert sich im Verlauf der narrativen Ekphrasis von Luzifer zum Ich-Erzähler selbst, der im Jesu-Kind seiner Mutter Maria sich selbst bzw. in dessen Stimme das »Gebrabbel« seiner eigenen Kindheit wiedererkennt. Der Engel ist ein Medium der Mutter, das die Stimme der Kindheit zum Schweigen bringen soll:

»Ich sehe hinab auf ein Tal. Jenseits des Tales, das sich von hier aus etwa dreihundert Meter in die Ebene erstreckt, fließt ein Fluss, der mehrere kleine, wohl unbewohnte Inseln umspielt, es könnte auch eine Meeresbucht mit vorgelagerten Inseln sein, die Bucht ist recht lang und dient als Naturhafen, einige größere und kleinere Schiffe sind zu erkennen, Fischereiboote, Vergnügungsfahrten, die Geschäftigkeit überrascht und verstört mich, ich setze mich wieder auf den Stein, schon entschwindet diese Welt, und ich kann mich wieder auf die den Raum, das Blatt zerteilende Diagonale Mutter mit Kind – Engel – ich – Luzifer konzentrieren. Ich weiß jetzt, warum der Mund der Frau sich nicht bewegt. Es ist das Kind, das redet, ich höre das Gebrabbel meiner Kindheit, ich selbst bin das Kind, und der Engel redet nur, um dieses Kind zu übertönen; kann der Engel etwas nicht übersetzen, schweigt er. Es ist also davon auszugehen, dass dieser angelus interpres, der sich als Offenbarungsengel getarnt hat, von meiner Mutter dazu berufen wurde, die Stimme der Kindheit zum Schweigen zu bringen, die sie in ein schlechtes, ein unvorteilhaftes Licht rücken könnte.«[365]

364 Michael Lentz: *Schattenfroh*, a. a. O., S. 256.

365 Michael Lentz: *Schattenfroh*, a. a. O., S. 257–258.

Theo Champion:
Rheinlandschaft

In die auf dem Bosch-Bild *Heiliger Johannes der Evangelist auf Patmos* zu sehende Landschaft im Hintergrund des Ich-Erzählers alias Johannes projiziert Niemand das Bild *Ebene* (1937) von Theo Champion. Die Johannes auf Patmos alias Niemand durch den offenbarenden Engel erscheinende Frau mit Kind wird zu einer Pièta unter metamorphotischen Veränderungen: Die Mutter am Himmel, ausdrücklich als »gemalt« bezeichnet, wird zum Sinnbild ihres eigenen Todes; Niemand, ihr Kind, ist ein Filius doloroso, der den Tod der Mutter durch seine immerwährende Verschriftlichung gegenwärtig hält. Schreiben wird so zum Sinnbild der Melancholie:

»Ich meine, am Horizont eine Kirche oder Kathedrale und einen großen Wasserturm gesehen zu haben, und hinter mir einen Olivenbaum, allerdings ist der Stamm des Baumes für einen Olivenbaum zu hoch und dünn, die Form seiner Krone ließe eher auf einen Ahorn schließen, wogegen zwei Sachverhalte sprechen: Die Krone des Ahornbaums hat nicht die Form eines Ahornblattes; Ahorn ist mir all die Jahre, die ich hier auf der Insel verbrachte, nicht begegnet. Je länger ich mir diesen Baum vorstelle, desto klarer steht er mir mit allen Einzelheiten vor Augen. Zwei Vögel sitzen auf seinen Ästen, ein Specht dicht unterhalb der ausgelichteten Krone, ein Rabe in ihrer Mitte. Ein zweiter Rabe, oder sind es beides Adler?, fliegt den Baum soeben an. Der Baum wirkte zum Greifen nah und war doch mit seiner hohen Krone unendlich fern. Als würde er zum Wasser hin gewachsen sein, überaus gerade im Wuchs des Stammes, doch mit extremer Schräglage, als gälte es, vor etwas zu fliehen, die wertvolle Krone in Sicherheit zu bringen oder mit dem Engel und der Frau mit Kind Kontakt aufzunehmen. Oder einfach nur die Erdkrümmung zu demonstrieren. Wären nicht Hügel und Felsbruch, könnte sich die geschilderte Szene in der *Rheinlandschaft*[366] bei Düsseldorf zutragen, und aus meiner Mutter, der Frau, die in der Ferne in einem roten Mantel spazieren geht, ist die Frau mit Kind am Himmel geworden, das Kind bin ich, einst und jetzt, ich trage einen roten Mantel, der in der Sonne ausgeblichen ist. Der Tod meiner Mutter ist in den Himmel gemalt, und ich schreibe ihn immerzu auf. Die kleine Kreatur sehnt sich geradezu nach melancholischen Stimmungen, so hat sie wenigstens Teil an meinen Entbehrungen.«[367]

Das Verbot des Sich-Umdrehens aus dem Mythos von Orpheus und Eurydike aufnehmend, dem schon der Strafakt des In-den-Himmel-Setzens entnommen ist – anstelle des Sängers und seiner Geliebten hier die Mutter und ihr Kind –, identifiziert der Ich-Erzähler mit Hilfe des Buches *Schattenfroh* als seines eigenen Buches der Offenbarung die Ebene bzw. das zuvor als rheinische Ebene erinnerte Tal, das sich hinter ihm befindet und auf das der Hügel und der auf diesem stehende Offenbarungsengel ihm die Sicht versperren, als »Gehenna, Hinnomtal, Tal des Tötens«, das »verwünschte Tal der Verwünschten bis in Ewigkeit. Hier sollen versammelt werden alle, welche ausstoßen mit ihrem Munde ungeziemende Reden gegen Gott, und widrige Dinge sprechen von seiner Herrlichkeit.«[368]

Hieronymus Bosch: *Das Jüngste Gericht (II)*

Mit dem Ausblick auf die Gehenna endet die Ekphrasis von *Heiliger Johannes der Evangelist auf Patmos* und seiner bildlichen Ein- bzw. Überblendungen, die Blickrichtung geht zurück auf den rechten

366 Theo Champion: *Rheinlandschaft* (1936) Gemälde, Öl, 16,8 × 27,3 cm.
367 Michael Lentz: *Schattenfroh*, a. a. O., S. 258–259.
368 Michael Lentz: *Schattenfroh*, a. a. O., S. 259.

Flügel von Boschs Triptychon *Das Jüngste Gericht*. Die drogenartige Wirkung der Früchte lässt nach, es öffnet sich ein Vorhang, die »Kakerlake mit bebrilltem Menschenkopf und dem Unterleib eines Gekkos hat sich zur Ratte zurückverwandelt«,[369] die »wieder im Torbogen des merkwürdigen Wüstengebäudes steht, das auf seinem offenen Dach ein rotes Zirkuszelt trägt, dem eine trichterförmige Öffnung als Kuppel aufgesetzt ist.«[370] »Es gibt mich fünfmal, und fünf Stationen hat mein Kreuzweg. Er geht im Kreis«, stellt der Ich-Erzähler fest. Niemand sieht sich »in fünffacher Ausfertigung an allen anderen Stationen gleichzeitig«: »Steht der rote Flügel auf 11 Uhr: Aufstieg, um 12 Uhr folgt die Verbrennung, der Abstieg beginnt um 14 Uhr, steht der rote Flügel auf 17 Uhr, steht die Durchbohrung mit einem Schwert unmittelbar bevor, um 19 Uhr fängt die Lesung mit Urteilsverkündung an. Meiner Auferstehung steht nichts im Weg, außer es kommt nicht genug Wind auf.«[371]

Für diesen Kreislauf von Tod bzw. Tötung und Auferstehung, hier ganz im mechanischen Sinne der Flügelrotation einer Windmühle, findet Niemand ein aphoristisches Deutungsmuster fortwährender Genesis und ihrer rekursiven Addition im Sinne eines wechselseitigen Einbegreifens von Welt und Schrift/Text: »Erst kommt die Schrift, dann kommt die Welt, dann kommt wieder die Schrift.« Dieses Modell könnte man fassen als den Dreischritt Urtext – Schöpfung – Auslegung oder Mythos – Bild – Ekphrasis. Liegt vor Niemand, wie er sagt, »das aufgeschlagene Buch« – das Buch *Schattenfroh*, Totenbuch und Buch der Welt –, so deutet das darauf hin, dass das gedeutete und zugleich auch deutende Bild aus der Schrift hervorgeht – ob als physisches Bild oder innere Vorstellung, und dieses physische Bild oder die

369 Michael Lentz: *Schattenfroh*, a. a. O., S. 261.

370 Ebd.

371 Ebd.

innere Vorstellung sind die Welt – und dass diese Welt als Bild wieder eingeht in die Schrift.

Henoch, Hekhalot. Die Himmelsreise

Von der Hölle aus unternimmt der Ich-Erzähler schließlich eine Himmelsreise à la Henoch und Hekhalot. Die spätantike Merkaba-Mystik (Merkava) des göttlichen Thronwagens, wie er in der Vision des Ezechiel überliefert ist[372] und aus der sich die Hekhalot-Literatur mit ihrer Vorstellung der sieben Himmelspaläste entwickelte, wird in *Schattenfroh* zu einer Reise des Ich-Erzählers zum Thron des Vaters durch sieben Vorzimmer. Die den sieben Zimmern vorstehenden sieben Damen entsprechen den sieben Torwächtern, die den sieben Palästen (Hekhalot) vorstehen.[373]

Die schwarze Seite[374] in *Schattenfroh* wird im Rahmen dieser Thron-Reise als der Vorhang (pargod) gedeutet,[375] der vor den Thron Gottes (Merkava) gehängt ist: »Vater ist von mir nicht aus dem Paradies vertrieben worden, er hat sich in sein Paradies hineinbegeben, in die unlesbare, ganz aus Schrift bestehende Seite eines Buches, das ununterbrochen zu schreiben mir aufgenötigt wurde, und die Kryp-

372 Hesekiel 1,4: »Und ich sah: Und siehe, ein Sturmwind kam von Norden her, eine große Wolke und ein Feuer, das hin- und herzuckte, und Glanz war rings um sie her. Und aus seiner Mitte, aus der Mitte des Feuers, strahlte es wie das Funkeln von glänzendem Metall.« Zit. nach *Elberfelder Bibel.*

373 Zum Komplex des Hekhalot und der Merkava siehe Peter Schäfer: *Der verborgene und offenbare Gott: Hauptthemen der frühen jüdischen Mystik*. Tübingen: Mohr Siebeck 1991.

374 Michael Lentz: *Schattenfroh*, a. a. O., S. 187. Eine zweite schwarze Seite mit ›schütteren Stellen‹, die das Papier durchlässig machen, findet sich auf S. 189.

375 Michael Lentz: *Schattenfroh*, a. a. O., S. 275 u. a.

togramme, die ihm, ganz dicht aneinandergeknüpft, als Vorhang dienen, sind Viren in meinem Text, so auch jetzt. Wie kann ich ihm das Buch bringen, wenn er im Buch gefangen ist?«[376]

Im siebten Zimmer angekommen, gibt die Vorzimmerdame den Blick frei auf »einen Vorhang, der ein Stück Himmel zeigt, das zu einem großen blauen Sessel ganz aus Eis geformt ist, unter dem Feuer züngelt. Das Eis wird vom Feuer nicht verzehrt, das Feuer vom Eis nicht gelöscht. Der Sessel ist nicht besetzt. Schrift erscheint auf dem Vorhang: ›Da du mich nicht aus der schwarzen Seite befreien kannst, habe ich dich hinweggenommen und wandle mit dir im Himmel. Anders als Honech, der dich führte, wirst du dich nicht frei zwischen Himmel und Erde bewegen können, du wirst eingehen in meinen Vorhang, der von Außen ganz Finsternis, im Inneren aber ganz Licht ist. So ist die Finsternis allein dazu da, das Licht um mich her erstrahlen zu lassen, dass niemand, der mich anzuschauen versuchte, dies überleben würde. Heißt du nicht Michael? Du kannst als Einziger durch den Vorhang hindurchgehen und vor mich treten, der ich auf meinem wahren Thron sitze.‹ «[377]

Der Einstieg in den Wandteppich

Der Himmelsreise vor den Thron des Vaters schließt sich, nach seinem rituellen Tod durch den Vater, die Rückkehr des Ich-Erzählers in die Zelle an, die sich augenblicklich in das Büro des Vaters verwandelt. Das Büro erweist sich für den Sohn als eine hybride Heterotopie des Vergangenen der eigenen Kindheit und des Gegenwärtigen, die sich

376 Michael Lentz: *Schattenfroh*, a. a. O., S. 267.

377 Michael Lentz: *Schattenfroh*, a. a. O., S. 273–274.

in Erinnerungen, einem Diktiergerät mit der Stimme des Vaters und u.a. einem Wandteppich manifestiert. In einem Diktat, das der Sohn abhört, beschuldigt der Vater seinen Sekretär Peter Ozianon alias Antonio alias Mateo der Illoyalität, immerhin aber hat er ihm den Kauf des »Leintuch(s) aus dem Heiligen Grab« vermittelt.

Im oberen Bildbereich, gewissermaßen am Himmel schwebend, ist auf dem Wandteppich von links nach rechts mit den für die Geschichte der Stadt Düren so wichtigen Jahreszahlen 748[378], 1543[379], 1644[380] und 1944[381] eine Zeitachse zu sehen. Die Jahreszahlen sind farblich kodiert, so lässt sich die orange »1944« im schwarzen Viereck als brennende Stadt deuten. Der räumliche Abstand zwischen den Jahreszahlen ist ihrem historischen Abstand nicht analog.

Kurz nachdem Niemand in den Wandteppich im Büro seines Vaters eingestiegen ist – wie schon Lancelot in die von ihm selbst gemalten Bilder eingetreten ist[382] –, entwendet er dem Prager Künstler Wenzel Hollar den Stadtplan, an dem dieser, so die Situation auf dem Wandteppich, dessen einziger Protagonist Hollar ist, augenblicklich noch arbeitet. Dabei sitzt er vor den chronotopisch ausgefalteten Stadtkulissen von 748, 1543, 1644 und 1944, die ineinander übergehen und die gesamte Mitte des Teppichs einnehmen. Neben dem Dürener

378 Erstmalige urkundliche Erwähnung Dürens.

379 1. Zerstörung am 24. August durch Großbrand infolge Beschießung und Plünderung kaiserlicher Truppen Karls V.

380 Verdrängung der Hessen aus Düren durch Graf Christian von Nassau-Siegen und Oberst Mandelslo. Abermalige Kämpfe mit den Hessischen Heeren.

381 Fast völlige Zerstörung am 19. November 1944 durch einen alliierten Luftangriff.

382 Vgl. Horst Wenzel: *Hören und Sehen, Schrift und Bild: Kultur und Gedächtnis im Mittelalter.* München: C. H. Beck 1995, S. 317; Haiko Wandhoff: *Ekphrasis*, a.a.O., 293.

Stadtplan von 1634 wird in *Schattenfroh* auch ein Selbstporträt Hollars zum Gegenstand einer Ekphrasis.[383]

Niemands Einstieg in den Wandteppich ist die Rahmenerzählung sämtlicher Episoden, die sich in *Schattenfroh* um das Jahr 1525 innerhalb und außerhalb der von einer Mauer umgebenen mittelalterlichen Stadt »Duria« (d. i. Düren) ereignen – am 27. Mai 1525 wird der Ich-Erzähler als Thomas Müntzer hingerichtet; insgesamt wird er, wie bereits thematisiert, in *Schattenfroh* dreimal hingerichtet. Der Stadtplan Wenzel Hollars von 1634 ist gewissermaßen das raumbildende Rahmenbild einer umfangreichen metadiegetischen Ekphrase, innerhalb der sich metametadiegetische usw. Erzählungen der Bilder von Hieronymus Bosch, Matthias Grünewald, Luca Signorelli, Michael Triegel und Jan Vermeer entfalten. Auch hier verstehen sich die ekphrastischen Narrativisierungen nicht als »Sprachrohr des Bildes«[384], vielmehr dienen die Bilder als Projektionsfläche autofiktionaler Projektionen.

Dem Ich-Erzähler zeigt der Plan den Weg zur fremden Stadt und ihren Toren und dient ihm zur Orientierung in ihr: »Ich lasse ihn (= Wenzel Hollar, M. L.) ruhig dasitzen, auf dem auch Sturmsberg genannten Grünen Berg, und will, den Plan in der Hand, von Osten auf die Stadt zugehen, sehe dann aber in der entgegengesetzten Richtung an einer Kreuzung die Bezeichnung ›Gotteshauß pfort‹ und rechts davon, gegen Norden, die Wörter über drei Felder verteilt, ›Gottes Hauß Lande‹. (…) Nach etwa fünfzehn Minuten gelange ich zu einer kleinen Kapelle, die im Gegensatz zur Pforte auf dem Plan zwar zu sehen, nicht aber eigens benannt ist. Die Kapelle steht links von mir einsam auf einer kleinen Anhöhe im Feld, die Pforte, ein bewachtes Tor, befindet sich rechts hinter ihr, die Straße geradeaus, an der Straßengabelung.«[385]

383 Michael Lentz: *Schattenfroh*, a. a. O., S. 315–318.

384 Monika Schmitz-Emans: *Die Literatur*, a. a. O., S. 4.

385 Michael Lentz: *Schattenfroh*, a. a. O., S. 293.

Die verschiedenen ekphrastischen Einschübe in diesem langen Kapitel von Niemands Aufenthalt in der mittelalterlichen Stadt Düren sind Verlebendigungen metadiegetischer Figuren »aus in der Diegese vorhandenen Gemälden und Fotografien«.[386] Hierbei können sich auch Mise-en-abyme-Effekte einstellen, wenn zum Beispiel ekphrastische Bilder in Bildern erzeugt werden wie in der Erzählung des fiktiven Komposit-Flügelaltars im Muttergotteshäuschen, innerhalb deren wiederum Bilder angeschaut werden – das historische Muttergotteshäuschen in Düren besaß nie einen Flügelaltar. So gibt es in der Erzählung der zum imaginären Flügelaltar gehörenden Bilder von Hieronymus Bosch und Matthias Grünewald jeweils Mutter-Episoden, die intertextuell aufeinander anspielen, auch wird die Wahrnehmung der Figuren und ihr Zugriff auf Wirklichkeitsausschnitte thematisiert.

Der Flügelaltar im Muttergotteshäuschen

Widerrechtlich in die Stadt gelangt, muss der Ich-Erzähler im Muttergotteshäuschen dem Torwächter der Stadtmauer in völliger Dunkelheit das Altartriptychon *als Bild* erklären. Hierbei bleibt offen, ob es im Muttergotteshäuschen des Romans einen solchen Flügelaltar überhaupt gibt. Seine Nichtexistenz würde die perfide Forderung des Torwächters auf die Spitze treiben. Beim namentlich nicht genannten Isenheimer Altar von Matthias Grünewald, dessen die Kreuzigung Jesu Christi zeigende erste Schauseite bzw. dessen erstes Wandelbild

386 Sonja Klimek: *Paradoxes Erzählen. Die Metalepse in der phantastischen Literatur.* Paderborn: Mentis 2010, S. 334–351, hier S. 336. Verlebendigung durch Handlungs-Anreicherung, assoziative Ableitungen oder zum Beispiel die Durchwanderung von Landschaftsbildern kannte schon Philostratos in seinen Bildern.

das Mittelbild des fiktionalen, aus Bildern von Hieronymus Bosch, Matthias Grünewald, dem Meister der Georgslegende und Michael Triegel zusammengesetzten Triptychons im Muttergotteshäuschen bildet, erlaubt sich der Ich-Erzähler nach einer längeren ekphrastischen Passage, in der unter anderem der lange Zeigefinger von Johannes dem Täufer als Geschlechtsteil und Schreibgerät beschrieben wird, von schlechter Malerei zu sprechen: »Bei alledem ist das Bild schlecht gemalt, dabei muss Heimatkunst gar nicht schlecht gemalt sein.«[387] Auch wird der Bildträger thematisiert: »In der Schrägsicht zerfällt die Tafel mit der überlebensgroßen Figur (= Jesus Christus, M. L.), die nur auf einer Leiter stehend zu meistern war, wieder in ihre 26 Lindenbretter, aus denen sie gefertigt wurde.«[388]

Obwohl als *Bild* also erkannt, sieht der Ich-Erzähler, das Darstellende für das Dargestellte nehmend, im dargestellten Fenster von Grünewalds Mitteltafel das *physische* Fenster, durch das er das Muttergotteshäuschen später wieder verlässt. Selbst dann also, wenn die Figuren des Romans *wissen*, dass sie es mit Bildern zu tun haben, die ihre Subjektivität als Betrachter affizieren und somit Bilderfahrung über die selbstreflexive Subjekterfahrung als Medialität konstituieren,[389] gehören konkretistisches Wörtlichnehmen auch des Nursichtbaren und metaleptisches Grenzüberschreiten, die störungsfreie Überwindung von Referenzrahmen und Grenzen der Wirklichkeits-

387 Michael Lentz: *Schattenfroh*, a. a. O., S. 298.

388 Michael Lentz: *Schattenfroh*, a. a. O., S. 302.

389 Über den Zusammenhang von Subjektivität, Medialität und Intermedialität siehe Oliver Jahraus: »Im Spiegel. Subjekt – Zeichen – Medium. Stationen einer Auseinandersetzung mit Velázquez' Las Meninas als Beitrag zu einem performativen Medienbegriff«, in Roger Lüdeke, Erika Greber (Hg.): *Intermedium Literatur. Beiträge zu einer Medientheorie der Literaturwissenschaft*. Göttingen: Wallstein 2004, S. 123–142.

bzw. diegetischen und medialen Ebenen, zu ihrem Repertoire auch immersiver Realitätsaneignung. Das Einreißen der »Grenze zwischen zwei Welten: zwischen der, in der man erzählt, und der, von der erzählt wird«[390], ist für den Roman *Schattenfroh* von besonderem Reiz.

Existiert für den Ich-Erzähler solchermaßen kein Bilderrahmen, der das Bild von seiner Umgebung auch im Sinne einer Geste abgrenzt, die auf die mediale Grenze verweist, so vollzieht er aus der Ekphrasis heraus eine metaleptische Immersion, so wie der Autor sich beim Betrachten der Bilder von Hieronymus Bosch oder Werner Tübke vor Ort wähnte. Das bloße Betrachten eines Bildes kann schon eine Transgression bedeuten:[391]

»Die Kapelle ist verdunkelt. Ich solle ihm sagen, was auf dem Altarbild zu sehen ist. Sollte ich das Bild falsch deuten, sei dies ein untrügliches Zeichen dafür, dass ich gelogen hätte und tatsächlich und verbotenerweise die Stadt mein Ziel gewesen sei. Für diesen Fall wäre die Frage zu klären, wie ich es unter Umgehung seines Postens geschafft hätte, mich der Stadt zu nähern, sei er doch einer der von der Stadt bestellten Abfangjäger, die dazu da seien, eine Gefahr für die Stadt frühestmöglich abzuwenden. Welche Strafe mich dann treffen werde, könne er nicht genau beurteilen, schlimmstenfalls würde ich die Lüge und die dahinterstehende Absicht mit dem Tode bezahlen. (…) Ob er nicht Licht machen könne, frage ich ihn, dann könnte ich das Bild wenigstens sehen. Das würde es ja viel zu einfach machen, sagt der Torwächter und klatscht in die Hände. Jedes Licht vermehrt die Finsternis, sagt er, ist es aber dunkel, leuchten die Farben umso kräftiger, je mehr man nur an das Wort Farbe denkt. (…) Was man auch

390 Gérard Genette: *Die Erzählung*. München: Wilhelm Fink ^{2}1998, S. 168 f.

391 Die Passagen aus *Schattenfroh* sind im Folgenden in gekürzter Version wiedergegeben.

sieht, sage ich, es läuft doch immer auf eine gewöhnliche Grablegung Christi hinaus. Der Torwächter schweigt.«[392]

Bildbeschreibung, wie sie im Roman *Schattenfroh* im Muttergotteshäuschen erfolgt, ist Reden mit fremder Zunge. In pfingstlicher Eingebungs-Metaphorik delegiert Niemand seine Ekphrasis von Matthias Grünewalds Isenheimer Altar an die Beseelung durch den Heiligen Geist. Die Beschreibung von Matthias Grünewalds Kreuzigungsszene mit Johannes dem Täufer auf dem ersten Wandelbild (geschlossenes Polyptoton) des *Isenheimer Altars* ist zunächst sehr sachlich und um Präzision bemüht:

»Ein warmer Windzug erfasst mich, der mich augenblicklich sprechen lässt. Ich höre sein Sausen, aber ich weiß nicht, woher er kommt und wohin er geht; so ist jeder, der aus dem Geist geboren ist. Ich sehe einen Flügelaltar, sage ich. Auf ihm ist kein am Kreuz hängender Jesus zu finden, weder auf den inneren noch auf den äußeren Altarflügeln oder dem von diesem verdeckten mittleren Bild. Auf den geschlossenen Flügeln, der Schauseite, sind vor öder Landschaft vier Menschen und ein Schaf zu sehen. Siehe, das Lamm Gottes, das die Sünde der Welt wegnimmt! Das Schaf hat sein rechtes Vorderbein um ein kleines Kreuz gelegt, mit dem es hin- und herlaufend zu spielen scheint. Es ist das einzige Kreuz, das der Altar zu bieten hat. Vor dem Agnus Dei steht ein goldener Kelch, in den es aus der Seite hineinblutet. Das Schaf schaut auf zwei flehend-verzweifelte Frauen und einen tröstenden Mann links im Bild. Die eine Frau, im wallenden altrosa Gewand vor der anderen kniend, trägt ihre langen blonden Haare offen und reckt die ineinandergefalteten Hände zum Himmel, während die andere, im bodenlangen grünen Kleid, dessen Schärpe unter das Gewand der anderen geraten zu sein scheint, möglicherweise hat sich da aber deren eigenes grünes Unterkleid aufgeworfen, ihr Haar züchtig unter einer

392 Michael Lentz: *Schattenfroh*, a. a. O., S. 294–295.

weißen Haube verbirgt, was ihr zusammen mit dem fast bodenlangen, gar nicht mehr weißen, vielmehr, als habe sie Blut und Wasser mit ihm aufgewischt, gelbrötlich verschmierten Schleier das Antlitz einer Nonne gibt. Der Tröster hält sie in seinem rechten Arm, seine Linke umfasst ihren linken Unterarm auf der Höhe des Ellenbogens, mit zur Wehklage geöffnetem Mund, dabei ist er doch der Tröster, oder gibt er sich als schmerzensreicher Mitfühler?, schaut er in das ohnmächtig blasse Gesicht der Nonnenartigen, die ihre Augen geschlossen hält, ihr Gesicht wirkt wie erstorben entspannt, schicksalsergeben. Nun tritt rechts ein älterer Mann in Erscheinung, mit über die Ohren reichendem dünnem Haar und zotteligem Bart, der in seiner Linken ein aufgeschlagenes Buch trägt und mit dem Zeigefinger seiner rechten Hand auf den Tröster deutet, während er unverwandt die Nonnenartige anschaut. Niemand anders als Johannes der Täufer. Aber zeigt er wirklich auf den Tröster oder nicht vielmehr auf etwas Abwesendes, auf einen Abwesenden, den man einfach aus dem Bild genommen hat, übermalt, ein Pentimento – oder der, schlimmer noch, nie anwesend war? War er nie anwesend, wird über sein Angesicht niemand sagen können, es sei lieblich und geschmückt und es sei ein Angesicht von Schönheit. Auf diesen Abwesenden scheint sein Zeigefinger zu verweisen und es doch nicht wahrhaben zu wollen, der Zeigefinger ist mit der Zeit des leeren Zeigens so unanständig lang geworden, als wolle er die Stelle einnehmen, die er augenscheinlich nicht zeigen kann, weil es sie gar nicht gibt. Ist Christus aber nicht da, wie soll es dann eine Versöhnung von Gott und Mensch geben, kommen beide doch erst in Christus wieder zu sich. Wenn das keine Ostentatio vulnerum ist, das Zurschaustellen, besser noch, das Angeben mit Leere, das Zeigen von etwas Vergangenwärtigem, sage ich dem Torwächter und schnalze mit der Zunge.«[393]

393 Michael Lentz: *Schattenfroh*, a. a. O., S. 295–297.

Die symbolisch-metaphorische Kette Zeigefinger – Geschlechtsteil – Schreibgerät bildend, projiziert Niemand seine auf sechs Jahre kalkulierte Schreibtätigkeit auf das Jahrzehnte andauernde Protokollieren von Johannes dem Täufer, in den sich der Ich-Erzähler allmählich zu verwandeln glaubt. Schreiben wird solchermaßen als eine Form der Sublimierung begriffen, des Verweisens auf einen leeren Ort:

»Der Zeigefinger blickt mich an, er ist ein Geschlechtsteil. Wer ihn ansieht, wird sogleich zerrissen, wer seine Schönheit erblickt, wird sogleich ausgeschüttet wie ein Krug, hieß es früher. Der Zeigefinger kalkuliert, dass ich im Bilde bin. Ich will aber nicht vorgesehen sein, sage ich, so jedenfalls nicht. Der Zeigefinger ist deshalb so lang, weil er als Geschlechtsteil ein Schreibgerät ist, verkünde ich dem Torwächter, hinten auf der Stelle die Schenkel schlagend, und mit diesem Schreibgerät schreibt der ältere Mann alles auf, was er nicht sieht, er führt Protokoll über Jahrzehnte, wie ich Protokoll führe über sechs Jahre, und so werde ich langsam er. Ihn betrachtend, schaue ich mir beim Schreiben zu und sehe, was ich in einigen Jahren schreiben werde. Eine Geistselbstberührung.«[394]

Der Wind als Metonymie des Heiligen Geistes und der Beseelung wird in der anschließenden Passage über den von ihm herangewehten Geruch von Papier und verbrannter Kleidung mit dem Imaginären in Beziehung gesetzt, das sich fiktional materialisiert. Wenn der Ich-Erzähler sagt: »es riecht jetzt nach all dem, wonach ich will, dass es riecht, das ist das Magma, dem alles entnommen wird, was wir denken, jede imaginäre Bedeutung, die wir instituieren«, so knüpft er an Cornelius Castoriadis' Denken des Imaginären an, das im Begriff des »Magmas« gründet, den Castoriadis wie folgt definiert: »Ein Magma ist etwas, dem sich mengenlogische Organisationen unbegrenzt entnehmen lassen (oder: worin sich solche Organisationen unbegrenzt

394 Michael Lentz: *Schattenfroh*, a. a. O., S. 297.

konstruieren lassen), das sich aber niemals durch eine endliche oder unendliche Folge mengentheoretischer Zusammenfassungen (ideell) zurückgewinnen läßt.«[395] Nicola Condoleo zufolge ist das Imaginäre als »Magma« ein »unversiegbarer Quell neuer Bedeutungen, die institutionalisiert werden können, (…). Aus diesem Magma von möglichen (einzelnen) Bedeutungen schöpft das radikal Imaginäre jeweils Sinn – sei es als radikale Imagination einer Psyche oder viel eher als anonymes Kollektiv der instituierenden Gesellschaft-Geschichte«[396]. Der Wind als Heiliger Geist kann sinnliche Wahrnehmung als eine Situierung des Subjekts im Sinne einer Ich-jetzt-hier-Origo auch be- oder verhindern:

»Der von vorne wehende Wind, der ein Stück weit kühler geworden ist, irritiert mich, er lässt mich nicht hören, wo der Wächter steht, ob er atmet, ob er mir vielleicht nachgegangen ist. Ich darf aber jetzt keinerlei Unsicherheit zeigen, und so erzähle ich lieber von der hinter dem Figurenensemble sichtbar werdenden Landschaft, die ich plötzlich als meine Heimat erkenne, leicht felsig, düster verhangen zur nächtlichen Stunde, nach links hin der Fuß eines Vulkans vielleicht, Feuer glost nicht allzu weit entfernt, jemand hat sich erwärmen wollen, oder es wurde etwas verbrannt, je weiter ich gehe, desto stärker riecht es nach Papier, ich rieche auch verbrannte Kleidung, in der Ebene Gras, kein Wasser, keine Caldera also, dazu ist die Anhöhe zu verkarstet, es riecht jetzt nach all dem, wonach ich will, dass es riecht, das ist das Magma, dem alles entnommen wird, was wir denken, jede imaginäre Bedeutung, die wir instituieren, und so gibt es nichts als Bedürfnisse, die nicht wirklich befriedigt werden können, die aber so viele schön anzusehende Bilder hervorbringen, die den Abgrund verschleiern. So wird

395 Cornelius Castoriadis: *Gesellschaft als imaginäre Institution. Entwurf einer politischen Philosophie*. Frankfurt am Main: Suhrkamp 1990, S. 564.

396 Nicola Condoleo: *Vom Imaginären zur Autonomie. Grundlagen der politischen Philosophie von Cornelius Castoriadis*. Bielefeld: Transcript 2015, S. 72–73.

der Staat Religion, ich gehe dem Wind nach, der weht, wo er will, er scheint von vorne zu kommen, doch ich weiß nicht, woher er kommt und wohin er geht. Jetzt bin ich bereits länger geradeaus gegangen, als die Kapelle lang ist.«[397]

Der linke innere Seitenflügel beherbergt den rechten Flügel von Hieronymus Boschs Triptychon *Der Garten der Lüste*, in den die Kreuzigungsszene von Matthias Grünewalds *Isenheimer Altar* bzw. das Kreuz mit dem Corpus Christi implementiert ist, das aus der beschriebenen Schauseite verschwunden zu sein scheint. Auf Boschs *Garten der Lüste* reagiert der Ich-Erzähler mit einer Mischung aus Faszination und Abscheu. Vom Torwächter dazu angehalten, seine Eindrücke in Worte zu fassen, stellt Niemand die Versprachlichung der Sinneseindrücke und damit die Möglichkeit einer ekphrastischen Würdigung des Bildes sogleich in Abrede und rettet sich in die aufzählende Benennung der spezifischen Bosch'schen Figuren und Allegorisierungen:

»Was wir da sehen, spottet jeder Beschreibung. Die Welt ist eine böse Herberge. Im Leib wohnt die Sünde, hier wimmelt es von Nackten, Aufgespießten, dem Spiel Hingegebenen, Kackstuhlteufeln, und es flattern Feuer und Vögel aus dem Arsch. Es herrscht Verführung allerorten. Musik ist Satanswerk.«[398]

Als solle man ihn nicht sogleich erkennen, erscheint Luzifer als neu kombinierte Kompositfigur, er hat sich mittlerweile in den Besitz von Tintenfass und Nachfüllkolben gebracht und geriert sich als williger Helfer der Ablassbriefe teuer verkaufenden »Schweinsnonne« – der Handel mit sogenannten Ablassbriefen war im 15. und 16. Jahrhundert für die Kirche und die vom Papst hierzu bestimmten Bischöfe und Kardinäle ein lukratives Geschäft, das u. a. Martin Luther und Thomas Müntzer zu heftiger Kritik an der Kirche veranlasste. Der sich im Bild

397 Michael Lentz: *Schattenfroh*, a. a. O., S. 297–298.

398 Michael Lentz: *Schattenfroh*, a. a. O., S. 298.

zu erkennen glaubende Ich-Erzähler gerät hier in eine kompromittierend-paradoxe Situation, soll er doch einen Ablassbrief unterschreiben, der bescheinigt, er treibe keinen Ablasshandel und habe auch keinen Ablassbrief unterschrieben. Die Selbstbegegnung lässt ihn sich beschämt vom Bild abwenden. Auf dem Bild von Hieronymus Bosch kann der Inhalt des Briefes nicht gelesen werden, er ist hier, wie auch die strukturale Konfiguration, eine Imagination der Ekphrasis:

»Die Chimären sind wieder da. Die Nonne ist ein Schwein und hält mich im Arm. Ich bin ganz nackt, sie will mich küssen, es kostet mich meine ganze Kraft, sie abzuwehren, auf meinem rechten Oberschenkel liegt ein Schriftstück, das ich endlich lesen will, der mir wohlvertraute Luzifer tritt in Erscheinung als Drolerie mit Echsenschwanz, Kleinkindbeinen, Bärentatzen und Vogelkopf im Ritterhelm, aus dem der lange spitze Schnabel lugt und an dessen dornengespickter Crista ein abgetrennter und am Schienbein abgenagter Fuß hängt, hat nun endlich Tintenfass und Nachfüllkolben ergattert, die er der Schweinsnonne dienstbeflissen im geöffneten Schnabel hinhält, damit sie die Feder ins Fässchen eintauche und in meinem Namen schreibe, was ich nie geschrieben haben werde. Hinter ihr, im altrosa Gewand, steht schon ihr Sekretär und hält weitere versiegelte Papiere bereit, die sie nach vollbrachter Fälschung auf den Weg bringen wird. Das Fässchen muss nachgefüllt werden. Das gibt mir Gelegenheit, das auf meinem Bein liegende Schreiben zu lesen. Da steht: ›Hiermit erkläre ich, dass ich keinen Ablasshandel treibe und mir auch keinen Ablass mit Brief und Siegel erkauft habe.‹ Unten rechts soll ich unterschreiben. Unterschriebe ich diesen Ablass, würde ich nach Begleichung meiner Schuld der Lüge bezichtigt, das Schriftstück bewiese es. Unterschriebe ich es nicht, würde mich dann die Schweinsnonne auf ewig nötigen oder die verweigerte Unterschrift als Eingeständnis verstehen, dass ich genau das Gegenteil von dem tue, was ich in dem Schreiben erklären soll? Das aber wäre ja das beste Argument, die Erklärung zu unterschreiben und so weiter. Ich schäme mich dafür, mich aus dem Bild so ängstlich und mitleiderregend anzustarren, und wende den Blick lieber ab«[399] und dem oberen Drittel des Seitenflügels zu, auf dem augenscheinlich Bilder in Bewegung zu sehen sind, die das brennende Düren am 16. November 1944 zeigen:

»Genau in dem Moment, in dem ich das obere Drittel des Seitenflügels in Augenschein nehme, wird meine Heimatstadt, die ich an einigen Häusern auf dem Bild erkenne, von einer ungeheuren Feuersbrunst verschlungen, die Gebäude brennen lichterloh, überall sieht man Teufel auf Seilen zwischen den Häusern mit Hilfe von Stangen balancieren, die Häuser sind durch Christbäume illuminiert, die aus tausend Metern Höhe langsam zu Boden schweben und die Ziele der Bomben farbig markieren sollen. Die Bedingungen sind günstig, eine sternenklare Nacht, Windstille. Überall sind Löschzüge im Einsatz. Bald wird alles vom Flächenbrand und dem durch ihn verursachten Orkan hinweggefegt werden. Die Menschen fallen aus den Häusern heraus und versinken in einem großen Pool. Über das Tor der Gehenna, das den See als Staumauer begrenzt, wird ein Elefant geführt. Eine dreieckige schwarze Fahne steht steif in der Luft. Ein Galgen, an dem jemand hängt. Das Feuer erleuchtet auch die hinteren, bislang unversehrten Teile der Stadt.«[400]

Auch hier fungiert die Ekphrasis als inter- und intratextueller Spiegel lebensweltlich-autobiographischer Konstellationen. Mit der ekphrastischen Inkorporierung des Isenheimer Altarbildes von Matthias Grünewald, der Bilder von Hieronymus Bosch, Werner Tübke oder Michael Triegel vollzieht der Roman die allegorische und symbolische Überhöhung von Personen und Handlungsverläufen. Sowohl die Mutter- als auch die Vaterfigur ist überkodiert und überhöht. Christo-

399 Michael Lentz: *Schattenfroh*, a. a. O., S. 298–299.
400 Michael Lentz: *Schattenfroh*, a. a. O., S. 299.

morphe Überhöhung ist, wie bereits thematisiert, eine Eigenschaft der ausgewählten Bilder; in den Bildern von Michael Triegel findet man christomorphe Selbstbildnisse häufiger.

Warum werden biblische Figuren mit Vater und Mutter besetzt? Ist es der Versuch einer privaten Heilsgeschichte? Stilisiert die ikonische Überhöhung der Mutter den Ich-Erzähler (indirekt) zur Leidensfigur, indem die Mutter als Mutter Gottes dargestellt wird und den Ich-Erzähler als Sohn insgeheim die Vorstellung beseelt, im Verbund mit seiner Mutter als Mater Dolorosa geborgener Teil einer Pietà zu sein? In der gegenseitigen Bespiegelung verbindet beide eine Abkehr vom Vater. In Bildern die eigene Mutter zu erkennen lässt in autobiographischer Aneignung diese Bilder zu Memorialbildern werden. Zugleich hat die Überhöhung entlastende Funktion, insofern dem Sohn vom Vater in der Funktion als Schattenfroh die Schuld am Tod der Mutter zugewiesen wird. Als Mutter Maria ist sie zum zeitlosen Sinnbild geworden; sie leidet unter der Leidensgeschichte des Sohnes. Die Mutter in *Schattenfroh* ist indes ebenfalls eine Ambivalenzfigur, die sich, im Verbund mit dem Vater, auch gegen den Sohn wendet.

Der Garten der Lüste von Hieronymus Bosch beherbergt auch das Elternhaus des Ich-Erzählers, der durch das Bild hindurch die Verrichtungen der Mutter in der Küche, an die verschiedene Kindheitserinnerungen geknüpft werden, genauestens beobachten kann. Wie der Roman *Schattenfroh* eine *fiktionale* metaleptische und Mise-en-abyme-Struktur aufweist, so ist er innerhalb dieser diegetischen Ebenen auch durch eine *mediale* metaleptische und Mise-en-abyme-Struktur gekennzeichnet. Niemand, der Ich-Erzähler, beobachtet durch das Bild hindurch die in der Küche stehende Mutter, wie sie aus einer Schachtel, an deren Stelle sie ein Buch – den Roman *Schattenfroh* – erwartet hat, das zuvor noch dalag, einen Apparat, wohl eine Laterna magica, herausnimmt, mit dem sie Bilder auf ein weißes Tuch projizieren kann – das Motiv des weißen Tuches wird dann mit dem Bild *Deus absconditus* von Michael Triegel wiederaufgenommen, das in *Schattenfroh* erzählt wird; auch die Schachtel ist ein im Roman hochrekurrentes Motiv. Durch eine Unachtsamkeit der Mutter werden die Bilder, die der Apparat projiziert, zu Anamorphosen, die nur von einem bestimmten perspektivischen Blickwinkel aus unverzerrt betrachtet werden können – manche Effekte der Erzähltechnik in *Schattenfroh* haben ebenfalls anamorphotische Funktion. Erst als auch der Ich-Erzähler diesen Blickwinkel einnimmt, kann er das Bild im Bild im Bild in seiner Gestalt erkennen:

»Mutter nimmt aus der Tasse einen Schluck Tee, lehnt sich zurück und betrachtet das aufs weiße Tuch projizierte Bild, das ich von hier aus nicht sehen kann, da es vollständig durch einen großen Küchenschrank verdeckt wird. Mutter sitzt regungslos da. Die Tasse Tee ist jetzt leer, sie schenkt nach. Mit dem Zeigefinger der rechten Hand zerdrückt sie einige Brötchenkrümel auf dem Küchentisch. Krümel, die sich nicht zerdrücken lassen, nimmt sie mit dem feuchten Finger auf und steckt sie in den Mund. Das Gefühl der Krümel zwischen Zunge und Gaumen scheint sie traurig zu stimmen, die Zunge rollt sie hin und her, bis die Krümel verschwunden sind. Die Gewissheit, sich nie mehr zu erheben. Nie mehr die Beine zu bewegen. Die Vorstellung, selbst der Krümel zu sein. Das Heulen der Bomben. Hitze-Schrumpfleichen. Mutter nimmt den Kamin von der Lampe und wirft die restlichen Krümel in die Flamme. Das Bild flackert. Dann tritt wieder Ruhe ein. Mutter sitzt ganz in sich, als wäre sie selbst der Apparat und als würde sie die Bilder in ihrem Inneren anschauen und Vorstellung und Wahrnehmung wären eins. Hierbei schläft sie ein und fällt leicht nach vorne gegen den Tisch. Der Apparat rutscht zur Seite und projiziert sein Bild nun, in die Länge gezogen, auf die rechts angrenzende Wand mit Tür und Türrahmen. Der Bildgegenstand scheint nun frei im Raum zu schweben, gleichzeitig ist er völlig verzerrt. Mutter hat der Anprall verschreckt, sie erhebt sich und geht auf das Bild zu, das ich ebenfalls sehen, aber keineswegs erkennen oder gar deuten kann. Seine Verzerrung macht Mutter sichtlich nervös, sie geht nach links, nach rechts, dann geht sie ein paar Schritte zurück und wieder ganz nah an das Bild heran, als suche sie etwas. Erst als sie die Projektion von einem bestimmten Blickwinkel aus betrachtet, legt sich ihre Unruhe, und sie verharrt mehrere Minuten in dieser Position. Ihr Gesicht sagt, dass es das Bild nun ganz deutlich als Teil ihrer eigenen Realität sieht, wenn es auch nicht verrät, was es sieht, und als würde sie etwas verlieren, das ihr sehr wichtig ist, sobald sie sich auch nur einen Zentimeter von der Stelle rührte. Frontal kann ich in dem Bild, das meine Mutter aus spitzem Winkel in Augenschein genommen hat, nichts erkennen, vielleicht aber gelingt mir dies, wenn ich dem linken inneren Seitenflügel gegenüber einen schrägen Blickwinkel einnehme. Und tatsächlich kann ich nach einigen Versuchen sehen, was Mutter so ängstlich und andächtig hat werden lassen«:[401]

Die Mutter sieht die Kreuzigungsszene des *Isenheimer Altares* von Matthias Grünewald, die in ihren Ausmaßen und ihrer Leidensdarstellung eine bis dahin nicht gekannte Deutlichkeit, eine drastisch zu nennende Ästhetik kennzeichnet, die den Ich-Erzähler gewissermaßen im Gegenzug dazu veranlasst, auf das zu Sehende als partiell »schlecht gemaltes« Artefakt hinzuweisen:

»Der ganze Körper gespickt mit Dornensplittern, überall Wundmale der Flagellation, aufgeplatzte und herausgerissene Haut, Löcher, Risse, Hämatome. Die Hände sind verdreht, die Finger krallenartig nach oben gebogen. Aus der Seite fließt Blut, und Blut rinnt von Stirn und Schläfen. Der Mund ist schlecht gemalt, er scheint mehrfach überarbeitet worden zu sein, bis er ganz verdorben war. In der Schrägsicht zerfällt die Tafel mit der überlebensgroßen Figur, die nur auf einer Leiter stehend zu meistern war, wieder in ihre 26 Lindenbretter, aus

401 Michael Lentz: *Schattenfroh*, a. a. O., S. 301–302.

denen sie gefertigt wurde. Ich stelle mir vor, der Maler ist auf der Tafel herumgekrochen und hat beinahe für jeden Pinselstrich die Richtung gewechselt, im Taumel der Anstrengung hat er den Mund, am unteren Ende des ersten Bilddrittels, verkehrt herum gemalt, was er erst zu bemerken vorgab, als er die Auftragsarbeit überreichte. Dass der Mund nun grimassierend verzogen ist, verkaufte er als Steigerung des Ausdrucks – eines dergestalt in der Kunst bis dahin nicht dagewesenen Schmerzensmannes. Nicht aber die Verdrehung von Ober- und Unterlippe ist es, die den Mund in ein so aus dem Bild fallendes Licht rückt, es ist vielmehr die Blutleere der Lippen, von der die Kunst der Zeit noch nichts gesehen hatte, ist an dieser Figur doch die Versehrtheit des ganzen Menschen ablesbar und nicht mehr nur die Sinnbildhaftigkeit dieser Versehrtheit. Den Pfahl des Kreuzes, an dem der Leichnam hängt, hat er rechts neben die Bildmitte gesetzt, so dass zwar der rechte Arm und ein Teil der Dornenkrone auf den linken inneren Flügel des ersten Wandelbildes gemalt werden musste, zu sehen bei geschlossenem Altar, eine Zweiteilung mitten durch Pfahl und Korpus aber verhindert werden konnte. Das gibt den Blick ungehindert frei auf einen in Verwesung begriffenen Leichnam, dessen Bauch so nach innen gezogen ist, dass er noch im Verwesen an den Rücken wachsen wird. Seine Arme, knorrige Olivenbaumstämme, scheinen beim Betrachten immer länger zu werden, seine Oberschenkel mit ihren Wundmalen sind Essiggurkengewächse. Der Korpus wird langsam zu Holz, weshalb es an den Kruzifixen keines Korpus bedarf.«[402]

Grünewalds Ästhetik des Leidens und Erschreckens zieht die Mutter ganz in ihren Bann, was den Ich-Erzähler beschämt. Die Bild-Betrachtung gipfelt in einer identifikatorischen Metamorphose höchst zweifelhafter Art; das Bild mutiert zu einem Stellvertreter für ein beiderseitg ungelebtes Leben:

402 Michael Lentz: *Schattenfroh*, a. a. O., S. 302–303.

»Das ist alles schön gezeigt, und ich erfreue mich daran, wie die Erscheinung Mutter in der Ferne das Fürchten lernt. Mutter kommt von dem Bild nicht los, insbesondere dem Gesicht haftet ihr Blick an, das sie in einer obszön zu nennenden Weise anstarrt, dass ich mich, weiter entfernt vom Ort des Geschehens als von den Gestirnen über mir, herausgefordert fühle, mich bei der Gestalt am Kreuze dafür zu entschuldigen, erkennte ich soeben nicht mich selbst in ihr, gleich Mutter, die wohl sofort beim Anblick des Gekreuzigten ihren Sohn erkannt hat, dessen Tod sie sich zum ewigen Vorwurf macht und auf den sie gleichzeitig so stolz ist. Ihre Trauer wird kein Ende finden, Auferstehung ist für sie keine Option. Sie wird ihren Sohn fortan um den Hals tragen, als Goldkette mit daran baumelndem Kruzifix, ein Gekreuzigter, der permanent gehenkt wird.«[403]

Das Kreuzigungsmotiv, auch in Zusammenhang mit der romaninternen Geschichte von Mutter und Sohn, ist ebenfalls ein hochrekurrentes Motiv in *Schattenfroh*. Der zunehmende Rauch, der allmählich die Sicht auf das Bild verhindert, kann im übertragenen Sinne gelesen werden als hermeneutische Verunklarung der sich an die Bildbetrachtung anschließenden Spekulationen des Ich-Erzählers über die Motive der Mutter, die sich augenscheinlich nicht vom Anblick der Kreuzigung lösen kann. Materialiter ist er die Folge eines Feuers, das sinnbildlich für die Zerstörungen Dürens steht, nicht zuletzt durch die Bombenangriffe des Zweiten Weltkriegs:

»Hier haben wir, sage ich dem Torwächter, ein Andachtsbild einmaliger Deutlichkeit, das zur völligen Versenkung einlädt und zum Teil des eigenen Körpers wird. Hier, und das sollte doch immer so sein, empfängt der Betrachter ein Leiden, dem er immer ausgesetzt sein wird, das alle seine Vorstellungen begleiten wird, all sein Tun wird von diesem Leiden grundiert sein. Und nur der, dem dieses Leiden Sinn ist,

403 Michael Lentz: *Schattenfroh*, a. a. O., S. 303.

muss nicht verzweifeln. Wie lange will Mutter da noch stehen und das Bild betrachten? Fürchtet sie, ihren Sohn ganz zu verlieren, wenn das Öl der Lampe zur Neige gegangen ist? Sie träumt vielleicht von einem Ewigen Licht, das mich im Bild an der Wand hält. Sie wird mir immer in der Ferne sein, da weiß ich sie mir nah. Zunehmender Rauch verhindert die Sicht, unmittelbar hinter einem der Stadttore ist Feuer ausgebrochen, ohne irgendeine Habe retten zu können, sind die Bewohner vor das Tor gelaufen und verfolgen im gleißenden Widerschein des Feuers, als trügen sie weißstrahlende Kleidung, sein Wüten, dann lichtet sich der Rauch und gibt den Blick auf das Elternhaus wieder frei.«[404]

– Matthias Grünewald: *Isenheimer Altar* und Hieronymus Bosch: *Der Garten der Lüste*

Das zweite Wandelbild des *Isenheimer Altars* mit Mariä Verkündigung bildet die linke Hälfte der Mitteltafel des Altartriptychons im Muttergotteshäuschen – und scheint zugleich als Zeugungsszene des Ich-Erzählers im elterlichen Haus auf, wie es durch Boschs *Garten der Lüste* gesehen wird. Die Empfängnisszene erscheint also doppelt, zum einen in Form einer analeptischen Ekphrasis, welche die eigene Zeugung als Marias unbefleckte Empfängnis und zugleich als Allegorie des Todes darstellt, zum anderen als bildlicher Bestandteil des Flügelaltars im Muttergotteshäuschen, der insofern, über seine Vermittlung durch Boschs *Garten der Lüste*, bereits negativ konnotiert ist:

»(...) ich werde keine Gewissheit darüber haben, ob Mutter die Betrachtung des Bildes doch noch aufgegeben haben wird, denn nun sehe ich im elterlichen Haus eine farbenklingende Szene 53 Jahre zuvor, die wir uns als die linke Hälfte der Mitteltafel vorzustellen haben, sage ich dem Torwächter, zu sehen, wenn der Flügelaltar geöffnet ist:

404 Michael Lentz: *Schattenfroh*, a. a. O., S. 303–304.

In einem durch zwei Gewölbe mit Kreuzrippen unterteilten Raum, der auf spitzbögige Fenster zuläuft, regiert wieder eine Hand. Dieses Mal gehört sie einem beflügelten Engel, und auch er weiß nicht genau, auf was er zeigen soll, der Regisseur hat möglicherweise keine präzisen Angaben gemacht, vielleicht ist die Szene unter verschiedenen Konstellationen so lange geprobt worden, dass nun Verwirrung herrscht, ein unbefangener Zuschauer wird sich folgende Fragen stellen müssen: Auf wen deuten die beiden überlangen Zeige- und Mittelfinger der rechten Hand? Ist ihm die Taube des Heiligen Geistes entflogen, die jetzt so fehl am Platz im Raum schwebt, und er deutet nun auf irgendetwas, auf leere Transzendenz? Zeigt er etwa auf den roten Vorhang links hinter meiner Mutter, der wie auf dem Theater beiseitegeschoben wurde und dessen Falten und Wellen das weibliche Pendant zum zeigenden Doppelglied sind mit dem nach unten gebeugten Ringfinger und dem kleinen Finger als Testikeln? Dann wartet mit dem aufgezogenen schwarzen Vorhang hinter dem ersten Gewölbe in all seiner spannungslosen Faltigkeit der Tod? Bei genauerem Hinsehen entpuppt sich das Schwarz als Grün. Der Tod ist grün. Über ihrem eng anliegenden schwarzen Kleid trägt Mutter einen schwarzen, mit einer roten Kordel oberhalb ihrer Brust zusammengehaltenen Mantel mit rotem Futter, das an den Rändern hervorleuchtet. Das Kleid ist hochgeschlossen und im Brustbereich plissiert. Ihr langes blondes Haar trägt sie offen, den Kopf wendet sie ab und neigt ihn, eine Haltung, die das gewellte Haar den Rücken hinabfluten lässt. Meine Mutter hält dem Engel das Ohr hin, und so werde ich also durch ihr Ohr empfangen. Allerdings spricht der Engel nicht. Es gilt die eindringende Geste und die geschriebene Sprache, denn vor meiner Mutter liegt, aufgeschlagen, ein Buch, in das sie vertieft ist. Ich kenne das Buch. Es enthält Abschriften von ihrer Hand, Bibelzitate neben Zitaten aus Schiller, Lessing und Hesse sowie Liebesbriefe, die sie vor dem Versenden noch kopiert hat, die Originale wird Vater eines Tages lochen und in einem Ordner abheften. Der Engel ist die innere Stimme, die in meiner Mutter spricht. Sie ist so vertieft in das Wort, das in ihr ist, dass es wahr wird: ›Siehe, die Jungfrau wird schwanger werden und einen Sohn gebären und wird seinen Namen Michael (Wer ist wie Gott) nennen. Er wird Butter und Honig essen bis zu der Zeit, in der er versteht, das Böse zu verwerfen und das Gute zu wählen. Er wird Butter und Honig essen immerdar‹, steht dort in ihrer Handschrift. Um nur dies immer vor Augen zu haben, hat sie das Zitat auf die linke und, leicht nach unten versetzt, auch auf die rechte Seite des Buches geschrieben, ein weltlich-religiöses Stundenbuch der Selbstbesinnung, Mutters einzig verlässlicher Hafen. Der Autor des Zitats ist ebenfalls im Raum anwesend, er steht, in Grisaille gemalt, links oben im Gewölbebogen. Hier hat jemand mit den Mitteln des Bergbaus, der Wasserbautechnik und Metallurgie Farben komponiert, die nach außen sichtbar machen, was im inneren Ohr erklingt, er hat die Stimme gemalt – das Wort, und was es als gelesenes, innerlich unablässig aufgerufenes macht. Dieses Bild ist das wirkende Wort. Und so bin ich also aus dem Wort geworden, sage ich dem Torwächter.«[405]

– Luca Signorelli: *Der Heilige Ludwig von Toulouse*

Vom Bild des Stimmen-Malers wendet sich nun der Blick auf die rechte Seite der Mitteltafel, auf der »unter dem Bogen einer Mauerarkade eine Figur in bischöflichem Ornat vor einer hügeligen, kargen Landschaft unter strahlend blauem Himmel« zu sehen ist. Die dargestellte Landschaft ist diffus gehalten – wie eine Erinnerung an die Landschaft der Kindheit irgendwo in oder am Rand der Eifel. Die merkwürdige, uneindeutige Ausschnitthaftigkeit des Dargestellten lässt offen, »ob man Einblick erhält in den Innenbereich des Gebäudes

405 Michael Lentz: *Schattenfroh*, a. a. O., S. 304–305.

mit umlaufenden Arkaden oder ob durch den Bogen hindurch ein Ausschnitt des Außenbereichs sichtbar wird. Gewährt das Bild eine Innensicht, irritierte das abschüssige Geröll in der Mitte des Hofes, die Figur würde dann vor einem gänzlich unbebauten Arkadenhof posieren, ein solches Porträt in natura wäre kaum vorstellbar, oder es sollte Aufbruchstimmung vermitteln, wofür die Figur aber viel zu feierlich gekleidet und zu unbeweglich wäre.« Der skizzierte Schwebezustand der Figur mitsamt seinem Umfeld steht prototypisch für die Kippmomente der über diegetische Grenzen erhabenen Figuren Schattenfroh, Mateo und Niemand. So nimmt es nicht wunder, dass Niemand in der mit bischöflichen Insignien ausgestatteten Figur seinen Vater wiedererkannt haben will, der in seinem Buchbeutel das von ihm inkriminierte Buch *Schattenfroh* hält, das der Ich-Erzähler aus einem anderen, ebenfalls den Heiligen Ludwig von Toulouse darstellenden Bild gestohlen haben soll. Dies könnte ein Hinweis darauf sein, dass Schattenfroh zumindest über eine Kopie des Romans verfügt, die möglicherweise permanent auf demselben Textstand ist wie das ›Original‹ und nun sichergehen will, dass er auch des vermeintlichen Originals habhaft wird. Hier könnte sich auch zeigen, dass der Vater und Schattenfroh zwei verschiedene Figuren sind, hat Schattenfroh dem Ich-Erzähler doch ausdrücklich den Auftrag gegeben, das Buch *Schattenfroh* zu schreiben; der Vorwurf, Niemand hätte das Buch entwendet, wäre absurd. Ein Verlust des Romans *Schattenfroh* scheint für den Vater und somit für die Figur Schattenfroh existenziell bedrohlich zu sein, so jedenfalls imaginiert es der Sohn, der sich im Verlauf des Romans nicht nur mit der Ambivalenzfigur Vater-Schattenfroh, sondern auch mit einem Golem als seinem eigenen Alter ego konfrontiert sehen wird:

»Die auf den Schaft des Bischofsstabs aufgesetzte Krümme ist am zylinderförmigen Knauf über dem Griff des Stabes mit vier umlaufenden gotischen Kirchenfenstern verziert, in die Krümme eingeschlossen ist Christus mit ausgebreiteten Armen, in der Linken hält er die mit seinem Friedensmonogramm verzierte Kosmoskugel, mit dem Zeige- und dem Mittelfinger der Rechten formt er das Zeichen der Segnung. Bei der mit Öl auf Eichenholz gemalten Figur handelt es sich um Ludwig von Toulouse. Er sieht meinem Vater ähnlich. Bei eingehender Betrachtung gelange ich zu der Überzeugung, dass es mein Vater ist. Aber man ist leichthin geneigt, überall den Vater zu sehen, wenn er nur lang genug abwesend ist. Seine mit dreizehn Dornen besetzte Krümme ist nach außen gedreht, Vater Ludwig weiß sich also auf seinem Territorium, das er nötigenfalls mit seinem Stab als Peitsche verteidigen würde. Warum schaut er so bedrückt? Der breite goldene Nimbus der Figur ist stellenweise in Mitleidenschaft gezogen, hier und da finden sich Ausbrüche, die es zu verschmerzen gilt. Davon weiß er aber nichts. Es liegt an dem im Buchbeutel gebundenen Buch, das er, weiß behandschuht, so verschämt in seiner Linken hält, als trüge er Diebesbeute oder sei auf dem Weg zum Hochgericht. Mutter hat in der Küche in diesem Buch gelesen, bevor sie so gebannt auf die Projektion starrte. Sie kann das nur getan haben, wenn die Figur mein Vater ist. Das Buch ist nun mit Buchschließen verschlossen, eine praktische Vorrichtung, die ein plötzliches Aufklappen oder ungebetenes Lesen verhindert. Nicht Christus wird in den Darstellungen des Flügelaltars ans Kreuz geschlagen, sage ich dem Torwächter, sondern das Buch, aus dem Mutter zeit ihres Lebens liest, ohne Antworten auf ihre Fragen zu finden. Was sind das für Fragen? Sie fragt sich zum Beispiel, warum soll sie einen Sohn gebären, der sich immer weiter von ihr entfernen und den sie nicht verstehen wird, und später fragt sie sich, warum hat sie einen Sohn geboren, der niemals dankbar gewesen sein wird. Mutter, der Engel, und Ludwig schauen auf das Buch, das in ihrer Mitte ist.«[406]

406 Michael Lentz: *Schattenfroh*, a. a. O., S. 306–307.

Das Buch, das in der Mitte ist. Das Buch *Schattenfroh* ist im Buch *Schattenfroh.*

– Michael Triegel: *Altarbild in St. Augustinus in Dettelbach a. M.*

Gleich zweimal ist das Buch *Schattenfroh* auch auf dem rechten Flügel des Triptychons im Muttergotteshäuschen zu finden, aufgeschlagen in der linken Hand von Augustinus, der in eine Ferne aufschaut, »in der er eine von Büchern befreite Welt weiß«, und aufgeschlagen im Ahornbaum liegend. Genau genommen ist das Buch im Ahorn, aus dem der Ich-Erzähler zitiert, ein Hybrid aus dem Roman *Schattenfroh* (linke Seite) und den *Bekenntnissen* von Augustinus (rechte Seite). Das Zitat aus *Schattenfroh* schließt unmittelbar an die aktuellen Ereignisse des Romans an; Niemand als autodiegetischer Protagonist des Romans findet den Fortgang des Geschehens – einen Kommentar über die Bilder des Flügelaltars, die auf ihm dargestellte Hölle, die Kreuzigung des Buches *Schattenfroh* und u. a. die Verkündigung – als bereits geschrieben im Buch vor, er braucht ihn bloß abzulesen, damit er Realität wird. Das Buch, das im Roman als es selbst überall auftaucht, ist zum Protagonisten seiner selbst geworden. Insofern gibt es kein Außen des Romans.

Die von Niemand zitierte Seite aus *Schattenfroh* als übergangsloser Realitätspartikel ist ins Bild geschrieben, der Ich-Erzähler liest/entziffert die von Michael Triegel gemalt-geschriebene Schriftsimulation, deren rote Absatz-Initialen in ihrer Reihenfolge gelesen »Paulus« ergeben – bei der Lektüre der Paulusbriefe hatte Augustinus sein Tolle-Lege-Erlebnis (»Nimm und lies«) –, als Selbstzitat, was insofern eine paradoxe Metalepse ist, als hier nicht nur Erleben/Wahrnehmen, Schreiben und Lesen gleichzeitig erfolgen, sondern diese Gleichzeitigkeit auch noch genau in den rahmenden Wirklichkeitskontext passt. Mit der Einschreibung von Schrift ins Bild und dem Erscheinen von

Schrift *als* Bild knüpft der Roman an mittelalterliche Verständnisweisen der Unentschiedenheit zwischen Schrift und Bild an. Haiko Wandhoff zufolge kann eine »kategoriale Unterscheidung von Schrift und Bild, wie sie für die neuere Ekphrasis-Forschung zentral ist, für das Mittelalter kaum in Anschlag gebracht werden« – an das Michael Triegel mit seinem Dettelbacher Flügelaltar sowohl künstlerisch als auch, und nicht nur in der Augustinus-Rezeption, gedanklich/philosophisch anschließt, an Triegel wiederum knüpft die Ekphrasis des Flügelaltars an –, »da hier die Techniken des Malens und Schreibens noch nicht grundsätzlich unterschieden werden. So ist das griechische Verb *graphein* wie das lateinische *scribere* mehrdeutig: Beide Begriffe können ein Malen, Zeichnen oder Einritzen ebenso meinen wie ein Schreiben von Buchstaben. Die Techniken des Schreibens, Malens, Gravierens etc. gründen letztendlich alle in der gleichen handwerklichen Tätigkeit, die dazu dient, eine Überlieferung vor dem Vergessen zu bewahren, und in dieser Hinsicht sind sie eng miteinander verwandt. Wenzel hat dies an vielen Beispielen gezeigt: ›*Sehrtben* und *mâlen, schrift* und *gemeld* stehen in mittelalterlichen Texten für zwei verschiedene Tätigkeits- und Sachvorstellungen, die bei aller Eigenständigkeit nicht vollständig gegeneinander ausdifferenziert sind.‹

Die für das Mittelalter charakteristische wechselseitige Durchlässigkeit von skriptographischen und ikonographischen Zeichen ist nun gerade im Hinblick auf die Ekphrasis ein eminentes Problem, da wir uns hier auf bloße Worte verlassen müssen, um zu entscheiden, ob wir etwa ein gemaltes *Bild* oder eine kunstvoll gestaltete *Inschrift* oder sogar eine Kombination aus beidem vor unserem ›inneren Auge‹ haben.«[407]

Das mittelalterliche Schrift-Bild-Verständnis wird in *Schattenfroh* noch an einer anderen Stelle bedeutsam. Die Traunstein-Besteigung

407 Haiko Wandhoff: *Ekphrasis*, a. a. O., S. 17.

von Niemand und seinem Vater gerät zu einem waghalsigen Unternehmen, in dessen Folge der sich vor dem Absturz ängstigende Sohn am Gängelband der Wörter durch die Unwegsamkeit des Berges geführt wird, der ihn auch in seiner Unsichtbarkeit/Abwesenheit bedroht. Das Gängelband, »ein blauer Faden, ein Wurm, der sich meiner Geschwindigkeit anpasst, jedoch nicht duldet, dass ich stehen bleibe«[408], ist eine Linie bzw. Schnur, die sich durch den Willen des Vaters zu Buchstaben formt, die sich ihrerseits zu Wörtern und ganzen Sätzen gruppieren. Es entstehen Schriftbilder, die halluzinatorische Effekte auslösen können; vom Vater gelenkt als Markierung des Geländes und Führung des Sohnes, sind sie Gebot, Verbot und Strafe, Substitut des verborgenen Vaters alias Schattenfroh.[409]

Schattenfroh als Herr der Schrift mit dem Roman *Schattenfroh* als seine(r) Bezeugung verfährt nach Johann Georg Hamanns kulturgeschichtlichem Diktum: »Die älteste Schrift war Mahlerey und Zeichnung, beschäftigte sich also eben so frühe mit der Oekonomie des Raums, seiner Einschränkung und Bestimmung durch Figuren.«[410] Diese Figuren sind keine Wort- und Gedankenfiguren, sondern einerseits materiale Figuren der Schrift, solche also, die ins bedeutend Ornamentale ausgreifen, andererseits kann hier Figur auch als Protagonist verstanden werden; in diesem Sinne ist Niemand der Schrift-Protagonist Schattenfrohs. Die »Einschränkung und Bestimmung« des Raumes (der Topographie) durch Figuren der Schrift kann begriffen werden als Besetzung des Papiers (oder eines anderen Trägermediums) durch Schreiben. Schreiben als geführte Schrift käme dement-

408 Michael Lentz: *Schattenfroh*, a. a. O., S. 673.

409 Siehe Michael Lentz: *Schattenfroh*, a. a. O., S. 671–675.

410 Johann Georg Hamann: *Sämtliche Werke*. 6 Bände. Historisch-kritische Ausgabe hg. v. Josef Nadler. Wuppertal: R. Brockhaus 1999 (Nachdruck der Ausgabe von 1949), Band 3, S. 286.

sprechend einem Gewaltakt der Besetzung von Fläche//Raum gleich. Der Vater be-schreibt den Berg im Sinne einer Besitznahme, der Sohn ist hierbei bloß sein Griffel. Einschreibung ist ein phallischer Akt.

»Dem Buch«, so Niemand über Triegels Bild auf der rechten Seite des Flügelaltars im Muttergotteshäuschen, »ist Psychopompos Sperling entflogen, der sich bald wohl in Augustinus' rechte Hand stürzen wird.« Literatur hat Memorialfunktion: »Die Aufgabe von Literatur ist Totenerinnerung«[411], wie es in *Schattenfroh* heißt. Psychopompos ist ein Seelengeleiter, als welcher auch der Erzengel Michael fungiert; in Psychopompos, so der Titel von Hermes, der nicht zufällig Gott der Rede- und Dichtkunst und Botengott der Unterwelt zugleich war, ist der Eigenname des Autors als »Seelenwäger« eingeschrieben, der Buch führt über die guten und schlechten Taten zur Vorlage vor dem Jüngsten Gericht. Augustinus trägt ein Gewand ganz aus weißem, unbeschriebenem Papier: die Urtora, das Buch der Zukunft. Alle Bücher außer *Schattenfroh* sind von Augustinus verworfen worden. *Schattenfroh* ist Niemands »Buch des Lebens«, seine von Schattenfroh aufgeschriebene Bilanz. Aufgeschlagen in den Ahorn gelegt, kann jeder in ihm lesen. Der Ich-Erzähler versteht sich im Buch *Schattenfroh* metonymisch als das Buch selbst, seine Ablage im Ahorn als die eigentliche Kreuzigung(sszene) des Flügelaltars im Muttergotteshäuschen, der gegenüber Matthias Grünewalds *Isenheimer Altar* anscheinend keinen Bestand hat:

»Um sich herum auf dem Boden hat Augustinus alle seine Bücher versammelt, er hat sie alle gelesen und für nicht wert befunden, dass an ihnen festgehalten werde, aufgeschlagen an beliebiger Stelle, bestehen sie alle nur aus leeren Seiten, sie haben ihren Inhalt nicht verloren, sie hatten nie einen, und sie sind gerade gut genug dafür, dass man auf ihnen sitzt. Sein weißes Gewand selbst ist Papier, und dieses Papier wird

411 Michael Lentz: *Schattenfroh*, a. a. O., S. 448.

leer bleiben, dass man sich auf ihm alles Geschriebene vorstellen kann, und das Geschriebene ist zugleich wieder gelöscht, denn nur weißes Papier ist makellos. Ein einziges Buch aber ist die Ausnahme. Auf den Baum des Lebens, den Feigenbaum als Sinnbild des Wortes, hat er das an zufälliger Stelle aufgeschlagene Buch des Lebens gelegt. Auf der linken Seite steht zu lesen: ›Es ist eine verkehrte Welt. Die Hölle steht am Anfang, aus ihr geht alles hervor, sie findet sich auf dem Flügelaltar des Muttergotteshäuschens, wie ich ihn sehe, links, und von links nach rechts zum gegenüberliegenden Flügel findet keine andere Kreuzigungsszene statt als meine eigene, der ich mit aufgeschlagenen Seiten in einen Ahorn gelegt wurde, jeder kann in mir lesen, jeder sich sein Eigenes denken, und der Baum kann jederzeit gefällt werden, die Verkündigung ist ein Missverständnis, der Prophet kann nicht schreiben, die Mutter kann nicht lesen, der Engel kann nicht sprechen, und alle drei verstehen nicht, der Geborene weiß von nichts und kommt sofort abhanden, mit der Geburt ist es ein Leben weg von den Eltern und auf den Tod zu, meine Auferstehung ist per Gesetz verboten.‹«[412]

Auf der aufgeschlagenen rechten Seite des in den Ahorn gelegten Buches *Schattenfroh* schildert Augustinus als Gastautor in *Schattenfroh* ein Erweckungserlebnis, seine Initiation zur Bibellektüre. Auch Niemand »zieht an« den Herrn Jesus Christus, dessen Passionsgeschichte zur Folie seiner Imaginationen und seiner Auseinandersetzung mit Gewalt, Folter und Tod wird:

»›So sprach ich und weinte in bitterster Zerknirschung meines Herzens. Und siehe, da höre ich vom Nachbarhause her in singendem Tonfall, ich weiß nicht, ob eines Knaben oder eines Mädchens Stimme, die immer wieder sagt: ›Nimm und lies, nimm und lies!‹ Soglcich wandelte sich meine Miene, und angestrengt dachte ich nach, ob wohl Kinder bei irgendeinem Spiel so zu singen pflegten, doch konnte ich

412 Michael Lentz: *Schattenfroh*, a. a. O., S. 307.

mich nicht entsinnen, dergleichen je vernommen zu haben. Da ward der Tränen Fluß zurückgedrängt, ich stand auf und konnte mir's nicht anders erklären, als daß ich den göttlichen Befehl empfangen habe, die Schrift aufzuschlagen und die erste Stelle zu lesen, auf die meine Blicke träfen. So kehrte ich schleunigst dahin zurück, wo Alypius noch saß, denn dort hatte ich, als ich fortging, die Schrift des Apostels liegen lassen. Ich griff sie auf, öffnete und las stillschweigend den ersten Abschnitt, der mir in die Augen fiel: ›Nicht in Fressen und Saufen, nicht in Kammern und Unzucht, nicht in Hader und Neid, sondern ziehet an den Herrn Jesus Christus und hütet euch vor fleischlichen Gelüsten.‹ Weiter wollte ich nicht lesen, brauchte es auch nicht. Denn kaum hatte ich den Satz beendet, durchströmte mein Herz das Licht der Gewißheit, und alle Schatten des Zweifels waren verschwunden.‹ Diese Passage kannte ich bislang nicht, und ich bekenne, sie ist nicht von mir. Ich kenne aber die Situation. Eine Kinderstimme verführt zur Schrift, weil die Schrift von Anfang an schon in der Stimme des Kindes ist. Und dahin will es von Anfang an zurück, an den Anfang. Die Wiederholung macht's. Das immer wiederholte Buch. Nimm und lies mir vor.«[413]

Dem Torwächter gegenüber bringt Niemand die Interrelation der Kulturtechniken Lesen und Bildbetrachtung auf die einschlägige Formel: »Lesen ist Bilder anschauen.« Schreiben könnte analog als Bilder erzählen definiert werden. In Abwandlung der denkfigürlichen Identitäts-Definition von Franz Mon: »Identität ist variierte Wiederholung«, definiert Niemand Identität als »die tägliche Wiederholung eines Buches« und identifiziert sich, dem metamorphotischen Konzept des Identitätswandels und der Identitäts-Hybridisierung in *Schattenfroh* ein weiteres Kapitel hinzufügend, als Augustinus im Papiergewand, wie Michael Triegel ihn auf seinem Dettelbacher Altarbild (2011), al-

413 Michael Lentz: *Schattenfroh*, a. a. O., S. 307–308.

lerdings im weißen Stoffgewand, gemalt hat: »Ich bin es, sage ich dem Torwächter, der auf dem rechten Flügel dargestellt ist, ich bin die Figur im Papiergewand, und es ist mein Buch, das ich in Händen halte, und mein Buch ist es, das an zufällig aufgeschlagener Seite im Baum des Lebens erscheint.«[414] Hier überblendet der Roman *Schattenfroh* bzw. sein Ich-Erzähler Niemand die Identitätsstrategie des christomorphen und augustinomorphen Selbstbildnisses des Malers Michael Triegel, der im Dettelbacher Altarbild, aber nicht nur dort, sein Konterfei Christus am Kreuz (Mitteltafel) und der Figur des Augustinus (rechter Flügel) geliehen hat, mit seiner eigenen Identität. Sieht man in Augustinus einen Stellvertreter von Jesus Christus, kann die Selbstporträtierung des Malers und die Identifikation des Ich-Erzählers mit Augustinus ebenfalls als Imitatio Christi verstanden werden.

Mit der Personifikation des im Ahorn gekreuzigten Buches *Schattenfroh* bzw. seiner metonymischen Verschiebung – *Schattenfroh* IST sein Autor – verstärkt Niemand sein christomorphes Selbstbild über eine symbolische Attributierung: *Schattenfroh* ist die Bibel, die Niemand verkörpert.

Auf dem Dettelbacher Altarbild markieren die Knickfalten des bis zum Boden reichenden Augustinischen Gewandes von den Oberschenkeln der sitzenden Figur ab ein auffälliges Geviert, das Michael Triegel im für *Schattenfroh* bedeutsamen Gemälde *Deus absconditus* wieder aufnimmt, wo es als Trägermedium des Dreifaltigkeits-Schildes (Trinitäts-Schemas) dient, das auf den Boden vor das Christus verhüllende Leintuch platziert ist.

»In diesem Buch«, also in *Schattenfroh*, »muss ich mir die Frage beantworten, wie ich vom linken Flügel zum rechten Flügel gelange«, so der Ich-Erzähler.[415] Ihm stellt sich also die Frage, wie er aus der

414 Michael Lentz: *Schattenfroh*, a. a. O., S. 309.
415 Ebd.

Hölle zur Selbstermächtigung des Schreibens und der Löschung von Geschriebenem/Schrift gelangt ist.

Und hier kommt der Ablasshandel, in den sich der Ich-Erzähler verstrickt hat, wieder ins Spiel: »Wie kann ich das Paradox des Ablasshandels lösen, ohne mich zu verkaufen, wenn die Frage des Ablasshandels in Widerspruch mit sich selbst gerät, wie auch immer ich mich zu ihr verhalte, und dass ich mich verhalten muss, ist unabdingbar.« Die paradoxe Frage des Ablasshandels wird zum Sinnbild der Schuld, die mit dem Schreiben von *Schattenfroh* einhergeht.

Das Altartriptychon des Muttergotteshäuschens ist so angeordnet, dass der Ich-Erzähler, der sich als Augustinus auf dem rechten Flügel erkennt, hinter dem Heiligen Ludwig von Toulouse sitzt, der sich auf der rechten Seite der Mitteltafel befindet und in dem der Ich-Erzähler seinen Vater erkennt. Er bekräftigt seine Überzeugung, dass es sich bei dem Buch in Ludwigs Buchbeutel um sein Buch, um *Schattenfroh* handelt, und aufgrund dieses Buches ist Niemand, der Ich-Erzähler, in die Kellerhölle des Verwaltungsgebäudes gefahren; das Buch *Schattenfroh* zu schreiben ist also von Anfang an die Schuld, die der Vater seinem Sohn Niemand anlastet. Auch diese Schuld ist eine paradoxe, hat doch Schattenfroh, der Gott, Teufel und Vater zugleich ist, im Buch *Schattenfroh* aber niemals unumwunden als Vater identifiziert wird[416],

416 Eine Passage lässt eine Identität zwischen Schattenfroh und dem Vater vermuten: die bereits thematisierte (siehe S.196–197), von Niemand als Kindheitserinnerung geschilderte Wanderung mit dem Vater im Salzkammergut, die aufgrund ihrer gefährlichen Unwägbarkeiten zum eindrücklichen Erlebnis wird. Der Sohn verliert den Vater während der Traunsteinbesteigung, durch den Namen »Schattenfroh« hindurch sieht er ihn, der Vater hat ihm einen Zettel hinterlassen, aus dessen Schrift sich eine Linie bildet, ein »blauer Fadenwurm«, der seinerseits Wörter kreiert. Diesem Faden folgt der Sohn, bis es an einer Stelle heißt: »soeben habe ich den blauen Fadenwurm überholt, da gibt er mir ein völlig entstelltes Wort zu lesen, oder mein Blick ist entstellt, ›Schattenfroh‹, ›Va-

dem Ich-Erzähler ausdrücklich den Auftrag erteilt, *Schattenfroh* als Gründungsbuch der »Furchtbaren Gesellschaft« zu schreiben:

»Hinter Vater sitzend, kann ich ihm nicht über die Schulter schauen. Gerne würde ich einen Blick erhaschen in sein Buch, das er verschlossen im Buchbeutel hält. Ich bin der Überzeugung, dass es mein Buch ist, er wird es ans Kreuz nageln. Vater wird die Existenz dieses Buches nicht ungesühnt lassen, seine Kreuzigung hat für ihn apotropäische Kraft. Er wird das Buch genau in der Mitte öffnen, die beiden Hälften heftig aufschlagen, als gelte es, ein gefährliches Tier zu überwältigen, dann wird er mit dem Buch in die freie Natur schreiten, den heimischen Garten, und das Buch an eine alte Eiche nageln, deren Stamm dick genug ist, das Buch ganz plan zu entblößen. Vater wird bedauern, dass er der Verwitterung des Buches nicht unausgesetzt beiwohnen kann, bei der ihm buchstäblich die Buchstaben ausgetrieben werden. Damit, so wird er meinen, sei einem ketzerischen Werk eine vernünftige Strafe widerfahren, die sein Urheber als an seiner statt vollzogen begreifen werde.«[417]

Der Vater hingegen kann im Buch der Mutter lesen: »Geübt im Auf-dem-Kopf-Lesen, kann Vater über die Schulter des Engels in Mutters aufgeschlagenem Buch lesen, und was er liest, macht seinen Blick so betrübt. Mutter kann nicht lesen, nur Schrift schauen, was viel mehr ist.«[418]

Niemand, der als Betrachter des Flügelaltars im Muttergotteshäuschen zwischen den einzelnen Tafeln und Segmenten frei flottieren

ter‹ und ›Tod‹ sind so ineinandergeschoben, dass sie mir als vielfüßiges Insekt entgegenkriechen« (Michael Lentz: *Schattenfroh*, a. a. O., S. 674): Die drei Wörter stehen im Buch übereinandergedruckt abgebildet, das Schriftbild ähnelt einem Insekt.

417 Michael Lentz: *Schattenfroh*, a. a. O., S. 310.

418 Ebd.

kann, begreift nun das Buch *Schattenfroh* als seinen Ablass. Offen bleibt, wer ihm diesen Ablass gewährt. Ist es Schattenfroh, der ihm das Schreiben als eine Art Frondienst auferlegt, oder ist er es selbst, der in seiner Zelle als einem Forum internum Ankläger, Angeklagter, Zeuge und Richter in Personalunion ist. Für das Paradox seiner eigenen Verwicklung unabhängig einer geleisteten oder nicht geleisteten Unterschrift hat er eine Lösung des *tertium est datur* – er entzieht sich einer Entscheidung durch das Verlassen des Muttergotteshäuschens auf dem immersiven Bildweg, der ihn in die mittelalterliche Stadt hat kommen lassen, durch ein gemaltes Fenster des Altar-Triptychons:

»Mein Buch ist mein Ablass. Ich bin jetzt ganz links, in der Hölle. Ich habe noch nicht unterschrieben. Ich habe noch nicht nicht unterschrieben. Durch das spitzbögige Fenster des an den Innenraum einer Kirche gemahnenden Gewölbezimmers meiner Mutter dringt Licht. Der Tag bricht an. Ich höre das Zwitschern der Vögel und bewege mich auf Mutter zu. Still gehe ich durch sie hindurch, nehme ihr Buch mit, das vor ihr auf einer Truhe liegt und das ich Vater geben möchte, erklimme über eine Kommode den hohen Fenstersims, öffne das Fenster und steige durch es hindurch in die Nacht. Auf dem Feld hinter der Kapelle finde ich keinen festen Tritt. Nach wenigen Schritten verliere ich den rechten Schuh in einer Ackerfurche voller Wasser, auf allen vieren suche ich den Umkreis ab, finde den Schuh schließlich wieder, verliere währenddessen aber Mutters handgeschriebenes Buch, dessen Handschrift allein es so wertvoll macht, die Handschrift ist die einzige Spur des Körpers, die ihn auch nach dem Tod noch lesbar macht. Die am Himmel flackernden Sterne denke ich mir als Augen, die dem Stadtsuchenden zuzwinkern. Es ist für mich noch nicht ausgemacht, ob sie mich verhöhnen oder mir ihren Schutz zusichern wollen. Endlich erreiche ich festen Boden unter den Füßen, dem Plan zufolge, auf den zu schauen die Nacht mir verwehrt, befinde ich mich, wenn ich ihn richtig erinnere, auf dem Weg, der rings um die Stadtmauer parallel zum Stadtgraben läuft. Wenn man Gelegenheit hat, die Geburtsstadt mehr als dreihundert Jahre vor der eigenen Geburt zu besuchen, und die Straße, in der man geboren wird, existierte schon, wird man nichts unversucht lassen, ihre Stadtmauer zu überwinden. Mein äußeres Erscheinungsbild wird hierbei nicht hinderlich sein, habe ich doch mit dem Übertritt in den Plan die Kleidung der Zeit angenommen. Die Stadt ist die Geschichte ihrer wiederholten Zerstörung, in ihrem jedesmaligen Wiederaufbau scheint ihre zukünftige Zerstörung mitberücksichtigt worden zu sein. Heute ist das Stadtbild das Resultat aus architektonischer Selbsterniedrigung und einer Belanglosigkeit, die die Zerstörung schon nicht mehr für wert erachtet. Immerhin hat man das Stadtbild als machbar begriffen und einen Masterplan zum Umbau der Innenstadt erarbeitet, zu retten, was zu retten ist. Eine Versöhnung mit der Vaterstadt wird mir nur möglich sein, wenn ich nach ihrem Besuch anno 1634 Zellen Warhol den Stadtplan abkaufe.«[419]

Jan Vermeer: *Briefleserin am offenen Fenster*

Der Weg durch den imaginären Flügelaltar führt ihn stadtplangerecht auf von Wenzel Hollar eingezeichneten Wegen direkt in ein anderes Bild: die *Briefleserin am offenen Fenster* von Jan Vermeer. Die Wege, die der Ich-Erzähler und die anderen Figuren in *Schattenfroh* zurücklegen, führen, überspitzt formuliert, von Bild zu Bild, die Psychogeographie des Selbst, die im Roman vermessen wird, ist eine solche der Bilder. Vermeers Bild der Briefleserin wird in seiner Erzählung zu einer Odyssee des Begehrens und der Inszenierung des angstbesetzten Realen, die sich in bestimmten Gegenständen wie einer Obstschale

419 Michael Lentz: *Schattenfroh*, a. a. O., S. 310–311.

oder einem Teppich manifestieren, bis hin zu einer wiederholten Antizipation des Angriffs auf Düren am 16. November 1944. Aus der langen Bilderzählung sollen hier nur einige Aspekte herausgegriffen und anhand von zitierten Ausschnitten kommentiert werden.

Die belebende Beschreibung des Bildes und seine narrative Ausdeutung beginnt mit einer Metaphysik des Lichts, die in Vermeers Bildern suggeriert wird als ein Selbstscheinen, eine Entelechie der Dinge:

»In einem der Zimmer im Erdgeschoss des Hauses brennt Licht. Es ist ein warmes, dabei wundersames Licht, zeigend und in den Dingen selbstscheinend zugleich; beleuchtend und Farbe, Form und sich selbst zur Erscheinung bringend zugleich. Es ist ein Kipplicht, ein Zwielicht, das die Dinge anstrahlt, und gleichzeitig kommt es zu den Dingen nicht einfach nur hinzu, lässt sie nicht nur erstrahlen, sondern es ist ein Sendelicht der Dinge selbst, das mich, den Betrachter, erfasst und so beim Betrachten ertappt. Ich setze mich außerhalb des Lichtkegels auf den Fratzenstuhl. Das Licht ist die Pfote der Dinge, seine Quelle bleibt mir zunächst verborgen, und es ist mir lieb, die Dinge selbst als Quelle zu nehmen, sie werden mir zu Vertrauten. Allerdings können sie mich auch verraten, und so will ich alles vermeiden, was sie unruhig werden lassen könnte.«[420]

Nach diesem Rekurs auf die Licht-Metaphysik der Dinge fokussiert sich der Ich-Erzähler auf die Erscheinung der Titelfigur des Bildes, die ihn zuhöchst irritiert und schnell seine assoziative Phantasie über ihren Charakter, ihre Mentalität und Psyche sowie den Inhalt und die Funktion des Buches in Gang setzt:

»Am linksseitig geöffneten Kastenfenster, Außenflügel einladend sperrangelweit, steht eine junge Frau, den Kopf hält sie leicht geneigt, ihr Gesicht ist errötet. Konzentriert betrachtet sie etwas, steht für Minuten ganz still, nur ihre Augen scheinen etwas zu suchen oder

420 Michael Lentz: *Schattenfroh*, a. a. O., S. 353.

immer wieder finden zu wollen. Sollte sie den Blick heben, wird sie mich sofort sehen. (...) Die Frau am Fenster zeigt keinerlei Regung. Ist sie nicht wie Olimpia? Diese hier sagt nicht einmal ›Ach! Ach!‹. Mit einem Perspektiv müsste ihr Geheimnis schnell zu lüften sein. Ich bin gerade im Begriff, über den Boden zu kriechen wie beim Militär, um der Puppe habhaft zu werden und den Stuhl aus dem Licht zu ziehen, da schlägt die Frau mehrere Male ein Buch gegen ihre Stirn, als wolle sie sich ernsthaft damit verletzen. War es dieses Buch, auf das sie die ganze Zeit gebannt geschaut hatte? (...) Die Frau hält sich das Buch vor das Gesicht, als könne sie sein Spiegelbild im Fensterglas nicht ertragen. Das gibt den Blick auf seinen Titel frei: Die Bibel. Zweifellos bedrückt die Frau etwas, und gleichzeitig will sie nicht ihre Fassung verlieren. Die Bibel scheint ihr im Moment wenig Trost zu verheißen. (...) Im Zimmer ist es kaum noch hell, die Frau wird einen Großteil der Kerzen gelöscht haben.«[421]

Auf beschwerlichem Wege gelangt Niemand in das Zimmer der Briefleserin. Die dort vorhandenen Gegenstände ziehen ihn sofort in ihren Bann, die Abwesenheit der Frau befeuert erotische Spekulationen:

»Ich bin allein. Wie klein das Zimmer ist. Das Fenster hat jetzt wieder den alten, von außen eingesehenen Öffnungswinkel. Rechts vom Fenster liegt ein großer Teppich auf einem Bett, das der Frau als Tisch dient, der Teppich ist für das Bett zu lang, am Kopfende, leicht zu erkennen an der durch das Kopfkissen hervorgerufenen Wölbung, ist der überschüssige Teil hochgerafft, als dürfe er den Boden nicht berühren, seine Falten haben eine weiße Schale aus Porzellan, in der Äpfel und Pfirsiche aufbewahrt sind, umkippen lassen, die Schale, deren blaue Glasur so betörend ist, dass ich mich unweigerlich nach einem Beutel umsehe, in dem ich sie transportieren kann, ist so flach, dass zwei

421 Michael Lentz: *Schattenfroh*, a. a. O., S. 353–354.

Äpfel und ein Pfirsich auf den Teppich gerutscht sind. Der Pfirsich wurde mit einem Messer halbiert, sein roter Kern liegt obszön bloß, sein Fleisch ist noch frisch. Auch dieser Pfirsich ist bloß ein Apfel, es erregt mich, mir vorzustellen, dass die junge Frau die andere Hälfte gegessen hat, und so stecke ich die verbliebene Hälfte in den Mund, zerkaue sie, den herausgelösten Kern verwahre ich in der Hosentasche.«[422]

Die Gerüche der Dinge im Zimmer lösen olfaktorische Assoziationen aus, die sich über die Imagination einer Bedrohung des paradiesischen Gartens der Kindheit durch das Auseinanderbrechen des Apfelbaumes und den Satan (Wurm) zum Phantasma einer Dornenkrönung im Verbund mit Anspielungen auf die Offenbarung des Johannes 13,1–18 (666, Meer, Wurm/Tier) steigern, die vielfach ausgedeutet werden können:

»Unter dem Teppich, dessen Geruch mich an Mutters Parfümschrank erinnert, in dem kein Geruch mehr als solcher zu erkennen ist, alle zusammen aber unverwechselbar sind, kommt eine unberührte Bettwäsche zutage, in Kopfkissen und Bettdecke ist die 999 eingestickt, das ist die Wahrheit und die Gerechtigkeit, anstelle einer Waschanleitung findet sich ein in das Kopfkissen eingenähtes Etikett mit der Buchstabenfolge ShKBTh ZRGh, die Wäsche riecht nach Apfel, ich sehe einen großen Baum mit Boskoop im Garten des Elternhauses, die Äpfel sind so schwer, dass die Baumkrone auseinanderzubrechen droht; auf dem Boden überall Würmer, die auf die herabfallenden Äpfel warten. Ich muss die Nacht über vor dem Baum stehen bleiben, um die Äpfel aufzufangen, nur so kann der Wurm besiegt werden. Wenn ich mich hinter das Kopfteil des Bettes stelle, steht die 999 kopf, Rosen mit vielen Dornen dringen durch das Gewebe der Wäsche, ein Meer brandet an und verspritzt sich über die gesamte Wäsche, die Dornen

422 Michael Lentz: *Schattenfroh*, a. a. O., S. 354–355.

schlingen sich um einen Kopf, die Stirn blutet, eine Puppe leckt das Blut von der Stirn, ein Wurm frisst sich durch den Stoff, er nimmt die Rosen in sich auf, das Meer, die Stirn, die Puppe, mir wird schwarz vor Augen, ich entferne mich vom Kopfteil und stelle mich wieder seitlich ans Bett.«[423]

Im Folgenden greift die narrative Ekphrasis des Bildes das zu kontroversen Spekulationen Anlass gebende Kuriosum der entstellenden Spiegelung der Briefleserin im offenen Fenster auf. Als wäre das Spiegelbild ein sich materialisierender Abdruck oder ein langsam erst verblassendes Nachbild, vielleicht auch eine unbewusste halluzinatorische Projektion des Ich-Erzählers, zeugt es von der Anwesenheit einer Abwesenden, deren je nach Öffnungswinkel des Fensters unterschiedliche spiegelbildliche Metamorphisierung den Ich-Erzähler Mitglieder seiner Familiengeschichte erkennen lässt. Die hypergenaue Ekphrasis des Fensters hat neben der Bildaneignung auch eine kompensatorische Funktion, sie ist ein Surrogat für die Abwesenheit der Frau:

»Das Fenster ist bleiverglast und in viermal fünf rechteckige Segmente parzelliert, die obere Reihe ist aus Rauten und in Spiegelung aufeinanderstehenden, gleichschenkligen Trapezen mit der kleineren Seite als Spiegelachse gebildet, wodurch die Rechtecke in der Reihe darunter ein Dach erhalten. In den Glassegmenten unten rechts ist das Antlitz der jungen Frau noch zu sehen, unscharf und verzogen, mehr Fläche als Profil, als sei das Glas zu Bruch gegangen und notdürftig wieder zusammengefügt worden. Das Gesicht im Glas ist entstellt, und doch wirkt es engelhaft, aus einer anderen Zeit. Je nach Öffnungswinkel des Fensters verschieben sich die Proportionen des Gesichts. Ich kann mich an seinen unterschiedlichen Erscheinungsweisen nicht sattsehen. Hier zum Beispiel meine ich mich selbst zu erkennen, etwa drei Jahre alt, blondgelockt, mit Schleifchen angetan, als wollte meine

423 Michael Lentz: *Schattenfroh*, a. a. O., S. 355–356.

Mutter allen zeigen, sehet her, es ist ein Mädchen, dann wieder sehe ich Mutters Mutter, an die ich eine einzige Erinnerung habe: Ich saß einmal auf ihrem Schoß, als sie uns zu Hause besuchen kam, was ich nur immer und immer wieder erzählen kann, ihre Nase ist meine Nase, ihre von vielen berichtete Affektiertheit ist mein Stil, nun suche ich Mutter im Glas, wie ich das Fenster auch drehe, ich kann sie nicht finden. Ich lasse das Fenster los, es geht wieder zurück an seine alte Position.«[424]

Die vermeintliche Bibel, aus der die Frau gelesen haben soll, erweist sich als der Roman *Schattenfroh*, in den allerdings ihre tatsächliche Lektüre eingelegt ist: ein Brief. Der Inhalt des Briefes ist dem Ich-Erzähler nicht zugänglich, er kann also für sein bzw. Schattenfrohs Buch nicht vereinnahmt werden, während alles Zitierte bzw. Zitierbare, das in *Schattenfroh* inkorporiert wird, zum genuinen Text des Romans wird:

»Auf dem Boden liegt, was ich beim Eindringen in das Zimmer aus der Fensternische kehrte und schon fast vergessen habe: die Bibel. Sie hat einen Kopert-Einband aus Leder, der Titel ist blindgeprägt. Unter dem Ledereinband kommt ein fester Einband aus Holz zum Vorschein mit einem ganz anders lautenden Titel: *Schattenfroh*. In das Buch eingelegt, aus diesem beim Sturz vom Fenster leicht herausgerutscht, findet sich ein Brief. Der Brief ist noch tränennass. Nicht in der Bibel las die Frau also und auch nicht in diesem Buch, vielmehr ging sie wieder und wieder den Brief durch, der mich so eifersüchtig macht, dass ich ihn zerreißen will.«[425]

Hier schließt sich eine längere Selbstbefragung des Ich-Erzählers nach dem Grund seiner Eifersucht auf die ihm unbekannte Frau bzw. ihren Brief an, die in Tötungs- und Zerstörungsphantasien und schließ-

424 Michael Lentz: *Schattenfroh*, a. a. O., S. 356.

425 Michael Lentz: *Schattenfroh*, a. a. O., S. 356–357.

lich in Selbstmord-Überlegungen mündet und – kompensatorisch – in einer Art Kreuzigung des Briefes kulminiert, der – auch hier wieder das Motiv des leeren, weißen Papiers – seiner Verwitterung ausgesetzt wird: »Der Brief ist aber leeres Papier, und das soll sein Geheimnis mit in die Verwitterung nehmen. Ich will mit diesem Hymen nichts zu tun haben. Ich will nicht sehen, was verborgen bleiben sollte.«[426]

Die Dinge im Zimmer der Frau ordnet der Ich-Erzähler zu neuen Konstellationen, aus denen sich eine metonymische Kette mit starken symbolischen Kodierungen bildet:

»Das Zimmer, aus dem die Frau entschwunden ist, *ist* der Brief. Das Fenster ist geöffnet, der Vorhang ist rot, das Paradies ist angebissen, der Teppich ist sündig, das Zimmer ist leer. Der Vater diktierte Jesus, der Heilige Geist ließ ihn Schrift werden, das jungfräuliche Pergament, darauf das Diktat geschrieben steht, kam durch das geöffnete Fenster, wo es auf fruchtbaren Boden fiel. Zeugen heißt schreiben, und Schrift erfolgt nur durch Diktat. Das ist der moderne Weg, die Luft ist der Sendbote, da hat der Heilige Geist das Jesus-Diktat nicht mehr persönlich in den Schoß der jungen Frau einschreiben müssen, schließlich kann er nicht überall zugleich sein. Die Frau nahm es stoisch zur Kenntnis, damit das Diktat aber einwirkt, hat sie es für längere Zeit beschauen müssen, deren Ende mit meinem Erscheinen, ohne dass sie von diesem wusste, gekommen war. Der Heilige Geist wird die Verkündigung ja nicht mit Geheimtinte auf das Papier geschrieben haben? Das wäre wahrlich eine *mirifica descriptio*. Die junge Frau ist demnach schwanger, und nichts anderes ist der Grund meiner Eifersucht.«[427]

Das gespiegelte Gesicht der Frau im Fensterglas irritiert den Ich-Erzähler so, dass er ihm ein Eigenleben unterstellt. Seine Beschreibung

426 Michael Lentz: *Schattenfroh*, a. a. O., S. 357.

427 Michael Lentz: *Schattenfroh*, a. a. O., S. 357–358.

rückt das Gesicht an einen virtuellen Ort und lässt an seine anamorphotische Verzerrung bzw. animierbare Digitalisierung denken. Inwieweit hier von archetypischen Motiven des Volksglaubens, des animalischen Magnetismus oder des Spiritismus wie zum Beispiel dem Relikt einer Toten oder dem sich solchermaßen materialisierenden auratischen Fluidum einer Seele gesprochen werden kann, soll offen bleiben und hier auch nicht weiter diskutiert werden – in *Schattenfroh* findet sich eine Vielzahl von solchen esoterischen, spiritistischen und auch totemistischen Vorstellungen wie zum Beispiel die mythische Verwandtschaftsbeziehung Baum (Holz)[428] – Mensch, das Motiv des »Nachzehrers«[429] oder der unterschiedliche Formen und Gestalten annehmende Schatten[430]:

»(...) ihr versehrtes Gesicht im Glas lässt mich jedoch zu der Überzeugung kommen, sie sei dort eingesperrt und könne ins Zimmer nur zurück, wenn das Glas zerschlagen würde, beim nochmaligen Betrachten fällt mir auf, dass sich das Gesicht gar nicht im, sondern hinter dem Glas befindet, versuche ich, es zu berühren, verschwindet es, kommt aber, sobald ich die Hand zurückziehe, wieder zum Vorschein, als schöbe ich einen unsichtbaren Vorhang beiseite. Die Hässlichkeit des Gesichts ist ein Trost. Schaut man es länger an, kommt an seinen

428 So zum Beispiel das Motiv des animistisch belebten »Fratzenstuhls«, dessen Holz der Griffauslassung in der Stuhllehne zur ebenfalls belebten Holzpuppe geworden ist.

429 Michael Lentz: *Schattenfroh*, a. a. O., S. 243 u. a.

430 Eine mediale Geschichte des Schattens hat Kathrin Tillmanns vorgelegt: *Medienästhetik des Schattens: Zur Neubestimmung des Mensch-Technik-Verhältnisses im digitalen Zeitalter*. Bielefeld: Transcript 2017. Das Buch *Schattenfroh* mit seinem komplexen Schrift-Begriff, der ihm zugrundeliegenden (kabbalistischen) Vorstellung einer weißen und einer schwarzen Schrift und den sich in ihm materialisierenden Schriften könnte man insgesamt als ›Schatten‹ bezeichnen.

Rändern Bewegung in den Stillstand, es wird von etwas umflossen, Dellen entstehen an der Stelle, wo ein mitschwimmender, gleichwohl transparenter Gegenstand vorbeigleitet, vielleicht ist es das Gesicht nur selbst, das sich nicht mehr einfinden kann, und es ist dazu verurteilt, ununterbrochen seine Gestalt zu ändern. Es wird der Brief sein, sie wird sich geweigert haben, ihn laut zu lesen, damit die Schrift nicht einwirke. So wird es sein. Die arme Frau. Hätte sie den Brief, der nur für sie bestimmt ist, laut gelesen, und niemand anders vermag ihn zu lesen, wäre mit ihrer Stimme die Schrift erschienen und hätte sie geschwängert. Sie ist also gar nicht schwanger. Sie ist hinter dem Glas und kommt erst zurück, wenn jemand das Glas zerschlägt.«[431]

Bevor er sich anhand eines (Fratzen-)Stuhles ganz den platonischen Spekulationen über Ideal, Bild und Abbild hingibt, nimmt Niemand »die beiden wie Tunneleinfahrten oder aufgeschlagene Buchseiten aussehenden Tafeln in der Mitte des Teppichs« in Augenschein, »deren Säulenrahmung und Blumenbekränzung der oberen Rundung auf einen bedeutungsvollen oder poesiealbenhaft verspielten Inhalt der zweimal fünf Zeilen und ihrer hebräischen Schriftzeichen schließen lassen«.[432]

Ist es für Niemand schon verwunderlich, dass die Schrift »aus jeder Distanz gleich gut zu erkennen ist, ob ich nur noch wenige Zentimeter vom Teppich entfernt bin oder mich in einem Abstand von zwei Metern zu ihm befinde, die Schrift passt sich demnach der Entfernung an«, so lässt ihn eine weibliche Stimme, die »ungefähr achtzig Zentimeter vom Teppich entfernt« »auf der Höhe des vormals geöffneten Fensters« ertönt und ihm unter anderem den Dekalog wie nur für ihn bestimmte Regeln verkündet, an seinen Sinnen zweifeln.

431 Michael Lentz: *Schattenfroh*, a. a. O., S. 359.

432 Michael Lentz: *Schattenfroh*, a. a. O., S. 360.

Auch mit dem Teppich als von Generation zu Generation weitervererbtem Ballast verbinden sich eindrückliche Kindheitserinnerungen:

»Der Teppich ist ausgeblichen, als habe er in der Sonne gelegen. Ich kann mich nicht entscheiden, ob er schön oder hässlich ist, er ist von jenem altrosa bis ockerfarbenen Grundton großelterlicher Teppiche, die von ihren Kindern ehrerbietend übernommen werden, ohne dass ein eigentlicher Bedarf bestünde. Diese Teppiche wandern von Zimmer zu Zimmer, kein Zimmer ist erfreut, bald stehen schwere Schränke auf ihnen, obwohl die Großeltern genau das untersagt haben, als sie sich schweren Herzens von ihnen trennten mit dem Kommentar, sollte der Teppich nicht pfleglich behandelt werden, würden sie sich vorbehalten, ihn doch noch zu verkaufen, und pfleglich meinte, dass nichts auf ihn gestellt werden und er nur, wenn es gar nicht anders ginge, betreten werden dürfe, er repräsentativ zur Geltung kommen müsse, kurz, nicht einmal Luft und Licht wären würdig, ihn zu berühren. So wurde der Teppich mit der Zeit zur allseits spürbaren Anwesenheit der Großeltern.«[433]

Die Parochet

Je länger der Ich-Erzähler den Teppich betrachtet, desto mehr Eigenleben entwickelt er, Niemands Blicke und Gedanken inflammieren ihn geradezu. Es scheint, als schiebe sich das Imaginäre mit seinen zum Teil archaischen Formen vor jeden Wirklichkeitskontakt und entfache einen Vergangenheit und Gegenwart verbindenden Zerstörungsakt. Bei dem in *Schattenfroh* beschriebenen Teppich handelt es sich um eine Parochet, einen Vorhang vor dem Toraschrein. Als Vorlage diente

433 Michael Lentz: *Schattenfroh*, a. a. O., S. 361.

eine 1676 wahrscheinlich in Venedig hergestellte Parochet,[434] die innerhalb der Ekphrasis der *Briefleserin am offenen Fenster* zum Bild im Bild wird, das sich gegenüber seiner Rahmenerzählung autonomisiert hat:

»Auf dem Teppich der Frau sieht man einen Sessel mit rotem Sitzpolster und roter Rückenlehne, Bäume und Blumen sind zu sehen und ein neunarmiger Leuchter, überall ist Schrift zu sehen, Flammen züngeln, Wolken ballen sich zusammen, ein beschrifteter blauer Ball oder Ballon ist zu sehen, auf jedem Quadratzentimeter gibt es etwas zu entdecken. Der Teppich ist nicht schön, aber er ist schön, weil ich ihn nicht verstehe. Unterhalb der Tafeln oder Tore mit den zehn Zeilen ist ein blumenumkränztes Grab zu sehen, das von Schriftzeichen und Schriftrollen eingerahmt wird, auf den ersten Blick scheinen mehr als ein Dutzend Körper in diesem Grab zu liegen, schaut man genauer hin, erweisen sich die Körper als Tannenbäume, und das Grab ist kein Grab, sondern eine Baumschule, die kleinen Tannen sind wir. Das die Mitte bildende Geviert mit den Toren oder Tunnel ist eingerahmt von zwei durchgehenden Längs- und zwei in diese oben und unten eingepasste Querstreifen. Die Querstreifen haben dieselbe Länge wie die Breitseiten des mittigen Rechtecks. Eingelegt in die Längsstreifen sind jeweils fünf ovale oder kreisrunde Medaillons, auf denen immer andere Abbildungen zu sehen sind. In der Mitte des oberen, im selben Altrosa wie die Längsstreifen gehaltenen Querstreifens stehen zwei Vögel, vermutlich Tauben, hocherhobenen Hauptes unter einem Prozessionsschirm, den vom unteren Rand herabhängende Quasten schmücken. Auf dem untern Querstreifen hebt sich vor einem schwarzen oder dunkelbraunen Hintergrund so etwas wie eine Krone ab, es könnte auch ein königliches Bett mit einem Baldachin sein, und auf

434 Siehe http://collections.vam.ac.uk/item/O63940/parochet-unknown/.

der Bettdecke liegen drei ovale Blumengebinde auf ovalen türkisfarbenen bis taubenblauen Tellern. Die Blumen könnten auch Speisen sein, alle Speisen füllen den Teller bis auf den Rand ganz aus, die rechte und linke Speise sind in einem Gelbton, die mittlere Speise in Orange gehalten, die eine Speise könnte aus der anderen hervorgegangen sein, Vater Mutter Kind, die auf dem Teppich zu sehenden Gegenstände sind alle so dingfest, dass man meint, sie aus dem Gewebe herausgreifen zu können, die Blumen will man riechen, die Speisen essen, auf dem linken Längsstreifen, nicht ganz mittig zu den Tunnel oder Buchseiten, ist eine achteckige Umzäunung aus zwei mal acht parallel untereinanderlaufenden, von insgesamt acht Pfosten unterbrochenen Querriegeln aus Holz zu sehen, wie man sie als Koppelzäune kennt, anstelle der Pferde befindet sich ein großes Feuer im vorderen Bereich der Koppel, es macht mir Angst, dass ich nach wenigen Sekunden der Betrachtung dieser mittigen von fünf Parzellen das Feuer lodern sehe, und es wird sofort spürbar wärmer im Zimmer, ich kann aber den Blick von diesem allein vor sich hin brennenden Feuer nicht lassen, das, ließe der Wind es an den Holzlatten lecken, nicht nur sich selbst, sondern auch den Zaun verschlingen würde. Kaum habe ich diese Feststellung getroffen, züngelt das Feuer durch die geknüpften Flammen, wird zum Kreis, der zusehends an Umfang gewinnt und den ganzen Teppich zu verbrennen droht, im Zimmer ist nirgends Wasser, ich reiße die Decke vom Bett und will das Feuer ersticken, da brennt es gar nicht mehr, fängt aber sofort wieder an, sobald ich den Blick auf die Koppel richte. Dieser Umstand ist so widerwärtig wie lustvoll, nur die Beseitigung des Teppichs erlaubt eine Durchbrechung des Kreislaufs.«[435]

Niemand hat den Zusammenhang zwischen dem Subjekt als initiatorischer Instanz und dem Objekt als ausführendes Medium der

435 Michael Lentz: *Schattenfroh*, a. a. O., S. 362–363.

Imagination sofort begriffen – die Augen fungieren als eine Art Joystick, der von bloßen Gedanken bedient werden kann –, gerade in dieser Interrelation zwischen Kontrolle und Eskalation liegt für ihn der Reiz, das »Spiel«, wie er es nennt, an seinen Grenzen auszuloten. Eine Grenze ist hierbei das Überschreiten der Grenzen, wie es das Geviert des Teppichs markiert. Das Ausgreifen des Feuers über diese Grenze hinaus bedeutete mediale Transgression vom Bild zu seiner Rahmung, von der Vorstellungswelt in die Lebenswelt des Ich-Erzählers und nicht zuletzt eine metaleptische Überschreitung der Erzählebenen. Mit dem Thronsessel, den man auf der als Vorlage dienenden Parochet links oben sehen kann, hier allerdings mit rotem Polster, das auf der Rückseite der Rückenlehne ein blau-rotes Blütenornament ziert, wird im Folgenden das Thron-Motiv (Merkava) aus der Ekphrasis von Boschs *Der Garten der Lüste* und der Reise des Ich-Erzählers durch die sieben Vorzimmer zum Thron des Vaters wiederaufgenommen. Der Brand des Teppichs bzw. des Thrones birgt für Niemand die Gefahr, von den Bewohnern der Ortschaft entdeckt zu werden. Der »Thron« existiert als Familienerbstück: Es ist der blaue Sessel, der auch im Roman *Pazifik Exil* als Sessel von Arnold Schönberg eine Rolle spielt, den ihm Thomas Mann abspenstig gemacht haben soll, um darin sitzend *Doktor Faustus* zu schreiben:

»Zu wissen, dass die Situation bereinigt ist, wenn man nur den Blick von der Sache abwendet, es nur so weit kommen lassen wollen, wie die Kontrolle über die Ereignisse bewahrt werden kann, lässt die möglichen Gefahren verkennen, der Reiz will Steigerung, die Grenzen verschieben sich, und schon greift eine Situation, die auf ein bestimmtes Feld begrenzt war, auf Bereiche über, die in diesem Spiel nicht vorgesehen waren. Ich verspüre den Drang, den Teppich aus sich selbst heraus lichterloh brennen zu sehen, gleichzeitig weiß ich mich durch das Feuer, das meine Augen immer wieder entfachen, den Blicken der Bewohner ausgesetzt, sobald es das eingewobene Areal der

Koppel verlässt und auf die umliegenden Regionen übergreift, sehr oft wird sich das Feuerwerk nicht wiederholen lassen, dann wird sich die Nachbarschaft vor dem Fenster versammeln und Alarm schlagen, einmal noch will ich auf die Flammenklippe, auf der jeder weitere Schritt den Abgrund bedeutet, das Feuer leckt die Koppel auf, brennt oberhalb der Koppel einen ganzen Wald nieder, greift auf den Thronsessel in der Parzelle oberhalb des Waldes aus, dessen feuerhemmende rote Samtpolster, obwohl sie den König doch schützen sollen, sofort in Flammen aufgehen; in kürzester Zeit, von den gedrechselten quadratischen Balustersäulen der Beine bis zu der Zapfenbekrönung der Rückenlehne, ist der Sessel verkohlt, es muss sich um eine Fälschung handeln, steht der Thron doch in einem Haus, das aus Feuerzungen erbaut ist, größer, prächtiger und herrlicher als alle Häuser, die wir kennen, so groß, prächtig und herrlich, dass es nicht beschrieben werden kann, und also will ich nur noch sagen, dass der Boden des Hauses von Feuer war, in seinem oberen Teil sind Blitze und Feuerbälle zu sehen, Decke und Dach sind ganz aus flammendem Feuer, der Thron aber, der im Haus steht, sieht aus wie Eiskristalle, seine Räder wie die leuchtende Sonne, und unterhalb des Throns kommen Ströme flammenden Feuers hervor, der Thron aber brennt nicht, und der König, der auf ihm sitzt, widersteht den Gewalten wie sein Thron, es ist der König der Könige, der Thron der Throne, dieser Thron muss eine Fälschung sein, der Teppichwind treibt jetzt die Flammen zum aufgeschlagenen Buch oder den beiden Tafeln.«[436]

Die Stimme der Frau ertönt wieder, diesmal mit einer Version des Dekalogs in Befehlsform. Niemand reagiert mit einer Paraphrase des Sonetts *Vergänglichkeit der Schönheit* von Hofmann von Hofmannswaldau, die pars pro toto die Schönheit der Frau repräsentierenden

436 Michael Lentz: *Schattenfroh*, a. a. O., S. 363–365.

Körperpartien und den für das erhärtete Herz stehenden Diamanten des Sonetts als stoffmetaphorische Pointe austauschend gegen bildliche Motive der Parochet: Wald, Taube und das Buch aus Stein, die Gesetzestafeln Moses mit dem Dekalog, die auf ewig überdauern werden, wenn alle Literatur, die Schönheit, bereits vergangen ist:

»Der wohlgeknüpfte Stuhl, der ganze Wald, die Tauben unterm Schirm, sie werden teils zu Staub, teils nichts und nichtig, dies und bald schon der gewebte Rest muss untergehen, das Buch das kann allein zu aller Zeit bestehen, dieweil es die Natur aus Stein gemacht.«[437]

In dem Moment, als das Feuer auf das himmlische Bett und seinen Baldachin ausgreifen will, verliert das Augen-Spiel für Niemand seinen Spielcharakter, begleitet von widersprüchlichen Eingaben zweier Stimmen – »Das Bett ist für dich gemacht« / »Der Tod liegt schon im Bett, das ist deine Hochzeitsnacht« –, legt er sich ins »gemachte Teppichbett« und isst »von den Speisen auf den Tellern. Das Bett ist warm, als hätte kurz vor mir jemand darin gelegen, die leichte Note eines Parfums ist wahrzunehmen, das Bettzeug ist unberührt. Ich strecke meine Beine aus, rutsche zum Fußende, nirgends ist Halt, meine Beine werden immer länger, die Hände wandern über die Bettdecke, als gehörten sie nicht zum übrigen Körper, und tatsächlich sind sie von den stetig wachsenden Armen abgetrennt«, sie balgen sich, spielen Fangen, benehmen sich überhaupt sehr kindisch, machen sich an Niemand zu schaffen, tauschen durch Befingern Botschaften aus, nur die Augen scheinen dem Ich-Erzähler noch treu ergeben zu sein, sie haben das Vermögen, einer Spinne gleich Fäden zu spinnen, an denen die Dinge haften bleiben.

Die kodierte Buchstabenfolge »ShKBTh ZRGh« des Kopfkissens erweist sich als eine Ansammlung hochragender Pflanzen im Gewässer, die sich sekundenweise umdrehen, in ihnen vermeint Niemand

437 Michael Lentz: *Schattenfroh*, a. a. O., S. 365.

die 999 bzw. 666 zu erkennen, was die Pflanzen dazu veranlasst, ihn zu strangulieren:

»Als Letzteres nicht gelingt, fesseln sie mich an den Füßen und ziehen mich durch ein irrlichterndes Grün in lichtere Gefilde. Ich kann den Himmel sehen. Die Reise gefällt mir, ich bin ganz unter Luft, nichts ängstigt mich.

Als ich im Bett der Frau liege, mit den Buchstabenpflanzen ans Bettgestell gefesselt, ist die Reise zu Ende. So kann es bleiben, sage ich mir und schlafe ein.

Die Tür des Zimmers öffnet sich. Man zieht mich an den Buchstabenpflanzen aus dem Bett, schleift mich durchs Zimmer in den Hausflur, von dort durch Tür und Tor auf den Weg. Gezogen werde ich von den beiden Fratzenstühlen, die sich bestens verstehen. Sie sprechen eine mir unbekannte Sprache und werden von allen Personen, die ihnen entgegenkommen, gegrüßt.«[438]

Theo Champion: *Ebene*

Im Bild ist das zu Erzählende enthalten. Wie kann das sein, und wo genau ist es dann enthalten? Im Ganzen, im Detail? Aber werden in *Schattenfroh* Bilder überhaupt versprachlicht? Faktur und Maltechnik der verwendeten Bilder werden nicht eigens thematisiert, auch wird im Kontext der Bilderzählung in der Regel kein Maler benannt, dies hätte die Verschleierung der Referenz aufgehoben, auf die Quelle verwiesen. Ausnahmen bilden die Benennungen von Cornelis Gijsbrecht mit seinem Bild *Rückseite eines Gemäldes* und des Düsseldorfer Malers Theo Champion (1887–1952) im Zusammenhang mit seinem Bild

438 Michael Lentz: *Schattenfroh*, a. a. O., S. 369.

Ebene, das in *Schattenfroh* erzählt wird und sich im Familienbesitz befindet. Nach dem Tod meines Vaters ist das Bild in meinen Besitz übergegangen, das als »innig« zu bezeichnende Verhältnis meiner Mutter zu diesem Bild signalisierte mir eine Ferne, so nahe sie auch sein mochte, und die geheimnisvoll zu nennende Ferne fand ihren Ausdruck in der Hängung des Bildes im Elternhaus im großen Zimmer an der langen Außenwand, die gleichzeitig Außenwand des Hauses war. Die Wand mitsamt Bild schien nicht so sehr zum Haus als vielmehr zur Außenwelt zu gehören, durch das und mit dem Bild hatte sie etwas Unnahbares, selbst wenn ich dicht vor der Wand bzw. dem Bild stand, hatte ich den Eindruck, mich der Wand nicht genähert zu haben. Rechts vom großen Außenfenster mit seinen Doppelflügeln hängend, war Champions Bild selbst ein Fenster, durch das man auf eine großzügige, Weite atmende Landschaft blickte, die für meine Mutter eine Seelenlandschaft gewesen sein muss. In Düsseldorf geboren, in Neuerburg in der Eifel aufgewachsen, hat meine Mutter, so wünsche ich es mir, das Bild als eine Art Adelung ihrer Herkunft und Heimat geliebt, als ein Jenseits im Diesseits, in das sie sich, dem Alltag entfliehend, vertiefen konnte.

In *Schattenfroh* heißt es:

»In A, dem sechzehnten Haus, hängt ein Ölgemälde von Champion, es heißt ›Ebene‹, es zeige die ›Rheinlandschaft bei Düsseldorf‹, sagte Mutter, eines Tages werde es bei mir an der Wand im Flur hängen. Es passt dort gar nicht hin, für Mutter war es aber die Heimat, und so soll es eine Heimat haben. (…) Da, auf dem Ölbild, fließt der Rhein. Zwei Kühe sind zu sehen, vielleicht auch drei oder vier. Die Bäume sind blattlos, der Boden scheint nicht gefroren. In der Ferne geht eine Frau im roten Mantel spazieren, eine Blume. Sie wird bald aus dem Bild verschwunden sein, das ganz von den Rheinauen eingenommen wird. Das Leben könnte sich in der Betrachtung dieses Bildes ganz erschöpfen. Oft habe ich Mutter beobachtet, wie sie vor diesem Bild stand, ohne etwas sehen zu wollen, sie hatte ja alles schon gesehen, vor dem Bild stehend, musste sie es sich nur kurz in Erinnerung rufen, und schon ging sie wieder im roten Mantel durch die Rheinauen bei Düsseldorf spazieren. Es ist ganz wunderbar, ein Bild zu haben, in das man hineinfliehen kann, in dem man sich sicher weiß, man kann das Leben als einen transitorischen Zustand durchspielen, sich abwenden und wieder zuwenden, Herr und Frau im Phantom dieses Etwas sein, das ein Bild ist, nicht Traum, nicht Realität. Stimmung ist immer Zitat.«[439]

Solchermaßen kann ein Bild realitätssetzend sein, man weiß sich *dort*, auch wenn dieses *dort* keine reale deiktische Verweisfunktion hat, also auf keine reale Düsseldorfer Rheinaue zeigt. Das betrachtende Subjekt als schauendes Selbst ist ein autofiktionaler Hybrid, die Ich-jetzt-hier-Origo hat Relaisfunktion.

In der Bildbetrachtung können sich Bilder auf eine Weise überlagern, dass man in dem einen Bild nicht nur ein anderes sieht oder mitsieht, sondern dass das eine Bild ohne das andere nicht mehr gesehen werden kann. Familienähnlichkeiten tun sich auf, der autobiographische Blick sieht überall Analoga, vormals Verschiedenes gehört mit einem Mal zum Selbst, das sich zunehmend entgrenzt. Bildtheoretische und phänomenologische Gesichtspunkte rahmen den Blick:

»Champion auf der Spur, entdeckte ich eines Tages ein ›Sonntagsspaziergang‹ betiteltes Bild von ihm, das, ebenfalls zentralperspektivisch, einen nur geringfügig variierenden Landschaftsausschnitt zeigt. Hatte der Maler keine Phantasie? Suchte er immer wieder nur diese Gegend auf, um an ihr etwas exemplarisch zu zeigen? Ich beneide diesen Maler, hat er doch etwas, das mir verlorenging, einen Ort, den aufzusuchen seine Identität ausmacht. Und was, wenn dieser Ort gar nicht existiert? Macht das einen Unterschied? Er hat ihn gemalt, also existiert er. Und weil er existiert, kann er ihn immer wieder malen. Identi-

439 Michael Lentz: *Schattenfroh*, a. a. O., S. 532–533.

tät ist variierte Wiederholung, sagt Manz Fron. Haben die Romantiker nicht Orte aufgesucht, die sie in idealisierter Weise auf die Leinwand brachten? Hier ein Quell, der aus einem Berg entspringt, da ein Berg, der ebenso wenig vor Ort zu finden ist wie die Quelle. Auf dem ›Sonntagsspaziergang‹ hat der Maler die Landschaft etwas weiter weg vom Betrachter gerückt als auf Mutters Bild, im Vordergrund, hinter einem sich nach rechts verbreiternden Schattenspalt, ist ein wuchtig von zwei Buchen eingefasster, sonnenbeschienener Weg zu sehen, auf dem, von links kommend, ein jüngeres Paar mit ihrem Kind (Mädchen) und einem voranlaufenden Hund (ein Schäferhund?) spazieren geht. Die Landschaft präsentiert sich dem Betrachter wie in einem Guckkasten, die beiden Bäume fassen das Guckloch ein, durch das die Augen ein stillgelegtes Bild sehen. In dieser Rahmenschau kommt die Landschaft zu sich selbst und der Betrachter zur Landschaft, die er nicht betreten, die er nur vorfinden kann, die es außerhalb seines Blickes gar nicht gibt. Seinem Schaubegehren wird Genüge getan, in ihm baut sich die Illusion auf, mitsamt seinem Körper in das Bild hineinflüchten und seiner realen Umgebung entfliehen zu können. Als jüngeres Paar mit Kind und Hund ist er im Bild bereits angekommen. Der Rahmen ist allerdings nicht geschlossen, er ist kein Fensterrahmen. Der Himmel ist offen – und leer. Die Wolke ist ein in die Luft gehängter Trost, der ablenken soll von der Leere. Das Tableau ist ›übersehbar‹ im vielfachen Sinne des Wortes; was aber verstellen die Bäume dem Blick? Ist dahinter das Jenseits? Die Wiese, auf der wir als Kinder spielten? Und links, da komm ich als Pärchen mit Kind und Hund. Wir sind also alle gleichzeitig zugegen auf und mit diesem Bild: die Kindheit, die Jugend, das Alter, meine Mutter, das Kind. Den Schatten sieht die Familie nicht, in den Schatten aber wird sie hineingehen. In die Ferne treibt der Blick, doch sieht er da nichts. So entgeht ihm vielleicht, was sich vor ihm ausbreitet. Die Feuchtwiesen auf dem Bild machen mir Angst, sie bedecken die Erde wie einen Teppich, als müsste die Natur etwas verbergen oder als hätte jemand die Auenlandschaft über einen Abgrund gezogen, ein amönes Idyll über der Gehenna.«[440]

Michael Triegel: *Deus absconditus*

Das großformatige Gemälde *Deus absconditus* von Michael Triegel ist eine symbolisch aufgeladene Bilderzählung, eine konstellative Ausstellung von typologisch und ikonographisch kodierten Motiven, Figuren, Gegenständen und Schemata. Wie abgestellt wirken die Bildelemente, die jedes für sich Bilder im Bild sind. *Deus absconditus* ist ein Museum des geheimnisvoll Nutzlosen und planvoll Unzusammenhängenden, dem der Betrachter sofort geneigt ist, eine Geschichte zu verleihen. Was hier in die Abstellung auseinandergebreitet ist, nach dem mäßig verlaufenen Fest zurückgestellt in die Requisitenkammer, zeigt ein immerwährendes Danach aller Verheißungen, Verkündigungen, Erlösungsversprechen. Und es zeigt, dass es kein Geheimnis gibt, sondern nur Inszenierung. Deshalb darf das Verborgene nicht sichtbar werden, Stellvertreter müssen die Sicht versperren, alles Sichtbare kann nur enttäuschen.

Es ist deshalb nur folgerichtig, die schwarze Wand, das Loch, die manichäische Finsternis ins Zentrum des Bildes und seiner Betrachtung zu rücken, auch wenn die Requisiten bemüht sind, ihre Leere zu füllen, sie vordergründig mit Sinnangeboten aufzuladen. Davon will sich der Betrachter aber nicht täuschen lassen. Er kennt diese Täuschungs- und Ablenkungsmanöver noch aus seiner Kindheit als Beschwichtigungen, Löschungen, falsches Autoritätsgebaren.

Triegels *Deus absconditus* kennt der Ich-Erzähler nicht. Er entwickelt in der dem Betrachter angebotenen Dunkelkammer seinen

440 Michael Lentz: *Schattenfroh*, a. a. O., S. 533–534.

ganz eigenen Kindheitsfilm, indem er die Kammer betritt und alles darin Vorfindliche als »Jüngstes Gericht« wörtlich nimmt. Eine solche Kammer ist Angstort und Refugium. Zunächst macht der Ich-Erzähler eine penibel beschreibende Bestandsaufnahme, als gälte es, einen Tatort zu beschreiben:

»Es ist dunkel in der Kammer, süßlicher Geruch strömt aus, warme, muffige Luft, die einem den Atem nimmt, (…). Die Luft ist etwa vierzig Jahre alt. Sie enthält noch den Atem von Vater und Mutter. An der gegenüberliegenden Wand zeichnen sich schwache Konturen ab. Ganz sicher bin ich nicht allein im Raum. (…) Die Kammer ist mit einem Steinboden ausgestattet, beim übrigen Dachboden hat man es bei der schlichten Betondecke belassen. Der Steinboden ist in Quadrate parzelliert. Die Quadrate sind marmoriert, ein auf der Spitze stehendes helles Quadrat in der Mitte ist in ein rotes Quadrat eingelassen, wodurch jeweils vier rote Dreiecke entstehen. Die Seiten des roten Quadrats sind umlaufend von hellen, schmalen Rechtecken eingefasst. Die so entstehenden rechteckigen Auslassungen an den Eckpunkten sind jeweils mit kleinen grünen Rechtecken gefüllt. Ein Lichtschalter lässt sich nirgends finden, je länger meine Augen das Halbdunkel abtasten, desto mehr erkennen sie. Ein großes Laken scheint auf. War es früher strahlend weiß, Mutters ganzer Stolz war strahlend weiße Wäsche, die noch in der Nacht leuchtete, so geht seine Farbe nun ins schmutzig Gräuliche, und man mag es gar nicht anfassen.«[441]

Die Benennung dieser sich in der Vorstellung abspielenden haptischen Abneigung ist die Ouvertüre zu einer autobiographischen Besetzung und Ausdeutung der Kammer und ihres Inventars:

»Mutter sagte immer, schau dir dein Hemd an, schau dir deine Hose an, sie stehen vor Dreck. Einmal durch die Straße zu gehen genügte für ›stehen vor Dreck‹. Das Laken riecht wie der braune brüchige Vor-

441 Michael Lentz: *Schattenfroh*, a. a. O., S. 608–609.

hang meines Regals, das hinter dem Kopfende meines Bettes stand. Im Regal versteckte ich zwischen den Spielsachen und Büchern Papiere mit Notizen, auf die ich im Falle des Falles zurückgreifen wollte. Im Falle des Falles war in erster Linie das Jüngste Gericht, das ich mir als eine Art Generalabrechnung vorstellte. In meiner Vorstellung hatte jeder vor einen großen Tisch zu treten, hinter dem eine Reihe von Männern sitzt – und meine Mutter. Meine Mutter würde sich in Selbstmitleid ergehen und die Männer anstacheln, mich zu verhören. (…) Ich solle mich doch nicht so blöd stellen, schrie Mutter mich an, es sei doch von Anfang an mein Ziel gewesen, sie zu hintergehen und mich in den Besitz der Kammer zu bringen. In der Kammer hätte ich eine Schreibmaschine deponiert, auf der ich auch dieses Verhör hier niedergeschrieben hätte.«[442]

Die Grenzen von analeptischer Imagination und Gegenwart des Ich-Erzählers verwischen sich, retroaktiv überblenden die autofiktionalen Erinnerungen an das eigene Zimmer und die in ihm entwickelten Kindheits- oder Jungendphantasien die narrative Ekphrasis der Kammer. Das »Jüngste Gericht« als reaktivierte Krisis besetzt allmählich den Raum, den die Phantasievorstellung des Autors in den unbebauten Teil des Daches vom Elternhaus eingebaut hat:

»Die Kammer, meinte sie nun, hätte ich mir ausgedacht, sie existiere gar nicht, ich hätte sie mir ausgedacht, um sie, meine Mutter, bloßzustellen, dass sie mir etwas vorenthalte, was gewichtiger sei als Sinn, gewichtiger als zum Beispiel der Sinn des Lebens. Was dies denn sein könne, wollten die Männer wissen. Etwas wie Seele, sagte meine Mutter. Etwas wie oder genau das? Die Seele. Ich hätte keine Seele, wirft mein Sohn mir vor. Also kann ich auch keine Seele weitergeben. Die Kammer sei eine imaginäre Werkstatt, eine Werkstatt des

442 Michael Lentz: *Schattenfroh*, a. a. O., S. 609–612.

Imaginären. Da ich keine Seele habe, so meine Mutter, hat mein Sohn mich kopf- und körperlos dargestellt, in einem Gewand, das mich vollständig verbirgt, sie sei ja nur Mutter, zu nichts anderem gut, sie sei gar keine Frau, Mutter sei das dritte Geschlecht, es sei schon gar kein Geschlecht mehr, sondern allein ein prächtiges, die Konturen des Körpers nachzeichnendes Gewand, dessen schöne Farben die Sinne täuschen. Was sie unter ›darstellen‹ verstehe. Malen, sagte meine Mutter, mein Sohn hat mich gemalt, er hat das Kunststück fertiggebracht, mich in völliger Abwesenheit erscheinen zu lassen, in der Abwesenheit zugleich leer und in mich gekehrt. Was genau denn ihr Vorwurf sei, wollten die Männer wissen. Mein Sohn hat mich umgebracht, und er will den Mord als Kunst erscheinen lassen. Die Kammer mit ihrem großen Bild sei der Beweis. (…) Ob ich noch etwas sagen wolle, fragen mich die Männer. Ich sagte, ich hätte das Bild nicht gemalt und von einer Kammer wüsste ich nicht, Mutter habe mich aber ganz früh schon so allein gelassen, dass ich ihr Gesicht nicht kenne. (…) Die Freude darüber, keine Strafe erhalten zu haben, keiner leiblichen Pein unterzogen worden zu sein, beruhigte mich so, dass ich mich ungeniert im Raum bewegte, einzelne Dialoge des Verhörs nachäffte, ohne Angst, auf der Stelle dafür büßen zu müssen, diese Angst hat mich später allerdings nicht mehr verlassen, bis ich dicht vor den von den Männern verlassenen Tisch gelangte, im Schwung beinahe vornüberfiel und dabei hinter dem Tisch in ein tiefes schwarzes Loch schaute. Der Tisch erschien mir mit einem Mal riesig und so hoch, dass ich es nicht wagte, ihn ganz zu erklimmen und die gegenüberliegende Seite hinabzusteigen. Stattdessen war es mir eine große Erleichterung, an seiner glatten Oberfläche abzurutschen wie Schnee im Gebirge, wenn es taut, dabei ist erst früher Morgen, überall glitzert es, ein Orchester von Wassertropfen ist zu hören, das die Bäume ringsum bespielt …«[443]

443 Michael Lentz: *Schattenfroh*, a. a. O., S. 613–615.

Ein wichtiges Mittel des Schachtelprinzips der Erinnerungen und Wahrnehmungen, das den Roman *Schattenfroh* insgesamt strukturiert, ist das Tempus bzw. der Tempuswechsel. Harald Weinrich zufolge indizieren die Tempora nicht (die) Zeit: »(…) die Tempora haben insgesamt Signalfunktion, die sich als Informationen über Zeit nicht adäquat beschreiben lassen.«[444] Wenn der Textausschnitt nun also vom Präteritum ins Präsens wechselt, so wechselt er nicht von der Vergangenheit in die Gegenwart, sondern von der Tempusgruppe II der erzählten Welt in die Tempusgruppe I der besprochenen Welt. Dieses Besprechen verleiht ihm einen dokumentarisch-prozessualen Charakter.

Das Jüngste Gericht ist das Scharnier zwischen Vergangenheit, in der es prospektiven Charakter besitzt, und Gegenwart, dessen Präsens als historisches Präsens zu diskutieren wäre.

Der »verdampfende Nebel« kann verstanden werden als sich lichtende Imagination, die ihren – abwesenden – Gegenstand klar vor Augen führt: Das »nun« verweist in die Gegenwart des Ich-Erzählers als jemandem, der soeben imaginiert. Mit diesem Temporaladverb wird der prozessuale Charakter der sich allmählich entfaltenden Imagination markiert, indem es als Marker der Deixis am Phantasma fungiert, die einen sich sukzessive mit Gegenständen besetzenden Verweisraum öffnet:

»im verdampfenden Nebel wird ein Holztisch sichtbar, über dem links eine Schreibmaschine zu schweben scheint. Links von ihr ist nun ein mehrfarbiges Gewand zu sehen, das durch seine Faltung geschickt den Eindruck von Belebtsein erweckt. Ich kann das Gewand berühren, es ist ganz steif. Auf dem fehlenden Kopf trägt das Gewand eine Kapuze aus demselben Material wie das Laken, über dem Schleier,

444 Harald Weinrich: *Tempus. Besprochene und erzählte Welt.* 6., neu bearbeitete Aufl. München: C. H. Beck 2001, S. 39.

befestigt an der Decke, schwebt ein drahtiger Heiligenschein, den man leicht abnehmen und sich selbst auf den Kopf setzen kann. Heiligenscheine gibt es wohl in verschiedenen Größen, oder es gibt eine Heiligenscheingröße für alle. Der Heiligenschein ist eher ein Heiligenkreis. In der gefalteten Abwesenheit erkenne ich meine Mutter Maria. Sie kann nicht hinsehen, wie ihr Sohn leidet, dabei wäre sie die Einzige, die hinter die Kulissen schauen könnte. Sie wendet ihren Blick ab, sie hat gar keinen Blick, sie hat nur eine Blickrichtung, unter ihrem Karfreitag nach außen kehrenden Gewand in den Farben des Kirchenjahres ist alles leer, Mutter Maria ist keine Mutter, sie ist bloß die Institution der Mutter und steht für die Kirche, die leer ist, ihr hüftlanges Kopftuch, das ihr Kopf ist, ist vom selben Stoffe wie das Laken, das den Gekreuzigten verbirgt. Dieser wenigstens hat Hände und Füße, und so könnten diese Hände die schwebende Ideal bedienen, wären ihnen nicht die Hände gebunden, die Maria nicht hat. Die Schreibmaschine funktioniert. Kommt man in ihre Nähe, schreibt sie. Sie wird geführt von harter Hand. Kaum anzunehmen, dass in der Kammer Papier zu finden ist, so geht alles verloren, was sie direkt auf die Walze schreibt. Aus dem Klang der Lettern meine ich immerhin, folgenden Text herauszuhören: Was du heute kannst besorgen, das verschiebe nicht auf morgen. Ich drehe mich um und stoße mit dem Fuß gegen etwas Weiches, Fleischiges. Meine Hand ertastet eine Zunge, die aus dem Maul hängt, eine lange Schnauze, Zähne, eine leere Augenhöhle. Der gehäutete Kopf eines Rindes. Dann, einen Schritt weiter, fällt mir, als ich gegen ein vorspringendes Stück Holz stoße, ein Blatt Papier vor die Füße. Das Blatt wurde einmal längs und einmal quer gefaltet und ist insgesamt ziemlich zerknittert. Ein Notizzettel mit einem merkwürdigen Schema aus Dreiecken im Dreieck, einem äußeren und drei inneren, jemand wird ihn in der Hosentasche verwahrt haben. Ich falte ihn wieder zusammen und verstaue ihn in der Gesäßtasche. Auf dem Holzblock stehen Füße. Es ist gar kein Holzblock. Es ist ein

Kreuz. Die Füße, ans Kreuz genagelt, stehen auf einem Fußbänkchen. Das Biest wird Suppedaneum genannt, es hat die Aufgabe, den Todeskampf zu verlängern. Die Füße bluten, Blut läuft das Holz hinunter. Ich zögere zu überprüfen, ob allein die Füße ans Kreuz genagelt sind, abgehackt wie Schweinefüße, oder ob den Füßen der übrige Körper folgt. Bis auf die Hände ist der Körper, wenn es einen gibt, mit einem Laken verhängt, das mit drei über drei Ösen laufenden Schnüren an der Decke aufgehängt ist. Das untere Ende der linken Schnur führt, mit einer Zwischenbefestigung an der Wand, zum leeren Gewand, das untere Ende der rechten Schnur zu einem kleinen Kapuzenmännlein, das jetzt meine ganze Aufmerksamkeit beansprucht, geht von ihm doch eine mich geradezu rührende Bedrohung aus, ich möchte das Männlein aufheben und an meine Brust drücken, gleichzeitig stößt es mich ab, sein Gewand, aus demselben Material wie das Laken, ist ihm zu groß, die Schnur durchläuft die zum Gebet gefalteten Hände, es ist eine Projektion der Niedertracht, des Anheischigen, seine akkurat ausgestreckten Finger spotten der Hände am Kreuz, denen alles zwischen ihnen verlorenging, die hier zeigen sich demütig und sind in ihrer Demut falsch, die kleine Gestalt ist ein unberufener Adabei, der auf die Gunst der Stunde wartet, dann schlägt er zu, bis dahin aber kniet er oder scheint im Gehen begriffen, was auch immer ich über ihn denke, er verharrt in derselben Haltung, regungslos, ist es das nicht, was uns so rasend macht, dieses stoische Verharren, die Duldsamkeit, die uns bewegt, den Heiland zu verhängen, weil wir sein Antlitz nicht mehr ertragen, ich hebe einen Apfel auf, der einen Schritt auf die Gestalt zu auf dem Boden liegt, setze gerade zum Wurf an, da drängt sich mir die Frage auf, woher in der Kammer eigentlich das Licht kommt, war es doch vorhin so dunkel, dass ich kaum die Umrisse der Dinge und Figuren erkennen konnte. Es ist gleichmäßig hell, am deutlichsten aber erkenne ich dasjenige, wohin mein Blick sich wendet. Die Quelle des Lichts bleibt verborgen. Es muss Gott sein, der mir leuchtet. Ich höre diesen Satz in mir, er erscheint mir selbstverständlich, und so ist es also Gott, der mir leuchtet. Gott zeigt mir nun einen schräg in einer Kiste lagernden Holzjesus, dem der Apfel zuvor den rechten Arm abgebrochen hat. Mit diesem Arm hätte Jesus selbst die Reißleine ziehen können, die auf dem Dach der Kiste aufliegende Schnur hätte er von seinem Platz aus leicht erreichen können. Sein Oberkörper ist frei, um Schultern und Lende trägt er ein goldrotes Tuch, das er mit der linken Hand auf Hüfthöhe zusammenhält. Das göttliche Blut und der Heilige Geist, ein bunter Faltenwurf. Ich lege den abgebrochenen Arm zu einem abgetrennten Fittich, der in einer kleinen Holzkiste auf dem Tisch links neben dem Auferstandenen liegt. Am Glas Rotwein, das auf der Kiste steht, erkenne ich, dass nicht ein Fittich in der Kiste liegt, sondern Brot. Der Wein steht über dem Brot. Das Brot ist steinhart, mit dem Wein gelingt es mir, kleine mundgerechte Stücke aufzuweichen. Ich überlege kurz, ob der Wein nicht zu schade ist, ihn als Brotaufweicher zu verschwenden, und stürze ihn lieber so hinunter. Das Brot riecht widerlich. An den Rissstellen hat sich Schimmel gebildet. Ich lege es zurück in die Kiste und wende mich wieder der kleinen Gestalt zu. Eine unwiderstehliche Lust überkommt mich, der kleinen Gestalt Gewalt anzutun. Ich hebe sie empor und schlage sie mit dem Kopf gegen die Schreibmaschine, die nach vorne kippt. Mir fällt ein schönes Spiel ein, Ostereiertitschen. Spitz auf spitz und stumpf auf stumpf, dann spitz auf stumpf oder stumpf auf spitz. Der Auferstandene fängt an. Er trifft sehr gut und schlägt der kleinen Gestalt den Kopf ab. Die kleine Gestalt tut dem Auferstandenen ein Gleiches. Die Füße des Auferstandenen treten der kleinen Gestalt die Hände ab. Dann wird das Spiel langweilig, und ich stelle die kleine Gestalt, vielmehr das, was von ihr übrig geblieben ist, zum Auferstandenen, zu dem, was vom Auferstandenen übrig geblieben ist. Den Heiligen Geist stelle ich unter den Tisch und gebe ihm einen schönen Tritt, damit er in seinem Sarg an die Wand rutscht. Dann nehme ich die drei Schnüre in die Hand und ziehe gleichzeitig an ihnen. Das Laken bewegt sich nicht. Nach zwei weiteren Versuchen reißen die Schnüre ab. Der Körper des Gekreuzigten ist ganz in das Laken eingegangen, man müsste es brechen, wie den Hingerichteten am Kreuze die Beine gebrochen wurden. Hier hat jemand so lange keinen Blick hinter die Kulissen werfen lassen, bis die Kulissen das zu Verbergende geworden sind. Das Laken ist der Gekreuzigte. Der Gekreuzigte ist so gewellt und gefaltet wie das Papier mit diesem merkwürdigen Schema, das ich eingesteckt habe. Wohin ich auch schaue, allerorten sehe ich Dreiecksbeziehungen, zwischen Maria, dem Gekreuzigten und dem Knaben, zwischen den Schafsköpfen, dem Brot und Wein und dem Auferstandenen, zwischen der Schreibmaschine, Maria und den Rindsköpfen. Das Kreuz ist der Schlüssel, das Kreuz ergibt mindestens zwei Dreiecke, eins oberhalb und eins unterhalb des Querbalkens, und jetzt erkenne ich eine gewisse Dreifaltigkeit vom Gekreuzigten, dem Heiligen Geist in der Kiste und der kleinen kopf-, fuß- und handlosen Gestalt, die dann Gott sein muss. Ich krieche unter den Tisch, nehme Gott aus der Kiste und stelle ihn unter das Faltengewand meiner Mutter. Mein Vater (…) hat dieses Schema angefertigt.«[445]

Die anschließende Bemerkung kann als versteckter Hinweis gelesen werden, dass der Wahrnehmungstisch in der Zelle bzw. seine Platte mit ihrem Palimpsest aus Einritzungen und Schriftzügen, die das Durchwandern der Vorstellungsräume von *Schattenfroh* inaugurierten, vom Vater stammt:

»Wenn mein Vater Wichtiges zu Papier brachte, benutzte er den Kugelschreiber als Grabstichel und mit diesem Grabstichel gravierte er jedwede Unterlage, die Tischplatte verwandelte er mit der Zeit in ein Palimpsest aus Verordnungen, Fallstudien und Rechtskommentaren. Das Schema, das mir vom Fußbänkchen des Kreuzes herab vor

445 Michael Lentz: *Schattenfroh*, a. a. O., S. 615–618.

die Füße gefallen war, diente ihm wahrscheinlich als Entscheidungshilfe in komplizierten kirchlichen Rechtsfällen. (…) Ich betrachte das Schema, dann schaue ich das Kreuz wieder an, weiß unterm Tisch den hölzernen Auferstandenen und Gott unterm Faltenwurf meiner Mutter. Offenbar ist Gott hier verborgen. Offensichtlich ist das nicht.«[446]

Es folgen Spekulationen über die Paradoxien des Trinitäts-Schemas bzw. der Trinität, zwischen einem der beiden Schafsköpfe und dem Ich-Erzähler entwickelt sich ein Disput über die Verborgenheit Gottes, der in die Überlegung mündet, ob Gott und Jesus vielleicht noch nicht fertiggestellt seien oder ob die Eltern die Wiederauferstehung Jesu beim weihnachtlichen Fest der Familie fürchteten. So oder so scheint es sich bei der Kammer voller göttlicher Insignien um eine Rumpelkammer zu handeln:

»Vielleicht aber ist Gott auch in Gestalt Christi noch nicht fertig oder einfach nicht vorzeigbar? Die Menschen fielen vom Glauben ab, wenn sie ihn sähen. Hält ihn meine Mutter hier oben in der Kammer so lange unter Verschluss, bis das Licht ihm nichts mehr anhaben kann? Gilt es, seine Oberfläche zu schützen? Oder hat man ihn schlicht nur weggehängt im Sinne von verbergen? Da die Zeit nicht mehr ist oder noch nicht wiedergekommen ist, sein Antlitz zu betrachten? Wäre das Arrangement ein Tafelbild, hätte der Künstler es sich hier schön einfach gemacht, zeigte er seine Kunst doch nur im Nebensächlichen, seine wahre Kunst müsste demgegenüber darin bestehen, die Hauptsache zu zeigen, zu der er augenscheinlich nicht fähig ist. Zeige mir Gott, hieße sein Auftrag. Er jedoch zeigt Gott nicht, denn unter dem Laken ist er nicht, er ist das Laken, kaum anzunehmen, der Künstler habe Gott-Christus gemalt, am Kreuze, habe ihm einen Ausdruck stärksten Leidens verliehen, das er mit dem Laken dann löschte, er malt also den Leib und übermalt ihn, entzieht ihn

446 Michael Lentz: *Schattenfroh*, a. a. O., S. 618–619.

dem Anblick und macht ihn so in seiner Abwesenheit anwesend in der vielgestaltigen Vorstellung der Menschen, die sich selbst hineinsehen ans Kreuz, schließlich ist der Herr ja nur ein Platzhalter für mich. Ist das eine begehbare Krippe, und meine Eltern wagten nicht, sie zu Weihnachten aufzustellen, weil sie Angst hatten, etwas verlebendige sich, der Auferstandene könne auferstehen und unter uns sein? In den Auferstandenen ist nicht nur das Laken, in ihn ist das Holz des Kreuzes eingegangen, er ist Kreuz geworden. Passion, Heiliger Geist und das Göttliche vereinigen sich in dessen Verwitterung. Vom Paradies blieb der Apfel, von Gott der Schleier, den er selbstverordnet nicht zerreißen kann. Schweigt Gott, spricht der Teufel. Alles, was wir sehen, wird zu Bildern. Schließe ich die Augen, sehe ich keine Schnüre, mit denen alles enthüllt werden würde, ich sehe bloß ungleichmäßige gestrichelte Aufhellungen, die, aus der Ferne betrachtet, altersbedingte, auf schlechte Lagerung zurückzuführende Risse im Bild sind. Mit einem kleinen Klaps fällt Mutter um, wo jetzt ein Stuhl zum Vorschein kommen sollte, auf den ich mich setzen kann, erscheint nichts als Leere. Gott kicke ich weg, ziehe die Kiste mit den Schafsköpfen unter dem Tisch hervor, kippe die Köpfe auf den Boden und setze mich auf die Kiste. Die Schreibmaschine versetzt mir kleine Schläge, aber das treibt mich nur an. Ich spanne die leere Seite des Papiers ein, ich will schnell noch eine Nachricht hinterlassen, Mutter wird sicherlich bald aufräumen hier, bitte lass die Schreibmaschine so stehen, den Rest kannst du entsorgen, wo ist der Rest vom Wein, das Brot war leider schon schlecht, und stell mir bitte den Mülleimer wieder rein, dann kann ich das nächste Mal selbst saubermachen. Auch auf der Rückseite ist noch viel Platz, die Graphik stört nicht und kann überschrieben werden, ich beginne oben links mit dem Satz ›Der Schlüssel ist das ganze Haus‹.«[447]

447 Michael Lentz: *Schattenfroh*, a. a. O., S. 622.

Werner Tübke: *Frühbürgerliche Revolution in Deutschland (I)*

27 Seiten später unternimmt der Ich-Erzähler mit seinem alten, in -einem Pflegeheim lebenden Vater eine Wanderung nach Prüm in die Eifel zum als solchem nicht benannten (Bad Frankenhausener) Panoramamuseum, um dort einem Abiturtreffen der ehemaligen Schüler von Niemands Großvater beizuwohnen.[448] Während der Wanderung durchwandern sie gleichsam auch die Familiengeschichte während des Dritten Reichs. Der Sohn fungiert hierbei als Protokollant des Vaters, dessen Rede(n) als zitierte oder transponierte (indirekte) Rede ebenso Eingang in *Schattenfroh* findet[449] wie die Erinnerung des Sohnes an die riskante Wanderung mit dem Vater im Salzkammergut.[450] Der Vater ist gebrechlich, durch die Wanderung scheinen ihm aber Kräfte zuzuwachsen, und so ist es schließlich der Sohn, den die Reise stark strapaziert. Unweit von Prüm gelangen sie auf ein Schneefeld – mit dem sie bereits Werner Tübkes Panoramagemälde *Frühbürgerliche Revolution in Deutschland* betreten haben: »Vater sagt, die Jahreszeiten blieben hier immer dieselben, auf diesem Landstrich hier gäbe es immer nur Winter, und es läge immer Schnee, wolle man Sommer und Sonne, müsse man Richtung Osten gehen, einige Meter nur, und der Schnee höre auf, (…) es sei faszinierend zu beobachten, dass sich die Grenzen zwischen Winter und Sommer über Jahre um keinen Millimeter verschöben, es gäbe Leute, die es sich zur Aufgabe gemacht hätten, jahrein, jahraus mit dem linken Bein im Winter und mit dem rechten Bein im Sommer zu stehen …«[451]

448 Die Wanderung beginnt auf S. 649.

449 Michael Lentz: *Schattenfroh*, a. a. O., S. 651–668.

450 Michael Lentz: *Schattenfroh*, a. a. O., S. 668–680.

451 Michael Lentz: *Schattenfroh*, a. a. O., S. 692.

Die gar nicht mal so versteckten Anspielungen des Vaters auf den Bildcharakter der Landschaft, in der sie sich befinden, als Teil eines Auftragswerks, dem »zahlreiche Vorarbeiten« zugrunde lägen – »eine sogenannte Klärungsphase, die abgelöst worden sei von einer Anreicherungsphase, und er beziehe sich hier auf einen gewissen Herrn Behrendt, der eine Kompositionsphase, der wiederum eine Übertragungsphase und dieser die Ausführungsphase gefolgt seien« –, versteht der Sohn nicht:

»Wir hätten es hier mit Epochenübergängen zu tun, sagt Vater, dem Übergang vom Spätmittelalter zur frühen Neuzeit. Dem Ganzen in all seiner ungeheuren Detailfreude lägen zeichnerische Suchbewegungen zugrunde, wenn ich verstünde, was er meine, sagt Vater. Ich verneine. Die Suchbewegung des Zeichenstifts sei das Wort, das am Anfang war, das Gott im Finger steckte, mit dem er Erde und Himmel berührte. Es gäbe, was diese Landschaften und die Szenen angehe, die sich in ihr abspielten, zahlreiche Vorarbeiten, was wir hier sähen, sagt Vater, erblühe oder erfriere nicht einfach aus dem Nichts, dazu sei ein Auftrag vonnöten.«[452]

Bis Vater und Sohn endlich ins Gebäude gelangen, haben sie sich in Geduld zu üben, der Vorplatz des Gebäudes muss erst genauestens beschrieben werden, als müsse man sich aller Details der Umgebung versichern, um seiner selbst bewusst sein und sich selbst begreifen zu können, oder als sei Ekphrasis ein Teil eines Rituals des Aufschubs und der sprichwörtlichen Besinnung, um der innezuhabenden Wirklichkeit in all ihren Manifestationen gewahr zu werden, zudem hält es der Einlasskontrolleur namens Herbert Müller, genannt »Schale«[453], für unabdingbar, den beiden die architektonische Entstehungsgeschichte des Gebäudes nicht minder genau zu erklären, um einen Eintritt in

452 Michael Lentz: *Schattenfroh*, a. a. O., S. 693.
453 Michael Lentz: *Schattenfroh*, a. a. O., S. 712.

das Gebäude überhaupt zu ermöglichen, das Teil kognitiver und Verstehens-Prozesse des Lebensvollzugs sei. Diese das zentrale Ereignis des Treffens mit ehemaligen Schülern des Großvaters aufschiebende Verlangsamungen sind Programm: Die (kultur)historische, architektonische und allegorisch-sinnbildhafte Kenntnis der jeweiligen Umgebung, in der man lebt oder sich aufhält, ist conditio sine qua non des Bewusstseins und der Selbsterkenntnis.[454]

Giorgio de Chirico: *Piazza; Geheimnis und Melancholie einer Straße (I)* Lotta Blokker: *Precipice; Levity; Atlas; I am here now*

Die ekphrastische Inkorporierung der paradoxen Arkaden und Plätze von Giorgio de Chiricos metaphysischen Bildern[455] in eine bestehende Architektur, den Vorplatz des Panoramamuseums in Bad Frankenhausen, retouchiert das Bild der Wirklichkeit für das Bild der Kunst, das nun anstelle des realen Platzes bzw. in einer Synthesis mit diesem begangen wird und in das wiederum physische Kunst implementiert wird: Lotta Blokkers vier Bronzeplastiken aus der Serie »I am here now« (2010) auf dem besagten Museumsvorplatz[456], die wiederum in die Narration überführt und in ihrer Gestik beschrieben werden.[457] In

454 Vgl. Michael Lentz: *Schattenfroh*, a. a. O., S. 712–730.

455 Giorgio de Chirico: *Piazza* (1913), Ölgemälde; *Geheimnis und Melancholie einer Straße* (1914), Ölgemälde.

456 *Precipice* (2003), *Levity* (2004), *Atlas* (2005), *I am here now* (2008).

457 Romantische Maler retuschierten Bilder der Landschaft um Olevano Romano (Latium) unweit von Rom, indem sie im atmosphärischen Sinne ihres Bildes eine Quelle entspringen ließen, wo keine war, oder andere Details wegließen oder hinzufügten, versetzten oder kombinierten.

diesem Sinne ließe sich von einer »umgekehrten Ekphrasis« sprechen, bringt der Text doch die Bilder kombinatorisch allererst hervor, die er beschreibt.[458] Die Inkorporierung hat ihrerseits einen paradoxen Effekt: In ihrer belebten In-Beziehung-Setzung zur und Integration in die Topographie des Romans wirken de Chiricos Bilder und Blokkers Plastiken realer und bedeutsamer als der reale Platz, dessen Geometrisierung eine Differenzierung von Vordergrund und Hintergrund, von Figur und Grund eher einschränkt.

Kennzeichnend für die Faktur der ›metaphysischen‹ Bilder de Chiricos sind ihre »Mythopoetik« des klapp- und faltbaren Raums[459] und die »flache Relieftechnik«[460] ihrer Anordnungsästhetik, die auf geometrisch paradoxe Weise Dinge, Figuren, Gebäude und Arkadengänge konfiguriert.

Die Bilder zitieren einen sich u.a. auf Arnold Böcklin und Max Klinger, auf Pablo Picassos Zeichnungen und auf Bühnenbilder[461] beziehenden Fomenkanon, deren Einfluss de Chirico im Sinne seiner Einzigartigkeit gleichwohl nicht müde wurde abzustreiten.[462]

Der Ich-Erzähler imaginiert die Genesis der vier Skulpturen von Lotta Blokker, die ohne Nennung der Künstlerin ausdrücklich als »Skulpturen« bezeichnet werden, als fossile Erstarrung der vor dem Gebäude Wartenden, deren Warten sich zur gestischen Figur transformiert. Die Skulpturen sind in einem solchen imaginären Verständnis

458 Der Begriff der »umgekehrten Ekphrasis« ist entlehnt Andreas Bässler: *Die Umkehrung der Ekphrasis,* a.a.O.

459 Siehe Karin Wimmer: *De Chirico. Surreale Räume.* Marburg: Tectum Wissenschaftsverlag 2015, S. 63–67.

460 Karin Wimmer: *De Chirico,* a.a.O., S. 65.

461 Siehe Karin Wimmer: *De Chirico,* a.a.O., S. 104–121.

462 Vgl. Karin Wimmer: *De Chirico,* a.a.O., S. 23, 70–103.

festgeschriebene gestische Metonymien, auf die sich ihr ganzes Leben reduziert. Der Korpus am Kreuz wäre vor diesem Hintergrund ebenfalls eine gestische Metonymie. Allerdings wählt der Vater oder Schattenfroh aus der Vielzahl der Skulpturen bestimmte Skulptur gewordene Gesten aus, solche nämlich, die für den Vater oder für Schattenfroh ein gestisches Ideal an Haltung und Einheit verkörpern, an das der Sohn nicht im Entferntesten heranreicht, vielmehr erscheint er, die Figuren des Schulternden und des Geschulterten als Einheit verstanden, im Umkehrschluss als gespaltene Persönlichkeit:

»Ich stelle mir vor, wie Hunderte Menschen, dicht an dicht gedrängt, sich innerhalb der drei auf den Eingang zulaufenden Bahnen sammeln und Einlass begehren, der ihnen vielsagend verwehrt wird, das Warten der Menschen geht in den fossilen Zustand über, die Menschen werden zu ihren eigenen Skulpturen, die von meinem Vater oder von Schattenfroh jedoch nicht alle für brauchbar befunden werden, es beginnt das große Aussortieren, und zum Schluss bleiben vier Skulpturen hier auf dem Vorplatz übrig, der sich, was die Gebäudlichkeiten und die Perspektiven betrifft, so wandelt, dass ich vermeine, an Sehstörungen zu leiden oder mein linkes und mein rechtes Auge führten einen Wettstreit um das richtige Sehen, so disparat sind die nicht mehr in eins zu fassenden Wahrnehmungen. Bei den ausgewählten Skulpturen handelt es sich durchweg um Männer, zwei Personen im Gespräch und ein Mädchen, das einen Reifen mit einem Holzstab über den Platz treibt, kommen hinzu, allesamt in ihrer Bewegung eingefroren. Eine Skulptur, rechts neben der Treppe, zwei Meter vor der zur Wand verlängerten Säule, mit ihrem Sockel den Anfang des grauen Steinschattens verdeckend, vollführt eine Verbeugung zwischen Unterwürfigkeit und Schelmerei, ihre Beine stehen über Kreuz, das linke vor dem rechten, sie steht auf den Außenkanten ihrer Füße, sie trägt eine Hose, der Oberkörper ist frei, die Arme nach vorne gestreckt wie weggeworfen, die linke Hand nach außen gedreht, stünden die Beine nicht so, könnte man denken, die Figur übe einen Kopfsprung ins Wasser; die zweite Figur, ebenfalls in Hose und mit nacktem Oberkörper, steht in einigen Metern Entfernung mit nach hinten gestrecktem Kopf, die Arme seitlich zum aufrechten Körper, die Hände mit den Innenflächen nach außen gedreht, eine erhabene Haltung, zugleich aber, der Körperausdruck lässt diese Deutung zu, liegt etwas Flehentliches im Blick zum Himmel; die dritte Figur liegt mit angezogenen Beinen auf einem Steinsockel; die vierte Figur sehe ich nicht.

Was hältst du dich damit auf, fragt Vater. Ich bereite mich auf das Kommende vor, das Auf-und-ab-Zählen beruhigt mich, sage ich. Die Bronzeskulptur schafft etwas, was dir nie gelingen wird, sagt Vater, sie trägt sich selbst. Ich drehe mich um und erblicke mittig auf dem Vorplatz, auf einem aus zwei Elementen bestehenden Sockel, ein flacheres Quadrat, auf dem mittig ein kleineres höheres Quadrat liegt, beide aus demselben Stein wie die vierstufige Treppe, der Sockel befindet sich seinerseits in der Mitte einer aus sechs mal sechs Quadern bestehenden Fläche, die sich von den übrigen Betonplatten des Vorplatzes durch ihren dunkleren, ins Champagnerfarbene oder Gelbgraue gehenden Ton abhebt und auf der sechs Bodenstrahler angebracht sind. Muss Kunst nachts angestrahlt werden, frage ich Vater. Wenn es Kunst ist, kann sie auch nachts angestrahlt werden, sagt Vater. Ist das denn Kunst, frage ich. Mich interessiert nicht, ob das Kunst ist, sagt Vater, mich interessiert, dass du das nie hinbekommen wirst, was da gezeigt wird. Das will ich nicht auf mir sitzenlassen, also schaue ich mir die Plastik einmal aus nächster Nähe an. Eine nach vorne gebeugte Gestalt, ein junger Mann, nackt, schultert einen nackten jungen Mann, augenscheinlich sich selbst. Der Geschulterte, zwischen seine angezogenen Beine hat er seinen rechten Arm gelegt, die Hand berührt seinen rechten Fuß, den er quer auf das vordere Drittel seines linken Fußes gesetzt hat, liegt, so scheint es, mit großer Leichtigkeit auf sich selbst, dem Stehenden, den Kopf hat er, nach links gewendet, an die linke, durch die nach vorne gebeugte Haltung leicht abschüssige Schulter geneigt, ein balancierendes Gleichgewicht scheinen die beiden lebensgroßen Figuren dadurch zu erlangen, dass die linksseitige, vom Kopf bis zum Gesäß reichende Partie des Liegenden und die linke obere Rückenpartie des Stehenden, auf der der Liegende aufliegt, sich gegenseitig neutralisieren, wobei sie sich zusätzlich mit ihren nach unten hängenden Armen absichern, deren Hände zaghaft ineinandergreifen. Haben sie so den nötigen haptischen Kontakt, der ihre gegenseitige Wahrnehmung ermöglicht, anschauen können sie sich in dieser Position nicht. Jedes Wort, das sie miteinander wechselten, würde das Gleichgewicht stören, fiele die Last vom Stehenden ab, die er selbst ist, wäre das Leben von ihm abgefallen. Wie aber vermag der Stehende es in dieser Haltung, nach vorne zu schauen? Wie will er jemals aufrecht durchs Leben gehen? Es ist der Aufliegende, den es durchs Leben trägt, indem er ihn trägt, sich selbst. Der Aufliegende ist von seiner eigenen Last befreit, er ist es, auf den es hier ankommt. Wer aber will so sein? Beide zusammen sind also er, ich. Und ich will nicht so sein. So bist du ja auch nicht, sagt Vater. Du bist nur die eine Hälfte, die sich selbst zu tragen versucht. Ein Luftikus also, sage ich. Luftikus gefällt meinem Vater, er sagt das Wort ein dutzend Mal vor sich hin, dann wendet er sich dem Einlasskontrolleur zu, der sich als Müller vorstellt, Herbert Müller, genannt Schale, sagt Herbert Müller …«[463]

463 Michael Lentz: *Schattenfroh*, a. a. O., S. 709–712.

Werner Tübke: *Frühbürgerliche Revolution in Deutschland (II)*

Wenn auch nicht direkt beim Namen genannt, so doch über die Angaben zu seiner Dimensionierung identifizierbar gemacht wird Tübkes Panoramagemälde *Frühbürgerliche Revolution in Deutschland* im Roman ein zweites Mal vor Betreten des Gebäudes, als Vater und Sohn ein »Experiment« machen wollen, der Sohn solle »das Erscheinen der von Vater im Gedächtnis abzurufenden Müller-Passage in *Schattenfroh*« überprüfen, einen Ausschnitt aus dem Konstruktionsplan des Panoramamuseums, wodurch sich die intersubjektive Synchronisierung von Erinnern, Demonstratio ad oculus und Schreiben als möglich erwiesen hätte. Gelänge das nicht, hätte das weitreichende Konsequenzen:

»Jetzt musst du dich konzentrieren, sagt Vater. Er sähe die Passage deutlich vor sich, und bevor ich die Passage nicht in mir aufleuchten sähe, würden wir das Gebäude nicht erreichen, und wenn wir das Gebäude nicht erreichen, würden die dort Anwesenden umsonst warten, und wenn sie umsonst warten, würde Opa in Vergessenheit geraten, und wenn Opa in Vergessenheit gerät, wird sich Mateo eine schöne Strafe für mich ausdenken, die darin bestünde, mit dem eigenen, für die Dauer der Arbeit nicht versiegenden Blut, das mir unter Schmerzen aus meinen Fingern in Pinsel und Rolle flösse, auf einer Leinwand von etwa einhundertfünfundzwanzig Metern Länge und fünfzehn Metern Höhe ein Schlachtenpanorama des Umbruchs zu malen, einer Zeit der leeren Transzendenz, in die in unregelmäßigen Abständen eine Dosis Gott hineingeschossen werde, einer Zeit der Allgegenwart aller Vergangenheit und der unvorhersehbaren Löschung der Gegenwart, die ein blinder Fleck sei; einer Zeit, die immer von Präsenz rede, das Präsens aber nicht kenne, und Präsens sei ja weiß Gott nicht allein eine Tempusform, Präsens habe mit Gegenwart so viel zu tun wie das

Präteritum mit Vergangenheit, nämlich gar nichts; ein Schlachtenpanorama, das den Titel *Schattenfroh* haben werde und das ich, kaum sei es nach sieben Jahren inklusive aller Vorarbeiten fertiggestellt, wieder von vorne anfangen müsse, da es das darstelle, was ihm, dem Panorama, selbst widerfahre, das Verschwinden, das sich an mehreren Stellen gleichzeitig ereigne.«[464]

Nach dieser grundsätzlichen Charakterisierung von Tübkes Bild setzt unmittelbar die Ekphrasis einiger Motivinseln ein, Pilatus, ein Narr, Justitia und Christus in ihrer spezifischen Erscheinungsweise werden, von Martin Heidegger sekundiert, einer allegorisch-rhetorischen Auslegung und Zeitdiagnose unterzogen, die insgesamt auf die Aktualität des Gezeigten abzielen: Bestechlichkeit, moralische Schwäche, Gewissenlosigkeit, Vermassung und Anonymisierung:

»in der mittleren Bildzone, die ihren allegorischen Horizont nicht verleugnen könne, tauche Pilatus in schwarzem Gewand und mit schwarzem Hut seine Hände in ein von Fischdämonen umspieltes Metallbecken und wasche sie mit abgewandtem Gesicht in Unschuld, die Dämonen übten sich derweil im Zubeißen, ein sich im Tanz grotesk verrenkender und uns ungeniert anstarrender Narr mit roten Schuhen, gelben Hosen, grauschwarzem Faltenrock und rotem, mit einem Faden zusammengehaltenem Wams, aus dem ein viel zu großer weißer Kragen hervorlugt, der den schellenbesetzten roten Narrenhut wie eine bischöfliche Mitra erscheinen lässt, zeige mit dem Zeigefinger der rechten Hand auf diese Handwaschungsszene, die ihm ein spöttisches, dabei selbstzufriedenes Grinsen ins Gesicht treibe, begleitet von seiner Linken auf der Laute, während einige Schritte Richtung Norden, über die auf der Weltkugel balancierende, dabei um Haltung ringende Justitia hinweg, das rechte Bein entblößt, der transparente Strumpf, oder ist das ein Schuh, zwischen Knie und Knöchel, in der Rechten das

464 Michael Lentz: *Schattenfroh*, a. a. O., S. 699–700.

Schwert, in der Linken die Balkenwaage, deren von uns aus gesehen leere rechte Schale trotz der Beschwerung der linken Schale mit Goldmünzen nach unten neige, sie soll die Scham verdecken, könnte man ihr sonst wohl zwischen die Beine blicken, für diesen Ausblick und anderes mehr seien die Goldmünzen in die Waagschale geworfen worden; während Christus rücklings uns entgegenflöge mit dem weit nach hinten gestreckten Kopf voran, damit er uns sehen könne, Schwert und Lilie, deren Enden links und rechts in seinen Ohren steckten, Zorn und Gnade also, mit denen er gerichtet habe, richteten ihn nun selbst, bildeten zusammen mit seinen seitlich ausgestreckten Armen, dem angespannten Rumpf und seinen in einer Linie mit seinem Rumpf liegenden Beinen das Kreuz, seine Füße seien von Nägeln durchbohrt und sähen wie von Gicht zerstört aus, dieser Christus als vogelfreier Vogel, der keines Kreuzes mehr bedürfe, um gekreuzigt zu werden, der selber Kreuz schon sei, fliege uns entgegen und löse sich in dem Moment auf, wenn Pilatus seine Hände bis zu den Mittelgliedern ins Wasser tauche, der wegsehende Pilatus sei die Figur unserer Tage geworden, die das Geschichtliche als von Menschen machbar zeige, die es sprichwörtlich in der Hand habe, diese Hand dann aber wegtauche, nachdem er seine Zunge tief in den Schlund hinabgetaucht habe, es sei ein Nichteingehen auf die Sachen, das schon Geheimrat Irgend in der Grundfigur des Man, der ein eigentlicher Niemand sei, herausgestellt habe als die Öffentlichkeit, die alles verdunkle, indem sie gegen jede Differenz unempfindlich sei, Christus sei die Ausnahme, der immer noch der Durchschnittlichkeit geopfert werde, damit die Durchschnittlichkeit in Zukunft alles einebnen könne, was das Man in Frage stelle, und es sei ein schwerwiegender Fehler, die Legende von Christus allen zu öffnen, dass jeder sich auf ihn berufen könne, Christus müsse etwas für die Elite bleiben, gewissermaßen ein Geheimtipp, sonst sei er ja ein billiger Artikel wie in einem dieser insbesondere in den voreiflerischen rheinischen Kleinstädten aus dem Boden sprießenden Ramschläden, die das

Man wie nichts anderes im öffentlichen Raum repräsentierten, wenn das Man nämlich Farbe bekennen solle, sei es bereits davongeschlichen in der Selbstberufung des Man auf das Man …«[465]

Giorgio de Chirico: *Piazza; Geheimnis und Melancholie einer Straße (II)*

Ohne von de Chirico bzw. seinen Bildern als Raum- und Platzspender ein Bildbewusstsein zu haben, gilt in der Unterhaltung zwischen Vater und Sohn im Folgenden de Chiricos Schatten-Ästhetik ein besonderes Augenmerk. Der Vater, als Druckerschwärze-Schatten jedwede Schriftform annehmen könnend, wittert in de Chiricos Schatten eine paradoxe Metaphysik, die ihn zugleich fasziniert und zu bedrohen scheint, ein Sein und Nicht-Sein zugleich, das auch ihn betrifft, bedarf er doch als Buchstaben-Schatten eines Lesers, um bewegter Stillstand und »ewiger«, markierter »Schatten« zu sein. Lektüre (re)aktualisiert ihn, nur so kann er sich als Schatten im Schatten unterscheiden:

»Bevor wir das Gebäude betreten, bitte ich ihn, sich noch einmal umzudrehen und den Blick nach rechts zu wenden, er solle mir sagen, was er sehe. Er sehe einen für hiesige Verhältnisse untypischen, eher für südliche Klimazonen repräsentativen Platz mit zwei spitz aufeinander zulaufenden Gebäuden mit Arkadengängen, das eine, links, erstrahle in Weiß, es habe ein rotes Dach und sei sehr lang, als ziehe der Blick es in die Länge, sein Arkadengang habe sechzehn Bögen, die nach innen auf acht Uhr Schatten würfen, zwischen der linken ersten Säule und dem viel zu engen Ecktürmchen mit seinen drei Etagen simulierenden schmalen Fenstern sei auf der Höhe des Bogens ein Pfeil auf die Mauer gezeichnet, der ohne Begrenzung nach oben und nach

465 Michael Lentz: *Schattenfroh*, a. a. O., S. 700–701.

unten auf einen vertikalen Strich zeige, unter dem sich, dem Sackgassenzeichen vergleichbar, nur dass hier die Striche einen Abstand voneinander hätten, ein horizontaler Strich befände, so als hätte jemand vergessen, eine bautechnische Markierung zu beseitigen. Das rechte Gebäude wirke verrußt und völlig verschattet, es sei nicht zu entscheiden, ob es selbst dunkelgrau oder schwarz sei oder ob vielleicht ein Brand stattgefunden habe, ein bedrohlicher Schatten verdunkle den Platz vor ihm, der wie ein aufgeklappter Tisch wirke, von dem Schatten sei allerdings eine Art Zirkuswagen ausgenommen, und das sei das Erstaunliche an diesem Platz, dass er zwei sich ausschließende Fluchtpunkte und somit keine oder zwei Zentralperspektiven aufweise, jedenfalls keinen Augenpunkt, in dem alle Fluchtlinien zusammenliefen, hier ist alles räumlich inkongruent, alles hebe sich gegenseitig auf, sei Rätsel und Geheimnis, die dem Betrachter zugewandte hölzerne Außenseite und die weit geöffnete Doppeltür des Zirkuswagens, beide aus genagelten Latten, würden von der Sonne beschienen, die rechte Tür des Wagens auf der geöffneten Innenseite, das Innere des Wagens sei, wie auch, soweit einsehbar, bis auf zwei Menschen oder menschenähnliche Gestalten, der gesamte Platz bzw. Vorplatz der Gebäude, leer, der Platz selbst sei bis zum Zerreißen überdehnt, als würde man, einmal aufgebrochen, sein Ziel nie erreichen können, müsse aber ununterbrochen in Bewegung sein, und genau das zeige das Mädchen in seiner Haltung, die eher an Flucht als an Spiel erinnere, bei genauerem Hinsehen sei im Zirkuswagen möglicherweise ein langer Stiel wie für einen Besen zu entdecken, der vielleicht für die Verriegelung der Doppeltür von außen sorge. Gehe man nun davon aus, dass der Platz vor dem rechten Gebäude schwarz gestrichen und seine Verfinsterung kein unnatürlich scharf geschnittener Schatten sei, so bliebe die unerklärliche Eigentümlichkeit des beinahe leuchtenden Wagens, dessen trennscharfe Erhellung weder von der Sonne noch von einer anderen Lichtquelle bewirkt sein könne, stünde die

Sonne doch, wie die Acht-Uhr-Bogenschatten des Arkadenganges, der Schatten vor dem rechten Gebäude und die anderen, noch nicht weiter in Augenschein genommenen Schatten es anzeigten, nicht im Nordwesten, sondern im Südosten. Was nun die sogenannte Mitte des Sichtfeldes betreffe, so käme er nicht umhin, trotz aller sich gegenseitig störenden Fluchtpunkte und des fehlenden Augenpunktes und trotz der durch seinen Blickwinkel bedingten Sichtbeschränkung den Zirkuswagen als die Mitte zu bezeichnen, dessen Leere, sähe man einmal von der Spekulation ab, in seinem Inneren läge ein Besen, mit der Leere des Platzes, so zerstückelt dieser von seiner Position aus auch sei, und den eigentlich leeren Häusern korrespondiere, und da frage er sich, ob dieser Anblick auf ihn gewartet habe, als würde er ein Bild beschreiben, dessen Existenz für alle, die diesen Anblick hier nicht teilten, ungesichert sei, was insofern nichts ausmache, als er durchaus ein nicht existierendes Bild beschreiben könnte, und trotzdem würde sich beim Hörer oder Leser das gleiche wohlige Gefühl einer Vorstellung aus der Distanz einstellen, das keinerlei Gefahr signalisiere, und zugleich ebendiese, wäre sie vorhanden, was ja den Kitzel der Vorstellung ausmache, mit Lust empfänge, er beschreibe aber kein Bild, und insofern habe er das unangenehme Gefühl, der Zirkuswagen sei nur deshalb leer, weil sich die Raubkatze nicht mehr in ihm befände.

Was ihn im Moment noch viel mehr beschäftige, so Vater, sei die Frage, wenn nun die Sonne im Südosten stünde, wie ist es dann zu erklären, dass, konträr zum Zirkuswagen, das Mädchen, das einen Reifen mit einem Holzstab über den Platz treibe, von uns als Schattenriss gesehen würde, das könne doch nur dann möglich sein, wenn es keinen eigentlichen Körper habe, sondern eine zweidimensionale Pappfigur sei. Das Mädchen liefe auf einen anderen Schatten zu, der, wie erwähnt, von einem Menschen oder einer menschenähnlichen Gestalt ausginge, ein Kriegerdenkmal vielleicht, allein der Schatten sei schon zu groß, zu mächtig für den in seiner Dimension nicht ganz einsehbaren Platz und das linke Gebäude, neben dem Schatten der Gestalt, in ihrem Rücken, sei der Schatten einer Fahnenstange oder einer Lanze zu sehen, mit der die Gestalt nichts zu tun zu haben scheine, die einen Arm vom Körper wegstrecke, als gehöre er nicht zu ihr, es sei der strenge Vater vielleicht, der seine Tochter in Empfang nehmen möchte, die, ganz dem Spiel hingegeben, auf ihn zulaufe, und die Tochter, das könne man eindeutig sehen, laufe auf ihn und nicht auf den Schatten zu. Wenn man den Platz mit seinen Gebäuden ganz genau betrachte, sagt Vater, könne man an der Geometrie verzweifeln oder die Befreiung der Geometrie vom Satz des Widerspruchs feiern. Jetzt erst sehe er das vorne über den schwarzen Vorplatz des rechten Gebäudes und den sonnenbeschienenen Teil des Platzes, der das linke, von hier aus gesehen hintere Gebäude so schön ins Licht setze, laufende Doppelgestänge, das ihn an eine Oberleitung für Omnibusse erinnere, wie sie in Salzburg anzutreffen seien, und da erst bemerke er, dass das rechte Gebäude auf einer Anhöhe zu stehen und diese hinunterzukippen drohe, obwohl es durch seine Bauweise extreme Höhenunterschiede ausgleichen müsste wie die Pilatus-Bahn in der Schweiz oder die Budavári Sikló den Budapester Burgberg hinauf, nur dass der Architekt das den Berg hinauffahrende Gebäude, statt es der Steigung gemäß, was die als Kabinen fungierenden Fenster und die dahinter befindlichen Räumlichkeiten betrifft, zur Erde lotgerecht zu setzen, nach hinten habe kippen lassen, als würde es langsam wegsacken, zudem verjünge sich das Gebäude auf den sonnenbeschienenen Teil des Platzes zu mitsamt seinen schräg nach hinten stehenden Fenstern. Den unmittelbar vor ihm stehenden Zirkuswagen scheint dieses Problem nicht zu betreffen, er steht ganz waagerecht. Dieses Kippmoment erkläre auch, so Vater, warum das Mädchen so unverhältnismäßig klein wirke, auch das helle Gebäude wirke, im rechten Licht betrachtet, klein, da tue sich ein Abgrund auf, der genauso wenig einsehbar sei wie der vom dunklen Gebäude verdeckte restliche Platz, und jetzt, sagt Vater, sei er sich sicher, die Gestalt, von der nur der Schatten zu sehen sei und auf die das Mädchen zulaufe, sei Bismarck, und würde man dem Mädchen folgen, man sähe einen großen Friedhof, dessen Tote langsam aus der Erde gespült würden, so sehr dränge das Wasser von den Bergen in die Erde und unterspüle sie. Eines verwundere ihn aber noch mehr als all das Beschriebene, sagt Vater, oder könne ich mir erklären, warum auf dem Platz, soweit wir ihn überblicken könnten, kein einziges Blatt von einem Baum zu sehen sei, wie von unsichtbarer Hand sei der Platz, solange er ihn bislang betrachtet habe, saubergefegt, es gehe auch kein Wind, alles stünde still. Das ist es ja, sage ich Vater, das habe ich vorhin mit »ewiger Schatten« gemeint, das Mädchen ist ein merkwürdiges Ding, wandelnder Schatten, aber es wandelt eben nicht, es wandelt im Stillstand, und im Stillstand verwandelt es sich nicht, zwischen ihr, die ewiger Schatten ist, und Bismarck, von dem wir nicht wissen, ob es ihn hier nur als Schatten gibt, ist unerfüllter Raum, vom Mädchen wissen wir immerhin, dass es von ihr, die stets im Laufen begriffen ist, aber nicht läuft, einen Schatten gibt, einen Schatten des Schattens, was für ein opakes Bühnenbild, möchte man ausrufen, wäre es eben nicht die Realität, die wir sehen, und wenn das hier das Vorspiel zu dem ist, was uns innen erwartet, sollten wir uns auf eine ideenreiche Veranstaltung ohne durchgängige Zentralperspektive freuen, ein Simultanbild mit hochgeklapptem Horizont, das den Abgrund nur verdeckt, die Schlucht, in die wir eines Tages dann doch hinabstürzen werden.

Zum Eingang gewandt, will Vater wissen, was es denn so begehrenswert mache, ein ›ewiger Schatten‹ zu sein, schließlich sei ja davon auszugehen, dass er der schwarzen Seite habe entkommen können, die ihn unkenntlich gemacht hätte, entbehre es doch nicht einer gewissen Stichhaltigkeit, von ihm als ewigem Schatten zu sprechen, zumal für den früher oder später eintretenden Fall seines Todes ihm die stehenbleibende Druckerschwärze, die er sei und zu der er zurückkehre, ihm jenen Stillstand verheiße, der bereits jetzt dem Mädchen vergönnt sei. Die lesenden Augen rührten die Druckerschwärze wieder an, sage ich, und so geriete alles wieder erneut in Bewegung, es sei denn, der Lesende denke hierbei nur an Flecken, wenn er das Schwarz auf den Buchseiten sehe, dann allerdings sei er weder tot noch lebendig, sondern gar nicht, allein das Mädchen, dessen wir nicht ansichtig würden, da es sich von uns abgewendet habe, sei ewig nur Schatten und dennoch Mädchen. Und mit den Worten, er fürchte um das Mädchen, laufe sie doch in ihr Unglück, steigt Vater über den ameisengroßen Herrn Müller, den ich mich hüten solle zu zertreten, und öffnet mit einer Handbewegung, wie man sie nur in jahrzehntelanger Übung als Verwaltungsoberdirektor beherrscht, die gläserne Eingangstür, die gegen den Stopper fliegt und zitternd in der Arretierung hängen bleibt.«[466]

Werner Tübke: *Frühbürgerliche Revolution in Deutschland (III)*

Neben Aspekten der Repräsentationalität, die in Ansätzen bereits thematisiert wurden, eignen den Bildern in *Schattenfroh* bestimmte Merkmale, die – über die Vorliebe des Autors für diese Bilder hinaus – ihre ekphrastische Narrativisierung motivierten. Der Konnex von Bild und Schrift bzw. Text, der im Bild selbst schon implementiert ist, ist ein starkes Distinktionsmerkmal. Werner Tübkes Panoramagemälde *Frühbürgerliche Revolution in Deutschland* ist in bzw. für den Roman *Schattenfroh* neben dem Triptychon *Das Jüngste Gericht* von Hiero-

466 Michael Lentz: *Schattenfroh*, a. a. O., S. 723–728.

nymus Bosch[467] das wichtigste Bild, seine partielle Erzählung umfasst 127 Seiten.[468] Aufgrund des ekphrastischen Umfangs kann hier nur auf wenige Teilaspekte näher eingegangen werden. Tübkes monumentalem Panoramagemälde eignet eine hochkomplexe Interpikturalität in Form einer Transformation von Präbildern, auf die partiell oben bereits eingegangen wurde: eine beispiellose recycleästhetische Appropriation bildlicher Vorlagen des 15. und 16. Jahrhunderts u.a. von Albrecht Dürer und Lucas Cranach dem Älteren sowie von überwiegend altdeutschen Holzschnitten und Kupferstichen zum Beispiel auf Einblattdrucken, Titeln und Flugblättern, wie sie u.a. auf Flugschriften der Reformation zu finden sind, und eigene Zeichnungen und Gemälde als Vorarbeiten[469]. Diese Interpikturalität in Analogie zur Intertextualität, wie sie in *Schattenfroh* gepflegt wird, war für mich sehr attraktiv, erlaubte sie mir doch, die interpikturalen Fremdreferenzen jenseits ihrer Tübke'schen Transformation narrativ zum Teil auch autofiktional neu zu belegen.

Das betrifft die um den Lutherbrunnen versammelten Künstler und Gelehrten[470] sowie die Darstellung Thomas Müntzers in der Doppelporträtierung als Imitatio Christi und als Selbstbildnis Werner Tübkes innerhalb der erwähnten Kreuzsymbolik.[471] Von den vielen in *Schatten-*

467 Michael Lentz: *Schattenfroh*, a.a.O., S. 192–267.

468 Siehe Michael Lentz: *Schattenfroh*, a.a.O., S. 731–858.

469 Siehe Harald Behrendt: *Werner Tübkes Panoramabild*, a.a.O., S. 146–155.

470 Michael Lentz: *Schattenfroh*, a.a.O., S. 732–772. Auf dem Panoramabild *Frühbürgerliche Revolution in Deutschland* finden sich folgende Personen um und am Lutherbrunnen: Sebastian Brant, Lucas Cranach der Jüngere, Albrecht Dürer, Jakob Fugger, Johannes Gutenberg, Hans Hut, Martin Luther, Kolumbus, Nikolaus Kopernikus, Philipp Melanchthon, Paracelus, Jörg Ratgeb, Tilman Riemenschneider, Melchior Rinck, Erasmus von Rotterdam, Veit Stoß, Peter Vischer, Ulrich von Hutten, Bartholomäus Welser.

471 Michael Lentz: *Schattenfroh*, a.a.O., S. 770–773. Das Kreuz bildet sich aus

froh erzählten Details aus *Frühbürgerliche Revolution in Deutschland* seien darüber hinaus noch genannt die Wagenburgszene,[472] die Szene mit Adam und Eva bzw. Sämann und Schimmelreiterin sowie die apokalyptische Landschafts- und Himmelsszenerie,[473] der Musenzug links neben der nackten Eva mit dem vom Sturm niedergedrückten Paradiesbaum,[474] Pilatus, der sich seine Hände in einem von »Fischdämonen umspielten Metallbecken« in Unschuld wäscht,[475] der auf dem Boden kauernde Gefesselte, den die auf dem Rücken liegende Bibel ins Hohlkreuz zwingt,[476] der Posaunenchor, der in *Schattenfroh* als Schofarchor firmiert,[477] die unter ihm in einer Hausruine tanzenden Adligen;[478] das Essen am grünen Tisch unterhalb der Hausruine; die Versuchung Jesu, der sich vom Felsen tatsächlich in die Tiefe stürzt;[479] die Adaption der von Tübke gemalten Gutenbergschen Druckerei,[480] der am Himmel auf bzw. in einem Kreis von Teufeln und Dämonen

den Eckpunkten Lutherbrunnen, Sonnen-Halo mit Ikarus, Raubvogel vor der Flagge des Fürstenheeres und der Freiheitsfahne, mit Thomas Müntzer als Leidensfigur.

472 Michael Lentz: *Schattenfroh*, a. a. O., S. 747–773. Über die Schlachtszene mit der Wagenburg spannt sich der Regenbogen mit dem mittigen Sonnen-Halo und dem kopfüber in ihm schwebenden/stürzenden Ikarus.

473 Michael Lentz: *Schattenfroh*, a. a. O., S. 777–779.

474 Michael Lentz: *Schattenfroh*, a. a. O., S. 777–778.

475 Michael Lentz: *Schattenfroh*, a. a. O., S. 804–805. Die ganz in Schwarz gehaltene Figur des römischen Gouverneurs findet sich bei Tübke unterhalb des Regenbogens auf der rechten Seite.

476 Michael Lentz: *Schattenfroh*, a. a. O., S. 701–705.

477 Michael Lentz: *Schattenfroh*, a. a. O., S. 801–807.

478 Michael Lentz: *Schattenfroh*, a. a. O., S. 801–805. Der Posaunenchor findet sich direkt rechts von der Figur des Pilatus.

479 Michael Lentz: *Schattenfroh*, a. a. O., S. 547–554.

480 Michael Lentz: *Schattenfroh*, a. a. O., S. 807–858.

sitzende oder schwebende Papst rechts oberhalb des Geräderten;[481] der an Schwert und Lilie, Zorn und Gnade gekreuzigte Christus, der rücklings mit nach hinten gestrecktem Kopf rechts neben dem Regenbogen und oberhalb der Justitia am oberen Rand des Bildes dem Betrachter entgegenfliegt;[482] Tübke und seine Frau rechts neben der Druckerei und die von einem dämonischen Engel assistierte »Seelengeburt« im Augenblick des Todes eines alten Mannes, der vom Ich-Erzähler voranlaufend als sein Vater identifiziert wird. In diese Passage eingearbeitet ist auch der Holzschnitt eines unbekannten Künstlers *Engel holt die Seele eines Sterbenden / Die Seele entweicht* (15./frühes 16. Jahrhundert).[483]

Einige dieser Motive sollen hier kommentiert werden:

Um den Lutherbrunnen versammeln sich im Roman die ehemaligen Schülerinnen und Schüler von Niemands Großvater, ihr Treffen ist Anlass der langen Wanderung von Niemand und seinem Vater nach Prüm. Zunächst aber erkennt Niemand nur die berühmten Persönlichkeiten aus Kunst und Wissenschaft, deren Erscheinungsbild so beschrieben wird, wie Werner Tübke sie gemalt hat. Ihrer Körpersprache wird eine narrative Motivation unterlegt. Tübke hat hier mit Vorlagen gearbeitet, diese Interpikturalität wird in *Schattenfroh* ohne Nennung des Panoramabildes thematisiert:

»Wenn die Herrschaften hier alle auf diese Weise von Dürer gezeichnet oder gemalt worden sind und Dürer selbst anwesend ist, dann ist vielleicht nur Dürer wirklich anwesend und hat seine Porträts mitgebracht, die er zu einer Art Ausstellung zusammengruppiert hat. Vielleicht ist aber nicht einmal Dürer persönlich anwesend, sondern auch von Dürer ist nur ein Porträt zu sehen, sonst hätte er hier 1498

481 Michael Lentz: *Schattenfroh*, a. a. O., S. 690–691.

482 Michael Lentz: *Schattenfroh*, a. a. O., S. 700–701.

483 Michael Lentz: *Schattenfroh*, a. a. O., S. 855–857.

anwesend sein müssen, als sein Selbstbildnis mit Landschaft entstanden ist, (...) der Riemenschneider ist wohl kein Dürer, er ist mutmaßlich ein Riemenschneider, dann hätte also auch er sich, ist er persönlich nicht anwesend, als Selbstporträt geschickt, und der Cranach kann auch kein Dürer sein, er stammt aus dem Pinsel Lucas Cranachs des Jüngeren, wahrscheinlich aber aus seinem eigenen Pinsel, so dass man sagen kann, wenn die Herrschaften persönlich nicht anwesend sein sollten, braucht man nur ihre Porträts und Selbstporträts aufzustellen, und schon sind sie persönlich anwesend, man braucht nur ihre Namen aufzurufen, und schon stellen sich die Bildnisse ein, die Bildnisse sind ihr Name.«[484]

Während des Treffens wird die Außenseite des Lutherbrunnens Schauplatz einer Schriftmetamorphose, die den Ich-Erzähler augenscheinlich an den Anfang des Romans und seine Imaginations-Initiierung zurückbringt: den Tisch, der, möglicherweise durch das tefillinartige Kästchen vor seinen Augen gesehen, die Projektionsfläche all seiner Vorstellungen bzw. den Ausgangspunkt aller Geschehnisse bildet:

»Als könnte kochendes Wasser schreiben, steht nun auf der Außenseite des Brunnens etwas zu lesen, wo ihn vorher nur Ornamente zierten: Schattenfroh. Das ist nicht einfach nur Schrift: das h ist der Arc de Triomphe, aus dem Kölner Dom wurde das doppelte t. Es bleibt nicht bei Schattenfroh. Die Schrift geht jetzt im Rund, ich folge ihr. Niemand scheint daran Anstoß zu nehmen. Ich gehe eine Runde, die Schrift schreibt. Ich gehe eine zweite Runde, die Schrift schreibt. (...) Ich gehe eine elfte Runde, die Schrift schreibt, ich habe mich verzählt, ich kann der Schrift nicht mehr folgen, die sich tiefer und tiefer in die Wand des Brunnens gräbt, Geschriebenes überschreibt, weil schon kein Platz mehr ist, die genau das bemerkt hat und jetzt kleiner

484 Michael Lentz: *Schattenfroh*, a. a. O., S. 738.

wird, sie wird sich bald ganz durch die Wand gegraben haben, die Staumauer in Obermaubach wird brechen, pures Gold liegt um den Brunnen herum, Schriftmehl, das ich in meine Hosentasche stopfe, bis es wieder herausrieselt, jetzt kann man meiner Spur folgen, das Gold verrät meine Wege. Ich gehe in Schrift, lese ich vom Boden ab. Die Schrift auf dem Brunnen hört nicht auf, sich selbst zu überschreiben. Am Anfang war der Satz ›Man nennt es schreiben‹. Und nahe am Anfang war ein Tisch. Und mit diesen Worten sitze ich am Tisch. Auf dem Tisch liegt ein Griffel, der durch eine längere Kette, die auch größte Anstrengung nicht zerreissen kann, mit ihm verbunden ist. Ich lese: ›Das ist der Herr Fietkau, sagt mein Vater‹, und da sagt mein Vater ›Das ist der Herr Fietkau‹, und stellt mich Lucas Cranach vor, einem kleinen grauhaarigen Mann, dem der Anzug zu groß geworden ist. Herr Fietkau war Schüler meines Vaters, sagt mein Vater, und Herr Fietkau nickt. Ich schaue ihn an, er schaut mich nicht an. Guten Abend, Herr Fietkau, sage ich und wende mich einem anderen Herrn zu, den mir Vater vorstellt, Werner Beutek, der die Vergangenheit besser kennt als die Gegenwart, sagt mein Vater. Herr Beutek, in dem ich ganz deutlich Sebastian Brant erkenne, wirkt nicht so, als wäre die Gegenwart das Zentrum seiner eigenen Gegenwart. Dann stellt Vater mir die Damen Stromm und Gansen vor. Gisela Stromm, sagt die eine, Anni Gansen, die andere. Beide geben mir gleichzeitig die Hand, und so gebe ich Gisela Stromm meine rechte Hand und Anni Gansen meine linke Hand. ›Sehr erfreut, Sie kennenzulernen, Frau von Rotterdam‹, sage ich zu Frau Stromm, und zu Frau Gansen sage ich: ›Sehr erfreut, Sie kennenzulernen, Frau Stoß.‹ Herr Schug trinkt bereits ein Bitburger Pils, als ich ihm zur Begrüßung die Hand reiche. In den Schaumbart hinein murmelt er seinen Namen: Paul Schug. Ich nenne meinen Namen und sage: ›Sehr erfreut, Herr Ratgeb.‹ Mechtild Goergen hält sich ein bisschen abseits, als sie aber Sorge hat, mein Vater könnte sie bei der Begrüßung übersehen, tritt sie vor und ruft mit bemerkenswert heller, dabei kräftiger Stimme ihren Namen, als sei sie von einem Richter dazu aufgefordert worden. Mechtild Goergen, die Tilmann Riemenschneider so verdächtig ähnlich sieht, verrät sogleich, sie sei Lehrerin, und zwar aus Berufung, und mein Opa trage nicht unerhebliche Schuld daran, bei dem Wort ›Schuld‹ lächelt sie, ihre Zähne sind unterschiedlich grau und schief, der linke äußere Schneidezahn wurde von den anderen Zähnen des Oberkiefers aus der Reihe gedrängt, der Eckzahn hat sich hinter ihn geschoben, jetzt hängt er schief und verschoben da und zieht sofort alle Blicke auf sich.

Ihr Opa verteilte in der Schule die Hirtenbriefe von Bischof Clemens August Graf von Galen, sagt Herr Beutek. Mit der linken Hand verteilte er die Hirtenbriefe, mit der rechten schmiss er die Propagandahefte der Nazis aus dem Fenster des Klassenzimmers.«[485]

Sind die Figuren solchermaßen schon sprichwörtlich ›im Bild‹, nämlich in Tübkes *Frühbürgerlicher Revolution in Deutschland*, so greifen der Vater und der Ich-Erzähler, der in seiner Doppelrolle als Thomas Müntzer die Ansprache des Vaters vor den Ehemaligen durch seine am 15. Mai, dem Tag der Schlacht, vor den Aufständischen auf dem Weißen Berg gehaltene »Feldpredigt« mehrfach stört, in diese durch einen abermaligen Einstieg ins Bild ein: Sie steigen über eine Hecke »aus niedrigen Sträuchern und Bäumen«, »von denen manche weiße Blüten tragen«[486], wie Tübke sie als eine Art natürlichen Schutzwall hinter die Versammlung um den Lutherbrunnen gemalt hat. Von hier aus greift das historische Geschehen einer der wichtigsten Schlachten des Bauernkrieges in den Roman ein, als wäre er chronotopisch-organischer Bestandteil seiner fiktionalen Welt.

485 Michael Lentz: *Schattenfroh*, a. a. O., S. 763–764.

486 Michael Lentz: *Schattenfroh*, a. a. O., S. 734.

In der ekphrastischen Passage über Adam und Eva als Sämann und Schimmelreiterin in Tübkes *Frühbürgerlicher Revolution in Deutschland* bleibt der Ich-Erzähler recht eng an der komplex kodierten bildlichen Vorgabe und spekuliert gleichzeitig über den symbolischen Subtext des Dargestellten, wobei er sich augenscheinlich metamorphotischer Identifikationen nicht erwehren kann – sich selber vergeblich ausbremsend mit der Warnung »Wehe dem, der Sinnbilder sieht«, eine Variation des Satzes »Wehe dem, der Symbole sieht« aus Samuel Becketts Roman *Watt*:

»Und ich sage euch, was ich sehe, es wird erstochen und erschossen, doch nur über die ausgestreckte Hand des friedlich im roten Gewand schlafenden Narren läuft Blut, er ist wirklich tot, bin ich das?, bis das Blut des Geiers alles fortreißt, Geste des Erschreckens, gerissene Münder, immer noch genauer hinsehen, jedes Mal ist etwas deutlicher zu erkennen, kommt etwas anderes in den Blick. Wie ist der Himmel? Rot wie Blut ist der Himmel. Der Himmel ist wieder schwarz. Er platzt gleich, wirft aus die 666, es wird Fäulnis regnen auf die dürstenden Menschen, denen die Fäulnis den Körper gut ausnimmt, sie geben das Wort noch einmal her, es klingt weit im Land wie hohle Münze, die auf den Boden scheppert. Hinter dem Musenzug tobt das brennende Meer. Es gibt kein Meer. Flammenzüngelnde, würgeschlangende Geschosse, nicht Luft, nicht Erde. Kreiselnde Wolken, die Gerippe verwirbeln. Magmawellen. Regnet es kosmische Materie und Energie? Wehe dem, der Sinnbilder sieht. Darmkrebs. Eine Schnecke. Turbulenzen. Das Auge eines Reptils. Echsenhaut. Spermatränen. Schädel tauchen auf und werden vom Mühlrad des Felsenmeeres an Land geworfen. Es gibt kein Land, nur eine schmale Erdspalte. Zwischen Spalte und Auge des Reptils zähfließende Gesteinsschmelze. Am Rand der Spalte der Sämann mit der roten, unterhalb der Knie abgebundenen Hose. Van Gogh, oberhalb des linken Knies, im Magma. Bismarck, rechts oberhalb van Goghs. Und viele andere, die nicht untergehen können, die begierig das Saatgut aufgenommen haben, die vom Mahlwerk der Zeit immer wieder an die Oberfläche gedrückt werden. Alle im heißen einheitlichen Schlamm. Auf der Hornhaut und in der Augenkammer des Reptils steht etwas geschrieben: die von zwei Putten beflankte 666.

Der Sämann schwebt eigentümlich. Er scheint es eilig zu haben. Über der Spalte, hoch zu Ross, die Schimmelreiterin. Das stolze Pferd zieht eine Egge, die tief in die Erde greift, einen Grubber, der den Acker als Saatbeet bereitet und zugleich die Schädel und Knochen der nach oben Gedrückten mit sich schleift. In die von ihr gezogenen Furchen fallen die Knochen und Schädel tief genug; von Erde bedeckt, haben sie in ihren Gruben ein Grab.

Der Sämann hat ein Tuch umgebunden, in dem sich kleine Krüge mit dem Saatgut befinden. Das Besäen der Spalte ist eine schwere und genaue Arbeit. In der Spalte werden auch Adam und Eva verschwinden, auf die sich Sämann und Schimmelreiterin zubewegen, und auch die Musen werden in den Abgrund der Spalte stürzen. Die Egge wird die Spalte mit den Schädeln und Knochen befüllen, die ihr immer wieder unterkommen. Die Spalte wird zur Schädelstraße, die Schädel eine Tages selbst zum Saatgut, so hält der Tod sich am Leben. Adam und Eva sind ganz nackt, zeigt sie sich uns von vorne, hat Adam uns seinen Rücken zugewendet, beide sind sie ihre eigenen Statuen, ihr lohendes Haar greift nach seinem Geschlecht, als kippte sie einen riesigen Krug über ihm aus, hat sie beide Arme hochgereckt, in den Händen hält sie die übervolle Krone des Apfelbaums, die sich in seinen Schlund zu ergießen droht, er jedoch erkennt das nahende Unheil und kippt, der Sünde entsagend, abwehrend zur Seite. Damit hätten Daphne und Apollon es bewenden lassen können.

Ich folge der Schimmelreiterin, die eine Reitgerte schwingt. Arm und Gerte bilden den gleichen Bogen wie das Auge des Reptils. Ihre Gerte wird mich schlagen. Die Egge greift tief in die Erde, ein Grubber, der den Acker als Saatbeet bereitet. In die von ihm gezogenen

Furchen fallen die Schädel tief genug, dass sie anschließend von Erde bedeckt werden können, so haben sie in ihren Gruben ein Grab.

Narrenkolben, Lorbeerkranz. Ich bin der Wanderer zwischen den Welten, dort und hier, ganz im Bild, ganz davor, ich schaue, wohin ich auch schaue, mich selbst an. Kein Hallo, kein Zeichen des Beistands. Ein Himmel ist hier nicht in Sicht, denn Venus ist auf die Erde gestürzt durch Michael, der den Schlüssel des Abgrunds und eine große Kette in seiner Hand hat, und Michael wirft sie in den Abgrund, wo er sie tausend Jahre mit der Kette bindet, und ich verliere mein Gesicht, also gibt es kein Bild von mir, und ich werde in einen Raum geführt, in dem es keinen Spiegel gibt, mit dem Gesicht verliere ich auch das Schloss vor meinem Mund, und ich sage laut: ›Gott hat erzeygt an mir sein krafft / Das schlos von meinem mundt geschafft / Die sprach mir wider geben hat / Darumb sein lob ich frue vnd spat / Verkünden will in aller welt / Ob mich der Bapst gleich hefftig schelt / Sprech du solt schweigen still / Ie mer ich Gottes eer preisen will.‹ So sehe ich alles vor mir.«[487]

Das apokalyptische Untergangsszenarium, besiegelt durch die 666, kann rückwirkend als die verheerenden Geschehnisse auf dem Weißen Berg in Bad Frankenhausen verarbeitender Traum Thomas Müntzers gedeutet werden: Die unmittelbar an die Bildbeschreibung anschließende Episode erzählt, wie der flüchtende und völlig erschöpfte Müntzer unter dem Dach eines Hauses in der Nähe des Schlachtfelds in einem Bett schlafend aufgegriffen und gefangen genommen wird. So liefert *Schattenfroh* seine eigene Hermeneutik – als intrinsische Allegorien einzelner Passagen oder über deren unmittelbaren Kontext.

Werner Tübke zeigt in seinem Panoramabild *Frühbürgerliche Revolution in Deutschland* eine Gutenberg'sche Druckerei in all ihren

487 Michael Lentz: *Schattenfroh*, a. a. O., S. 777–779.

Produktionsvorgängen, deren simultaner Ablauf einen kontinuierlichen und ökonomisch sinnvollen Prozess der Druckherstellung gewährleistet. Die einzelnen Vorgänge werden im Roman über viele Seiten penibel beschrieben,[488] so dass *Schattenfroh* seine eigene Herstellung enthält, allerdings auch im rückgängig machenden Sinne der ›Entdruckung‹. In die mechanischen Vorgänge ist der Ich-Erzähler sprichwörtlich eingespannt: Als Pressbengel ist er der gefolterte Zeuge der von Gregor und Philipp II. angeordneten und höchstpersönlich durchgeführten sogenannten Entdruckung seines Buches *Schattenfroh*, deren Resultat *Schattenfroh* als Buch der Weißen Schrift ist, die Niemand an den Mächtigen vorbei durch einen bestimmten Mechanismus wieder in eine schwarze Schrift verwandelt. Der Roman *Schattenfroh* übersteht jede Lektüre.

Cornelis Gijsbrecht: *Rückseite eines Gemäldes*

Ein Drucker bzw. Entdrucker namens Mario, hinter dem der wandlungsfähige Mateo vermutet werden kann, liest den Druckern und Setzern eine der entdruckten Seiten vor, die »in Lagen säuberlich gestapelt«[489] auf dem Boden liegen. Was bei den Zuhörern für allgemeine Heiterkeit sorgt, löst bei Philipp sorgenvolle Ratlosigkeit aus, schließlich liest hier jemand aus einer Vakatseite vor, die zum Gegenstand eines Disputes wird.

Der in diesem Disput herbeizitierte, *Rückseite eines Gemäldes* (1668–1670) betitelte Trompe-l'œil von Cornelis Gijsbrecht dient in *Schattenfroh* als kunstgeschichtliches Analogon für eine leere/weiße

488 Die Episode in der Schattenfroh-Druckerei spielt S. 808–857, der Druckvorgang wird beschrieben S. 811–840.

489 Michael Lentz: *Schattenfroh*, a. a. O., S. 844.

Seite, die im Roman anstelle des Original-Holzschnitts einem aus dem Französischen ins Deutsche erstübersetzten allegorischen Rollen-Gedicht beigegeben ist,[490] tatsächlich aber, so jedenfalls Mateo, ebenfalls ein Bild sein soll. Das Gedicht handelt vom Buchdruck und dem aufgrund dieser medialen Neuerung alarmierten Tod, seine vier Strophen sind auf die Figuren »Le mort« (Strophe 1 und 3), »Les imprimeurs« (Strophe 2) und »Le libraire« (Strophe 4) verteilt; auf dem zum ersten Mal in der Geschichte der visuellen Künste eine Druckerei in Europa zeigenden Holzschnitt ist ein Totentanz dargestellt.

Nach einer ausführlichen interpretatorischen Diskussion des vierstrophigen Gedichts entspinnt sich in *Schattenfroh* zwischen Mateo und Landesfürst Herzog Georg (1471–1539), »genannt Der Bärtige, dessen Berufung es ist, gegen Luther zu sein«,[491] ein Disput über den ontischen Status der leeren Seite als Bild. Mateo gibt vor, im Bild bzw. in der leeren/weißen Seite anderes zu sehen als Georg – und der Leser/die Leserin. Da er nicht ›nichts‹ sehen bzw. sich nicht vorführen lassen will, lenkt Georg den Blick assoziativ und argumentativ auf eben Gijsbrechts *Rückseite eines Gemäldes*, wodurch er die vermeintlich leere Seite ebenfalls als Trompe-l'œil kategorisiert, das eine Warnung vor dem rückgängig zu machenden Buchdruck sei, ganz wie der nicht abgebildete Holzdruck des abgedruckten Gedichts:

»Es ist ein Bild beigegeben, sagt Mateo. Georg kann nichts erkennen. Ob das Bild die leere Seite sei, Gijsbrechts' Rückseite eines Gemäldes nicht als Bild von einem Bild, sondern als leere Buchseite von einer leeren Buchseite; nicht als Tafelbild gemalt, sondern als Buch-

490 Gedicht und Holzschnitt in Matthias Huß: *Dance macabre*. Lyon 1499/1500. Die Vakatseite in Michael Lentz: *Schattenfroh*, a.a.O., S. 848.

491 Herzog von Sachsen (Albertiner). Michael Lentz: *Schattenfroh*, a.a.O., S. 745.

seite gedruckt. Die als leere Buchseite gedruckte Buchseite sei demnach keine leere Buchseite, sondern ein Bild. Habe Gijsbrechts' Bild zwei Rückseiten, aber keine Vorderseite, so habe das Bild der leeren Buchseite als einzige Seite im Buch einen festen Ort, da der Leser nicht durch die Buchstaben und das heißt durch die Seite hindurchsähe auf eine vermeintlich hinter den Worten liegende Welt, sondern auf der Seite verweile in der nie aufzugebenden Hoffnung, etwas jenseits des Papiers zu finden, sagt Georg. Da er aber nichts finde, lese er das leere Papier, das viele Gesichte habe. Die leere Buchseite sei ein erster notwendiger Schritt hinter den Buchdruck zurück.

Die Buchseite sei aber gar nicht leer, sagt Mateo, klar und deutlich sei doch dieses Bild hier zu sehen:

((Vakatseite)).

Ganz recht, sagt Georg, Gijsbrechts' Bild sei ja auch nicht leer, schließlich sei die Zahl 36 auf einen Zettel gemalt, der mit Siegellack oben links auf der Rückseite des Bildes beziehungsweise der Leinwand angebracht sei. Katálogos: herabzählen, aufzählen. Eins aus 36: Das Gleiche noch mal anders. 36 ist nicht null.«[492]

Und nun gibt Georg eine Ekphrasis als Interpretation von Gijsbrechts *Rückseite eines Gemäldes*, die auch in die leere/weiße Seite hineingesehen werden könnte, zumindest ist sie in *Schattenfroh* so zu lesen. In Georgs Version erzählt das unsichtbare Bild von der Kreuzigung Jesu, die in *Schattenfroh* der Zentraltopos der Gewalt und Grausamkeit ist. Georgs Vision fungiert als analeptische Summe und zugleich als Ankündigung des kommenden Ereignisses: der Kreuzigung des Ich-Erzählers, der bei der Unterredung Zeuge ist, im oberen Winkel der Druckerei, während der er mit Tünche geweißt und so selbst zum leeren/weißen Blatt bzw. dem weißen Lein- als Leichentuch

492 Michael Lentz: *Schattenfroh*, a. a. O., S. 847–849.

des *Deus absconditus* wird, wie Michael Triegel ihn gemalt hat – ein Bild, das, wie ausgeführt, in *Schattenfroh* in einer längeren Episode ebenfalls erzählt wird. Georgs Bildbeschreibung erinnert an Bilder von Caspar David Friedrich oder zum Beispiel Hieronymus Bosch:

»Das gezeigte Nichts ist etwas, wie auch die 0 aus der Umfriedung des Nichts besteht. Eine Leinwand ist niemals leer. Die Hanffaser offenbart eine reale Textur. Schreitet unter der 36 nicht ein Engel? Und wartet rechts nicht eine hochragende Gestalt auf ihn, die sich im Nebel dem klärenden Blick entzieht? Matt scheint eine Sonne. Ihre Strahlen haben die Bildwand ungleichmäßig ausgebleicht. Oder sieht man vielleicht eine Winterlandschaft mit kahlen Bäumen, die der Nebel einhüllt, einen Küstenstrich mit hoch aufgeworfenen Dünen? Es ist doch Jesus selbst, der da wandelt. Der Engel wird ihn nicht halten können. Ragt in der Bildmitte nicht ein Pfahl auf, zu dem der Engel, der gar kein Engel ist, hingeführt wird? Und sieht man nicht schon, was mit ihm dort geschieht? Der Pfahl wird zu seinen Füßen abgelegt. Scheint das Kreuz nicht auf? Sie müssen sich nicht schämen, wenn Sie das Bild Paul Klee zuschreiben. Nur dass hier Keilrahmen und Bilderrahmen Teil der Leinwand sind, die Leisten des Keilrahmens jeweils mit drei Rundhölzern verbunden.«[493]

Für Georg ist die weiße Seite, auf der so vieles zu sehen sei, das Zeichen, dass *Schattenfroh* mit weißer Schrift auf weißem Grund operiere, also kryptographisch umgewandelt und entschlüsselt werden müsse.[494]

Eine Transgression vollzieht auch das Bild mittels Ekphrasis: Das Bild geht, ihn durchquerend, durch den Text hindurch, der das Bild erzählt. Das kann es aber nur, wenn ich zuvor in das Bild eingerückt bin, wenn ich mich mit meinem Leben in ihm breitgemacht habe,

493 Michael Lentz: *Schattenfroh*, a. a. O., S. 849.

494 Vgl. ebd.

dann ziehe ich mich aus ihm zurück und lasse meine Figuren in das Bild einrücken. Was auf der Autorenseite als Imagination figuriert, vollzieht sich auf der Seite des Ich-Erzählers in *Schattenfroh* entweder von diesem unbemerkt, da er sich keines Medienwechsels und keiner metaleptischen Transgression bewusst ist, oder aber als realisierte Immersion. Wie beschrieben verlässt der Ich-Erzähler in *Schattenfroh* nicht nur durch ein von Matthias Grünewald gemaltes Fenster das Muttergotteshäuschen, das er zuvor betreten hat, dieser Eintritt in das Bild von Matthias Grünewald ist eine Immersion zweiter Ordnung, sie erfolgt nämlich innerhalb einer expansiven narrativen Immersion: Zum Muttergotteshäuschen der mittelalterlichen Stadt um den 12. Mai 1525[495] gelangt der Ich-Erzähler durch das Hineingehen in einen Wandteppich etwa 450–500 Jahre später. Für den Ich-Erzähler mag sich alles Geschehen bruchlos ineinanderfügen, die Chronotopoi werden von ihm als kontinuierliche wahrgenommen, sie gehen, bei allen Analepsen und auch metafiktionalen Prolepsen, wie selbstverständlich linear ineinander über; Störungen erfahren Diegese und Metadiegesen für den Leser durch die wiederholten autoreferentiellen Einbrüche des Buches *Schattenfroh* in das Buch *Schattenfroh*, was wiederum eine spezifische Form von Metalepse darstellt. So wird immer wieder auf die Tätigkeit des Schreibens referiert, die für gewöhnlich hinter das Erzählte zurücktritt, auf vorangegangene Seiten wird, diese zum Teil zitierend, zurückgegriffen oder auf noch nicht geschriebene vorgegriffen. Im Erzählen des allmählichen Verfertigens des Buches während des Schreibens wird allererst ein mediales Bewusstsein von Erzählen und Schreiben erzeugt, die eine Tateinheit darstellen. In *Schattenfroh* wird mitunter auch Schreiben erzählt; Schreiben, auch als ein Akt der Gewalt bzw. der Folter, in-

495 Siehe Michael Lentz: *Schattenfroh*, a. a. O., S. 757–759.

terveniert in das für gewöhnlich sein Medium vergessen machende Erzählen; das Buch im Buch wird *als* Buch erzählt, *Schattenfroh* als Roman inszeniert eine fiktionale Kippfigur: Das Signifiant wird zum Signifié.

Schreiben wird zu einem Bild, das Schreiben des Schreibens zur Ekphrasis. Schrift-Bilder, Geheimschriften, Skribentismen in *Schattenfroh* haben neben ihrer narrativen Belegfunktion auch die Funktion, Schreiben als im Akt des Schreibens nicht einholbare Texturalität erfahrbar zu machen: die »Spürbarkeit der Zeichen« (Roman Jakobson)[496] zu zeigen.

Werner Tübke: *Frühbürgerliche Revolution in Deutschland (IV)*

Die Geschichte des Großvaters väterlicherseits in *Schattenfroh* gehört zur biographisch verbürgten Familiengeschichte des Autors. Eine Reihe von ekphrastisch narrativisierten Bildmotiven des Romans sind familiengeschichtliche Appropriationen.

Innerhalb der langen Episode der Ekphrasis von Tübkes Panoramabild findet sich auch eine spezifische Aneignung der Papst-Darstellung. Tübkes Papst als Schächer mit Fledermausflügeln wird im Roman als Papst Pius XII. identifiziert, ein Anachronismus. Die Geschichte der katholischen Kirche während und nach dem Nationalsozialismus hat für die familiengeschichtlich verbürgte Biographie des Großvaters väterlicherseits einen großen Stellenwert und wird im Roman breit thematisiert. In der Forschung ist das kirchenpolitische Verhalten

496 Roman Jakobson: *Poetik. Ausgewählte Aufsätze 1921–1971.* Hg. von Elmar Holenstein u. Tarcisius Schelbert. Frankfurt am Main: Suhrkamp ^{5}1979, S. 92–93.

Pius XII. kontrovers diskutiert worden,[497] Niemands Großvater und Vater beziehen hier eindeutig Stellung. Die Versetzung Papst Pius XII. in grotesker Manier an den Himmel wird als Strafe Gottes für sein zögerliches Verhalten den Nazis bzw. Juden gegenüber gelesen:

»Ich sehe einen rotgewandeten Papst mit Eselsohren, sage ich. Er sitzt in betender Haltung, die Oberschenkel im rechten Winkel zum aufrechten Oberkörper, die Unterschenkel leicht angewinkelt, auf kleinen Monstertieren, etwa ein Dutzend Dämonen in Menschen- und Tiergestalt umgeben ihn radförmig, die Tiara mit dem Kreuz obendrauf fliegt ihm soeben vom Kopf, der Papst hat die Augen geschlossen. Wo schaust du denn hin, fragt mein Vater und nimmt mir das Fernglas aus den Händen. Wo ist der Papst, fragt er. Der Papst ist am Himmel, sage ich. Mein Vater sucht den Himmel ab und starrt gebannt auf eine Stelle. Ich habe hier etwas anderes entdeckt, sagt er, da rutscht jemand langsam einen Pfahl hinunter, aber nicht freiwillig, nicht mit Händen und Füßen, der Pfahl rutscht durch ihn hindurch. Alleine dafür, dass dies praktiziert wird, müsste man die Welt aufheben, es müsste sie jemand in die Luft werfen, dann kämen von überallher riesige Luftschiffe und transportierten die Trümmer ab. Gott könnte dann selbst in der Mülltonne sitzen und nach einem Praliné verlangen, sein einzig verbliebener Diener gäbe ihm aber immer nur einen trockenen Keks. Auf sein Insistieren, er wolle aber ein Praliné haben, würde der Diener ihm jeden Tag erneut antworten, du Arschloch, warum hast du das gemacht.

Als sich eine Schar von Raben auf die Brust des Geräderten gesellt, ruft mein Vater plötzlich: Jetzt sehe ich ihn, er ist ein wahrer Fürst der Hölle, das ist ganz eindeutig Papst Pius XII. Wäre seine Papstkrone

497 Stellvertretend siehe Klaus Kühlwein: *Warum der Papst schwieg. Pius XII. und der Holocaust*. Ostfildern: Patmos 2008.

echt, sagt mein Vater, würde sie keine Levitation erfahren. Dieser Papst hat in entscheidenden Momenten die Augen verschlossen, sagen viele. Die Raben nähern sich tapsenden Schrittes dem Kopf des Mannes, der alle Anstrengung unternimmt, sie zu verscheuchen. Jeweils drei Fesseln an den Armen und zwei an den Beinen verhindern, dass seine Bewegungen Eindruck auf die Vögel machen könnten. Pius XII., fährt mein Vater fort. Schau mal, der Rabe hat ein Auge von ihm im Schnabel, sage ich, und die anderen wollen es ihm abnehmen. (...) Er hatte sein Leben lang Angst vor dem Kommunismus, wie der von Galen. Das ist ja ein Baum, wenn auch ein ganz kümmerlicher, kein Pfahl, den man aufrichten musste. Tod also durch Darmbakterien und Verdursten. Als hätte man ihn mit dem Rad so lange dort hinaufgeworfen, bis die Radnabe sich endlich im Baumstumpf verfing. Wie will man diesen Pius bloß seligsprechen können, sagt Vater. Es muss einen Gott geben, sage ich, wie könnte man sonst jemanden rädern, pfählen, kreuzigen, sage ich. Wer hat denn diese Strafen erfunden, frage ich meinen Vater. Das waren der Orient, die Antike und die katholische Kirche, sagt mein Vater.«[498]

Ror Wolf: Collagen

In den Collagen von Ror Wolf werden enzyklopädische Wissensbestände illustrierende Bilder wie Versatzstücke dekontextuiert und als leere Symbole und technische Emanationen und solche der Natur so angeordnet, dass der Betrachter sie unwillkürlich narrativ in Beziehung setzt. Diese im Blick des Betrachters liegende Neukonfiguration und symbolische Aufladung der Bildfragmente führt auch zu einer

498 Michael Lentz: *Schattenfroh*, a. a. O., S. 690–691.

Neukonstellation von Figur- und Grundbeziehungen, die ihrerseits narrative Spannungsmomente erzeugt. Gestische und deiktische Aspekte sind in der ekphrastischen Verarbeitung der Collagen von besonderem Interesse.

Niemand, der Ich-Erzähler, hat einen Plan der 23 Häuser auf seine Brust eingebrannt, 23 seitenverkehrte und auf dem Kopf stehende Buchstaben, der »Urtext«, der bereits vor Gott da war, auf dessen Arm er nach einer Version der Kabbala geschrieben steht. Die 23 Schrifthäuser auf seiner Brust sind eine Strafe seiner Mutter, der Sohn muss sie durchschreiten, es sind die Zimmer seines Elternhauses, jedes Zimmer ist selbst ein Haus, und in jedem Haus begegnen dem Sohn Dinge aus seiner Kindheit, Erinnerungen, Ängste. Die 23 Buchstaben stehen mit Jesus von Nazareth bzw. seinem Namen in Zusammenhang. Der Ich-Erzähler geht also zur Strafe, die zugleich »Gnade« sein soll, durch Schrift als Architektur der Kindheits-Erinnerungen in Gestalt des erweiterten Namens Jesu von Nazareth, dessen einzelne Buchstaben die zu Häusern gewordenen Zimmer seines Elternhauses sind: »dein Leben wird Schrift geworden sein, und es kommen die Menschen von überallher, die Schrift zu lesen:«[499]. Zugleich soll das Erscheinen der Schrift auf dem Körper des Sohnes eine »Gnade« sein:

»Deine Haut ist das Pergament, auf dem die Schrift erscheint, die schwarzen Flammen, die nur sichtbar machen, was im weißen Feuer bereits geschrieben steht, das ist das Recht, das schon Gnade ist, dass es nämlich auf dir geschrieben steht, wie es auf Gottes Arm geschrieben stand. Deine Haut wird im Wind trocknen, die schwarzen Flammen werden erlöschen, dein Leben wird Schrift geworden sein, und es kommen die Menschen von überallher, die Schrift zu lesen, die

499 Michael Lentz: *Schattenfroh*, a. a. O., S. 502.

Gott hat erscheinen lassen auf dem Grund des weißen Feuers, das von Anbeginn ist und das nur Gott lesen kann, der es nicht erschaffen hat, denn es ist nicht erschaffen worden, vielmehr ist es von Anfang an da gewesen, wie gesagt, und so steht es geschrieben, denn Gott hat den Urtext auf seinem Arm vorgefunden, der nun auf deiner Brust sein wird, und die Urschrift hat Gott gar nicht nötig, sie ist das Einzige, das ohne Gott existieren kann.«[500]

Die anschließende Passage transformiert eine Collage von Ror Wolf in eine Hypodiegese und kann als Poetik in nuce der Visualisierung mittels Literatur gelesen werden. Der Gang durch die Buchstaben-Häuser gewinnt über die von der anatomisierenden Typographie übernommene Anthropomorphisierung der Lettern erotische Konnotationen:

»Hier ist der Plan:

Eine Tür tut sich auf, und ich betrete E, das erste Haus. Ich gehe den Plan ab, durch die Schrift. Ich will sehen, was die Schrift zu bieten hat. Sie bietet Bauch, Bein, Bogen, Scheitel, Schenkel, Schulter und Ohr und Stamm.«

Der Gang durch die Schrift ist ambivalent, Angst ist ein Motor der Imagination, sie generiert Bilder, damit die Angst einen Ort hat. Zur Sprache kommen heißt zum Bild kommen:

»Innen steht das Haus leer, kein Mobiliar, keine Türen, die Wände unverputzt, kein Licht. (…) Eine Mischung aus Freude und Angst begleitet den Besucher der Schrift. Die Angst ist es, die mich weitergehen lässt. Würde ich innehalten, täte sich unweigerlich ein Abgrund auf, sagt die Angst.«

Für kurze Momente wird eine Collage Ror Wolfs eingeblendet, deren Narration im späteren Verlauf des Romans sich in einer Art

500 Michael Lentz: *Schattenfroh*, a.a.O., S. 502.

Wiederholungsschleife zu einer »paradoxen Iteration« ausgestaltet:[501]

»Ich trete an den Rand einer Klippe, für Momente erscheint ein schmaler Fluss, ein Bett steht im Fluss, darin liegt ein Mann, etwas steht neben dem Bett, im Hintergrund erhebt sich ein schneebedecktes Felsmassiv. Ich bleibe in Bewegung, der Abgrund erscheint nicht, er gehört nicht zu den Bildern, die einem permanent vor Augen stehen, aber auf ihn läuft das Leben zu, sagt die Angst, welchen Gang du auch tust, welchen Weg du auch nimmst, es ist ein Umweg auf den Abgrund zu. Es tröstet mich doch einigermaßen, dass die Angst nichts Tieferes zu bieten hat.

(…) Die Leere lässt die schönsten Unwahrscheinlichkeiten entstehen, aus der Konturlosigkeit arbeiten sich prägnante Konturen heraus. (…) Mir kommt es vor, als brauche es das Haus gar nicht, bereits in der Schrift ist alles enthalten, und nur mit der Schrift ist all das zu sehen, was ich hier beschreibe. (…) Sobald ich (…) den Plan lese, erblühen auf den Wänden des Hauses die farbenprächtigsten Landschaften, ein Gebirgspanorama scheint auf im Sonnenlicht, eine Felsschlucht wirkt nicht bedrohlich«.[502]

Unmittelbar an diese Skizzierung einer amönen Topographie schließt die Erzählung einer zweiten Collage von Ror Wolf an,[503] deren narrative Ekphrasis die konfliktive Grundkonstellation des Romans hypodiegetisch spiegelt. Einer detaillierten Abschilderung des

501 Der Begriff der »paradoxen Iteration« stammt von Harald Fricke: »Potenzierung«, in: Jan-Dirk Müller u. a. (Hg.): *Reallexikon der deutschen Literaturwissenschaft.* Band III. Berlin, New York: De Gruyter 2003. S. 144–147. Siehe diesbezüglich Sonja Klimek: *Paradoxes Erzählen,* a. a. O., S. 51–53, 330–344.

502 Michael Lentz: *Schattenfroh,* a. a. O., S. 504–505.

503 Ror Wolf: *Raoul Tranchirers vielseitiger großer Ratschläger für alle Fälle der Welt.* Frankfurt am Main: Schöffling 2009, S. 212; Fertigstellung 26. 05. 1989; narrative Ekphrasis in Michael Lentz: *Schattenfroh,* a. a. O., S. 505–506.

»Nursichtbaren« (Enárgeia), wie sie hier zunächst erfolgt, wird in der Lektüre vermutlich kein Selbstzweck unterstellt, ihre sprachlich-darstellende Bewegung des Zergliederns von Gesamtheitseindrücken ist einerseits der Sprache als einem den Akt des Bezeichnens und Beschreibens in der zeitlichen Sukzession realisierenden Medium geschuldet, das deiktisch auf außersprachliche Phänomene verweisen, außersprachliche Referenzierung zumindest suggerieren kann, andererseits eignet genau dieser vermeintlichen Defizienz des Zergliederns ein durch die gezielte »Dynamisierung des Stils«[504] (Enérgeia) befeuertes Suggestionspotential – das gleichwohl in der Entladung des Suspense auch unterlaufen werden kann: Der Leser synthetisiert die Zergliederungsmomente voranlaufend zu einem erwarteten, vielleicht auch befürchteten oder immer wieder auch bezweifelten, durch neue Informationen reaktualisierten Zusammenschluss, einer Kulmination, der die Akkumulation von Vorgängen und Sinneseindrücken als notwendige Vorbereitung dient, der Lektüreaufwand wird in der Suspendierung des Suspense im mehrfachen Sinne des Wortes aufgehoben.

Die Ekphrasis der zweiten Collage von Ror Wolf greift den Topos des »Deus ex machina« auf: Die über den Köpfen schwebende überdimensionierte Hand des Vaters bzw. Gottes ist Sinnbild eines drohenden Eingriffs ›von oben‹, den es abzuwehren gilt:

»durch ein baumbestandenes Loch in einer Ruine erscheint von oben eine viel zu große Hand, ein Aquädukt vielleicht, vier mit dunklem Anzug und weißem Hemd mit Vatermörder und Fliege bekleidete Herren sitzen auf Polsterstühlen an einem Tisch, ihr Sakko haben sie abgelegt, es ist nirgends zu sehen, über dem Hemd tragen sie eine Weste, eine auf dem Tisch liegende Decke fällt durch eine gezackte helle Linie und Fransen auf, die mich melancholisch stimmen. Ob

504 Heinrich Plett: *Rhetorik der Affekte*, a. a. O., S. 135–136.

die gezackte Linie ringsum geht, kann ich aufgrund der mir einzig gewährten Frontalsicht auf das Ensemble nicht sagen, bei näherem Hinsehen zeigt sich, dass die vier Herren ein und dieselbe Person sind, ihre Halbglatze suggeriert zunächst, dass sie eine runde Nickelbrille tragen, aber es zeigt sich, dass sie keine Brillen tragen, während zwei sich gegenübersitzende Herren Dame spielen, unterhalten sich die beiden anderen angeregt. Sie sitzen nebeneinander an der hinteren Seite des Tisches und geben so erst den Blick auf die Szenerie frei.«[505]

Suggerieren und sich – plötzlich – zeigen sind zwei Signale der Verunsicherung darüber, inwieweit bzw. ob das Beschriebene als etwas Wesentliches gelten kann und ob nicht noch mehr Eindrücke/Wahrnehmungen als Täuschungen revidiert werden müssen, was letztlich zeigt, dass hier ein genauer Blick, ein unter Umständen mehrfaches Hinschauen gefragt ist, das möglicherweise ein Geheimnis entbirgt.

Die Feststellung, die Sitzposition zweier Herren »an der hinteren Seite des Tisches« gebe den Blick auf die Szenerie frei, fungiert als illokutionärer Akt, mit ihr erst und durch sie wird der Blick auf die Szenerie freigegeben, allerdings nicht im Sinne einer (fortgesetzten) realistischen Ekphrasis des Nursichtbaren, sondern einer Erzählung gerade des Nichtsichtbaren, des imaginär Appräsentierten, die der »Szenerie« eine Geschichte gibt und allmählich Bewegung in den Stillstand bringt.

Der Betrachter der Leere, die mit einem Mal Konturen figurierte, scheint auch die Vorgeschichte der Männer zu kennen, die, einmal imaginiert, das heißt aus der Leere herausgelesen, ihre Lebensweise zu erkennen geben:

»Es sind die alt gewordenen Söhne, die hier seit Jahren leben, sie haben ein Auskommen, jemand sorgt für sie und reinigt ihre Anzüge,

505 Michael Lentz: *Schattenfroh*, a. a. O., S. 505–506.

bügelt die Tischdecke und räumt auf, verlieren die Herren einen Stein ihres Damespiels, wird er umgehend ersetzt.«[506]

Die Selbstermächtigung des Ich-Erzählers als nicht teilnehmender Beobachter legitimiert sich durch die Schrift, in der ja alles enthalten sei und deren Medium er zur Strafe geworden ist und wenn »nur mit der Schrift all das zu sehen« ist, was der Ich-Erzähler »hier« beschreibt, so schreibt er Schrift ab und mit ihr die anscheinend nach außen gewendeten inneren Bilder: Schrift lässt sehen. Bei dem hier veranschlagten Schrift-Begriff ist aber auch an Hermeneutik zu denken: Schrift lässt erkennen. Sehen, Erkennen und Schreiben bzw. Beschreiben werden hier in einen simultanen Akt überführt.

Den Mittelpunkt der aus dem Nursichtbaren entfesselten Geschichte, die sich nun aus der dem erzählenden Blick freigegebenen Szenerie entfaltet, bildet die ominöse Hand des Vaters, die wie ein Kulissenelement von einem seinerseits unsichtbaren Schieber in Bewegung gesetzt wird:

»Vater kommt sie alle holen. Seine Hand wächst langsam zu ihnen herab. Vater ist ganz nackt, er ist so groß geworden, dass nichts seine Blöße bedecken kann. Vater möchte, dass wieder Wasser durch die Eifelwasserleitung fließt, seine Söhne verhindern dies. Sie leben unter der Brücke, sagt Vater immer.«[507]

Nach der anfänglichen inventarisierenden Bestandsaufnahme und den Ausführungen zu den Lebensumständen der vier Männer wechselt die Bildbeschreibung ihren Darstellungsmodus, anstelle des Erzählens von Ereignissen wird von da an im Modus des Erzählens von Worten erzählt. Die indirekte Rede als eine Form der transponierten Figurenrede herrscht nun vor, das Nursichtbare des Stilllebens wird angereichert mit Eigenaussagen der vier Brüder. Indem der Ich-Er-

506 Michael Lentz: *Schattenfroh*, a. a. O., S. 506.

507 Ebd.

zähler als deren Kolportage-Instanz fungiert, läuft ihre Beglaubigung allein über ihn, sieht man einmal vom Status der ganzen Episode als hypodiegetische Erzählung in der Erzählung ab, deren imaginative Initiierung, wie oben ausgeführt, als Schriftwerk deutlich markiert ist:

»Die Söhne sagen, seine Hand sei zum Greifen nah und daran habe sich seit vielen Jahren nichts geändert. Sie kennten ihren Vater nicht, ihr Vater würde sie nicht kennen, sagen die Söhne. Das Einzige, was sie von ihm kennen und tagtäglich vor Augen haben, sei seine unsägliche Hand, die sie etwa fünf Jahre lang mit Steinen beworfen hätten, was sie erst vor kurzem aufgehört hätten, da durch den Abbau der Steine die Stabilität der Bogenbrücke nicht mehr gesichert sei, so jedenfalls die Meinung zweier Brüder, wohingegen die beiden anderen gerne die Steinigung der Vaterhand fortgesetzt hätten. Mit den Steinen könnten sie die Hand zu sich herunterziehen, es sei ein unsichtbares Band zwischen den Steinen und dieser Hand geknüpft, das sie unbedingt festhalten wollten ...«[508]

Der Hand wird – liest man »Damespiel« wörtlich – ein ödipales Eigenleben zugesprochen, ihren Zugriff auf das Spiel der »Dame« oder das Spiel mit der oder um die »Dame«, den die vier Söhne gemeinsam befürchten, gilt es zu verhindern. Sitzen die Söhne in einem »Loch« und ist die Hand in dieses »Loch« bereits eingedrungen, schildert die Episode vielleicht eine pränatale Szenerie und das Spiel der oder mit der oder um die »Dame« ist ein solches der oder mit der oder um die Mutter? Die vier Herren wären also am liebsten gar nicht geboren worden? Wer weiß. Die Spekulationen hierüber und auch über die beste Gefahrenabwehr sind jedenfalls über Jahre ein verschwörungstheoretisch ergiebiges Thema, das in Gesprächen auch Erklärungsmuster für den Stillstand in diesem Kräftemessen abwirft, deren

508 Michael Lentz: *Schattenfroh*, a. a. O., S. 506.

Protagonisten im Gegensatz zu Damokles nicht ihren Platz räumen, die »Hand des Damokles« scheint sie eher herauszufordern und ihnen Lebenssinn zu geben:

»… der Hand müsse der Zugriff auf ihr Damespiel verleidet werden, darauf käme es ihr einzig und allein an, nicht auf den Aquädukt und auch nicht auf sie, die Söhne, die sich allesamt davon überzeugt zeigten, dass die Hand sich bereits vor Jahren von Vater getrennt habe, sie hänge zwar noch an seinem Körper, der sie aber nicht mehr vollständig kontrollieren könne, nur so sei es zu erklären, dass die Hand überhaupt durch das Loch eingedrungen sei und seitdem über ihnen schwebe, nun aber sei ein Stillstand erreicht, der sie vor dem entscheidenden Zugriff entweder in falscher Sicherheit wiegen solle, oder die Hand sei unbemerkt abgestorben, mit der Zeit versteinert und mitsamt dem ebenfalls versteinerten Unterarm so schwer, dass Vater sich über dem Loch nicht mehr erheben könne. Vaters Versteinerung sei fortschreitend, davon sind drei der vier Brüder überzeugt, sofern von einer Versteinerung gesprochen werden könne. Man spiele ein würfelloses Brettspiel, deshalb habe man nicht auswürfeln können, wer auf den Tisch steige und die Hand einmal genauer in Augenschein nehme, über ihre Beschaffenheit gingen die Meinungen auseinander, während die einen von Haut sprächen, nennen die anderen die Hand nur in Zusammenhang mit dem Wort ›Stein‹, die Diskussion über die Frage, welche alternativen Entscheidungshilfen zum Würfeln es gäbe, damit dies nun endgültig geklärt würde, mündete schließlich in einen Streit darüber, ob die Brüder, die auf den Millimeter gleich groß seien, die Hand berühren könnten, wenn sie auf dem Tisch stünden, eine Berührung bringe gewiss mehr Sicherheit als bloßes Betrachten, die einen meinten, selbst bei nach oben gerecktem Arm könnten sie die Hand nicht berühren, die anderen waren sich ganz sicher, nicht nur die Hand berühren, sondern fest in einen ihrer Finger kneifen zu können, was die vier augenblicklich in einen großen Schrecken versetzte, von dem sie sich bis jetzt nicht erholt hätten, und so diene das Damespiel nur vordergründig dazu, denjenigen zu bestimmen, der die weitere Vorgehensweise bestimmen solle.«[509]

Es handelt sich hier offensichtlich um ein autopoietisches System, in das nicht eingegriffen werden kann und das keinerlei Veränderung duldet. Der geforderte permanente unbeteiligte Beobachter lässt vielleicht hoffen, dass die Brüder eine Außenspiegelung erfahren, die bislang verborgene Lösungen der paradoxalen Situation entbirgt. Das Damespiel jedenfalls

»diene vielmehr der Erholung, was auch erklärt, warum über manchen Zug tagelang nachgedacht werde. Der Überlegende drohe dabei immer wieder einzuschlafen, ein permanenter unbeteiligter Beobachter müsse her, sagt einer der Brüder, der gütige Vater oben beobachte mit seiner Hand, antwortet ein zweiter, in der Tat sähe so mancher seiner Brüder, wenn er nur lang genug über seinen Zug nachdenke, ungefähr so abgestorben aus wie die Hand, sagt ein dritter. Über die Spielregeln hätten sie sich im Übrigen einmal derart zerstritten, dass etwa zehn Jahre lang der nächste Zug nicht ausgeführt werden konnte, und im Moment sei sich niemand sicher, ob es genau dieser Zug sei, auf den alle hier warteten.«[510]

Das Betrachten von Bildern wird unterbrochen, indem man etwas anderes als dieses Bild anschaut. Möglicherweise führt der Blick zurück zu diesem Bild. Eine Reihe, die ins Unendliche fortgesetzt gedacht werden kann, käme nicht der Tod dazwischen- und die Unwahrscheinlichkeit, so es sie denn gäbe.

In eine solche Schleife ist in *Schattenfroh* die angeführte Collage von Ror Wolf geraten, auf der ein schmaler Fluss mit einem Bett zu sehen ist, in dem ein Mann liegt. Bis das Bild in die paradoxe meta-

509 Michael Lentz: *Schattenfroh*, a. a. O., S. 506–507.

510 Michael Lentz: *Schattenfroh*, a. a. O., S. 504–508.

leptische Wiederholungsschleife gerät, wird es, ausdrücklich als Bild benannt, das im »siebten Haus« N, im »Haus der leeren Mitte« an der Wand eines unmöblierten Zimmers hängt, ein zweites Mal aufgerufen. Das Bild selbst erteilt dem Ich-Erzähler den Auftrag, es ausführlich zu thematisieren:

»Das Bild ist ganz klein. Ein Mann liegt in einem Bett, das über einem Fluss oder Bach steht. Im Hintergrund leuchten die Berge. Vielleicht leuchten sie auch nicht, es ist wohlmöglich nur das strahlende Weiß des Papiers, das da leuchtet. Eine Öllampe ist auf dem Bild zu sehen, eine Anrichte mit Backwaren, ein Kasten aus Holz, der neben dem Bett steht. Der Bach auf dem Bild läuft Zickzack wie der Kiesweg, wie das Z, dessen Drehung das siebte Haus ist. Vom ersten aufmerksamen Betrachten an wird es mir nun zur inneren Pflicht, das Bild täglich zu studieren, ich entdecke immer neue Einzelheiten, das Bild erzählt von Tag zu Tag meine Lebensgeschichte in Gegenwart und Zukunft. Das Bild erteilt mir den Auftrag, ihm noch viele Seiten zu widmen.«[511]

Was dann einige Seiten später erfolgt, ist eine autofiktionale Appropriation im Sinne einer immer wieder neu ansetzenden, umkreisenden Analogisierung von Figurenkonstellationen, Landschaftsbeschreibungen und Dingsymbolen, deren Weitschweifigkeit ein Hybrid ist aus autobiographischer Melancholie, die ihren Gegenstand immer wieder gespiegelt und vor Augen geführt wissen will, und spielerischer Freude am Verschachtelten – die Schachtel ist ein prominentes Dingsymbol in *Schattenfroh* –, an paradoxer Metalepse und medientechnisch potenzierter Hypodiegetisierung. Die in Wiederholungsschleife geschaltete Ekphrasis der Collage führt eine sprichwörtliche Abgründigkeit vor, nachdem sie in eine solche über eine ›Vehikel‹-Collage von Ror Wolf selbst hineingeraten ist. Sie ist demnach eine Collage der Collage,

511 Michael Lentz: *Schattenfroh*, a. a. O., S. 518–519.

eine ekphrastische Hypodiegese einer Intradiegese, der ein anderes Bild zugrunde liegt. Dies allerdings nur, wenn man als Leser von den Collagen als ekphrastischen Vorlagen weiß, was durch die Rekurrenz der Motivik und die variierten Wiederholungen der ekphrastischen Bilderöffnung[512] im Rekurs auf die den Bildstatus der dramatisierenden Beschreibungen thematisierenden Passage[513] gewährleistet sein könnte. Das Buch fungiert hier als ausgelagertes Gedächtnis des Lesers, der sich allerdings an diese Funktion des Buches erinnern müsste.

Nach dem gemeinsamen Besuch des toten Vaters im Krankenhaus verabschiedet sich der Ich-Erzähler von seinem Bruder.[514] Auf dem Weg zum Bahnhof begegnet der Ich-Erzähler einer Gruppe von Alkoholikern, die sich über Jesus und die beiden Schächer streiten. Ihre schlechten Zähne lassen sie darüber phantasieren, die Kreuzigungsgruppe und sich selbst als Zähne im Mund zu haben – eine Variation eine Motivs aus Samuel Becketts Roman *Malone stirbt.* Der Streit eskaliert in einer Szene über einer Schlucht, die sich plötzlich auftut: Ror Wolfs ›Vehikel-Collage‹ für die in Serie gehende Collage mit dem über einem Fluss stehenden Bett, dem darin liegenden Mann und dem neben dem Bett stehenden optischen Apparat[515]:

»Dann trägt einer der Männer einen anderen soeben über eine tiefe Klamm. Er könnte dies leicht bewerkstelligen, kräftig genug scheint er

512 Siehe Michael Lentz: *Schattenfroh*, a. a. O., S. 958–987.

513 Siehe Michael Lentz: *Schattenfroh*, a. a. O., S. 518–519.

514 Siehe Michael Lentz: *Schattenfroh*, a. a. O., S. 956.

515 »Neben dem Bett meines Vaters steht ein Behältnis aus Holz.« Michael Lentz: *Schattenfroh*, a. a. O., S. 965. »Ich kann es nicht erwarten, durch das Gerät zu schauen. Ich schaue durch das Gerät. Ich sehe etwas oder eine Fotografie (…).« Michael Lentz: *Schattenfroh*, a. a. O., S. 986. Dieser Apparat wird in mehreren Anläufen beschrieben und untersucht.

zu sein, der Getragene liegt gut über der Schulter, wenn die von ihm nun betretene, soeben noch gegenüberliegende Felswand nicht sofort steiler anstiege, als der Mann sie mit dem geschulterten, scheinbar bewusstlosen anderen Mann mühelos erklimmen könnte. Es kann von hier aus nicht entschieden werden, ob die Anstrengung, die es den Mann kostet, die Felswand zu überwinden, ihrem verhältnismäßig großen Anstiegswinkel oder dem Wort ›erklimmen‹ geschuldet ist, bedeutet dies doch nichts anderes als mühsam ersteigen. Mindestens ein dritter Mann schaut zu, während zugleich ein vierter Mann, der zunächst für eine Frau gehalten wird, einen fünften Mann mit einem Stockhieb oder einer Stichwaffe zu Boden streckt. Dem vom Stock oder der Stichwaffe Getroffenen fällt, während er selbst nach hinten kippt, ein Säbel aus der rechten Hand, und während ihm dieser Säbel aus der Hand fällt, der niemals den Boden berühren wird, ist zu erkennen, dass der andere Mann, der ihn zu Boden streckt, ebenfalls einen Säbel führt. Unbeachtet geblieben ist bis jetzt, dass ein sechster Mann seit längerem schon mit dem Gesicht zur Erde auf dem Boden liegt. Entweder ist dieser Mann vor wenigen Augenblicken vom nach hinten kippenden oder vom den Säbel erfolgreich führenden Mann niedergestreckt oder sogar umgebracht worden. Ich gehe davon aus, dass er umgebracht worden ist, und zwar mit dem Messer, das während der ihrerseits nicht endenden Hiebbewegung mit dem in der rechten Hand geführten Säbel in der linken Hand des Mannes gut zu erkennen ist. Ich bin über die eingetretene Situation weniger besorgt als über den Umstand, dass niemand außer mir Anstoß an ihr nimmt, niemand reagiert empört, alle scheinen die Eskalation hinzunehmen. Das beruhigt mich ein wenig und gibt mir die Gelegenheit, die Kleidung der Männer eingehender zu betrachten. Die Männer tragen alle die gleichen Schuhe. Auch umherstehende, ins Geschehen nicht verwickelte Männer tragen die gleichen halbhohen Stiefel, in deren Schaft sie ihre Hosen gesteckt haben. Ein oder mehrere um den

Schaft gewickelte Lederriemen bewerkstelligen den Verschluss der Stiefel.«[516]

Bei dem Stiefel handelt es sich um den Bundschuh, ein Symbol der Bundschuh-Bewegung (1493–1517) der aufständischen Bauern vor allem des südwestdeutschen Raumes, die großen Einfluss auf den Bauernkrieg von 1524 bis 1526 hatte. Auf Werner Tübkes Panoramagemälde hält Thomas Müntzer, dem Tübke sein eigenes Antlitz geliehen hat, in der Linken die Bundschuh-Fahne gesenkt, ein Zeichen für die verlorene Schlacht. Wie die Bauern sind auch die Alkoholiker Verlierer der Gesellschaft.

Die Klamm bzw. die Schlucht, über die der Mann von einem andern Mann getragen wird, ist der motivische Link zur ›Bildapparat-Collage‹ als einer Ableitung der Vehikel-Collage. Beschrieben wird nun, was dem Blick auf die Vehikel-Collage verborgen sein musste: Das Tal, der Grund. Was genau in die Schlucht hinabfällt, bleibt vorerst den Spekulationen der Leser überlassen, in einer späteren variierten Wiederholung wird der Ich-Erzähler behaupten, es selbst zu sein:

»Etwas ist in die Schlucht hinabgefallen. Auf allen vieren bewege ich mich an den oberen Rand der Klamm und erblicke im Tal ein Bett, in dem ein Mann mit dem Aussehen Bismarcks liegt. Es ist nicht Bismarck, jedenfalls nicht Otto von Bismarck, aufgrund des Backenbarts eher General Friedrich Theodor Alexander Graf von Bismarck-Bohlen. Die Glatze hat dieser Mann mit meinem Opa gemein. Das Bett steht mit seinem Fußende im dünn dahinfließenden Bach des Talgrundes. Das Kopfende steht auf Geröll. Bismarck-Bohlen hat einen Pyjama oder ein Nachthemd an, ein überdimensionierter Hemdkragen liegt auf seinem Bauch, die Bettdecke wird von Blüten verziert, Margeriten, die für Natürlichkeit und Wahrheit stehen und lauteres, unverfälschtes, ungetrübtes Glück verheißen. Der wohlberedte Bis-

516 Michael Lentz: *Schattenfroh*, a. a. O., S. 958–959.

marck-Bohlen schweigt. Die rhetorischen Figuren auf seiner Decke werden vertrocknen. Das Bettgestell ist schmucklos. Auch mit dem Fernglas ist nicht genau zu erkennen, ob es aus Holz, Metall oder Rattan oder einer Mischung dieser Materialien besteht. Der schlafende Bismarck-Bohlen lehnt gegen das aufgestellte Kopfkissen, das gegen das hohe Kopfteil lehnt. Zur Stabilisierung von Kopf und Rücken wurde ein versteiftes Polster zwischen Kopfteil und Kissen gesteckt. Es scheint ursprünglich nicht zum Bett gehört zu haben. Kopf und Fußteil sind mit gedrechselten Kugeln bekrönt. Handelt es sich um ein Bettgestell aus Metall, bestehen die Kugeln aller Wahrscheinlichkeit nach ebenfalls aus Metall. Kein Pilaster mit Kapitell flankiert die Außenseite des hohen Fußendes.«[517]

Die Bildapparat-Collage rahmt nun ihrerseits ein projiziertes Bild – projiziert von einem solchen Apparat, wie er neben dem Bett steht, oder vielleicht von den Augen des Ich-Erzählers, der sich am Anfang des Romans zu der Fähigkeit, Bilder über die Augen nach außen zu projizieren bekannt hat.[518] Die beiden auf die Außenseite des Fußteils projizierten »Burschen« werden in der ekphrastischen Wiederholung der Bildapparat-Collage als Ich-Erzähler und sein Bruder identifiziert, der bei seiner Flucht vor dem Ich-Erzähler ein Stück Papier hinterlässt, auf dem – wie auf Michael Triegels Gemälde *Deus absconditus* – das Trinitäts-Schema gezeichnet steht:[519]

»Wo sich einst eine florale Flachschnitzerei in der Mitte der Außenseite des Fußteils befunden haben mag, ist nun ein Bild projiziert. Zu sehen sind zwei junge Burschen, die ihren Kopf in die auf einem Tisch ruhende Armbeuge gelegt haben, so dass nur der Hinterkopf zu sehen ist. Die Köpfe der beiden Burschen liegen in der Beuge ihres linken

517 Michael Lentz: *Schattenfroh*, a. a. O., S. 959–960.

518 Michael Lentz: *Schattenfroh*, a. a. O., S. 47.

519 Vgl. Michael Lentz: *Schattenfroh*, a. a. O., S. 963–964.

Arms, der Bursche links hat außerdem auch den rechten Arm angewinkelt auf den Tisch gelegt. Er trägt einen Matrosenanzug, der Bursche rechts trägt ein weißes Hemd und darüber ein beiges Sakko. Der Bursche rechts hat kurzgeschorene dunkelblonde Haare, der neben ihm hat schwarzes, langes Haar, das in der Mitte gescheitelt ist. Beide sind von kreisrundem Haarausfall heimgesucht, der bei dem Burschen mit dem kurzgeschorenen Haar bereits das Kopfende freigelegt hat. Auch der obere Hinterkopf des anderen Burschen ist betroffen, zu erwarten steht, dass beiden der Kopf allmählich leergefressen wird und der Kahlschlag auf den restlichen Körper übergeht. Ich stelle mir vor, so lange auf das Bild zu starren, bis die beiden Burschen von der Außenseite des Fußteils verschwunden sind.«[520]

Die Figur im Bett durchlebt eine Reihe von Metamorphosen, mal ist sie Bismarck, dann Bismarck-Bohlen, bei genauerem Hinsehen erkennt der Ich-Erzähler seinen Vater in ihr, dann wieder wird sie, wie in der an das obige Zitat anschließenden Passage, zur Nonne. Hier kündigt sich eine Film-in-der Collage-Hypodiegese an, die einige Seiten später zur Ausführung kommt. Bei dem Film handelt es sich um Salvador Dalís und Luis Buñuels surrealistischen Kurzfilm *Un chien andalou* (1929). In der die Filmdetails sehr genau beschreibenden narrativen Ekphrase einzelner Sequenzen des Films stirbt der Vater als Nonne eher als die Mutter des Ich-Erzählers, die, dem Film entlangerzählt, einige Trauervorbereitungen vornimmt:[521]

»Nicht aufgeben, rufe ich die Schlucht hinunter. Bismarck-Bohlen hebt den rechten Arm und winkt. Er setzt sich den riesigen Hemdkragen auf den Kopf und schläft wieder ein, als Nonne. Das Bild der beiden Burschen flackert ein wenig, dann stabilisiert es sich wieder. Ein Mann in Frack und Zylinder kommt von hinten links auf den im

520 Michael Lentz: *Schattenfroh*, a. a. O., S. 960.

521 Siehe Michael Lentz: *Schattenfroh*, a. a. O., S. 968–970.

Bett liegenden Bismarck-Bohlen zu. Mit jedem Schritt verblasst die Projektion der beiden Burschen ein wenig mehr. Als sie den Mann entdecken, ziehen sie ihren Körper aus der Matratze, klettern durch das Fußteil und ergreifen die Flucht. Nach vorne eilend werden sie immer kleiner, bis sie an einer sich rot färbenden Biegung des Flusses ganz verschwunden sind. Der Mann in Frack und Zylinder grüßt Bismarck-Bohlen, der ihn nur anschaut und sich daran erinnert, dass er meinem Vater schon einmal begegnet ist. Saturn hängt derweil recht stabil am Himmel, schön zu sehen sind seine Ringspeichen und die unterschiedlichen Farbgürtel seiner Oberfläche. Den Saturn betrachtend entdecke ich eine auf drei Füßen stehende Öllampe aus durchsichtigem Glas, auf dessen Grund ein kleines Buch zu erkennen ist. Ich werde dieses Buch lesen müssen.«[522]

Bei diesem Buch wird es sich möglicherweise um *Schattenfroh* handeln, ein Buch, das in der Biographie des Ich-Erzählers früh angelegt ist, Lesen und Schreiben sind synchrone Akte. Dass der Ich-Erzähler sein eigenes Buch wird lesen müssen, deutet darauf hin, dass es in ihm auch für ihn selbst Verborgenes zu entdecken gibt oder dass dem Akt des Erlebens/Wahrnehmens/Denkens eine mediumistische, depersonalisierende Instanz vorgeschaltet ist. Das Buch kennt diese Instanz, sie heißt Schattenfroh.

Im Folgenden wird eine zum inneren Film animierte Fotografie in das Gebirgspanorama eingeblendet, der Ich-Erzähler kann seine Mutter beim Skifahren beobachten. Dieser Passage, die in einer späteren Passage zur detaillierten Ausführung kommt, liegt eine Fotografie meiner Mutter (1930–1998) aus dem Jahr 1952 zugrunde.[523]

522 Michael Lentz: *Schattenfroh*, a. a. O., S. 961.

523 Siehe Michael Lentz: *Schattenfroh*, a. a. O., S. 961, 973–982. Auf S. 977 wird ein zweites Foto beschrieben mit den auf der Rückseite gemachten Angaben

War Niemand, der Ich-Erzähler, bislang Außenbeobachter, der vom Felsvorsprung der Klamm aus das eigentümlich stillebenhafte Geschehen als Hybrid aus Bild- als Wirklichkeitswahrnehmung und Imagination verfolgte, so erlebt er im Folgenden seine Metamorphose in einen den Abhang hinunterrollenden Stein:

»Ein Stein rollt auf den Abhang zu, stürzt hinunter. Der Aufschlag folgt prompt, als hätte die Klamm keine Tiefe. Vogelgezwitscher. Etwas schiebt mich von hinten an, ich will mich erheben, da merke ich, dass ich selbst dieser Stein geworden bin, auf dem Weg ins Tal.«[524]

Unversehrt im Tal angekommen, teilt der Ich-Erzähler mit, dass sein Vater im Sterben liegt. Die Öllampe scheint eine immense Hitze zu verbreiten, der Sohn will ihre Flamme löschen, die Hitze von *Schattenfroh*. Der karge Bach jedoch »will kein Wasser abgeben, er ist ganz hart und hat die Farbe von Rostwasser angenommen und unter dem Bett meines Vaters, wo er entspringt, ist er ganz rot. Mit dem Eintauchen meiner Hand erlischt die Lampe. Das rote Wasser ist ganz warm. Nichts deutet darauf hin, dass es aus dem Körper meines Vaters fließt. Hat mein Vater nicht gerade seinen rechten Arm gehoben und gewunken? Seine Lippen bewegen sich. Es ist nicht zu erkennen, dass aus seiner Matratze etwas heraustropfen würde.«

Rekursiv nimmt das »rote Wasser« das Motiv »Blut im Urin« wieder auf, mit dem sich das Sterben des Vaters auf der Intensivstation des Krankenhauses ankündigte.[525]

Der Sohn hat sich nun vom Stein in den »Mann in Frack und Zylinder«[526] verwandelt bzw. gibt sich als dieser zu erkennen. Der langen

»Juist, den 16. Aug. 1935, Stintelein«. Die Fotografien sind autobiographische Familiendokumente.

524 Michael Lentz: *Schattenfroh*, a. a. O., S. 961.

525 Michael Lentz: *Schattenfroh*, a. a. O., S. 926.

526 Michael Lentz: *Schattenfroh*, a. a. O., S. 961.

Reihe der Kästen, Schachteln und sonstigen Behältnisse fügt sich die Zylinderschachtel ein, die dem Vater zufolge eine analeptische Sehmaschine ist, eine Black Box intersubjektivierbarer erinnerter Vergangenheit:

»Ich setze meinen Zylinder in den Hemdkragen, Vater lächelt, er sagt, es müsse irgendwo noch ein Behältnis für den Zylinder geben, zu Hause, im Keller wahrscheinlich, da könne man den Zylinder bequem hineinstellen, das Behältnis habe eine Art Klappe oder Schublade, auch liefen Filme in diesem Kasten, die zeigten ihn ganz früher, ich solle doch einmal schauen, ob ich nicht auch mich dort entdecken könnte.«[527]

Als ein zweiter den Tod des Vaters verarbeitender Reflex gestaltet sich die Analepse der autobiographischen Passage auf der Intentivstation:

»Das Gesicht meines Vaters ist ganz aus Wachs, das sehe ich genau, wage aber nicht, es anzufassen. Mein Vater hat das nie und nimmer gesagt. Er sagt aber, ich solle mich ans Fußende des Bettes begeben, da sähe ich alles ganz genau. Vom Fußende des Bettes aus sehe ich ihn in ganzer Länge. Das Betttuch ist nicht mehr von seinem Körper zu unterscheiden. Körper und Betttuch sind fließend ineinander übergegangen.«[528]

Der Tod des Vaters versetzt den Ich-Erzähler augenscheinlich in einen Taumel der Imagination, die ihn bei fortgesetzter ekphrastischer Bildinventarisierung zu der für die Poetik des Romans aufschlussreichen Feststellung verleitet: »Ich gehe davon aus, dass die Dinge genau dann auftauchten, als ich sie soeben erwähnte.«[529]

527 Michael Lentz: *Schattenfroh*, a. a. O., S. 963.

528 Ebd.

529 Michael Lentz: *Schattenfroh*, a. a. O., S. 965. Diese Macht-Phantasie, mit der Benennung die Dinge in die Welt zu rufen, weist eine Nähe zum magischen

Allerdings kann er das »Behältnis aus Holz« nicht in die Welt benennen bzw. in die Welt sehen:

»Neben dem Bett meines Vaters steht ein Behältnis aus Holz. Ich schaue nach, dort steht nichts. Es steht dort also nicht irgendein Behältnis, sondern etwas ganz Besonderes. Auch wenn ich ›etwas ganz Besonderes‹ sage, steht es dort nicht.«[530]

Das Zauberwort scheint noch nicht getroffen worden zu sein. Die Projektionsmaschine als Medium der Vermittlung von Wahrnehmung und Begriff ist anscheinend von diesem Wort bzw. Benennungsrealismus ausgenommen.

Es folgt eine ausführliche metahypodiegetische Ekphrasis des merkwürdigen Geräts neben dem Bett der Bismarck ähnlich sehenden Vaterfigur. Die Beschreibung des Kästchens erinnert an das Kästchen (Brille, Tefillin), das der Ich-Erzähler am Anfang des Romans vor seinen Augen hat und durch das er den Roman *Schattenfroh* sieht. Das Kästchen selbst ist also Gegenstand einer hypodiegetischen Verschachtelung:

»Es ist eine Sehmaschine, eine Blickmaschine, ein Guckkasten oder eine Art Fernglas, nur dass man mit diesem Gerät nicht in die Ferne, sondern ins Dunkel zielt. Das sich zum Boden hin konisch ver-

(Be-)Sprechen auf: »der Ursprung des Phantasmas (…) ist ein Sprachverständnis, das das Gesprochene stets beim Wort zu nehmen pflegt. Man kann darin das Relikt einer magischen Sprachauffassung erkennen – wie sie noch im sechzehnten und siebzehnten Jahrhundert durchaus im Schwange war und als deren Nachklang wohl die Sprachauffassung des Märchens gelten kann –, die das Sprechen oft auch mit der Intention des Besprechens im magischen Sinn versieht und so der Vorstellung einer unmittelbaren Materialisierung des Ausgesprochenen huldigt.« Jan Erik Antonsen: *Poetik des Unmöglichen. Narratologische Untersuchungen zu Phantastik, Märchen und mythischer Erzählung.* Paderborn: Mentis 2007, S. 254.

530 Michael Lentz: *Schattenfroh*, a. a. O., S. 965.

breiternde Gerät verfügt über zwei quadratische, linsenbestückte Öffnungen, durch die man hineinsehen kann. Der Boden besteht, wie das gesamte Gehäuse, aus Holz, eine an einer Längsseite angebrachte Klappe lässt sich hochstellen, ihre Funktion erschließt sich noch nicht ganz. Die Klappe steht offen. Das gibt den Blick frei ins Innere des merkwürdigen Geräts. Eine Holzwand teilt den Sehraum in zwei gleich große Kammern. In der rechten Kammer hockt eine Spinne auf dem Boden.«[531]

In der anschließenden narrativen Ekphrasis eines IS-Videos, das die Verbrennung eines gefangenen Piloten bei lebendigem Leib zeigt/zeigen soll, fungierten das Kästchen als Substitut des Käfigs, in dem der Pilot verbrennt, und die Spinnen als Substitut des Piloten. Zitiert sei hier lediglich der Anfang der Passage:

»Mein Vater ist beim Versuch, vom Bett aus durch die Linsen ins Innere des Apparates zu blicken, für immer eingeschlafen. Man muss die Linsen ganz dicht an die Augen führen. Die Spinnen bevölkern beide Strahlengänge. Jemand entfacht ein Feuerzeug. Ein anderer führt einen Stock heran, dessen unteres Ende mit einem benzingetränkten Lappen umwickelt ist. (...)«[532]

Der letzte Satz der Verbrennungs-Sequenz lautet: »Die Spinnentropfen sammeln sich zu einem Rinnsal, das sich, ein Tausendfüßler, von mir fortbewegt.« Nachdem das Kästchen also solchermaßen unbewohnt geworden ist – das Leben der Insekten machte es zur funktionslosen Behausung –, ist der Blick wieder freigegeben und damit seine mediale Funktion als Sehapparat wieder restituiert:

»Ich kann jetzt alles sehen. Das Gerät zeigt eine steinige Bachlandschaft, im Hintergrund erheben sich schneebedeckte Berge. Über den

531 Michael Lentz: *Schattenfroh*, a. a. O., S. 965.

532 Michael Lentz: *Schattenfroh*, a. a. O., S. 966.

Bach, der kaum Wasser führt, ist ein Bett gestellt. Im Bett liegt ein alter Mann.«[533]

Durch das Kästchen ist also genau das als Bildobjekt zu sehen, was als Wahrnehmung bzw. Wahrnehmungsvorstellung bereits ekphrastisch beschrieben wurde – die vormals intentional zugrunde gelegene Wahrnehmungsauffassung wird jetzt mit dem Blick durch das Kästchen instabil, da der ontische Status des Gesehenen prekär ist bzw. ein Blick durch solch einen optischen Apparat einen Blick auf ein Bild und somit eine Bildauffassung vermuten lässt. Anders gesagt wird erst mit dem Blick in das Kästchen, das den Blick gewissermaßen in sich gefangen hält, eine Bildvorstellung virulent, blendete doch die vormalige Beschreibung, die nicht auf ein *Bild*, sondern auf Wirklichkeit referierte, den Referenzrahmen ›Bild‹ vollkommen aus, so dass kein Bildlichkeits-, wohl aber ein Wirklichkeitsbewusstsein entstand, zu dem jetzt auch das Bildbewusstsein gehört. Allerdings wird die Grenze zwischen Wirklichkeits- und Bildbewusstsein im weiteren Verlauf des Romans im Sinne einer paradoxen Metalepse verschleiert, angereichert mit autobiographischen Episoden und Motiven verliert sich das Bildbewusstsein allmählich, bis dem Ich-Erzähler die Öllampe, die »hinterrücks« in seinem Mund angebracht wurde, Sorgen bereitet: »Sie brennt nicht. Das heißt, sie brennt sehr wohl, verursacht aber keinerlei Schmerzen. In meinem Rachen erscheint das Alpenglühen. Unten in der Schlucht, umstellt von weißen Bergen, sehe ich ein leeres Bett.«[534] Sein Mundraum dient also nun als Sehapparat, und durch seinen geöffneten Mund müsste man die Episode mit dem Bett über dem Fluss Prüm[535] und dem Vater darin als detailliert beschreibende Anverwandlung von Dalís und Buñuels Film *Un Chien andalou* sehen,

533 Michael Lentz: *Schattenfroh*, a. a. O., S. 966.

534 Michael Lentz: *Schattenfroh*, a. a. O., S. 968.

535 Vgl. Michael Lentz: *Schattenfroh*, a. a. O., S. 982.

von der hier nur der Anfang zitiert sei: »Eine Nonne, die ein Holzkästchen um den Hals trägt, dessen Deckel neunzehn weiße und achtzehn schwarze Querstriche zieren, stürzt mit ihrem Fahrrad, schlägt mit dem Kopf auf die Bordsteinkante des Bürgersteigs und stirbt.«[536]

Zuvor aber wird klar, dass der Sehapparat auf dem Bild, das der Apparat zeigt, ebenfalls zu sehen ist:

»Zu seiner Linken, auf dem Boden, steht ein hölzerner Apparat mit seitlich geöffneter Klappe. Vor dem Bett, vom alten Mann aus gesehen auf der rechten Seite, befindet sich, nun deutlich zu sehen, eine kleine Anrichte mit Backwaren in einer muschelförmigen Schale. Die Backwaren sehen aus wie Früchte. Der alte Mann erhebt sich und nimmt aus der Schale eine Frucht mit vier Höckern.«[537]

Der Apparat zeigt offensichtlich einen Stummfilm, der eine elliptische Eigenzeit vermittelt. Der alte Mann, so der Ich-Erzähler,

»flüstert mir im Vorbeigehen etwas ins Ohr, der Apparat ist jedoch stumm. Ich schließe die Augen und schaue wieder hinein. Die Szenen, die der Apparat zeigt, wiederholen sich nicht, ich weiß aber nicht, welcher Zeit das Gezeigte zugehört. An manchen Stellen bleibt das, was ein Film zu sein scheint, stehen, um Sekunden später an einer anderen Stelle fortgesetzt zu werden.«[538]

Im Folgenden sieht der Ich-Erzähler durch den Apparat Variationen der narrativen Ekphrasis, die Erinnerungen an die Intensivstation und eigene Ängste kurzschließen, für die Ahnengalerie der Stadt soll der Vater in Öl porträtiert werden, ein Bild im Bild im Bild (…) würde entstehen, der Vater verurteilt den Ich-Erzähler für dessen Kichenaustritt und sein Ansinnen, ihn ›kleinzuschreiben‹:[539]

536 Michael Lentz: *Schattenfroh*, a. a. O., S. 968.

537 Michael Lentz: *Schattenfroh*, a. a. O., S. 966.

538 Ebd.

539 Siehe Michael Lentz: *Schattenfroh*, a. a. O., S. 970–973.

»Ich habe dich aber durchschaut, lieber Sohn, du lässt mich Tag und Nacht diese Vorstellung haben, damit ich geringer werde, bis ich selbst auf einem dereinst riesigen Tisch nicht mehr auszumachen bin. Auf diese Weise willst du mich aus der Welt hinausschreiben.«[540]

Zuletzt erklärt der (tote) Vater die Schlucht zur Fiktion, was auch als Besetzung des Imaginären durch ihn bzw. Schattenfroh verstanden werden kann, eine väterliche Inszenierung der moralischen Verwerfung und des schlechten Gewissens des Sohnes:

»Du hast mich hier in dieses Bett gebracht in der Hoffnung, dass ich der Schlucht nicht mehr entkommen werde. Es gibt diese Schlucht aber gar nicht.«[541]

Der (tote) Vater dekonstruiert innerhalb der narrativen Ekphrasis ihren Fiktionsstatus und inkriminiert das sie rahmende Buch *Schattenfroh* insgesamt als Versuch, den Vater »endgültig« zu »zerstören« und ihm »ein Recht auf Seele« zu »verwehren«, da er sich »im Leben dermaßen verfehlt habe« an seinem Sohn, »dass Buße nur über den Verlust der Seele zu tun sei«.[542] Die Urteilsverkündung und der imaginierte Vater werden dann selbst zum Opfer einer Ton- und Bildstörung der Imagination:

»Der Mund bewegt sich, aber der Ton ist abgestellt. Jetzt flackert auch der Vater, sein Bild verblasst, ich will ihm noch zuwinken, da ist er schon nicht mehr zu sehen, auf dem Bett bleibt das Kleid einer Nonne zurück.«[543]

Auf dem Tisch des Felsvorsprungs liegend, ertastet der Ich-Erzähler auf der Tischplatte die Konturen des Emblems, was in ihm regelrechte Visionen auslöst. Das sprichwörtliche Begreifen des Bildes ruft

540 Michael Lentz: *Schattenfroh*, a. a. O., S. 970.

541 Michael Lentz: *Schattenfroh*, a. a. O., S. 972.

542 Vgl. ebd.

543 Michael Lentz: *Schattenfroh*, a. a. O., S. 973.

Identitätsvorstellungen mit dem Vater, aber auch Hinrichtungsszenen mit dem Schwert aus Vergangenheit und Gegenwart hervor.[544] Dann begibt er sich, die Felswand hinunterkletternd, wieder zum Bett im Tal, als er, in der Wand, unter sich »eine kleine Gestalt« entdeckt, die Ähnlichkeit mit ihm als Kind aufweist. Das Ziel des Kindes ist der Tisch auf dem Felsvorsprung, von dem aus es in die Schlucht blickt.

»Ich kann mich der Ahnung nicht erwehren, das Kind könne von oben aus alles kontrollieren, ich bin seine Marionette, die es an den Fäden führt, jede meiner Bewegungen wird von ihm gesteuert, das Kind also dirigiert sich selbst als Erwachsenen. Mit seiner Hilfe, sauber eingehängt ins Führungskreuz, gelingt mir ein sanfter Abstieg.«[545]

Wieder kann es der Ich-Erzähler »nicht erwarten, durch das Gerät zu schauen«: »Ich schaue durch das Gerät. Ich sehe etwas oder eine Fotografie. Als Fotografie repräsentiert dieses Etwas im Blick auf sie das unglückliche Bewusstsein (…). Das Bewusstsein im Betrachten des Bildes kann nicht zurück zur Wirklichkeit des Bildes, auf dem ich nur Phantome sehe, in dem das Bewusstsein aber sein eigenes Wesen, sich selbst, wittert. Dabei hält das Foto nur den Blick fest, der Betrachter selbst erscheint nicht auf dem Bild, er ist der blinde Fleck. Solcherlei tiefe Gedanken hege ich, wenn mein Blick durch das Gerät geht. So tief sind die Gedanken, dass ich dieses sie auslösende Gerät ›Hegel‹ nenne. Es ist ein Gerät, mit dem ich in meinen Kopf blicken kann«,[546]

teilt der Ich-Erzähler mit. Und was sieht er in seinem Kopf?

»Ich sehe das Gerät, durch das zu schauen ich kaum erwarten kann.«[547] Im Kopf durchläuft der Ich-Erzähler und mit ihm der Leser

544 Siehe Michael Lentz: *Schattenfroh*, a. a. O., S. 974–977.

545 Michael Lentz: *Schattenfroh*, a. a. O., S. 986.

546 Michael Lentz: *Schattenfroh*, a. a. O., S. 987.

547 Michael Lentz: *Schattenfroh*, a. a. O., S. 987.

noch einmal die Szene mit dem Kind während des Abstiegs der Felswand.

Dieser Abstieg kann auch als Abstieg aus der Höhe der Imagination in die Tiefe der Realität gelesen werden. Unten im Tal – im Kopf – schaut der Ich-Erzähler ein letztes Mal durch den Sehapparat – ein Blick, der in Serie gegangen ist:

»Ich kann es nicht erwarten, durch das Gerät zu schauen. Der karge Bach färbt sich rot. Links ist ein Tisch zu erkennen, rechts komme ich ins Bild. Dunkel, wieder hell. Ich sitze am Tisch, die Tischplatte ist ganz mit Schriftgewächsen bedeckt.«[548]

Niemand, der Ich-Erzähler, ist vom emblemverzierten[549] Tisch auf dem Felsvorsprung der Schlucht und den Familienfotografien in der Truhe, die auf dem Tisch steht und die möglicherweise der Brunnquell der gesamten komplex-paradoxen Metalepse ist, über das sogenannte Gerät, das er »Hegel« nennt, zurück am schrift- und zeichenüberwucherten Tisch in der Zelle der Rahmenerzählung, zumindest kann er dies im Gerät sehen. Vielleicht wird er also, gefangen in den paradoxen Metalepsen seiner Imagination, das Tal bzw. die Schlucht nie mehr verlassen können.

Das Gerät lässt in Vergangenheit und Zukunft gleichzeitig schauen, die Zweiteilung des Blicks nimmt formal das autonome Doppelbild vom Anfang des Romans wieder auf,[550] schließt mit dem linken Bild an die initiatorische Schreibszene mit dem Wahrnehmungstisch des Anfangs an,[551] die in rückwärtslaufender, von Auslassungen und text-

548 Michael Lentz: *Schattenfroh*, a. a. O., S. 987.

549 Vgl. Michael Lentz: *Schattenfroh*, a. a. O., S. 974–981. »Das Emblem zeigt die Truhe als einen Kindersarg« (S. 980).

550 Michael Lentz: *Schattenfroh*, a. a. O., S. 986–1008.

551 Michael Lentz: *Schattenfroh*, a. a. O., S. 987 ff.

lichen Neueinspeisungen (Anagramme, Kommentare) durchsetzter Variation den Schluss des Romans bildet:[552]

»Mateo ist da, er streichelt meinen Kopf, aber das bin ich nicht, ich bin der Golem meines Golems, ein Mogel, der Golem sitzt da, ich müsste dem Golem die Schrift von der Stirn kratzen, dann wäre er gestorben, das ist die Wahrheit, er trägt ein Kästchen vor der Stirn und ist über ein Buch gebeugt, das er in der Hand hält. Bei günstigem Licht, wie jetzt, kann ich durch das Gerät blickend in das Buch sehen.«[553]

Das »Ich« in dem Buch, das der Golem liest, ist nicht mehr das »Ich« des Ich-Erzählers, sondern das des Golems, dessen Golem er als Buch geworden ist, das der Golem in Händen hält. Wenn Niemand nämlich feststellt: »Sie haben mir den Rücken gebrochen«, bedeutet das, dass er selbst zu dem vom Golem in der Hand gehaltenen Buch geworden ist, er *ist* das Buch *Schattenfroh*: in dem alles das schon geschrieben steht, was sich gerade zuträgt:

»Ich lese: ›Ich halte ein Buch in der Hand. Jetzt lese ich, dass ich ein Buch in der Hand halte. Es ist doch merkwürdig, dass ich davon nichts weiß. Ich lese weiter in dem Buch. Auch dieser Satz steht in dem Buch. Auch dieser. Das Buch ist sehr leicht. Es kann beinahe fliegen. Ich kann es an beliebiger Stelle aufschlagen und weiterschreiben, was ich lese. Sie haben mir den Rücken gebrochen. Die Buchbindergaze ist gerissen.«[554]

»Es ist doch merkwürdig, dass ich davon nichts weiß«, lautet die Quintessenz dieser Depersonalisation in Alter und Ego: in den Golem, der »ich« sagt als Lesender, und den Golem des Golems, der »ich«

552 Michael Lentz: *Schattenfroh*, a.a.O., S. 994 (ab »Ja, ich habe Angst.«) – 1008.
553 Michael Lentz: *Schattenfroh*, a.a.O., S. 987 – 988.
554 Michael Lentz: *Schattenfroh*, a.a.O., S. 988.

sagt als das vom Golem gelesene Buch *Schattenfroh*, dessen Rücken man beim Verhör gebrochen hat.

Das Buch sein, das man gerade schreibt; das Buch sein, das man gerade liest, das Lebensbuch – in *Schattenfroh* werden in Bildern die Konsequenzen erzählt, die das Imaginäre über seine Fiktionalisierung Realität werden lassen. In diesem Sinne ist *Schattenfroh* ganz wörtlich zu lesen: als Appropriation der eigenen Heilsgeschichte.

IV. Anamorphosen. Ausblicke

Schrift ist »abrupt eintretende Dunkelheit«. Eine Dunkelheit allerdings, die etwas erscheinen lässt: das weiße Feuer der »Blitze« bzw. des »Lichts«, wie man sie sich als Migräne-Aura vorstellen kann. In *Schattenfroh* erscheint das weiße Feuer der »Blitze« bzw. des »Lichts« auf dem schwarzen Feuer des Torgangs und seiner Wände. Diese Erscheinungen, die man nicht unmittelbar sehen kann, sondern nur mittels peripherem Sehen erfasst, das am Objekt vorbeischaut, fungieren im Roman als die fiktionale Repräsentation des Imaginären, aber auch des Realen (Jacques Lacan). Im Anschluss an Vorstellungen der kabbalistischen Mystik,[555] wie man sie im Roman *Schattenfroh*

555 »Das weiße Feuer der schriftlichen Tora beschreibt die Tora als amorphe Virtualität, deren Buchstaben nicht vom Weiß der Seite unterscheidbar sind, also für sich alleine nicht lesbar sind. Das schwarze Feuer dagegen ist die Artikulation und Gliederung dieses noch unlesbaren, amorphen Weiß vermittels der Schwärze der Buchstaben. Entsprechend schreibt Isaak der Blinde in seinem Kommentar zum *Midrasch Konen*: ›Und so kann die schriftliche Tora keine körperliche Form annehmen, es sei denn durch die Kraft der mündlichen Tora, d.h. sie kann ohne diese nicht wahrhaft verstanden werden.‹ Diese Denkfigur verschiebt die ›schriftliche Tora‹ in den mystischen Bereich des absoluten Buches und dehnt im Gegenzug dazu den Bereich der ›mündlichen Tora‹, der Interpretation und des Kommentars, auf die von Moses empfangene Tora aus. Alle existenten Schriften, ob Tora, Mischnah oder Talmud, sind immer schon ›mündliche Tora‹, Kommentar, Interpretation. Die ›schriftliche Tora‹, der imaginäre Urtext, ist dagegen eine rein metaphysische Größe und hat den Charakter eines Postulats. Gershom Scholem hat dies so formuliert: ›Alles, was wir in der Tora in festen Formen, mit Tinte auf Pergament geschrieben, wahrnehmen, sind letzten Endes schon Deutungen, sind nähere Bestimmungen des Verborgenen. Es gibt nur mündliche Tora […] und schriftliche Tora ist nur ein mystischer Begriff.‹ Tradition ist also die fortwährende Explikation, Auslegung und Deutung der

finden kann, sind die »Blitze« und das »Licht« als weißes Feuer der ›eigentliche‹ Text; der Roman als schwarzes Feuer ist der Kommentar, die (auch selbsthermeneutische) Auslegung. Der Torgang und seine Wände wären demgemäß der Roman als in seiner Materialität undifferenzierter Verbund der schwarzen Lettern, den man sich als kontrastlose Buchstaben-Überlagerung vorstellen kann, als durchgängiges Schwarz. Die Erscheinung der Blitze und des Lichts bringt Licht in den dunklen, ungeschiedenen Sinn, ordnet die Buchstaben und aktiviert die simultan stattfindende Auslegung der (Kon-)Figurationen der Blitze und des Lichts. Die Beziehung zwischen schwarzem und weißem Feuer – das eine ist nicht ohne das andere zu haben – ist hier, im Gegensatz zum kabbalistischen Verständnis von Urtora und Tora, keine der zeitlichen Nachgeordnetheit.

Die schwarzen Lettern des Romans *Schattenfroh* sind die mündliche Auslegung, die *Besprechung* der in ihrer transitorisch sich ›offenbarenden‹ Bloßsichtbarkeit gegebenen »Blitze« bzw. des »Lichts«, die wiederum durch ihre Besprechung allererst in die fiktionale Existenz gerufen werden, ohne diese also nicht sichtbar wären; sie sind ein Schöpfungsakt, der in seiner Performanz an die Schöpfungserzählung des Johannesevangeliums anschließt und die Beziehung zwischen Schrift und Bild neu formatiert. *Das* nennt man »Schreiben«,

schriftlichen Tora. Die absolute Sprache der Offenbarung, die mit unendlichem Sinn erfüllte Schrift der schriftlichen Tora, ist gebrochen und reflektiert in der sekundären Sprache der mündlichen Tora. Auch das Begriffspaar schriftliche Tora / mündliche Tora beschreibt demnach die komplementäre Bewegung der Mystifizierung und des Rückzugs der Offenbarung auf der einen Seite und der Generalisierung von Tradition und Interpretation auf der anderen Seite. Die Tora als Ganzes ist damit charakterisiert als amorphe, aber unendliche Bedeutsamkeit auf der einen Seite und Unendlichkeit der Deutung auf der anderen Seite.« Andreas B. Kilcher: *Die Sprachtheorie der Kabbala als ästhetisches Paradigma seit der frühen Neuzeit.* Stuttgart, Weimar: J. B. Metzler 1998, S. 36.

ein extremer Solipsismus bis hin zur Einverleibung der Mutter und ihrer kognitiven Prozesse – die »dunkle Kammer« ist eine Referenz auf Roland Barthes' *La chambre claire. Note sur la photographie*:

»Die abrupt eintretende Dunkelheit lässt mich Blitze sehen, aufstiebende und zu Boden taumelnde Funken sind Schrift in der Luft, es sind meine Augen, die schreiben, und das Wort, das sie schreiben, geschieht. Der Gang durch den Torgang ist der Gang durch eine Camera obscura. Ist die Erinnerung an eine Fotografie Erinnerung, oder ist sie eine konturierende, in grelle Farben setzende und zugleich wieder verblassende Neuentwicklung der Fotografie? Ich bin das Loch, durch das die Fotografien in den Alben meiner Mutter dringen, die sie hütet wie nichts sonst in ihrem Leben. Von den Fotografien geht ein solch starkes Licht aus, dass sie in der dunklen Kammer des Torgangs, aus mir heraus und durch mich hindurch, Bilder von erschreckender Größe projizieren, und ich weiß, es ist mein Blick. Von wo aus ich auch schaue, ob jetzt von hier oder drei Meter weiter, ich trage die Bilder schrittweise voran, ohne ihnen näher zu kommen, und immer sind die Bilder verzerrt, deformiert, entstellt. Mein Erkennen ist Verkennen, das Verkannte aber ist das Bleibende, eine Fratze. (...) Die Augen schreiben ›Eurenburg‹ und ›Grubenreu‹ und ›Unbürger‹, aber nicht mit Buchstaben; auf dem Weg zum zweiten Tor formt die Lineatur der Schrift kein Wort, sondern die Konturen der Heimatstadt meiner Mutter, wie ich sie, fotografiert von der Eurenburg aus, kenne, (...) so wie ich mir die Fotografien der Großeltern und Eltern so beharrlich angeschaut habe, dass sie als Erinnerung durch das Loch, das ich bin, in den Torgang, der ich bin, erstrahlen, in die dunkle Kammer, durch die ich gehe, und keiner Außenwelt mehr bedarf, weil alle Bilder nun vollständig sind. (...) Ich bin der Mittelpunkt meines eigenen Panoptikums, der Kontrolle entzogen. Der Torwächter kann den Körper verschleppen, er bekommt doch immer nur eine Hülle zu fassen, mein

Weltprojektor liegt in seinem toten Winkel. Sichtbar, bin ich uneinsehbar. Ich bin die eigentliche Macht, und das lässt den Torwächter so ohnmächtig werden, dass er mich dahin bringt, wo ich in meinem Inneren schon bin: in eine dunkle Kammer. Diese Überhöhungen, fluche ich und stampfe mit dem Fuß auf, was tue ich mir da an, es ist ja doch wohl viel stumpfer, augenscheinlich, es ist nichts dahinter.«[556]

Im Text ist nicht entschieden, ob das Licht im weiteren Verlauf der Durchquerung des Torgangs in diesen von vorne oder von hinten eindringt und ob es sich, was naheliegt, um das Tageslicht handelt. Jedenfalls löst eine den Torgang partiell erhellende Fremdquelle die »Blitze« ab oder überblendet diese und bringt neue bildliche Konfigurationen zum Vorschein – Animationen, die das filmische Laufen lernen. Der Vater wird zum Dr. Mabuse aus Fritz Langs Stummfilm *Das Testament des Dr. Mabuse*, der ungefähr auf gleicher Höhe zu Mabuse den Torgang durchquerende Ich-Erzähler folglich zum getriebenen Psychiatriedirektor Baum, der am Schluss des Films in der Zelle des verstorbenen Mabuse (ein)sitzt und Manuskriptseiten zerreißt. Der Sohn ist zu seinem eigenen Vater geworden. Von den »Blitzen« als Augenprojektionen des Sohnes ist keine Rede mehr, die Strahlkraft der Augen des Vaters ist größer:

»Durch den Torgang dringt Licht. Rechts an der Wand erscheint ein langgezogener Schatten, in dessen Umrissen ich abwechselnd die schwarze Seite meines Vaters, dann einen rechteckigen Turm mit Zinnenkranz, dann einen protandrischen Hermaphroditen und schließlich wieder die schwarze Seite erkenne. Die schwarze Seite pulsiert, so wie man es von Larven kurz vor dem Schlüpfen kennt, die Membran reißt, und unzählige Tierchen ergießen sich über die Haut. Sie

556 Michael Lentz: *Schattenfroh*, a. a. O., S. 319 – 324.

alle zusammen heißen Vater. Auf dem Wehrturm wird eine Kanone durch die Schießscharte gerollt. Je länger ich auf dem Schattenbild verweile, desto mehr gewinnt jemand Zeit, die Kanone gegen mich in Stellung zu bringen. Bei dem Hermaphroditen, zunächst ein Männchen, das frei umherschwimmt, später, am Bestimmungsort, wandelt es sich auswachsend zum Weibchen, handelt es sich um eine Assel mit strampelnden Beinchen, manche halten sie für einen Krebs, etwa so groß wie das zweite menschliche Fingerglied, die sich mit ihren Widerhaken in den Zungengrund seines Wirtstieres verbeißt, stets voller Blut, das sie dem Wirtstier so lange aus der Zungenarterie saugt, bis die Zunge dem Wirtstier aus dem Maul fällt, dann ersetzt es ihm ganz freizügig dieses Organ durch sich selbst, stets mitfressend, was der Wirt ihm serviert, im Maul vollzieht sich auch die Paarung der Assel, die Eier sammelt das Weibchen unter ihrem Hinterleib in einem Beutel, ist es so weit, verlassen die Schlüpflinge das Maul, um andere zu befallen, meine Zunge ist eine andere, ich will sie bei Licht einmal besehen. Du weißt nicht, was du redest, sagte Mutter oft, ab 1:56:35 beult sich der Kopf meines Vaters links von der Mitte aus dem oberen Drittel der schwarzen Seite, die Augen wie strahlende Lichter, das schlohweiße Haar vom Wind nach hinten geweht, schaut er auf mich herab, und ich weiß nicht, will er mich bedrohen, mich beschützen, flüstert er mir gleich etwas ein, innerhalb von sechs Sekunden schält sich sein ganzer Oberkörper aus dem Dunkel, ab 1:56:48 weist er für neun Sekunden mit dem Zeigefinger des rechten Arms, der sich wie von einer Winde gezogen nach oben bewegt, bis er im rechten Winkel verharrt, als sei er tot und Teil eines mechanischen Balletts, Richtung Tor.«[557]

557 Michael Lentz: *Schattenfroh*, a. a. O., S. 325–326.

Was der Ich-Erzähler hier sieht, ist ein Kippbild, das aber nicht zwischen zwei, sondern drei bildlichen Figuren kippt. Zudem erlebt er in seiner Bewegung die Wand des Torgangs entlang anamorphotische Wahrnehmungstransformationen, was wohl mit den kontinuierlichen perspektivischen Veränderungen des Blicks auf die Wahrnehmungsobjekte zusammenhängt. Die Bilder lesend, beginnt der Blick, gestaltbildend immer neu Figur und Grund zu unterscheiden. Niemand, der Ich-Erzähler, sieht etwas als etwas anderes, das als seine Deutung verstanden werden kann. Es ist möglicherweise das »Reale«, das ihn real bedroht, aber selbst nicht sichtbar ist und nicht symbolisiert werden kann, der »Nabel des Traums« (Sigmund Freud).

Die Anamorphose ist ein Sammelbegriff für eine Vielzahl verschiedener optischer Bildphänomene bzw. solcher der Wahrnehmung, deren perspektivenspezifische Konstruktion den Betrachter zur Wahrnehmung jenseits der in der Renaissance erstmals etablierten Zentralperspektive (»Längenanamorphose«) oder unter Zuhilfenahme von Hilfsmitteln wie zum Beispiel Prisma, Löffel oder Spiegel (»katroptische Anamorphosen«) anhält, ihn für die Bildbetrachtung und Entschlüsselung also gewissermaßen im Raum dirigiert. Es handelt sich demnach um eine »optische Technik der kontrollierten Verzerrung und das Resultat einer solchen, nämlich ein Bild oder Bildelement, das nur von dem Ort der ursprünglichen Projektion aus oder mithilfe eines Spiegels oder Prismas (…) erkannt werden kann.«[558]

In der Forschung wird zumeist eine strenge Definition zugrundegelegt, derzufolge eine Anamorphose eine Bild gewordene, die Zentralperspektive außer Kraft setzende, auf ihrer Errungenschaft aller-

558 Kyung-Ho Cha, Markus Rautzenberg: »Einleitung: Im Theater des Sehens. Anamorphose als Bild und philosophische Metapher«, in: dies. (Hg.): *Der entstellte Blick. Anamorphosen in Kunst, Literatur und Philosophie*. Paderborn: Wilhelm Fink 2008, S. 7–22, hier: S. 8.

dings basierende verzerrte Wahrnehmung ist, die nur aus einem bestimmten extremen Blickwinkel, einer bestimmten Perspektive wieder zu entzerren und als Bild wahrzunehmen ist. Aus einer zerdehnten amorphen Konfiguration wird ein identifizierbares Bild.

Demgegenüber schlägt David Lauder eine anamorphotische Typologie mit fünf unterschiedlichen »Fällen« vor. 1. »*ausschließlich* auf den entstellten Blickwinkel eingerichtet«, 2. auf *zwei* abwechselnd einzunehmende Betrachterstandpunkte ausgerichtet, 3. die anamorphotische Darstellung als integraler Bestandteil eines Bildes ergibt *auch* vom »konventionellen Betrachterstandpunkt aus einen Sinn, die Anamorphose wird hier also in der *Um*gestaltung, im Gestalt*wandel* erfahrbar«; 4. »Vexier- oder Suchbild«, »das eine nicht auf den ersten Blick erkennbare Figur enthält«: ein solches Bild »lässt sich (…) verstehen als eine Anamorphose, bei der die erforderliche körperliche Verstellung des Blicks im Raum schrittweise reduziert wurde«; 5. Kippfiguren als »bestimmter Typ von Vexierbildern«.[559]

Lauders anamorphotische Typologie ist auch für *Schattenfroh* konstitutiv, wobei für den Roman noch die Unterscheidung zwischen inneren und äußeren (physischen) Bildern zu treffen ist. So finden sich zum Beispiel anamorphotisch verzerrte Erinnerungsbilder ebenso wie bildinduzierte Passagen, die sich sowohl wörtlich als auch im übertragenen Sinn verstehen lassen, also auf zwei abwechselnd einzunehmende Betrachterstandpunkte ausgerichtet sind, und Kippbilder, die zugleich als Bildbeschreibung und als Autofiktion fungieren.

Wie der anamorphotische Bildstatus oszilliert *Schattenfroh* zwischen »Transparenz und Opazität«, die bei der Anamorphose »das

559 David Lauder: »Anamorphoische Aspekte. Wittgenstein über Techniken des Sehens«, in: Kyung-Ho Cha, Markus Rautzenberg (Hg.): *Der entstellte Blick*, a. a. O., S. 230–244, hier: S. 232–234.

Resultat der Loslösung der imaginären Bildebene von ihrem Bildträger ist«.[560] In diesem Sinne des Oszillierens zwischen der zentralperspektivischen und der devianten anamorphotischen Perspektive ist *Schattenfroh* über weite Strecken ein anamorphotischer Roman, der sich gleichwohl auch die vorperspektivische Mehrphasigkeit der mittelalterlichen Malerei als chronotopisches und anachronistisches Kompositionsprinzip zu eigen macht, wie sie Hieronymus Bosch auf seinen Bildern mit ihrer zweidimensional-flächigen Ausbreitung des Bildinventars u. a. aus allegorisch-typologischen bzw. bibelhermeneutischen Gründen noch bewusst praktizierte, als die Zentralperspektive von der italienischen Frührenaissance bereits entdeckt und in der Malerei der Renaissance etabliert war. Der Thematik und ihrer moralischen bzw. religiösen Didaxe angemessen, arbeitete Hieronymus Bosch mit verschiedenen Perspektiven wie u. a. auch der Tunnelperspektive. Werner Tübke knüpfte an das Bildverständnis Boschs mit seiner vermeintlich heterogenen Motivfülle an, das ein zeitliches Nacheinander, aber auch Gleichzeitigkeit als räumliches Nebeneinander zur Darstellung brachte. Dem Moment zyklischer Wiederholung bei Hieronymus Bosch entsprach das mediale Apriori des Panoramas und seines Rundblicks, dem Werner Tübke auf der motivischen Ebene u. a. noch den zyklischen Wechsel der vier Jahreszeiten aufpfropfte.

Ist *Schattenfroh* deshalb bereits ein allegorischer Roman, weil die (physischen) Bilder seiner Ekphrasen oftmals, wenn nicht überwiegend, Allegorien sind? Ganz so einfach ist die analogisierende Rechnung sicherlich nicht. Dem Zusammenhang zwischen Ekphrase, Anamorphose und Allegorie müsste gesondert nachgegangen werden.

560 Kyung-Ho Cha, Markus Rautzenberg: »Einleitung: Im Theater des Sehens«, a. a. O., S. 7.

Umgekehrt ließe sich fragen, ob nicht auch Hermeneutik[561] per se ein anamorphotischer Akt im Sinne einer stets schon verzerrenden mediatisierten Weise von Präsenz und Verstehen ist.[562] Oder operiert eine solche Frage bloß mit einer generalisierenden Metaphorisierung des Begriffs »Anamorphose«?

Gilt das Apriori des Medialen auch für Prozesse des Verstehens (Wahrnehmens, Erkennens) und des Aufzeigens von Differenzierungen, gäbe es hinsichtlich einer als anamorphotisch verstandenen Hermeneutik nur *eine* (beim Kippbild zwei) rekonstruierbare Perspektive(n), die andere Deutungen ausschließende Deutungshoheit mit der Folge einer einsinnigen Auslegung beanspruchen könnte(n) – nach dem Motto: Man muss den Roman einmal *so* betrachten, unter *dieser* Perspektive, dann versteht man ihn. Es fragt sich nur, ob diese Perspektive überhaupt rekonstruiert werden kann. Probleme der Zirkularität, des Apriorischen als einer uneinholbaren und somit unverfügbaren Vorgängigkeit und Bedingungen der Beobachtung n-ter Ordnung wären zu berücksichtigen. Es gibt demnach keine unvermittelte Unmittelbarkeit.[563]

Kann man posthermeneutische Romane schreiben, solche also, die auf eine posthermeneutische Sichtweise hin angelegt sind?

561 Mit Dieter Mersch wäre hier der Ausdruck »Hermeneutik« »sehr weit« zu fassen: »Nicht nur beinhaltet er im engeren Sinne das Schema der Interpretation, das, was im allgemeinsten Sinne auf ›Verstehen‹ geht, sondern auch sämtliche Register der Erzeugung von Sinn durch Differenzsetzung, sei es durch Zeichen oder Systeme der Unterscheidung, sowie die Modelle oder Methoden ihrer Reflexion.« Dieter Mersch: *Posthermeneutik*. Berlin: Akademie Verlag 2010, S. 11–12.

562 Vgl. Dieter Mersch: *Posthermeneutik*, a. a. O., S. 97.

563 Vgl. ebd.

Schattenfroh artikuliert sich im paradoxen Spannungsverhältnis von »Praesentia in absentia« (abwesende Gegenwart) und »Absentia in praesentia« (Gegenwärtigkeit des Abwesenden).[564] Niemand, der Ich-Erzähler in *Schattenfroh*, ist das Buch, das er gerade schreibt, liest und lebt, ein romantischer Wunschtraum, dessen unkontrollierbare psychophysische Dynamik schnell schon zur Bedrohung wird. In *Schattenfroh* werden Bilder erzählt und in Bildern die Konsequenzen, die das Imaginäre und das Reale über seine Fiktionalisierung Realität werden lassen. *Schattenfroh* kann ganz wörtlich gelesen werden: als Appropriation der eigenen Heilsgeschichte. Diese Aneignung ist selbst ein zirkulärer Prozess:

α και ω

1.
ANFANG ENDE
IM
ENDE ANFANG.

Das Ende, das du suchst, das schleuß in Anfang ein
Wilt du auf Erden weis', im Himmel seelig seyn[565]

100.
ENDE: ANFANG:
IM
ANFANG: ENDE.

564 Siehe hierzu Dieter Mersch: *Posthermeneutik*, a. a. O., S. 68–131.

565 Daniel Czepko: »Sexcenta Monodisticha Sapientum. Das erste Hundert, 1.«, in: Marian Szyrocki und Hans-Gert Roloff (Hg.): Daniel Czepko: *Sämtliche Werke*, Band 1/Teil 2: *Lyrik in Zyklen*. Berlin, New York: De Gruyter 1989, S. 546.

Das End ist hier: doch wer zurücke kehren kan,
Der trifft den ANBEGINN im ENDE wieder an.[566]

566 Daniel Czepko: »Sexcenta Monodisticha Sapientum. Das sechste Hundert, 100.«, in: Marian Szyrocki und Hans-Gert Roloff (Hg.): Daniel Czepko: *Sämtliche Werke*, a. a. O., S. 672.

Literatur

Abel, Günter: *Sprache, Zeichen, Interpretation.* Frankfurt am Main: Suhrkamp 1999

Albers, Josef: *Interaction of Color – Grundlegung einer Didaktik des Sehens.* Köln: DuMont Schauberg 1970

Alloa, Emmanuel: *Das durchscheinende Bild. Konturen einer medialen Phänomenologie.* Zürich: Diaphanes 2018

Antonsen, Jan Erik: *Poetik des Unmöglichen. Narratologische Untersuchungen zu Phantastik, Märchen und mythischer Erzählung.* Paderborn: Mentis 2007

Aristoteles: *Parva Naturalia II: De memoria et reminiscentia.* Berlin: Akademie Verlag 2004

Avanessian, Armen und Hennig, Anke (Hg.): *Der Präsensroman* (Narratologia, Band 36). Berlin, Boston: De Gruyter 2013

Bässler, Andreas: *Die Umkehrung der Ekphrasis. Zur Entstehung von Alciatos »Emblematum liber« (1531).* Würzburg: Königshausen & Neumann 2012

Baader, Hannah: »Paragone«, in: Ulrich Pfisterer: *Metzler Lexikon der Kunstwissenschaft: Ideen, Methoden, Begriffe.* Stuttgart: J. B. Metzler 2019, S. 321–324

Barbetti, Claire: *Ekphrastic Medieval Visions: A New Discussion in Interarts Theory (The New Middle Ages).* Basingstoke: Palgrave Macmillan 2011

Barthes, Roland: *S/Z.* Frankfurt am Main: Suhrkamp 1987

Barthes, Roland: *Die Lust am Text.* Frankfurt am Main: Suhrkamp 1996

Baumann, Mario: *Bilder schreiben: Virtuose Ekphrasis in Philostrats ›Eikones‹.* Berlin: De Gruyter 2011

Beckett, Samuel: *Hey Joe, Quadrat I und II, Nacht und Träume, Geister-Trio ...* Frankfurt am Main: Suhrkamp 2008

Beckett, Samuel: *Malone meurt.* Paris: Minuit 1951

Beckett, Samuel: *Malone stirbt.* Frankfurt am Main: Suhrkamp 1958

Behrendt, Harald: *Werner Tübkes Panoramabild in Bad Frankenhausen.* Kiel: Steve-Holger Ludwig [2]2010

Benthien, Claudia und Weingart, Brigitte (Hg.): *Handbuch Literatur & Visuelle Kultur.* Berlin, Boston: De Gruyter 2014

Berger, Andrea Ch.: *Das intermediale Gemäldezitat: Zur literarischen Rezeption von Vermeer und Caravaggio*. Bielefeld: Transcript 2012

Boehm, Gottfried und Pfotenhauer, Helmut (Hg.): *Beschreibungskunst – Kunstbeschreibung. Ekphrasis von der Antike bis zur Gegenwart*. München: Wilhelm Fink 1995

Boehm, Gottfried: »Bildbeschreibung. Über die Grenzen von Bild und Sprache«, in: Gottfried Boehm, Helmut Pfotenhauer (Hg.): *Beschreibungskunst – Kunstbeschreibung. Ekphrasis von der Antike bis zur Gegenwart*. München: Wilhelm Fink 1995, S. 23–40

Boehm, Gottfried (Hg.): *Was ist ein Bild?* München: Wilhelm Fink 2006

Boehm, Gottfried: »Die Hintergründigkeit des Zeigens. Deiktische Wurzeln des Bildes«, in: Heike Gfrereis, Marcel Lepper: *deixis – Vom Denken mit dem Zeigefinger* (marbacher schriften neue folge, Band 1). Göttingen: Wallstein 2007, S. 144–155

Boehm, Gottfried: »Ikonische Differenz«, in: *Rheinsprung 11. Zeitschrift für Bildkritik*, 1. Basel 2011, S. 170–176

Bohn, Carolin: *Dichtung als Bildtheorie. Sieben Studien zu Lessings »Laokoon«*. Berlin: Kulturverlag Kadmos 2016

Bohn, Volker (Hg.): *Typologie. Internationale Beiträge zur Poetik*. Frankfurt am Main: Suhrkamp 1988

Brosch, Renate: »Literarische Lektüre und imaginative Visualisierung: Kognitionsnarratologische Aspekte«, in: Claudia Benthien, Brigitte Weingart (Hg.): *Handbuch Literatur & Visuelle Kultur*. Berlin, New York: De Gruyter 2014, S. 104–120

Bühler, Karl: *Sprachtheorie*. Stuttgart: Lucius und Lucius 1999

Busch, Werner: »Erscheinung statt Erzählung«, in: Alexander Honold, Alexander Simon (Hg.): *Das erzählende und das erzählte Bild*. München: Wilhelm Fink 2010, S. 55–83

Buschmeier, Matthias und Dembeck, Till (Hg.): *Textbewegungen 1800/1900*. Würzburg: Königshausen & Neumann 2007

Bußmann, Hadumod: *Lexikon der Sprachwissenschaft*, Stuttgart: Alfred Kröner 2008

Castoriadis, Cornelius: *Gesellschaft als imaginäre Institution. Entwurf einer politischen* Philosophie. Frankfurt am Main: Suhrkamp 1990

Cha, Kyung-Ho und Rautzenberg, Markus: »Einleitung: Im Theater des Sehens. Anamorphose als Bild und philosophische Metapher«, in: dies. (Hg.): *Der entstellte Blick. Anamorphosen in Kunst, Literatur und Philosophie.* Paderborn: Wilhelm Fink 2008, S. 7–22.

Condoleo, Nicola: *Vom Imaginären zur Autonomie. Grundlagen der politischen Philosophie von Cornelius Castoriadis.* Bielefeld: Transcript 2015

Czepko, Daniel: »Sexcenta Monodïsticha Sapientum. Das erste Hundert, 1.«, in: Marian Szyrocki, Hans-Gert Roloff (Hg.): Daniel Czepko: *Sämtliche Werke,* Band 1/Teil 2: *Lyrik in Zyklen.* Berlin, New York: De Gruyter 1989

Czepko, Daniel: »Sexcenta Monodïsticha Sapientum. Das sechste Hundert, 100.«, in: Marian Szyrocki, Hans-Gert Roloff (Hg.): Daniel Czepko: *Sämtliche Werke,* Band 1/Teil 2: *Lyrik in Zyklen.* Berlin, New York: De Gruyter 1989

Dencker, Klaus Peter: *Optische Poesie. Von den prähistorischen Schriftzeichen bis zu den digitalen Experimenten der Gegenwart.* Berlin, Boston: De Gruyter 2010

Dick, Uwe: *Pochwasser – Eine Biographie ohne Ich.* München: Knesebeck 1992

Dümme, Jörg und Günzel, Stephan (Hg.): *Raumtheorie. Grundlagentexte aus Philosophie und Kulturwissenschaften.* Frankfurt am Main: Suhrkamp 2006

Eco, Umberto: *Einführung in die Semiotik.* München: Wilhelm Fink 1972

Ernst, Ulrich (Hg.): *Visuelle Poesie. Band 1: Von der Antike bis zum Barock.* Berlin, Boston: De Gruyter 2012

Fischer, Stefan: *Hieronymus Bosch: Malerei als Vision, Lehrbild und Kunstwerk.* Köln, Weimar, Wien: Böhlau 2009

Foucault, Michel: *Die Ordnung des Diskurses. Eine Archäologie der Humanwissenschaften.* Übersetzt von U. Köppen. Frankfurt am Main: Suhrkamp 1974

Fricke, Hannes: *Niemand wird lesen, was ich hier schreibe – Über den Niemand in der Literatur.* Göttingen: Wallstein 1998

Fricke, Harald: »Potenzierung«, in: Jan-Dirk Müller u. a. (Hg.): *Reallexikon der deutschen Literaturwissenschaft.* Band III. Berlin, New York: De Gruyter 2003. S. 144–147

Gaier, Ulrich und Simon, Ralf (Hg.): *Zwischen Bild und Begriff. Kant und Herder zum Schema.* Paderborn: Wilhelm Fink 2010

Gehrke, Hans-Joachim und Möller, Astrid (Hg.): *Vergangenheit und Lebenswelt: Soziale Kommunikation Traditionsbildung und historisches Bewußtsein.* Tübingen: Gunter Narr 1996

Genette, Gérard: *Die Erzählung.* München: Wilhelm Fink [2]1998

Genette, Gérard: *Palimpseste. Die Literatur auf zweiter Stufe*. Frankfurt am Main: Suhrkamp 1993

Gfrereis, Heike, und Lepper, Marcel: *deixis – Vom Denken mit dem Zeigefinger* (marbacher schriften neue folge, Band. 1). Göttingen: Wallstein 2007

Graf, Fritz: »Ekphrasis: Die Entstehung der Gattung in der Antike«, in: Gottfried Boehm, Helmut Pfotenhauer (Hg.): *Beschreibungskunst – Kunstbeschreibung. Ekphrasis von der Antike bis zur Gegenwart*. München: Wilhelm Fink 1995, S. 143–155

Greber, Erika: »*Textbewegung/Textwebung*. Texturierungsmodelle im Fadenkreuz von Prosa und Poesie, Buchstabe und Zahl«, in: Matthias Buschmeier, Till Dembeck (Hg.): *Textbewegungen 1800/1900*. Würzburg: Königshausen & Neumann 2007, S. 24–48.

Greif, Stefan: *Die Malerei kann ein beredtes Schweigen haben. Beschreibungskunst und Bildästhetik der Dichter*. München: Wilhelm Fink 1998

Hamann, Johann Georg: *Sämtliche Werke*. 6 Bände. Historisch-kritische Ausgabe hg. von Josef Nadler. Wuppertal: R. Brockhaus 1999 (Nachdruck der Ausgabe von 1949)

Hanebeck, Julian: *Understanding Metalepsis. The Hermeneutivs of Narrative Transgression*. Berlin, Boston: De Gruyter 2017

Heffernan, James A. W.: »Ekphrasis and Representation«, in: *New Literary History, Vol. 22, No. 2, Probings: Art, Criticism, Genre*. Baltimore: The Johns Hopkins University Press 1991, S. 297–316

Heffernan, James A. W.: *Museum of Words: The Poetics of Ekphrasis from Homer to Ashbery*. Chicago, London: University of Chicago Press 1993

Hegel, Georg Wilhelm Friedrich: *Enzyklopädie der philosophischen Wissenschaften im Grundrisse. Dritter Teil: Die Philosophie des Geistes*. Frankfurt am Main: Suhrkamp 1981

Holländer, Hans: »› … inwendig voller Figur‹. Figurale und typologische Denkformen in der Malerei«, in: Volker Bohn (Hg.): *Typologie. Internationale Beiträge zur Poetik*. Frankfurt am Main: Suhrkamp 1988, S. 166–206

Homer: *Ilias*. Übers. von Kurt Steinmann. München: Manesse 2017

Honold, Alexander und Simon, Alexander (Hg.): *Das erzählende und das erzählte Bild*. München: Wilhelm Fink 2010

Horstkotte, Silke: »Ekphrasis as Genre, Ekphrasis as Metaphenomenology«, in: Ronja Bodola, Guido Isekenmeier (Hg.): *Literary Visualities: Visual Des-*

criptions, Readerly Visualisations, Textual Visibilities. New York, Berlin: De Gruyter 2017, S. 127–165

Huber, Martin und Schmid, Wolf (Hg.): *Grundthemen der Literaturwissenschaft: Erzählen.* Berlin, New York: De Gruyter 2017

Husserl, Edmund: *Erfahrung und Urteil: Untersuchungen zu Genealogie der Logik.* Hg. v. Ludwig Landgrebe. Hamburg: Felix Meiner 1999

Husserl, Edmund: *Phantasie und Bildbewusstsein.* Hamburg: Felix Meiner 2006

Husserl, Edmund: *Cartesianische Meditationen. Eine Einleitung in die Phänomenologie.* Hamburg: Felix Meiner 2012

Idel, Moshe: »Die laut gelesene Tora. Stimmengemeinschaft in der jüdischen Mystik«, in: Friedrich Kittler, Thomas Macho, Sigrid Weigel (Hg.): *Zwischen Rauschen und Offenbarung. Zur Kultur- und Mediengeschichte der Stimme.* Berlin: Akademie Verlag 2002, S. 19–55

Iser, Wolfgang: *Das Fiktive und das Imaginäre. Perspektiven literarischer Anthropologie.* Frankfurt am Main: Suhrkamp 2009 (1993)

Jahraus, Oliver: »Im Spiegel. Subjekt – Zeichen – Medium. Stationen einer Auseinandersetzung mit Velázquez' Las Meninas als Beitrag zu einem performativen Medienbegriff«, in: Roger Lüdeke, Erika Greber (Hg.): *Intermedium Literatur. Beiträge zu einer Medientheorie der Literaturwissenschaft.* Göttingen: Wallstein 2004, S. 123–142

Jakobson, Roman: *Poetik. Ausgewählte Aufsätze 1921–1971.* Hg. von Elmar Holenstein und Tarcisius Schelbert, Frankfurt am Main: Suhrkamp [5]1979

Jörissen, Benjamin: »Die Ambivalenz des Bildes: Medienkritik bei Platon«, in: ders.: *Beobachtungen der Realität. Die Frage nach der Wirklichkeit im Zeitalter der Neuen Medien.* Bielefeld: Transcript 2015

Jordans, Stephanie: *Innere Bilder. Theorien, Perspektiven, Analysen.* Würzburg: Königshausen & Neumann 2018

Kakridis, Johannes Theophanes: »Erdichtete Ekphrasen. Ein Beitrag zur homerischen Schildbeschreibung. Wiener Studien«, in: *Zeitschrift für klassische Philologie*, 76. Band. Wien: Oskar Höfels 1963, S. 7–26

Kiening, Christian: *Literarische Schöpfung im Mittelalter.* Göttingen: Wallstein 2015

Kilcher, Andreas B.: *Die Sprachtheorie der Kabbala als ästhetisches Paradigma seit der frühen Neuzeit.* Stuttgart, Weimar: J. B. Metzler 1998

Kittler, Friedrich; Macho, Thomas; Weigel, Sigrid (Hg.): *Zwischen Rauschen und*

Offenbarung. Zur Kultur- und Mediengeschichte der Stimme. Berlin: Akademie Verlag 2002

Klarer, Mario: *Ekphrasis*. Berlin, New York: De Gruyter 2001

Klimek, Sonja: *Paradoxes Erzählen. Die Metalepse in der phantastischen Literatur*. Paderborn: Mentis 2010

Klimek, Sonja: »Metalepse«, in: Martin Huber, Wolf Schmid (Hg.): *Grundthemen der Literaturwissenschaft: Erzählen*. Berlin, New York: De Gruyter 2017, S. 334–352

Kloepfer, Rolf: *Poetik und Linguistik*. München: Wilhelm Fink 1975

Korshin, Paul J.: »Typologie als System«, in: Volker Bohn (Hg.): *Typologie. Internationale Beiträge zur Poetik*. Frankfurt am Main: Suhrkamp 1988, S. 277–308

Koskimies, Rafael: *Theorie des Romans*. Darmstadt: Wissenschaftliche Buchgesellschaft 1966

Krieger, Murray: »Das Problem der *Ekphrasis*. Wort und Bild, Raum und Zeit und das literarische Werk«, in: Gottfried Boehm, Helmut Pfotenhauer (Hg.): *Beschreibungskunst – Kunstbeschreibung. Ekphrasis von der Antike bis zur Gegenwart*. München: Wilhelm Fink 1995, S. 41–57

Kühlwein, Klaus: *Warum der Papst schwieg. Pius XII. und der Holocaust*. Ostfildern: Patmos 2008

Lauder, David: »Anamorphoische Aspekte. Wittgenstein über Techniken des Sehens«, in: Kyung-Ho Cha, Markus Rautzenberg (Hg.): *Der entstellte Blick. Anamorphosen in Kunst, Literatur und Philosophie*. Paderborn: Wilhelm Fink 2008, S. 230–244

Lausberg, Heinrich: *Handbuch der literarischen Rhetorik. Eine Grundlegung der Literaturwissenschaft*. Stuttgart: Franz Steiner [4]2008

Lechtermann, Christina: *Berührt werden. Narrative Strategien der Präsenz in der höfischen Literatur des 12. und 13. Jahrhunderts*. Berlin: Erich Schmidt 2005 (Diss. Humboldt-Universität zu Berlin, 2003)

Lentz, Michael: *Atmen Ordnung Abgrund. Frankfurter Poetikvorlesungen*. Frankfurt am Main: S. Fischer 2013

Lentz, Michael: *Schattenfroh. Ein Requiem*. Roman. Frankfurt am Main: S. Fischer 2018

Lessing, Gotthold Ephraim: *Laokoon. Briefe, antiquarischen Inhalts*. Hg. von Winfried Barner. Frankfurt am Main: Deutscher Klassiker Verlag 2007

Löffler, Petra: »›Ergographie‹ oder die Kunst der Bildbeschreibung«, in: Clau-

dia Benthien, Brigitte Weingart (Hg.): *Handbuch Literatur & Visuelle Kultur.* Berlin, New York: De Gruyter 2014, S. 121–138
Logemann, Cornelia und Thimann, Michael (Hg.): *Cesare Ripa und die Begriffsbilder der Frühen Neuzeit.* Zürich: Diaphanes 2011
Lüdeke, Roger und Greber, Erika (Hg.): *Intermedium Literatur. Beiträge zu einer Medientheorie der Literaturwissenschaft.* Göttingen: Wallstein 2004
Marin, Louis: *Von den Mächten des Bildes.* Zürich, Berlin: Diaphanes 2007
Meier, Christian J.: *Die Dichotomie Figuration versus Abstraktion in der deutschen Kunst von 1945 bis 1985.* Berlin: epubli 2012
Mersch, Dieter: *Posthermeneutik.* Berlin: Akademie Verlag 2010
Mitchell, William John Thomas: »Ekphrasis and the Other«, in: *Picture Theory. Essays on Verbal and Visual Representation.* Chicago: University of Chicago Press 1994, S. 151–181
Mülder-Bach, Inka: *Im Zeichen Pygmalions. Das Modell der Statue und die Entdeckung der »Darstellung« im 18. Jahrhundert.* München: Wilhelm Fink 1998
Müller, Jan-Dirk u. a. (Hg.): *Reallexikon der deutschen Literaturwissenschaft.* Berlin, New York: De Gruyter 2003
Neumann, Gerhard: »›Eine Maske, … eine durchdachte Maske‹. Ekphrasis als Medium realistischer Schreibart in Conrad Ferdinand Meyers Novelle ›Die Versuchung des Pescara‹«, in: Gottfried Boehm, Helmut Pfotenhauer (Hg.): *Beschreibungskunst – Kunstbeschreibung. Ekphrasis von der Antike bis zur Gegenwart.* München: Wilhelm Fink 1995, S. 445–491
Otto, Nina: *Enargeia, Untersuchung zur Charakteristik alexandrinischer Dichtung.* Stuttgart: Franz Steiner 2009
Otto, Stephan: *Die Wiederholung und die Bilder. Zur Philosophie des Erinnerungsbewußtseins.* Hamburg: Felix Meiner 2007
Oy-Marra, Elisabeth: »Medialität des Sinns und die Materialität der Bilder«, in: Cornelia Logemann, Michael Thimann (Hg.): *Cesare Ripa und die Begriffsbilder der Frühen Neuzeit.* Zürich: Diaphanes 2011, S. 199–219
Paraforou, Fani: *Ekphrasis und Geste: Ansätze zur Dekonstruktion eines komplexen Verhältnisses.* Inauguraldissertation zur Erlangung des Doktorgrades der Philosophie an der Ludwig-Maximilians-Universität München 2012
Pépin, Jean:»Allegorie und Auto-Hermeneutik«, in: Volker Bohn (Hg.): *Typologie. Internationale Beiträge zur Poetik.* Frankfurt am Main: Suhrkamp 1988, S. 126–141

Pfisterer, Ulrich: *Metzler Lexikon der Kunstwissenschaft: Ideen, Methoden, Begriffe*. Stuttgart: J. B. Metzler 2019

Philostratos: *Die Bilder*. Griechisch – Deutsch. Nach Vorarbeiten von Ernst Kalinka herausgegeben, übersetzt und erläutert von Otto Schönberger. München: Ernst Heimeran 1968 (Tusculum-Bücherei)

Platon: *Der Staat/Politeia*. Griechisch – Deutsch. Übers. von Rudolf Rufener. Hg. von Thomas Szlezák. Düsseldorf, Zürich: Artemis & Winkler 2000

Plett, Heinrich: *Rhetorik der Affekte. Englische Wirkungsästhetik im Zeitalter der Renaissance*. Tübingen: Niemeyer 1975

Prosalancelot I–V. Übersetzt und kommentiert von Hans-Hugo Steinhoff. Frankfurt am Main: Deutscher Klassiker Verlag 1995–2004

Lancelot und Ginover. Prosalancelot. Erster und Zweiter Band. Nach der Heidelberger Handschrift Cod. Pal. germ. 147, herausgegeben von Reinhold Kluge, ergänzt durch die Handschrift Ms. allem. 8017–8020 der Bibliothèque de l'Arsenal Paris. Übersetzt, kommentiert und herausgegeben von Hans-Hugo Steinhoff. Frankfurt am Main und Leipzig: Insel 2005

Quintilianus, Marcus Fabius: *Ausbildung des Redners. Zwölf Bücher*. Herausgegeben und übersetzt von Helmut Rahn. Darmstadt: Wissenschaftliche Buchgesellschaft ^{5}2011

Ripa, Cesare: *Iconologia*. Rom: Lepido Facius 1603

Rippl, Gabriele: *Beschreibungs-Kunst. Zur intermedialen Poetik angloamerikanischer Ikontexte (1880–2000)*. München: Wilhelm Fink 2005

Sachs-Hombach, Klaus: *Bildtheorien. Anthropologische und kulturelle Grundlagen des Visualistic Turn*. Frankfurt am Main: Suhrkamp 2009

Schäfer, Peter: *Der verborgene und offenbare Gott: Hauptthemen der frühen jüdischen Mystik*. Tübingen: Mohr Siebeck 1991

Schiller, Friedrich: *Über naive und sentimentalische Dichtung*. Ditzingen: Reclam 2002

Schmitz-Emans, Monika: *Die Literatur, die Bilder und das Unsichtbare. Spielformen literarischer Bildinterpretation vom 18. bis zum 20. Jahrhundert*. Würzburg: Königshausen & Neumann 1999

Schmitz-Emans, Monika: *Schrift und Abwesenheit. Historische Paradigmen zu einer Poetik der Entzifferung und des Schreibens*. München: Wilhelm Fink 1995

Schmitz-Emans, Monika: *Zwischen weißer und schwarzer Schrift. Edmond Jabès' Poetik des Schreibens*. München: Wilhelm Fink 1994

Schneller, Annina: https://www.designrhetorik.de/drei-fragezeichen-zur-rhetorischen-evidentia/
Scholem, Gershom: *Zur Kabbala und ihrer Symbolik.* Frankfurt am Main: Suhrkamp [15]1973
Simon, Erika: »Der Schild des Achilleus«, in: Gottfried Boehm, Helmut Pfotenhauer (Hg.): *Beschreibungskunst – Kunstbeschreibung. Ekphrasis von der Antike bis zur Gegenwart.* München: Wilhelm Fink 1995, S. 123–141
Simon, Ralf: *Der poetische Text als Bildkritik.* Paderborn: Wilhelm Fink 2009
Smith, Mack: *Literary Realism and the Ekphrastic Tradition.* Pennsylvania State University Press 1995
Thaler-Battistini, Alice: *Die Signatur der Iconologia des Cesare Ripa: Fragmentierung, Sampling und Ambivalenz.* Basel: Schwabe 2018
Tillmanns, Kathrin: *Medienästhetik des Schattens: Zur Neubestimmung des Mensch-Technik-Verhältnisses im digitalen Zeitalter.* Bielefeld: Transcript 2017
Tübke, Werner: »Zur Arbeit am Panoramabild in Bad Frankenhausen (DDR)«, in: *Zeitschrift für schweizerische Archäologie und Kunstgeschichte = Revue suisse d'art et d'archéologie = Rivista svizzera d'arte e d'archeologia = Journal of Swiss archeology and art history.* Band 42 (1985): *Das Panorama,* S. 303–306
Vico, Giambattista: *Liber metaphysicus (De antiquissima Italorum sapientia liber primus)* 1710 und Riposte 1711–1712. Aus dem Lateinischen und Italienischen von Stephan Otto und Helmut Viechtbauer. München: Wilhelm Fink 1979
Waldenfels, Bernhard: *Hyperphänomene. Modi hyperbolischer Erfahrung.* Berlin: Suhrkamp 2012
Wandhoff, Haiko: *Ekphrasis. Kunstbeschreibungen und virtuelle Räume in der Literatur des Mittelalters.* Berlin, New York: De Gruyter 2003
Weinrich, Harald: *Tempus. Besprochene und erzählte Welt.* 6., neu bearbeitete Auflage. München: C. H. Beck 2001
Wenzel, Horst: *Hören und Sehen, Schrift und Bild: Kultur und Gedächtnis im Mittelalter.* München: C. H. Beck 1995
Wetzel, Michael: »Der blinde Fleck der Disziplinen: Zwischen Bild- und Textwissenschaften«, in: Claudia Benthien, Brigitte Weingart (Hg.): *Handbuch Literatur & Visuelle Kultur.* Berlin, New York: De Gruyter 2014, S. 175–192
Wielands Werke. Band 11.1 Text. Bearbeitet von Klaus Manger und Tina Hartmann. *Die Wahl des Herkules/Die Abderiten/An Psyche/Der verklagte Armor/Proben einer neuen Übersetzung der Briefe des Plinius/*Essays/Rezensionen/

Anmerkungen/Zusätze. September 1773 – Januar 1775. Berlin: De Gruyter 2009

Wiesing, Lambert: *Artifizielle Präsenz. Studien zur Philosophie des Bildes*. Frankfurt am Main: Suhrkamp 2005

Wiesing, Lambert: *Das Mich der Wahrnehmung: Eine Autopsie*. Frankfurt am Main: Suhrkamp 2009

Wiesing, Lambert: *Sehen lassen. Die Praxis des Zeigens*. Berlin: Suhrkamp 2013

Willems, Gottfried: *Anschaulichkeit. Zu Theorie und Geschichte der Wort-Bild-Beziehungen und des literarischen Darstellungsstils*. (Studien zur deutschen Literatur 103) Tübingen: Niemeyer 1989

Wimmer, Karin: *De Chirico. Surreale Räume*. Marburg: Tectum Wissenschaftsverlag 2015

Wolf, Ror: *Raoul Tranchirers vielseitiger großer Ratschläger für alle Fälle der Welt*. Frankfurt am Main: Schöffling 2009.

Zier, Tobias: *Literarische Präsenz- und Unmittelbarkeitseffekte. Evidenzverfahren in den Arbeiten Rolf Dieter Brinkmanns*. Inaugural-Dissertation zur Erlangung der Doktorwürde der Philosophischen Fakultät der Rheinischen Friedrich-Wilhelms-Universität zu Bonn 2012

Michael Lentz
Schattenfroh
Ein Requiem

»Man nennt es schreiben.«

»Schattenfroh« ist ein Roman und die Welt und das Leben. Tausend verzweifelte Seiten, die die Frage nicht beantworten, ob das Leben reparabel ist und uns das Erzählen heilen kann. Tausend manische Seiten des unmöglichen Abschieds vom Vater: so hermetisch wie kraftvoll, monumental und überwältigend.

1008 Seiten, gebunden

Weitere Informationen finden Sie auf
www.fischerverlage.de

AZ 10-043938/1